十四夜

著

醉玲珑

十四夜

（下册）

四川文艺出版社

目 录

（下 册）

目 录

（下 册）

第一章　机关算尽太聪明

风过，云动。

深远的宫门前，御林禁卫持戈而立，见到刚回天都的凌王后几乎是不约而同地一凛，整肃军容，同时行礼。

夜天凌眉梢微紧了一下，稍纵即逝，他只抬了抬手，并不急着入宫，反而在宫门前静立了片刻。现在已是御林军统领的方卓正巡视至此，快步过来，扶剑往前一拜："见过殿下！"

四周安静，整个禁宫此时无人往来，白玉甬道宽阔地显出一种肃穆下的庄严，巍峨大殿，层叠起伏。

夜天凌垂眸往方卓看去，竟连一句"免礼"也没说，只是负手身后，凝视于他。

那目光中有种压力，方卓甚不得解，抬头看去，夜天凌眼波一动，环视周围："御林军很好，没让本王失望。"

现在御林军虽已不再归凌王掌管，但当初那些在凌王手中的日子却让每个侍卫刻骨铭心，终生难忘。方卓道："殿下的教诲，我们时刻铭记在心。"

夜天凌眼光忽而一锐，唇角微冷，举步往宫中走去，在他转身的时候方卓听到一句话："那么也别忘了，御林侍卫一入禁宫，只拜天子！"

雪色的袍角微微掠起，仿佛一道犀利的闪电无声划过，方卓霍然惊觉，才知眼前有何不妥，低声道了句："末将疏忽！"即刻退开。

便在此时，一阵急促的马蹄声远远响起，瞬间便接近宫门。已经走出数步的夜天凌闻声回头，他眼力极好，穿过幽深的门洞尚隔着段距离便已看见了马上来人，心中竟难以抑制地猛然震动，但只一瞬，却又恢复了平静。

朗目如星，身姿潇洒，是像极了十一啊！但敢在禁宫门前肆意纵马疾驰，除了飞扬不羁的十二皇子夜天漓却还能有谁？

黑骥如风，眨眼的工夫已到近前。十二甩镫下马，将马鞭一掷丢给了侍卫，大步向前走去，玄衣玄袍，一身犀利。

夜天凌立在原地未动，十二笔直走到夜天凌面前站住，盯着他问："十一哥呢？"

夜天凌深黑的瞳孔紧紧一缩，十二再逼问道："十一哥呢？"

夜天凌脸色有些苍白，过了片刻，他缓缓道："三个月前的奏章中已经写得很清楚，我不想再说第二遍。"

十二双拳紧握，喉间因激动而轻轻发抖，他在与夜天凌对视了许久之后，哑声再问：

"好，我只想知道，是不是七哥？"

夜天凌目光平静地看向他，如极深的夜，隐藏着天幕下所有的情绪，或者，根本就不曾有过丝毫情绪："不是。"

这个回答显然出乎十二的意料，他愣在夜天凌的注视下，那目光像在人心上当头浇了一桶冷水，浇灭熊熊燃烧的火焰，他蹙了眉："那究竟是什么人害死了十一哥？"

夜天凌语调依旧平缓："统达丧命乱军之中，始罗祭了我灭亡突厥的战旗，史仲侯已经以命抵命，邵休兵等人现在都入了刑部大牢。如果你一定要追究，可以怪我。"

十二眉间蹙痕越收越紧，原本攥着的拳头却松弛下来，稍后，他语中略含歉意："四哥，抱歉，我不是来责怪你的。"

夜天凌淡淡道："我知道。"他转身往致远殿的方向走去，十二自后面跟上："你为何要替七哥开脱？别以为我不知道，这事和他脱不了关系！"

夜天凌缓步走着："我并没有兴趣替别人开脱。"

十二道："难道不是因为援军迟来，才害得你们被困雁凉？"

夜天凌道："换作是我，在那种情况下也未必能早到一刻，七弟尽力了。"

十二恨声道："既然殷家动了手，他如何能置身事外？"

夜天凌道："一个殷家，有些时候并不是湛王府的全部。"

十二一向放浪率性的眼中透出薄冰般的寒意："但我绝不会放过殷家。"

夜天凌迈上了大殿最高一层的玉阶，忽然停步。薄云散开，阳光逐渐耀目，他站在微风飒飒的高处，回身看向十二："十二弟，不要让苏家卷进任何事。"

十二看了他一眼，突然笑了："四哥，自从十一哥和你形影不离那日起，苏家便已站在了你的背后，难道你不知道？父皇早就默许了这一点，难道你也不知道？"

夜天凌神情漠然，不曾因这话而有丝毫震动："我知道，但我不需要。"说完之后，他转身长步离去，孤傲的身影很快消失在渐行渐深的大殿中。

沿着两排飞龙腾云的楹柱走去，轻风缓动，层层悄然静垂的金帷偶尔翻露出繁复精致的绣纹。跨过一道道雕金嵌玉的高槛，致远殿中越来越安静，便显得那高擎在两侧缀珠九枝座上的长明灯逐渐明亮起来。

孙仕上前躬身行礼，夜天凌微微点头，迈入宣室，光洁的黑玉地面上照出修长的影子。

"儿臣，参见父皇。"

云龙金幄之前的广榻上，天帝闭目半靠："凌儿，是你回来了？"

夜天凌道："是，父皇。"

"回来了。"天帝似是喟叹一声，问道，"有没有去莲池宫见过你母妃？"

孙仕心中一惊，不禁就往凌王那边看去。地面上倒映着干净的身影，乌靴、白衣，再往上是一片模糊的神情，如隐在层层水雾的背后，看不清，探不透。

却听见夜天凌平定的声音："回父皇，今日辰时三刻，儿臣护送母妃灵柩迁入东陵，申时礼部的奏报已上呈御览了。"

毫无波澜的答话，竟像是君臣奏对的格式。话音一落，殿中突然泛起一阵令人屏息的寂静，过了许久，才听到天帝道："哦……朕竟忘了，莲儿已经不在了。"

天帝坐起身子，缓缓伸手拨开半垂的云幄，孙仕急忙上前搀扶。天帝看着夜天凌一身素白的袍子，峻冷的眉眼，半晌，慢慢道："凌儿，你像极了你的母妃，天生一副冷性子，倔强得很，也该改改了。"他站起来，挥手遣退孙仕，步下龙榻。

夜天凌静静道："儿臣谨遵父皇教诲。"

天帝走到他面前，目光落在他毫无情绪的脸上："你也像极了朕。"他抬手扶上夜天凌的肩膀，语出感慨。

夜天凌略觉意外，下意识抬起眼帘，心底竟不能抑制地微微震动。他从未想到父皇已如此苍老，与大半年前竟判若两人，那一向威严有神的眼睛此时仿佛被一种莫名的空茫遮挡了光泽，迟缓而毫无神采，眼角的刻痕深深显露出岁月的痕迹，撑在他肩头的手是无力的，几乎要靠他的力量去支撑才行。

原本即便贵为皇子，亦不能同天帝这样并肩而立，但夜天凌却感觉只要失去了这个依恃，天帝便随时可能会倒下，所以他只是将眼眸微垂："父皇。"

天帝似乎是在审视他，继续道："莲儿终究是不肯原谅朕，不过她把你留给了朕，很好。"

夜天凌唇角牵着无形的锋锐，像初冬时分湖面上一丝薄冰，微冷。然而他的声音依然平稳："儿臣这次让父皇失望了。"

天帝在孙仕的搀扶下落座："蜀中安澜，四藩平定，漠北扩疆三千里，你做得很好。"

夜天凌沉默了片刻："如此兴师动众却未竟全功，儿臣惭愧。"

天帝只挥了挥手，阻止了他另外尚未出口的自责，却问道："你去过日郭城吗？"

夜天凌道："儿臣去过。"

"嗯。"天帝轻合上眼眸，缓缓道，"朕记得，日郭城是很美的地方。"

夜天凌道："是。"

天帝不再说话，似乎陷入了极遥远的回忆中。

轻纱飞天，是丛林翠影中一抹如云的烟痕，歌声如泉，银铃叮咚。

古城落日，边角声连天，战旗招展中，又见那临风回眸的一望，雪衣素颜，于黄沙漫漫的天际缥缈。

长案上静陈着一摞未看的本章，最上面一本正是不久前礼部上呈的奏章。透过雕花的长窗，斜阳的影子一点点映上地面，尘影浮动，光阴寸寸，在无声的岁月中回转，流逝。

"陛下。"不知过了多久，孙仕谨慎地请问，"凤相和卫相他们都已经来了，今天还见不见？"

天帝睁开眼睛，孙仕再道："说是有军报。"

"让他们进来。"

见到凌王这时候也在，凤衍和卫宗平多少还是有点儿意外，殷监正心中自然更是平添斟酌。孙仕接过兵部呈上的战报，天帝目光在上面停了停："凌儿。"

孙仕伺候天帝几十年，闻声知意，转身将战报递至凌王手中，殷监正眉梢一挑。

夜天凌对众人表情视若无睹，将战报展开看过之后，简单地道："父皇，西突厥亡。"

是捷报，湛王大军连战告捷，大破西突厥王都。突厥一族纵横漠北数十年，至此死伤万千，几乎折损殆尽，少数幸存之人远走大漠深处，流亡千里，从此一蹶不振。天朝铁骑饮马瀚海，驰骋漠北，放眼再无对手。

夜天凌声音中没有丝毫波动，他似是早料知了这结果，天帝亦然，只是在场的几位辅臣跟上了恭颂的场面话。

"唔，"天帝点头沉思了片刻，"战事已久，是时候该撤军了。"

短短数字，却叫眼下心思各异的人猜测纷纭。大军动向关系着军权去留，卫宗平同殷监正暗中交换了一个眼神，凤衍唇边浮起隐隐冷笑，已抢先道："近来大军每月消耗的粮草已令国库吃紧，陛下仁慈，平息干戈，实乃圣明之举。"

殷监正接着道："陛下，粮草军需不足顾虑，国有所需，臣等岂敢不鞠躬尽瘁，为君分忧！"

卫宗平亦恭声道："北疆初定，人心浮动，陛下，此时撤军是不是为时尚早？"

天帝闭目不看他们，对这些话只是听着，似乎另外在等待着什么。众人话音落了，夜天凌将手中战报交还孙仕，方徐徐道："父皇，北疆一定当借此良机整饬西域，否则便是给吐蕃坐大的机会。那赤朗伦赞并非池中之物，必不甘久居人下，若让他联合西域诸国，则难保不是第二个突厥。"

此言一出，就连凤衍都忍不住看向他，卫宗平等更是难掩那份惊讶。如此收回军权的良机夜天凌抬手放过，让他们已想好的大篇措辞便在此落了空。

剑出鞘，骤然失去对手，一阵轻松之后，殷监正不喜反忧，摸不透看不着的对手，岂不是最可怕？

但无论如何，若能紧紧把持兵权在手，湛王文武风华尽展于天下，便是众望所归了。

此时天帝目光落在了夜天凌静肃的神情中，脸上忽而浮出一笑，越发显得唇角那皱纹更深："你的意思是兵慑西域？"

"对，兵慑。乘此胜势，整兵过境，以示军威，告诫西域诸国不要有异心妄动，否则突厥便是先例。"

"兵慑,过硬了些,驻军甘州,让湛王出使吧。"天帝重新闭上眼睛,"你们可有异议?"

"臣附议!"

"臣附议。"

"臣附议。"

殿中片刻的静默之后,天帝抬手,孙仕轻轻躬身,众人跪安后依次退出宣室。

站在致远殿的台阶上,风衍看着凌王修挺的背影在落日的金光中从容远去,向来宠辱不惊的眼中泛起几许深思。几十年朝堂风雨,他太了解天帝了,只是此后,是否也能像了解天帝一样把握凌王的心思?

"让湛王继续统领兵权,震慑西域?"简慢而阴柔的声音,在汐王府的静室中微微回荡,似乎并不着太多的力,却叫人听了心里像被塞进一把冰雪,许久之后仍有丝丝凉意,凝聚不散。

胡三娘慵然倚在近旁,红罗缠腰,长绢曳地,勾勒出曼妙的身段,深深美目如丝如媚,她悄声打量着。说话的人坐在汐王对面,一身灰衣洁净讲究,身形消瘦,言行之间毫无情绪牵动,似乎不论谈到什么事都是一副平波无澜的表情,与此相比,那只扶在案上的手倒反而更能表现主人心中真实的想法。

净白细润的手,保养得极好,此时修长的中指缓缓叩着桌案,食指却微微弯曲与拇指抵在一起,因用力而使原本柔和的骨节略微突起,这表示手的主人正在思考一个难题。

过了会儿,那灰衣人略一抬眸,一双狭长而妖媚的眼睛闪过,波澜涌动的明光几欲刺目,虽是稍纵即逝,却让那张原本平淡无奇的脸瞬间神姿迥异,生出诱人的蛊惑。胡三娘呆了片刻,一直替汐王揉着肩头的手不由自主地停了停,心底竟泛起一股凉意。若这双眼生在了女人身上,不知能颠倒多少男子,勾摄多少神魂,只是生在这样一个男子身上,总叫人觉得不安,是太妖异了,连她这见惯风月的人都有些受不住呢!

"殿下,"那人再开口说话,分明是谋士的身份,语气中丝毫没有对主上的恭敬,"你难不成是想和凌王争这一份兵权?"

夜天汐正看似漫不经心地把弄着一柄乌鞘短剑:"兵权是什么分量,庄先生难道不知道?"

庄散柳似乎冷笑了一声,笑无笑颜,连那丝略带讥诮的冷声都叫人听不太清:"我早就提醒过殿下,不要从凌王手中打兵权的主意,别说是你一个,就算所有人加在一起,也抵不过一个凌王。"

"哦?"夜天汐像是对庄散柳这副态度已见怪不怪,倒不十分在意,"此话未免言过其实了吧?"

庄散柳眼帘微垂,一刃妖冶的锋芒瞬间隐下:"夜天凌三个字,在天朝将士眼中是战无不胜的神，是他们崇拜追随的军魂。什么圣旨虎符，在凌王面前不过是一纸镶了金的空文、一块雕得好看点儿的石头罢了。知己知彼方能百战百胜，殿下难道至今对自己的对手还这么不了解？"

夜天汐皱眉："难道就这么看着兵权旁落，无动于衷？"

庄散柳面无表情，一张脸静如死水，只无法隐抑的是眼中几分嘲弄："殿下想怎么动？论军功，你不及凌王，手中唯有京畿卫尚可一用；论声望，你不及湛王，对门阀士族毫无影响力；便是单论出身，你还不及济王，定嫔娘娘在宫中三十年了，若不是去年册封殿皇后陛下加恩后宫，到如今也只是个才人。这兵权要夺，也轮不到殿下，除非凌王和湛王两败俱伤，否则殿下你没有任何机会做那个上位者。"

如此直白而不留情面的话，夜天汐霍然抬眸，目光如剑直刺过去。庄散柳仍旧面不改色，只是眼中那份妖异愈深，阴森迫人。

夜天汐握着短剑的手掌渐渐收紧，额前一道青筋微微一跳，但只短短刹那，他面色便恢复了平定："既然如此，你岂不是找错了人？"

庄散柳冷眼看着夜天汐克制怒意，语气满不在乎："我既找了殿下，便有我的理由。至少殿下你比济王聪明些，也比湛王手段够狠。暗中拉拢长门帮与碧血阁这种江湖帮派，借天舞醉坊的案子弹劾湛王；鼓动京畿卫和御林军发生冲突，对太子落井下石；勾结突厥，暗害凌王；这次又泄露军情，以致澈王丧命疆场。不显山不露水，这些事殿下做得天衣无缝，高明！但是想要对付凌王，我早就说过，上马征战，没人能胜他手中之剑；下马入朝，一样也没人能比他多占几分上风。殿下不妨记下我这句话，对凌王，除了用非常手段，别无他途。"

听庄散柳将一桩桩旧事清楚道来，夜天汐瞳孔深处缓缓收紧，一抹杀机隐现其中。只是怒气越盛他脸上反而越带出几分笑容："非常手段？比如说莲贵妃？"

"莲贵妃？"庄散柳阴沉的话语透着寒意，"莲贵妃最多只是让凌王的脚步略停一刻罢了，能不能挑起他与湛王相争尚未知。别怪我没有提醒殿下，那个御医留着夜长梦多，以凌王的手段，早晚会察觉异样，凡事先下手为强！"

夜天汐虽恨极庄散柳说话的方式，却始终在那文质彬彬的面容之上不露分毫。眼前此人傲气凌人是不错，但他说的句句都是实话，难听且刺耳的实话跟着阴毒的主意，至少眼下凌王已折了一条臂膀，再加上丧母之痛……若能扳倒这样一个强敌，简直等于扫清了前进的道路。这个庄散柳显然对凌王有着切齿的痛恨，顾虑非常，也知之甚深。不仅是凌王，朝堂局势但凡有一点儿风吹草动，他都了如指掌，应变而动，每收奇效。吴州庄家，从未听说过还有这么号人物，他深思的眼神不由又落在庄散柳那张刻板无情的脸上，逡巡探察，却丝毫不得端倪。那是精细的人皮面具，惟妙惟肖，几可乱真，虽细看也不是看不出来，但面具这种东西本来也不过就是告诉你，我不想让你知道我是谁，所以你也不必在这张脸上多费心思了。

庄散柳知道夜天汐在打量他，却似有恃无恐，并不放在心上，他瞥了一眼胡三娘，傲慢地问道："殿下身后那个女人应该不是只会捏肩捶腿吧？"

胡三娘与他的目光一触，只觉得像是有只冰凉的手逼到近前，说不出的怪异，定了定心神，水蛇腰一扭，往汐王那边靠得更近些，媚声道："庄先生，若不是三娘认出了冥魇那个死丫头在莲池宫，你哪里那么容易知道凌王母子的关系？"

庄散柳冷哼一声："想从莲池宫查出的事石沉大海，莲贵妃人却已经死了，剩下一个活着的，你至今拿她没办法。连个毫无反抗之力的女人都对付不了，殿下当初将你从京畿司的大牢里面弄出来，难道就存了这么点儿期许？"

胡三娘美目微瞪，待要发作，却被夜天汐一眼扫来，又生生忍住。庄散柳看在眼中，视若无睹："长门帮虽然毁在了湛王手里，但碧血阁完好无损，我所说的非常手段，殿下想必已经清楚了吧？"

夜天汐眼底精光骤现："你是说……"

"这世上最令人轻松的对手，是死人。"庄散柳丢下这句话，起身道，"殿下既然明白了我的意思，庄某便拭目以待。不过殿下千万别忘了，无论你用什么法子，不要动凌王身边那个女人，她是我的。"

夜天汐看着庄散柳扬长而去，待那个狂妄的身影彻底消失之后，他眼中凶光骤盛，猛然挥手。嗖的一声厉啸，他手中的短剑穿过精致的花窗直击中庭，在一株碗口粗的树上没柄而入，惊得几多飞鸟仓皇而起，一时间乱声叽喳。

胡三娘亦吓了一跳，回过神来忙柔声道："这个庄散柳也不知究竟是什么人，如此不知天高地厚，殿下何必和他动气？"

夜天汐面色阴沉，狠狠道："不管他是什么人，本王总有一天让他死无葬身之地！"

胡三娘一双柔若无骨的手缠上他的脖子，吐气如兰："殿下息怒，待到登临九五的那一日，什么人还不在殿下指掌之间？到时候殿下让他三更死，阎罗也不敢放他到五更。"

夜天汐怒气稍平，反手捏起她小巧的下巴，胡三娘闭目逢迎，主动送上香吻。

春光缠绵中，夜天汐却冷冷睁着眼睛，丝毫没有表露出沉醉于温柔的迷乱，目光阴鸷，清醒骇人。

兵权，叫他怎能甘心放弃！即便以非常手段铲除凌王，篡夺皇位，如今手握重兵的湛王始终都是最可怕的威胁。一旦他破釜沉舟兵逼天都，士族门阀又岂会袖手坐视？中枢大乱，那将是一种什么样的局面？

然而他却始终没有想到，这个目中无人的庄散柳，究竟是为了什么要搅起这一潭浑水？难道仅仅是为了凌王身边那个女人吗？

第二章　明朝更觅朱陵路

万里无云的春日，晴空耀目，碧蓝如洗。

阳光极好，透过娇艳含羞的花枝洒开一地碎影明媚，柳色舒展，榆槐成荫，浓浓翠翠已是一片秀润。望秋湖上水光淡淡，暖风如醉微波点点，飞花轻舞，落玉湖，飘香榭，轻轻袅袅，安闲自在。

微风阵阵吹得珠帘轻摇，沿着天机府后殿走进去，巨大的水磨青石地面平整深远，安静无声，四处仍泛着些许的凉意。

忽然有轻微的脚步声自殿外传来，一人迈步拖沓，一人步履落地却几不可闻，一前一后，深入大殿而去。

细花透亮的冰盏，清清爽爽漂着几朵舒展的黄菊，纤柔的手指衬在似能沁出水来的天青细瓷上，隽秀而雅致。

"凤主，人带来了。"

卿尘静静放下手中茶盏，凤眸微抬，越过冥则那张和他的声音同样古板的脸，看往他身后。

"下官……见过王妃！"

卿尘柔软的唇边露出一丝轻缓的微笑："王御医，我今天觉得有些不舒服，辛苦你来府中一趟了。"

御医王值今早刚出伊歌城便被拦个正着，糊里糊涂进了凌王府，额前隐隐带着丝冷汗，垂首道："这本是下官分内之事，但在王妃面前，下官不敢班门弄斧。再说……再说今日下官并不当值，所以什么都没有带，恳请王妃准下官回去拿才好。"

卿尘微微扬了扬头："若是为此，便不必了，金石针药凌王府中一应俱全，你可以随意取用。此时出了这里，只怕你去得，回不得。"

王值心虚地抬眼看了看上面，宁静的殿宇中，一幅长长的素色屏风绘着轻云出岫的奇山景致。屏风前凌王妃一身湖色衣服如笼着烟水，清雅的眉眼，沉静的唇角，在那抹清透的目光下他只觉得无处遁形，仿佛心中想什么都被看得一清二楚，连一句谎话都无心再去搜罗："王妃……下官……下官……"

卿尘徐徐道："我要问什么，想必你自己心里也清楚，把你知道的说出来，凌王府绝不会为难你。"

王值低声道："下官愚钝，实在不知王妃所言何事。"

卿尘眸光潜静，声音也淡淡："哦，看来需要我提醒一下你了，这样吧，不如你先见几个人。"微一示意，冥则转身出去，不多会儿冥衣楼部属抬了几副担架进来，白布一掀，竟是几个已死去多时的黑衣人。

王值吓了一跳，颤声道："王妃……这……这是何意？"

卿尘对几具尸首视而不见，只静静看着王值："这前两个人是昨晚凌王府的侍卫在你家宅后院截下的，后两个是死在伊歌城外，半夏亭。"

听到"半夏亭"三个字，王值浑身一震，匆忙垂下眼睛，身子因惧怕而微微颤动："下官……什么都不知道，不知道。"

冥则见他一口咬定毫不知情，冷声道："凤主，将他交给属下吧，半个时辰之内属下定让他一字不漏地说清楚。"

卿尘笑了笑，道："你们那些法子，王御医恐怕经受不住，不过看看也好，看过后能想起些什么也说不定。"

"是！"

王值战战兢兢地被冥则带到数步之遥的一间暗室，刚一开门，他忽然惊恐地叫了一声，伸手抵住门边欲后退。

卿尘端起手边的茶，似是没听到那声充满恐惧的惊呼，缓缓啜了一小口。冥则冷哼一声，手下只加了几分力度便将王值推入室内，眼见门便要关上，王值失声惊叫："王妃！王妃！我说，我全都说！王妃饶命！"

"冥则！"卿尘并不高的声音淡淡响起，冥则黑着脸将已经手足酸软的王值拎起来带回原处。

淡淡一抹微苦的花香四溢，卿尘将茶盏放下，润雅的水色中，几朵菊花身不由己，浮浮沉沉，慢慢又恢复了平静。

冥则一松手，王值扑倒在前面，几欲失声痛哭："王妃，不是下官不想说，下官一家老小都在他们手中，下官是不敢说啊！"

卿尘道："你一家四口人本是被带去了半夏亭等你，若凌王府的人去晚一步，加上你五个人，现在恐怕已经在路上了。不过这条路却不是离开天都重获自由的路，而是黄泉之路。你的父母妻儿现在都在一个安全的地方，把你知道的事情一五一十地说出来，我不会为难你。"

王值匍匐在地，本以为今日可以与家人脱离险境，谁知前狼后虎，处处都是死路一条，心中惨然不已。卿尘却像是能看透他的心思，淡声道："你放心，我无意拿你的家人胁迫你，想让你说实话有很多种方法，我并不十分喜欢用这一种。即便今日你不说，我也会派人将他们送出天都好好安置，但是要不要和他们一起走，却需要你自己想清楚。"

事已至此，王值走投无路，只得道："下官……愿意说。"

卿尘垂眸看向他："贵妃娘娘究竟是怎么去的？"

王值声音发涩："表面看起来是自缢，其实在悬梁之前便已经有人下了毒手了。"

卿尘道："什么人做的？"

王值急忙道："这个下官确实不清楚。"

卿尘谅他也不可能知道具体，便再问："那么是谁授意你大胆瞒下此事？"

王值道："是……是定嫔娘娘，我一时贪财……只想贵妃娘娘在宫中向来没有人注意，不会有什么事，谁知……谁知……"

卿尘声音微冷："你大概忘了一件事，贵妃娘娘是四殿下的母亲。"

王值语音发抖，颤颤道："四殿下……啊！是……是……下官该死，下官该死……"

卿尘一时间不再说话，王值伏在地上，明明是清凉的大殿，他额头却汗淋淋一片，一滴接一滴落下，不多会儿身前的地面上便洇了深青色一片。

定嫔，卿尘神情静漠地望着那一盏菊花漂浮，果然是汐王。她纤细的手指在光洁的案面上轻轻画下一道横线，沿着这道横线写下去，是一个"五"字。最不惹人注目的一个，隐在暗处的，伺机而动的，一匹狼。

若说这大正宫中还有哪个皇子比四皇子更沉默，那便是五皇子夜天汐。

闲玉湖上泼墨吟诗没有他的身影，昆仑苑中纵马飞猎不见他出现，太极殿前文武汇聚也听不到他的高谈阔论。默默无闻的人，虽统领着京畿司，却着实是天都最出力不讨好的差事。

但他是踏实的，似乎甘心被湛王的风华所遮盖，也甘心追随在凌王如日中天的战功威名之后，甚至有些时候人们都记不起还有这样一位皇子。

他的母亲定嫔，出身卑微，相貌平凡，在三宫六院的妃嫔之中随时可能被忽视。承平宫常年门庭冷落，一年之中怕也唯有几次盛大的宴会才有机会见着天帝，深宫岁月，白头寂寥。

然而野心不会因为这些而被磨灭，相反，如同野草，即便处于贫瘠的石缝，风吹雨淋，当它滋生蔓延的时候，任何事情都挡不住，任何人都无法逃脱。

卿尘抬手轻轻拂过，案上留下的痕迹瞬间被抹杀，她看向王值："你跟他们走吧，会有人送你们离开天都。我给你一个忠告，从今天起忘了贵妃娘娘，忘了定嫔，最好连王值这两个字也忘掉，凌王府护不了你们一辈子，你好自为之吧。"

温婉的声音似在耳边，却又高高在上："谢……谢王妃开恩！"王值以额触地，抬起头来，只见凌王妃早已起身，沉静的衣袂如云岚，从容飘逸，隐隐消失在大殿深处。

又是一年暮春初夏，延熙宫的忍冬藤缠绵招展攀满回廊，浓荫曼影，青翠欲滴。金银两色的小花点缀在修长的枝叶间，阳光落了淡淡一层，温暖中带着几分清香可人。

夜天凌从延熙宫出来，或许是映在眼底的光线过于耀眼，他紧锁着眉，似乎并不因阳光的煦暖而感到愉悦。皇祖母老了，他看在眼中，来延熙宫的次数越来越频繁，不管多忙每日都会前来问安。然而无论是天子王侯抑或是美女英雄，岁月的脚步并不会因此而停留，他心底十分清楚。

迎面罗衣窸窣，环佩轻响，夜天凌抬头看去，是苏淑妃带着几个侍女正往太后寝宫过来。舒缓的步伐，袅娜的身姿，阳光下的苏淑妃有着一种柔和的美，芙蓉绢裳秀婉如水，春风不着力，缓缓掠过她温丽的面容。

"淑妃娘娘。"因为十一的缘故，夜天凌对苏淑妃并不生疏，此时苏淑妃到了近前，她唇角轻轻含笑，但那美好的眉目间略带的一丝憔悴却那样清晰地落在了夜天凌眼中。

苏淑妃在见到夜天凌的瞬间，便不由自主地往他身后看去，接着眼中无法掩藏地掠过忧伤与失望，夜天凌竟也下意识地回身。

清风空过，物是人非。

夜天凌唇角微紧："……娘娘请保重身子。"

苏淑妃眼中泛起淡淡清光，侧首垂眸，定了定心神，稍后，她柔声道："这些日子也难为你了。"转身命侍女们退开，慢慢向前走去。夜天凌迟疑了片刻，并未像以前一样就此告退。

挺拔的身姿，峻冷的神情，苏淑妃淡眼看夜天凌默默陪在身边，他并不说话，似乎是不知道该说什么，只是缓缓地迈着步子。苏淑妃停下脚步，立在了青枝缠蔓的浅影下，看向夜天凌："在这深宫里，贵妃娘娘和我算是亲近的，不知此时你可愿叫我一声母妃？"

按宫中的惯例，除了对皇后要用"母后"的敬称之外，皇子只对亲生母亲称母妃，其他妃嫔皆按品级以娘娘相称。听了苏淑妃的话，夜天凌略有片刻的沉默，随即他往后退了一小步，轻轻一撩衣襟，竟对苏淑妃行了正式叩拜的大礼："母妃。"

他的声音清淡而坚定，如他一贯的作风，只要决定了的事，从来没有敷衍。

苏淑妃忙抬手挽他起身，心中竟狠狠地一酸，眼中的泪禁不住便落了下来。

夜天凌低声道："母妃……是我没有保护好十一弟，我……"面对一个母亲，向来坚硬的心中似乎也有那么一处会软化。然而该说什么呢？能说什么呢？纵自责千遍，又有何用？多少个夜里不眠，多少次也想借酒消愁，只是都无益。志在必得啊！有时候他心里只余了这四个字，坚冷而狠硬地深刻在眼前，直渗进骨血里去。

片刻的失态，苏淑妃很快恢复了平静："这不怪你，自从澈儿真正领兵，我便知道早晚会有这么一日，虽然总想拦着他，但我还是放他去了。他若是个女儿，我怎么也时时将他护在身边，但他不是，他是天朝的皇子，马踏山河，逐敌护国，这是男儿的志向。我虽终究是留不住他，但却替他高兴，你们之中，我的澈儿是活得最潇洒最快乐的孩子，因为他一直在做着自己喜欢的事。我是他的母亲，没有人比母亲更了解孩子，只要他心里没有遗憾，我便也放心了。凌儿，你不必自责，若看不透，活着的苦痛远比死亡更甚。"

夜天凌静静听着苏淑妃的话，缄默沉思，而后淡声道："母妃所言，儿臣受教了。"

苏淑妃微微一笑，却又叹了口气："但我却不放心漓儿，澈儿向来跟你在一起，纵有年少气盛的时候，骨子里终究是稳当的。但漓儿自小被我宠得无法无天，皇上也纵容他，着实叫人担心。如今在朝中，你要帮我多看着他。"

夜天凌微紧了紧眉梢。近来十二皇子频频奏本参劾，先前羁押在大牢的邵休兵等人被连加重罪。刑部迫于这等压力，将其由原本判定的夺爵流放直接改判斩监候，秋后处决。紧接着便有与苏家关系密切的几位殿中侍御史，联名弹劾工部年前修缮宣圣宫北苑宫殿时贵买木材，以次充好，私吞造项，而当初负责此事的正是殷监正的长子殷明瑭。

这虽确有其事，但殷家这些事既敢做，自然做得天衣无缝。殷明瑭有惊无险，只是被弄得灰头土脸极狼狈，恼羞成怒中亦指使官员上本参劾，暗地里直指十二皇子在天都飞扬跋扈，行事张狂，有失体统。

这样几次下来，朝堂上风起云涌火星迸射，一向处事中和的苏家大有与殷家势不两立之意。天帝近来龙体欠安，已多日不曾早朝，见了几道这样的折子大为光火。夜天凌冷眼看十二闹得厉害，即刻命褚元敬在御史台设法压下那些御史，又看似随意地与凤衍提起了此事。凤衍会意，此后十二皇子的奏本只要到了中书省便留中不发，殷家这类的本章当然也过不了这一关。

起初殷家尚不善罢甘休，倒是卫宗平看得明白，暗劝殷监正不要凭空树出苏家这样的强敌。殷监正亦顾虑事情若真闹大了不好对湛王交代，因此偃旗息鼓，悻悻作罢。

十二被连压了几道本章，知道凤衍还没那么大胆子做这种主张，直接找到了凌王府。夜天凌深知他那性子和十一不同，桀骜难驯，最是吃软不吃硬，索性来个避而不见，只是卿尘笑吟吟地迎了出去。

卿尘将十二请到四学阁，命人备了好酒陪他闲聊。廊前清风徐徐，幽静的缦纱浅影中，十二对着卿尘款款淡笑，再看看她娇弱的身子，便是真有满腔火气也发不出来了，一时气闷，只低头自斟自饮。

想当年初到天都，卿尘与十二并骑同游，笑闹玩耍，最是畅快，极少见他如此神情落落的样子，心里很不是滋味。闷酒易醉，她怕十二喝多，便故意寻些当时的趣事引他说话。十二倒也应景，她说，他便答，只是那酒仍旧一杯杯地饮，不见停。谁知几句下来，难免便提到了湛王府，十二斟酒的手一停，卿尘的话语微微一顿。

静了半晌，却是十二先开了口："没多久七哥就要回天都了，我要在此之前打压殷家，否则七哥一回来，便没这个机会了。"

卿尘沉默了片刻，道："要在他手中动殷家，确实不易。"

十二饮一杯酒："七哥人在西域，手在天都，我倒不是怕他包庇殷家，最近他自己对殷家的狠别人不知道，我却看得清楚。但他无论下多狠的手，后面总给殷家留着退路，那些可能出事的隐患也都抹得干干净净，他不会动殷家的根本。等到他回天都的时候，殷家这把剑便彻底磨利了，顺手了，所以我说，便没机会了。"

卿尘眼底隐隐掠过诧异，不承想十二会说这样的话。十二似笑非笑，看她一眼："我知道四哥是怕我闹得无法无天，惹怒父皇。其实父皇不会把我怎样，大不了就是一顿训斥，最多闭门思过。看在十一哥的分上，父皇再恼也不会重责于我。至于四哥自己，不是不需要，他就是那样的脾气，这个你应该比我清楚。你帮我转告四哥，便是再硬再挺的肩膀，他一个人能担得了多少？到了这等地步，这潭浑水没人躲得开，不必总想法子把我护在外面。眼下便是我想避开，他们又岂会让苏家置身事外？最好的防守，是进攻。"

十二在说这话的时候轻轻把玩着手中的酒，满庭翠色渐渐透出的浓荫映在他英气勃勃的侧脸上，于那明亮的眼底覆上了深浅不定的光泽。白玉色的杯，琥珀色的酒，清润，微辣。

当卿尘将这话转述给夜天凌时，中庭花冷，月在东山。夜天凌看着一天清辉似水，淡淡挑眉，唇角有一抹傲岸的笑，那是夜家每一个男子骨子里相同的东西，谁也不曾例外。

回了凌王府，卿尘午睡未醒，夜天凌不欲扰她，独自一人沿着望秋湖漫步，低头想着事情，不觉便走入了竹林深处。微风淡淡，翠影幽然，只叫人心思宁静，神清气爽。

如此转过一道小径，忽然听到轻盈的脚步声，紧接着钗环轻响，幽香依稀，便有女子的说话声传入耳中："这便要回牧原堂吗？多日不见你来，却坐一会儿又要走了。"

一个略清脆些的声音道："千泅，你别总是这样闷在府里，好歹出去走走，也没多久不见你，人竟越发瘦了。"

千泅道："你每次来都拉我出去，连歌舞坊都带我去，那是什么地方？"

那清脆些的声音笑说："歌舞坊不好玩吗？你总还是这样。我在牧原堂跟张老神医学习医术，男女老少每日不知要见多少人，并不觉有什么不妥。对了，上次陪你去挑的那支簪子怎么不戴，可是不喜欢？"

"簪子是好看，可是我戴给谁看……"千泅话说了一半，眼前猛地闯了一个清拔的身影，她急急停了步子，似乎想避开，但已然来不及了，夜天凌正往她们这边看来。

近在咫尺峻冷的面容，那深邃的目光太黑太亮，如繁星璀璨的夜，降临的瞬间便攫取了万物的光泽，近乎毁灭地笼罩一切。然而那片天空是极远的，遥不可及的距离让她连仰望的勇气都没有，冷冷的星子清寒，没有丝毫的温暖，亘古不变。

她怯怯地站在那里，一时完全不知如何是好。倒是陪在身边的写韵落落大方，含笑福了一福："殿下！"

千泅这才回神，忙行礼下去，轻声道："殿下……"

夜天凌只是看了她一眼，似乎并没有听出她的声音中微微的颤动，淡声道："起来吧。"

写韵经常回王府他是知道的，前几日还听卿尘赞她聪慧，如今在牧原堂已经能单独看诊了。然而他并未在意这些，在此遇到也不过停了一停，便继续漫步前行。身后千泇再抬头的时候，只见到一个修挺的背影逐渐消失在幽径深处，心头空落落凄凉万分。

仍旧是沿着望秋湖，转回漱玉院，遥遥便听见三两点琴声，夜天凌停了步子，负手细听，便知是卿尘醒了。

闲雅的清音，漫不经心如珠玉散落，听来便可想见自那拨弦的指尖往上，半幅云衣散散流泻，碧玺晶莹剔透衬着皓腕似雪，暗起木兰花纹的领口熨帖地勾勒出玉颈修长，沿着线条柔和的下颌，那淡淡樱唇必是慵懒含笑的。想到此处，夜天凌嘴角禁不住便也噙了丝笑意，只听那琴声似有似无地隔着烟波水色传来，倒叫人也兴致忽起呢！

卿尘原本小睡初醒，闲坐水榭，遥看湖波盈盈，随性撩拨琴弦，只为听那薄冰脆玉般的弦声。微风里轻纱游走，曼妙多姿，却突然一缕清俊的箫音如自天外飘来，点宫过羽，潇洒一转，几欲带得人翩翩起舞，那粼粼波光如洒碎金，反射出一片耀目的明亮。

羽睫微抬，卿尘唇边笑意略深，扬手轻拂，一抹流畅的弦音流水一般飘起，如穿帘如分水，恰恰和入了那箫声。

红尘三生熙熙攘攘，千万人中转身，便看到了你，那一刻便似早已等了千年，这千年，为你而过，这一回眸，因你展颜。

轻纱外，湖光上，夜天凌悠然靠在竹廊前，修长的手指抚过紫竹箫，扬眉看来，明眸深亮。

箫音如风，琴声似水，一个疏朗峻远，一个淡雅隽永，风骨清傲，水色淡渺，携着湖风飘荡起起落落，比翼婉转于烟波翠影的望秋湖上。

忽然之间夜天凌指下微哨，箫音峻拔高起，仿若一道龙吟清啸直上云霄。卿尘浅笑淡淡，手挥冰弦，玲珑清音灿然飘起，扶摇而上。龙游云海，凤舞九天，相伴相顾，盘旋翱翔，一箫一琴间，浩浩天光万里，玉宇澄清，那傲然风神，那凌云心志，开云破雾，直将九霄遨游。

风云激荡，俯瞰九州万里，江山如画。

自那虚无缥缈的天际，箫声轻转，琴音低回，碧水花飘，暗香游走于浮光掠影间，一个是白衣卓然，玉树临风，一个是不染铅华，空谷幽兰。

两两相望，浑然忘却周遭一切，微风轻掳飞纱，惊鸿般的一瞥。她仿佛自那烟波浩渺的云山之间款款而来，步步生莲，迈入这明光灿烂的红尘。星眸澄净，世间繁华三千，弱水三千，他只见这一波的激滟。幽然清泉，缱绻心田，早已化作了深流奔腾，穿过了漫漫人生，长河岁月。

几番喧嚣，几多浮华，都在这悠然飘逸的箫琴合奏中低眉敛目，悄声退去。清风逍遥，流水山高，繁荫翠影的凌王府中行者止步，言者无声，正在林间采摘鲜花的侍女放下了身前的竹篮，侧耳倾听；正在湖中放船养莲的侍从停下了手中舟楫，回身伫立。

落英缤纷的小径深处，千洳孑然独立，痴痴望向那近乎遥不可及的望秋湖，不觉潸然泪下，一片痴心碎落，凄凉满襟。

第三章　　踏遍紫云犹未旋

《天朝禁中起居注·卷一百二十八·第十章》：

二十七年，六月，帝恙，降旨停朝。辛卯，疾病加剧，移驾清和殿，退御医不宣……

圣武二十七年的初夏，伊歌城一片繁花似锦，宽阔的天街两侧浓荫匝地，偶尔已能听到蝉声点点，时有时无地吟唱在似火的骄阳下，给车水马龙的上九坊更添了几分热闹。

而朝堂之上，许是因为天帝的病情，倒着实安静了一阵子。只是湛王大军即将班师回朝，为将各项事宜筹备仔细，各处也都十分忙碌。

如今伊歌城九九八十一坊上下，所有的酒楼茶肆都盛传着湛王平藩乱、灭突厥、定西域的种种奇闻。其中最令言者津津乐道、男儿击节慨叹、女子暗怀遐思的，却莫过于湛王单骑入于阗，只身退却吐蕃使者的传说。

五月初时，天朝大军兵驻甘州，与早已等候在此的天朝使团会合。湛王除剑戈、去戎装，以皇子身份率包括一千护卫在内的使团入使西域诸国。与此同时，吐蕃赞普赤朗伦赞为笼络西域各国势力，亦遣使北行。

西域三十六国，以楼兰、焉耆、车师、于阗、龟兹、疏勒等几国国力最强，势力最大。其中楼兰、龟兹、疏勒等早已归服天朝统治或与天朝交好，唯有于阗因与吐蕃国境最为临近，一向态度暧昧。

天朝使团西行至于阗，因吐蕃使者早一步到达，先入为主，于阗国王既素来亲善吐蕃，便以护卫人数过众为由，拒绝天朝使团入境。

湛王闻报，命副使周镌率众候于戎卢，仅留十名扈从相随前往。

于阗护国将军哈努尔奉命前来迎接，出动大军万人，名义上设贵宾之礼，却设法习难随从。谁料湛王遂不带侍卫，不佩刀剑，只身与哈努尔并骑入城。玉冠白马，缓带轻衫，一尘不惊，谈笑自如。万剑丛中过，如入无人之境，倒叫哈努尔暗自心惊，亦不由佩服，不复之前态度嚣张。

当晚，于阗王设宴王宫之中，吐蕃使者位列上席。席间那吐蕃使者频频挑衅湛王，于阗王故作不见。湛王举酒笑谈，从容周旋，犀利却偏不温不火的语气，高傲却又缓若春风的神情，言辞风雅，才识渊博，见解独到，寥寥几句笑语便叫对方处处受制，自打嘴巴。

一场鸿门宴，于阗国在座的王族亲贵慑于湛王高贵气度，无不心有倾服，反而冷落了原本被视作上宾的吐蕃使者。宴后，湛王与于阗王密谈至深夜，一直亲善吐蕃的于阗王竟于第二日一早便下令将吐蕃使者逐出境内，以隆重的国礼迎接天朝使团入朝。

于阗态度的转变，令天朝在西域的统治更加不可动摇。湛王究竟用了何等法子达到了这样的目的，不免叫人猜测纷纭。但传闻中最为旖旎神秘的，却莫过于于阗王主动提出将二女儿朵霞公主嫁与湛王为妃的事情。

那朵霞公主乃是于阗王的掌上明珠，貌美如花，天姿聪慧，因自恃美丽与才智，不知曾拒绝过邻国多少公侯王子的求婚，将西域诸国才俊皆未放在眼中。不料此次王宫晚宴之后，她深深折服于湛王之潇洒风华，甘愿委身相嫁。

于阗王虽顾虑两国关系反复，不太情愿，但公主心意已决，执意请求，亦力劝父王不要把持不定，摇摆于两国之间，以免各不讨好。于阗王最后觉得公主言之有理，于是向天朝提出联姻，愿结秦晋之好。

面对于阗提出的婚事，湛王慨然笑纳，命八百里飞骑回报天都，请奏天帝。得到准许后，以明珠千斛、黄金万两，各色丝、绸、绢、罗、锦、缎及极为罕见的奢华珍玩为聘礼，迎娶朵霞公主回朝。其中仅一小块拳头大的龙涎香便已价值连城，更莫说其他奇珍异宝，一时轰动西域诸国。

此事传回天都，自然化作了各种离奇的版本。湛王回朝的日子一定，伊歌城中凡是能见到城门的酒楼都已被抢订一空。礼部与皇宗司拟定仪程，虽因天帝龙体未愈有所顾忌，并不敢有当年天子亲临神武门犒军的浩大声势，但满城官民万众瞩目，尽要一睹湛王与公主的风采，大街小巷沸沸扬扬。

湛王尚未离开于阗，一些自西域归来的行旅商人便早已将各色传说带回天都。湛王如何孤身入于阗，如何应对吐蕃使者，如何与公主两情相悦，携美而归……说得绘声绘色，如同亲历。

不过当然没有任何一个人会去想，任你惊才绝艳，天纵英姿，这世上没有凭空的获得。神话的背后，辉煌的底处，永远都是智谋与胆略较量，永远需要长远的眼光、过人的勇气，以及，无所不为的手段。

　　于阗一行之艰难，湛王进入西域之前便心中有数。天朝大军名义上驻扎甘州，实际上使团尚在楼兰国时，已有神御军轻骑三万借道龟兹，在龟兹国向导的引领下横穿沙漠，顺利抵达于阗边境和田河畔，悄然陈兵。

　　湛王之所以单身赴险，亦是深知于阗国内不乏来自天朝的商人。这些富商巨贾无不与富甲天下的殷氏门阀有着千丝万缕的联系。他们在于阗国内与那些王公贵族相交熟络，已然形成能左右于阗政局的一股势力，更是湛王此行坚实的财力后盾。

　　湛王只要召见几个商人，便能了解于阗王生性多疑、贪财好色，当即以天朝使团的名义向于阗王赠送了一批珠宝金银，外加数十名如花美女。而酒宴当晚，便有吐蕃使者酒后强行调戏这些女子的消息传到于阗王耳中，于阗王自然大怒。

　　此时被侍从请到花园散心平息怒气的于阗王，便顺理成章地遇到被朵霞公主邀请来鉴赏美玉的湛王。一次宾主尽欢的会面，湛王同于阗王和公主笑谈风雅，却貌似无意提起此次随他前来的副使周镶多次往返西域，已然开辟了一条自玉门关始，经楼兰、高昌、尉犁、龟兹、姑墨等国直达疏勒，从而西出葱岭的商路。天朝因国事纷争，考虑到商旅安全，大有完全弃用原来古道之意。

　　西域古道过鄯善、且末、精绝等国，再经于阗而达疏勒，一直是这些国家商贸繁荣的重要依赖。一旦行禁令、绝商旅，天朝的丝绸、茶叶、铁器、金银以及一些精美的奢侈品将在于阗国内身价倍增，而于阗所产的玉石、香料、药材等物品也将乏人问津。于阗即便能与吐蕃交好，吐蕃地处荒芜，即便国势再盛，又岂能与天朝的繁华相比？

　　于阗王虽不是什么明君圣主，行事反复无常，眼下却也看得清楚此点，再加上朵霞公主从旁规劝，当即见风使舵，驱逐吐蕃使者出境，向天朝示以诚意。

　　与她的父王相比，朵霞公主显然更具有过人的智慧与眼光，不但设法促成了两国间的交好，更为自己选定了一个风华无双的夫君。然而正如天朝的百姓不会想到国与国之间合纵连横的复杂一样，朵霞公主也永远不会了解，眼前这个翩翩如玉潇洒倜傥的男子，在对她温柔含笑之时心中所思所想，却是多年前在伊歌城京畿司的大牢里一个白衣素颜的女子曾说过的话：商旅贸易远比战争更容易控制一个国家……

　　这句话在他面对着万里大漠飞沙时如此鲜明地浮现在脑海中，夜色下美丽的月牙泉如她清澈明亮的眼睛，而静陈于泉底深处的沙石却如他此时的心情，在经过了白天烈日火烧般的曝晒之后，夜晚冰寒的幽凉透骨而来，一切繁华与骄傲皆没落，冷月随波，寂寂然，无声。

　　于阗王遣使者三百人，携上乘五色美玉、良马美酒等丰盛的陪嫁以及朝贡物品随湛王东行，送朵霞公主入嫁天朝，朝见天帝。但是这番两国联姻的盛举却让原本便愁云惨雾的御医院雪上加霜，只因天帝病势沉重，日渐不起，令人苦无良策。其中最叫御医们头疼的是天帝自移居清和殿之后便弃医不就，除了偶尔召见几位宰辅重臣并命苏淑妃侍驾外，不见朝臣妃嫔，连皇后都拒之门外。药无从下，医无从医，如何不让御医左右为难？

三省六部一台九司，举朝上下束手无策，如此拖至六月末，钦天监正卿乌从昭上了一道表章：

寅酉年乙亥，土盛枯水，木弱逢金。今太白经天，白虎犯日，太岁位正西，上侵紫宫，易避西方而居北坎位，远命属虎年之人，女子尤甚……

这道表章在通政司停了不到半个时辰，直接由内廷女官送入含光宫。

六月癸巳戌时，遵含光宫皇后懿旨，皇宗司、掖庭司清查大正宫中所有妃嫔、女官、侍女，凡遇虎年所生者，已有封号的妃嫔一律送至千悯寺，未经传召不得私自入宫，未曾侍驾的女官及侍女则放出宫去，各归家门。

深夜之中，大正宫灯影穿梭，脚步密集，掖庭监司亲自带人盘查各宫，不停有侍女被带走，一片人心惶惶。皇宗司则早已将几名不宜留在宫中的妃嫔遣送出去，连夜前往千悯寺，这其中便包括住在皇宫最西面承平宫中的定嫔。

翌日，汐王上表请奏，恳求天帝恩准他将定嫔接入汐王府奉养。与乌从昭的表章不同，这道表章经通政司进入中书省，在凤相手中压了三天，留中不发。

再隔了一日，已多日未曾进宫的凌王妃前来给天帝请安。不过多会儿，清和殿传出口谕，命御医院上呈日前所用药方御览，此时已晋为御医的黄文尚候在外殿，等候宣召。

这一候便是两个多时辰，眼见日上正中，一日已过去大半，黄文尚方见凌王妃自内殿中缓缓踱步而出，一身黛青色的宫装端丽雅致，广袖燕襟，披帛修长，虽已有数月身孕隐约也看得出，却是别有一份绰约风姿。润和通透的玉环绶随着她的脚步轻摇，发出悦耳的声音，给这着了几分暑气的大殿带来了丝丝清凉。

"见过王妃！"

随着黄文尚的问安，卿尘在他面前停下脚步："皇上先前都用的什么药？"

黄文尚回头示意了一下，身后两个内侍躬身将托着药方的漆盘呈上。卿尘便站在那里，一一细看下去，稍后道："取笔墨来。"

其中一个内侍应声退下，很快取来笔墨奉上。卿尘提笔垂眸，在御医院列出的方子上略加添减，笔下龙飞凤舞，看得黄文尚暗自心惊。

卿尘写完之后，对黄文尚道："从今天起照这个方子奉药，记住石决明先煎，钩藤后下。以后每日巳时来清和殿请脉，若脉象弦滑则加龙胆草五钱、菊花三钱、牡丹皮三钱同煎，若弦细便佐以尚药监所制的金匮肾气丸。你仔细记下，切莫有误。"

黄文尚匆忙将她的吩咐记下，拿着药方心中忐忑不安，一抬头，见她已经往殿外走去，三步并作两步追上："王妃！王妃……"

卿尘止步转身，面带询问。黄文尚踌躇道："王妃，这方子上有几味猛药，下官惶恐，实在不敢妄用。"

卿尘微微一哂道："你们御医院是不是也该改改那些中看不中用的太平方子了？"

黄文尚低声道："凡疾病当三分治，七分养，若未待脏腑调和便以猛药医之，恐生意外。下官丢了性命事小，圣体安危为重！"

话说完后，却半日不见卿尘回应。黄文尚抬头看去，见她正静静望向云檐龙壁的清和殿，有种幽深的意味映在她清透的眼底，一漩明锐浮光掠影般消失在那黑亮的瞳仁深处，微澜温冷。

只一瞬，卿尘自远处收回目光，淡声道："只怕皇上已等不到你们调和脏腑，安神定气了。"

黄文尚瞠目结舌呆立在那里，当时便汗透衣背，一句话也说不出来。卿尘见他这副模样，却淡淡一笑："你也是深知医理的人，我用的药有错吗？"

黄文尚道："药对病症，确实没错，只是……"

卿尘未等他说完，便道："既然药没错，我敢让你用，便自然有把握保你前程性命，难道你是不相信我？"

黄文尚急忙道："下官不敢！"

"那便好，这药用不用，你自己斟酌吧。"卿尘不再多言，转身继续前行。迎面正有殿前内侍快步在前引着凤衍入清和殿见驾，见卿尘和黄文尚站在殿外，凤衍停下脚步，那引路的内侍躬了躬身，先往殿内去了。

黄文尚见到凤衍倒如同见了救星一般，匆匆上前施礼："凤相！"

凤衍见他一脸惶惶不安的神情，皱眉道："什么事？"

黄文尚犹豫的空当，卿尘微笑道："我在和黄御医商讨给皇上用药的方子，黄御医对几味药有些疑问，不敢用。"

"哦！"凤衍看了黄文尚一眼，"既然是王妃列的方子，你便放心用吧。"

这简单的一句话却像给黄文尚吃了定心丸，他似乎舒了口气，道："下官遵命，那下官先行告退了。"

凤衍挥了挥手，黄文尚躬身退下。卿尘目光一抬，在黄文尚的背影上停了一停。凤衍笑容慈蔼："皇上果然肯用你的药，可见对你是信任有加啊！"

卿尘却只若有若无地笑了笑："我至少得让皇上看起来比以前有所好转，否则让御史台挑出钦天监的不是，乌从昭也不好交代。"

凤衍点头，顿了顿，问道："皇上究竟……"

略长的尾音，话不必说完，意思已明了，卿尘冰雪聪明，岂会不知其意？微微摇头："尽人事，听天命。"

凤衍会意，也不再多问，却突然见卿尘脸上带过极轻的微笑，回头看去，却原来是夜天凌远远迈上了白玉石阶，显然是往他们这边来。

因是入宫，夜天凌今日穿的是玄色的亲王常服，墨色底子上飞天云水纹衬绣五爪衮龙，王仪尊贵，不怒自威，冕冠束发，玉带缠腰，在平素的清冷中更添倨傲，令人不敢仰视。他在与卿尘目光相触的片刻微微扬唇，原本严邃迫人的星眸流露出淡淡笑意，一时神采飞扬。

待到了近前，他对凤衍道了声："不料凤相也在。"便伸手挽住卿尘，低声道："怎么这么久？"

卿尘道："陪皇上多说了会儿话，你怎么来了？"

夜天凌道："你身子不方便，还是早些回府，莫要太过劳累才好。"

卿尘含笑点头，凤衍看在眼中，笑道："殿下如此体贴卿尘，老臣这做父亲的看在眼中，着实替她高兴。"

夜天凌淡挑唇角，并未接话，却道："今日在文澜殿，凤相费心了。"

凤衍呵呵一笑："玄甲军的编制蒙圣上钦准，十余年来不曾有过异议，老臣不过是身处其位，职责所在罢了。"

夜天凌神色淡定，语气疏朗："说起军中编制，方才兵部倒提了一事，天都中京畿卫的人数如今已是两万有余，似乎与制不符。"

凤衍笑容不减："看来军中确有逾制之事，不以规矩，无以成方圆，该整顿的自不应马虎了事。"

夜天凌淡淡道："凤相辛苦。"

凤衍笑道："分内之事。"

熏风暖阳下，两人寥寥闲话，轻描淡写，叫人感觉不到丝毫的火药味，殊不知就在几个时辰前，文澜殿中因此事剑拔弩张，闹得不可开交。卫宗平与凤衍在联席朝议上又针锋相对地较量了一场，此时正在门下省值房中来回踱步，酝酿弹劾的折子，而凤衍却借问安的名义，直接来了清和殿。

事情源自玄甲军的增编。

年初漠北之战虽最后以天朝的胜利告终，但对于玄甲军来说却不过只是一场惨胜。百丈原上一万战士损失近半，事后夜天凌亲自从各处军中挑选了一批战士预备增补兵力，此次回天都一路察看，再经过近几个月的反复考较，最后确定了三千二百六十九人，报备兵部更换军籍。

按常例，此事经兵部上报，由中书省发敕令执行即可。谁知中书省核准的敕令转到门下省，却被以"逾制"的名义封驳，送回中书省重新拟定。

依天朝军制，帝都内外两城驻军除御林军两万士兵常驻大正宫、东宫与宣圣宫外，另有神御、神策两军驻扎外城。御林军直属天子，历来有受东宫太子统领的惯例，而神御、神策两军则由亲王以上的皇子分别统率，并由兵部从旁协助。此三军凡遇征调需以天子所授符印为信，实际上皆对天子负责，是皇族用来拱卫帝都、防范叛乱的直属军。

这几处驻军之外，天都内城另有京畿卫一万五千，由京畿司调派指挥，负责维护天都内外八十一坊日常安定。各王府中亦设有亲兵禁卫，其人数按品级高低各有不同，品级最高的九章亲王府可养兵一千五百，以此类推，亲王府一千，郡王府八百，公侯府五百。

除了此次回朝即将加封九章亲王的湛王外，天朝皇子中唯有凌王于圣武二十六年以平定西蜀之功晋封九章亲王，赐九珠王冠，有殿前佩剑、宫中驰马之特权，则依制凌王府中可设亲兵一千五百人。但由于凌王常年领兵在外，玄甲军自建军之日起便由他亲手调教指挥，这一万将士名义上隶属神御军，实则与凌王府之禁卫一般无二。

凌王素有城府，深知功高震主之大忌，纵重兵在握，却向来行事磊落，张弛有度，是以天帝即便清楚他在军中的威信却并不觉顾虑，多年来但凡有军务，也放心由他处置。何况玄甲军军纪严明，从骠骑大将到普通战士都洁身自爱，不结派，不党争，不张扬，不生事，令天帝甚为赞赏，因此玄甲军的存在实际上是在天帝的默许之下。

然而此时天帝病情反复，朝堂形势不明，玄甲军便格外引起了一些人的注意，这才有了文澜殿朝议的激烈争论。只是有些事虽然各人心知肚明，真正搬到台面上却从来没有敕令明示玄甲军乃是凌王的亲兵，如今要以"逾制"裁撤便十分没有道理。

文澜殿中凌王几乎是连话都懒得说，冷眼看着别有用心之人义正词严慷慨激昂，这态度不言而喻。凤衍那里却以中书省的名义接连责问门下省何以无中生有封驳敕令，咄咄逼人。兵部则不冷不热地请门下省给个合理的理由，既然有裁撤玄甲军之意，自然得对将士们有个交代。

两派各执其理，唇枪舌剑，往来不休，直看得一些中立的大臣忧心忡忡，心惊胆战。

忧的是天帝缠绵病榻精神日衰，朝堂之上波云诡起，改天换日近在眼前。惊的是如此情势之下，神御、神策两军北伐突厥，西镇边陲，如今这看似繁华锦绣、歌舞升平的伊歌城，竟已是一座无军镇守的空城。

第四章　　杜曲梨花杯上雪

夜天凌与卿尘出宫回府，冥执早等候多时，显然是有事禀告。

"殿下、凤主……"站在他两人面前，冥执话说出口，突然看了看卿尘，欲言又止。

卿尘眉眼淡挑，笑意浅浅："有他给你们撑腰，凡事就瞒着我吧，以后便是让我听我也不听了。"

冥执笑道："属下不敢，但事多劳心，还请凤主保重身子。"

卿尘上次亲自见了王值，恰巧次日有些心慌疲倦，不知为何胎动得厉害。虽这只是气血亏虚的常症，以前也有过几次，服药静养些时候便就好了，却着实惹得夜天凌不满。自此冥衣楼部属在卿尘面前便报喜不报忧，小事不报，大事简报，有事尽量不来烦扰她。卿尘今天却也真觉着累了，懒得过问，便先行回了漱玉院。

冥执待卿尘走了，便道："殿下，找到冥魇了。"

"哦？"夜天凌抬眸，"人在何处？"

冥执方才脸上那点儿笑容消失得无影无踪，神情异常愤恨："居然在承平宫，我们一直觉得奇怪，只要人还在天都，怎会这般毫无头绪？谁知他们根本没有出宫城。"

"承平宫？"夜天凌缓缓踱了几步，"可有遇到汐王府的人？"

冥执道："没见到，密室中六人都是碧血阁的部属。属下先行请罪，这六人没留下活口，只因他们太过狠毒！冥魇身上至少有十余种毒，伤及五脏六腑，双手双脚全部断筋错骨，一身功夫尽废。我们不敢惊动凤主，若非有牧原堂张老神医在，冥魇怕是连命都不保。"

夜天凌神情微冷："人在牧原堂？"

"是。"

"看看去。"

与开阔的前堂不同，牧原堂侧门拐过了一个街角，乌木门对着并不起眼的小巷，墙头几道青藤蔓延，丝丝垂下绿意，看起来倒像是一户寻常人家的后院。

然而沿着这道门进去，眼前便豁然开朗，成行的碧树下一个占地颇广的庭院，药畦片片，芳草鲜美，阵阵花香药香扑面而来，直叫人觉得是入了曹岭山间，悠然惬意。

写韵正在院中选药，一身青布衣裙穿在身上干净大方，叫人见了不由想起那雨后新露，丽质清新，与一年前凌王府中那个轻愁幽怨的侍妾判若两人。

一个布衣长衫、形容清癯的老者正背着手缓步自内堂走出，一脸的沉思。

写韵放下手中的事情，恭恭敬敬道："师父。"

张定水停下脚步，目光在满园青翠的药苗上停了片刻："方才我用针的手法，你看清楚了吗？"

"看清楚了。"写韵答。

"从今日起每日两次，你来用针。"张定水道，"内服五味清骨散，外用九一丹，好生照料。"

写韵却有些踌躇："师父，我来用针，万一有所差池……"

张定水目光落在她脸上："你入牧原堂已然一年有余，每日随我看诊练习，却为何还如此不自信？当初凌王妃研习这金针之术只用了半年时间，此后疑难杂症，针到病除，从未见她这般犹豫迟疑。"

写韵微咬着唇，道："王妃天人之姿，我不敢和她相比。"

张定水意味深长地道："你可知这半年里，她自己身上挨过多少针？这半年后，她在牧原堂日诊数十，又经了多少历练？天纵奇才，我从未听过她说这个，她是历尽钻研，胸有成竹。"

写韵轻轻道："师父教诲得是，我还是不够努力。"

"你的天赋不比她差，努力也不比她少，究竟差在何处，不妨自己好好想想。"张定水看了看她，举步向前走去，"我要入山采药，一个月后才回来，自明日起牧原堂的病人都由你自己看诊。"

写韵听了怔住，回过神来一时忐忑，一时兴奋，师父的意思是完全放心她吗？她目露欣喜，轻轻拨弄着手边的药草，还差在何处呢？师父也是在说她仍旧不及凌王妃啊！她蹙眉，却又突然一笑，何必想这么多啊，她是她，凌王妃是凌王妃。

思量间抬起头来，正见夜天凌和冥执沿着小径进了院中，那个修挺的身影她似乎非常熟悉，却也陌生到极致。

有些人注定不是你的，有些人注定只能用来仰望，她并不敢奢望和这样的人并肩站着，她只想努力做她自己。

离开凌王府，有这样广阔的天地可以尽情地飞舞，她开出的药方，她手中的金针，也能让啼哭的孩子安然入睡，也能让呻吟的伤者苦楚减轻，也能让痛苦的病人略展愁眉。她永远会记得凌王妃在她离开时说过的话，男女之间本无高低贵贱，只是在男人的世界中，因为是女人，便更要知道自己该怎么活……

是自信，她轻轻扬起头，微笑上前，盈盈福礼，将夜天凌和冥执引入内堂。

并肩而行，她能感觉到夜天凌身上冷水般的气息，他目不斜视地走在她身边，每一步都似乎自她的心中轻轻踩过。她挺直了身子，尽量迈出从容的脚步。这个男人曾经是她的天，但那是太高太远的地方，无垠的清冷足以令人窒息。她情愿放手，在羽翼尽折之前，回头寻找真正属于她的海阔天空。

内堂里莫不平、谢经、素娘等都在："殿下！"

夜天凌微微颔首，往一旁纱帘半垂的榻上看去，饶是他定力非常，见到冥魇时心中亦觉震惊。苍白的脸，苍白的唇，曾经冷艳的眉眼暗淡无光，英气勃勃的身姿形如枯木，若不是还有一丝几不可闻的呼吸，他几乎不能肯定她确实还活着。

然而就在他看过去的时候，冥魇微微睁开了眼睛，模糊中她看到那双清寂的眸子，如星，如夜，如冰。

筋脉俱断时利箭穿心般的痛楚下，毒发后万虫噬骨般的煎熬中，这双眼睛是唯一支撑着她的渴望。曾千万次地想，他在险境中，他的敌人隐在暗处虎视眈眈，刀山火海，只要还活着，便能见到他，告诉他，提醒他。

他现在就在面前啊！冥魇艰难地想撑起身子，却力不从心，声音微弱："殿下……"

素娘急忙上前相扶。"别动。"夜天凌沉声阻止，伸手搭在冥魇关脉之上。一股暖洋洋的真气缓缓游走于经脉之间，如深沉广阔的海，叫人溺毙，叫人沉沦，深陷其中，万劫不复。

冥魇贪恋地望着夜天凌的侧脸，目不转睛，唇角含笑。夜天凌脸色却一分分阴沉下来，末了霍然起身，深眸寒意丛生。

经脉俱损，筋骨碎折，是什么样的毒，什么样的刑，如此加诸一个女子身上！便是有血海深仇不共戴天，也不至于这般折磨！

写韵担心地看了他一眼，轻声道："殿下，若日后细心调治，冥魇的身子还是能恢复的。"

夜天凌扭头看向冥魇，即便身体能康复，一身武功却是尽毁于此，再也不可能恢复了，这对自幼练武身处江湖的人来说，岂非生不如死？

此时，冥魇却在素娘的扶持下轻轻道："殿下，冥魇失职，没能保护好贵妃娘娘，请殿下责罚！"

夜天凌将手一抬："此事不能怪你，是我太托大了。"

冥魇靠在素娘身上，慢慢道："碧血阁竟知道冥衣楼和皇族的渊源，他们夜入莲池宫为的是先帝赐给娘娘的紫晶石，若不是娘娘至死不肯说出串珠的下落，他们也不会容我活到今天。当年那胡三娘根本没有被处置，就是她带了十二血煞害死贵妃娘娘的！"

此时夜天凌怒极而静，反倒面色如常，徐徐转身道："莫先生，本王的部属绝没有白受委屈的道理，冥魇流的血，碧血阁必要用百倍的血来偿还。查其总坛所在，今后本王不想再听到'碧血阁'这三个字。"

那一瞬间，冥魇眼中有泪夺眶而出，沿着惨白的面容迅速滑下，夜天凌冷峻的身影在眼前变得一片模糊。

莫不平沉声道："属下已经调派人手追查，天璇宫刚有了回报，他们在绿衣坊济王前些年购下的一座宅院里。今晚之后，属下保证江湖上不会再有碧血阁。"

"胆子不小，竟敢隐匿在上九坊。"夜天凌冷冷道，"玄甲军会调拨人手从旁协助，你们不必顾忌汐王、济王两府。"

"属下遵命！"

夜天凌微微转身，目光在冥魇身上停留了片刻，似乎想说什么，然而却终究不曾再言，举步离开。

冥魇撑着全身的力气看着他的背影消失在门外，浑身一松，软软倒了下去。素娘匆忙扶她，却见她仰面静静看着如烟如尘的纱帐，一丝微薄的笑轻轻漾开在苍白的唇角……

第五章　前程两袖黄金泪

秀润的黄花梨木翘头小案，醉红的荔枝，伴着几个剥开的碧色莲蓬，水灵灵清湛湛地盛在小巧的琉璃盘子中，看上去似乎还带着清露的滋润湖水的气息，新鲜可人。花草繁茂的夏日，越是一日将尽越觉暑气逼人，阳光炎炎，过了回廊半洒入水榭，细细点点同光可鉴人的湘妃竹木交织成片，四周水汽氤氲，才淡淡泛出些清凉。

卿尘轻合着眼靠在榻前假寐，雪影穷极无聊，有一爪没一爪地捞着她垂在身旁的衣带，见她始终不理睬，扭头跳到小案上东踩踩西踩踩，一个回身打翻了琉璃盘。哐当一声轻响，荔枝滚了满地，小小莲蓬四落，吓得雪影跳起来迅速蹿走。

卿尘被响声惊醒，懒懒地睁眼一看，笑着以手撑额叹了口气。正奇怪外面侍女怎么没动静，碧瑶已放轻脚步走了进来，一见卿尘醒了，再看这满地的果子，回身便找雪影："又是你乱闹，前几天刚掉到湖里呛了个够，还不知收敛！"

雪影自知闯祸，上蹿下跳地绕着碧瑶躲，瞅着卿尘似笑非笑不是很有维护的意思，扭头就往回廊上跑。卿尘和碧瑶只听到一声哀鸣，企图逃匿的小兽被人拎着带回现场。夜天凌微皱着眉扫了眼地面，雪影可怜巴巴地被吊在半空。

这真是欺软怕硬，卿尘失笑，看热闹的雪战对雪影投去了同情的一瞥，扬尾巴，往卿尘怀中蹭了蹭，免遭池鱼之殃。谁知还没趴稳，一只手伸来，身子腾空而起，不等挣扎便被丢到了碧瑶怀中。夜天凌拂襟在案前坐下，清冷冷的目光一带，两只小兽往后缩了缩，立时乖巧地被碧瑶带走了。

卿尘撑起身子笑道："半天不见你，出府去了吗？"

夜天凌点头道："嗯，刚回来。"

卿尘细看他神色："出什么事了？"

夜天凌抬眸，清朗一笑："没事。"

卿尘淡淡笑了笑，便也不再追问。

外面细碎的脚步声由远及近入了水榭，随着淡淡清香，一个小侍女托着两个薄瓷小盏进来，低眉俯身放在案前："殿下、王妃请用。"

"这是什么？"夜天凌见盏中碧色盈盈，淡香袭人，随口问了句。

那小侍女抱着漆盘刚要退出，忽然听到他发问，竟吓了一跳，怯怯地不知该怎么回答。凌王府中的侍女一向对夜天凌有些害怕，卿尘见她年纪尚小，温言笑问："是荷叶露吗？"

那小侍女急忙点头，细声回答："回王妃，是莲子荷叶露，白夫人……让奴婢送来的。"

卿尘道："知道了，你去做事吧。"

小侍女一直不敢抬眼看夜天凌："是，奴婢告退。"说罢放轻脚步匆匆退了出去。

卿尘调侃道："整日在府中不苟言笑的，谁见了你都害怕。"

夜天凌抬手取过瓷盏，悠闲地搅动着："那怎么又不见你害怕？"

卿尘以手支颐，斜靠在锦垫之上，闭目养神："天道之数，一物降一物，若都怕你还了得？"

却听夜天凌轻笑一声，倒没驳她，竟是默认了那一物降一物的话。卿尘乌墨般的眼线轻挑，笑意流泻，忽然清香扑鼻，睁开眼睛一看，夜天凌将他手里搅开的荷叶露递到了她面前："怎么不尝尝？"

卿尘懒懒摇头，夜天凌见她这几天总吃得极少，不免担心道："便是没胃口也多少吃点儿，两个人反倒比一个人吃得少了，这怎么行？"

但见那荷叶露玉冻一般盛在白瓷盏中，几粒去了心的莲子缀在上面赏心悦目，卿尘于是伸手接过来："这个看着倒清爽。"

夜天凌便随手拿了她那一碗，搅几下，尝了尝："味道不错。"

卿尘慢慢吃了小半碗便放下了，听湖上远远传来细语笑闹，却是侍女们划了小舟在采莲。轻舟破水，花叶碧连天，看得人心头痒痒的，她回头软声道："四哥……"

夜天凌笑着站起来，扬声吩咐："晏奚，着人备船游湖！"

外面伺候着的晏奚利落应声，马上去办。夜天凌扶了卿尘起身："不能久了。"

卿尘笑应道："就一会儿。"刚站起来，忽然间心口骤生剧痛，紧接着天旋地转，腥甜之气冲上喉间，不觉猛地喷出一口鲜血。

夜天凌大惊失色，匆忙撑住她摇摇欲坠的身子："清儿！"

卿尘只觉得心头似有千万把尖刀在搅，胸中血气翻涌，压也压不下，忍不住又是一口鲜血呕出。低头看去，只见手腕上一道血色红线隐隐出现，蜿蜒而上。红尘劫！她勉力抓住夜天凌的手，想要提醒他荷叶露中有毒，却只是不断咯血，身子软软的一丝力气也无，眼前逐渐模糊，似乎阳光太烈，欲将一切烧灼成灰。

她竭尽最后一丝清醒望向他，耳边传来他惊怒交加的声音。他应该没事，他的怀抱还是温暖而坚实，可以放心地依靠，惨红一片的血色淹没过来，越来越浓，骤然化作了黑暗。

红尘劫，源出西域，连环奇毒。绝神志，断脉息，逆血全身，关脉三寸处隐有红线如镯，镯绕九指，无解。

张定水枯瘦的指下，一道触目惊心的红线正在逐渐加深，缓缓地又沿着卿尘苍白的肌肤绕上一圈。

比起内外慌成一团的众人，夜天凌神色还算镇定，张定水刚一抬头，他立刻问道："怎样？"

张定水缓缓收回手："可解。"

本应如释重负的时候，夜天凌依旧剑眉紧锁，而张定水的神情也并没有多出轻松的痕迹："毒可解，但却要殿下舍得王妃腹中的胎儿……"

夜天凌眼中蓦然一震，截下他后面的话语："我只要她平安！"

张定水点头道："依方才所言，下毒之人实则针对的是殿下，若这毒真的入了殿下体内，便是我也无能为力了。现在红尘劫的本毒可用血魂珠化解，血魂珠有归血通脉的功效，但本身亦是剧毒。红尘劫之所以名列天下奇毒，便是因其毒中缠毒，解毒亦是种毒，生生不息，永无休止，说是有解，可谓无解。但眼下王妃体内有一个受体，我可以金针引导，借血脉运行之机将血魂珠逼入胎儿中，胎儿脱离母体，则毒随之而去。"

红镯妖娆，缠着卿尘皓腕似雪，却如毒蛇噬心，夜天凌强压下动荡的情绪："哪里能找到血魂珠？"

张定水道："血魂珠虽不多见，牧原堂却也不缺。只是有一事我必得让殿下清楚，王妃腹中胎儿已有七个多月，精气已聚，形体已成，且极有可能是个男婴。若此时产出母体，我有把握保其平安，殿下是否要再行斟酌？"

夜天凌薄唇一抿，"不必！"

张定水微微喟叹："殿下既然心意已决，我也不再多说，定保王妃无恙便是。"

极深的海底，四周很宁静，没有一丝光线，没有一丝声响，沉沉的死寂一片。

卿尘恢复第一丝意识的时候，是尖锐的刺痛。仿佛有一种力量将冰封的海水缓缓推动，一个接一个的漩涡卷来，夹杂着冰凌的液体逐渐在血脉中奔流，那痛无处不在，铺天盖地地纠缠上来。她忍不住轻声呻吟，立刻听到一个声音在耳边响起："清儿，清儿！"

清儿……谁在叫她？是父亲吗？和小时候赖床不起时一样，父亲是没有时间和她认真的，赖一下便过去了。她昏昏沉沉地想着，只想再次沉入海底，便可以躲避那如影随形的痛楚。

然而那个声音始终执着地在催促，她挣扎了一下，有什么吸引着她，却又有种压力反扑过来，两相抗衡中那声音锲而不舍地霸道地将她往水面上拉，终于身子越升越快，有浮动的光亮逐渐接近，仿佛猛地破开灭顶的压力，眼前光亮大盛，一双深亮而焦灼的眼睛带着几分狂喜和惊痛，她看清了他："四哥……"

夜天凌一直紧握着卿尘的手，眼见那一圈圈夺命的红线正在缓缓褪去，指尖不禁微微颤抖。"我在！"他轻声道。

卿尘看到他毫发无伤地在身边，露出一个虚弱的微笑，吃力地道："幸好……你没有喝那碗荷叶露……"

夜天凌心中已分不清是痛还是恨，千言万语堵在喉间一句话也说不出来，如枪剑丛生，扎得骨肉鲜血淋漓，他只能紧紧将她的手握着，似乎想借此分担她的痛苦。

卿尘神志逐渐有些清醒，恍惚感觉到金针入穴，在浑身的疼痛下不甚清晰。

张定水行针的手极稳，气定神闲，专注而果断。

天突……华善……膻中……巨阙……建里……神阙……气海……卿尘恍然一震，立刻醒悟到张定水用针的意图，惊痛万分，竭力想撑起身子："不要……不……"

夜天凌眼中满是苦楚，压住她想要护住腹部的手，哑声道："清儿，你别动。"

卿尘无力挣扎，只能哀哀看着他："四哥……这……这是你的骨肉……你不能……"她的目光是他从未见过的乞求、无助，眼中泪水夺眶而出点点滑落，如滚油浇心，令人五内俱焚。

夜天凌牙关狠咬，卿尘的话撕心裂肺，逼得他不敢再看着那双满是哀求的眼睛。他冷冷抿唇扭头，那一分刚硬果决如铁，他绝不后悔这个选择，他可以不要一切，包括他的骨血，只要她无恙。如果可以，他愿意用自己的性命去换取，哪怕让她少痛一丝也好。

张定水终于抬头，暗叹一声，重新取出两枚金针，手起针落，刺入卿尘耳旁要穴。卿尘神志瞬间模糊，重新陷入了昏睡。

两个时辰后，宫内得凌王府急报，凌王妃意外早产，一个近七个月大的男婴刚刚出生便已夭折。

夜幕深落，夜天凌步履疲惫地走出王府寝殿，细月一弦，斜挂青天。

眼前灯火通明，次第而上，照亮已完全压抑在夜色中寝殿的轮廓。广阔的前庭中，一面是黑衣黑巾的冥衣楼部属，一面是玄甲玄袍的玄甲军士兵，见到他出来，上千战士同时单膝跪下。整个黢黑的夜里，只闻齐刷刷衣襟振拂的响声，雪亮的剑，夺目的杀气。

夜天凌缓缓仰头看向那刀锋般的冷月，掷下话语如冰："踏平绿衣坊，挡者，杀无赦！"

凌王妃中毒之后，当初送荷叶露入水榭的小侍女立刻便被查出。那女孩儿起初哀哀喊冤，但冥衣楼的手段连铁板都能撬开，何况一个弱不禁风的小姑娘。

不过片刻，小侍女便供出投毒的主使者——凌王侍妾，千泇夫人。

白夫人恨极，命王府中的掌仪女官将千泇自思园带出审问，千泇却着实惊骇欲绝，怎么也不承认买通小侍女是要投毒谋害凌王与王妃。

最后在掌仪女官的严词逼问下，千泇才说出荷叶露中所放的不过是可令人意乱情迷的药物。

千泇留恋王府却无望得凌王宠幸，终日郁郁寡欢，前几日被写韵邀出府去散心，回来路上转去寺庙上香时无意中遇到一个叫三娘的女子，自称是城中某位官宦家的小妾。

两人似乎一见如故，三娘说起在家中被正妻欺凌，眼泪涟涟。千泇想起自己的处境，不由将满腹哀愁也说给她听。三娘眼泪来得快，去得快，转眼便出主意给她，只说眼下王妃有孕在身，也不是没有法子让凌王来思园。

千泇即便知道凌王永远不可能垂爱于她，却只紧紧抓着心中一丝残念，拿着三娘给的药，唯想一夜之后若能幸而得子，她就知足了。

她只执着于编织着这番幻想，却并不知这微薄的念头已成了他人手中恶毒的刀，刀锋上淬着蛇蝎般的毒穿心透骨，就此将她推入毁灭的深渊。

白夫人以往怜惜千泇，一直对她多有关照，但如今纵怜其不幸，更恨其不争，言语中再不留情面："你当用这种见不得人的法子便能乱了殿下心志？依殿下的性子，他若是不想做的事，便是天塌下来也没用！纵然殿下真撑不住，王妃一手医术起死回生，难道还奈何不了这种下作的药？你也未免太小看殿下和王妃了！做出如此糊涂之事，就凭这个你如何配得上殿下？眼下我也护不得你了！你若还有脸见殿下，自己去求他饶你性命吧！"

千泇如遭五雷轰顶，两个掌仪女官丢下手，她身子便软软瘫倒在地上。

白夫人的话近乎残忍地覆灭了她所有幻想中的美好，光明普照在天涯的尽头，她在纵身而去时感到了急速坠落的快感，灰飞烟灭的一刻才知道，原来纵使飞蛾扑火，自己却连那双翅膀都不曾拥有。

汐王府的门前向来只有两盏半明半暗的悬灯，与相隔不过两条街、当年明辉煊煌的溟王府相比，未免显得有些寒碜。但如今溟王府华灯尽落人去楼空，汐王府还是这两盏悬灯，在过亮的月色下看去可有可无。

王府最深处的偏殿，异于常日地上了灯火，原本明亮的屋室却偏偏因两个人的脸色而阴晴不定。一丝微不可察的紧张的气氛悄然蔓延，烛焰偶尔一跳，晃得人心中一抖。

暗银的紧身武士服，细长的眼眸，如敛了万千灯火的妖媚，庄散柳声音却阴沉得像能捏出水来："非但凌王安然无恙，反而打草惊蛇，成事不足败事有余！我早就提醒过不要动那个女人，你当我是说笑吗？"

夜天汐心中正窝着火，近来手中诸事差错，四处不顺。先是手下数名朝臣连遭弹劾罢黜，接着定嫔被逐出宫，凤家与殷家朝堂相争，又莫名其妙一把火烧到了京畿司。今日中书省加急敕令，命军中各处整饬编制，京畿卫首当其冲，被勒令裁汰士兵近三千人。本来最为得力的碧血阁刚刚损兵折将丢了冥魔，眼下又出了这等事，如何叫他不恼火？因此冷哼一声，说出的话便也格外不入耳："什么了不得的事？无非是一个女人，别说人还没死，便是死了又如何？值得这么大惊小怪！"

庄散柳眸中寒光骤现，语出阴冷："无非一个女人？她若是死了，你今晚就得给她陪葬！你以为你是谁？这个女人的命比你值钱！"

嚣张至极的态度，直气得夜天汐脸色铁青，勃然大怒："你当自己是什么人，敢对本王如此说话！本王对你一再忍让，莫要敬酒不吃吃罚酒！"

庄散柳今日像是存心来给他添堵的，阴阳怪气地道："原来殿下很清楚凭自己的实力除了隐忍别无出路？那还是继续忍下去的好，免得前功尽弃，后悔莫及！"

夜天汐眼底清楚地闪现出一线杀机，忍无可忍，狠狠道："本王今日倒要看看你又有多少本事！"话音未落，拍案而起，出手如电，便往庄散柳面上揭去。

庄散柳身子飘飘往后一折，避开脸上面具，横掌击出，掌风凌厉。两人半空单掌相交，双双一震，夜天汐手中精光暴闪，剑已入手，杀气陡盛，庄散柳足尖飞挑，面前几案应声撞向夜天汐。

便是这电光石火的一刹，庄散柳已飞身而退。夜天汐既起了杀心岂会就此罢手，剑势连绵直逼上前，摄魂夺魄。庄散柳飘退三步反守为攻，空手对敌丝毫不落下风，眼中一抹冷笑浮动，如刀如刃。

银影黄衫此起彼伏，两人身形闪出殿外，迅速缠斗在一起。

响动声立刻惊动了外面胡三娘等人，王府侍卫团团围上，一时难以插手。胡三娘厉声娇叱，短刀出手，袭向庄散柳后背。

却听月下铮然一声水龙清吟，胡三娘眼前一花，骇然发现眼前庄散柳身形鬼魅般闪过，自己的短刀竟迎面刺向夜天汐的胸口。她大惊之下猛然弃刀抽身，惊出一身冷汗，定睛一看，夜天汐一动不动立在庭中，一把水光流溢的软剑轻轻架在他颈后，沿着那剑，一双邪魅的眸子，异芒阴暗，一身银色的长衫，风中微动。

剑影激滟着月色，不知出自何时，不知来自何处，似乎只要轻轻一丝微风，那月色便要随着波光散去。持剑的人似笑非笑的眼波微微一转，却叫周围横剑持刀的侍卫们不约而同向后退了一步。

胡三娘颤声喝道："庄散柳！你……你别乱来！"

一声冷笑吹得月光微动，夜天汐只觉得那细薄的剑锋轻颤，沿着他的肌肤缓缓前移。剑上寒气刺得人汗毛倒竖，颈后却有温热的气息贴近，一股若有若无的熏香味道让他忽然感觉异常熟悉。

"殿下，我知道你早就想要我死了，不过现在杀了我对你没有任何好处，还不如省下力气想想该怎么应付凌王。等收拾了他，我再陪殿下好好玩也不迟。"

傲慢而阴柔的声音低如私语，依旧叫人恨得牙根痒痒，夜天汐却也着实不一般，方才那番震怒已不见踪影，此时全然无视利刃压颈，镇定转身，缓缓笑说："庄先生好身手，本王领教了。"扭头对侍卫喝道，"还不退！本王与庄先生切磋剑法用得着你们插手？"

侍卫们四下往后退开，人人惊疑不定。庄散柳眼尾满不在乎地扫过那些明晃晃尚未入鞘的刀剑，扬手一振，那柄软剑嗖地弹起，灵蛇般缠回腰间，化作一条精致的腰带。

夜天汐心中忽然闪电般掠过一个影子，蓦地惊住。

庄散柳随手掸了掸衣襟："今晚到此为止，庄某告辞了。殿下可要小心些，免得改日我再想找人切磋剑术，却没了对手。"

未等夜天汐有所反应，他身形飘然一晃，已跃上王府高墙，银衣魅影瞬间消失在月色下。

一阵风过，空气中隐约还残留着那股熏香的气息，龙涎香！夜天汐悚然记起这个味道。这种难得的香料当朝只有含光宫常用，日前殷皇后曾以此赏赐湛王迎娶于阗公主，除此之外，天朝皇族中唯一曾被准许使用此香的，便是孝贞皇后生前最为宠爱的小儿子，九皇子，夜天溟。

夜天汐身上倏然掠过一阵凉意，不寒而栗，胡三娘试探着叫了声："殿下？"他猛地回头吩咐："立刻去查溟王府当年的案子！庄散柳……本王要知道他究竟是谁！"

胡三娘不明所以地应下，方要细问缘由，一个碧血阁的部属浑身是血冲入了王府，跌跌撞撞扑至夜天汐脚下："冥衣楼夜袭绿衣坊！玄甲军……玄甲军……"话未说完，人已倒地气绝。

夜天汐一脚踢开拽住他袍角的尸身，抬头看时，绿衣坊那边早已火光冲天，映红了伊歌城风轻云淡的夜空。

一道高起的屋脊上，庄散柳脚步略停，回头望向不远处火光烧天，细眸下一抹妖娆血色深浅明暗，化作阴沉的冷笑。

当他得知凌王妃早产的真正原因时，便清楚凌王必不会让碧血阁活过今晚。而他却对汐王绝口不提，更毫无道理地与其纠缠了半天，让他根本无暇及时应对凌王的行动。没了碧血阁，汐王还有什么能耐来取人性命？何况他现下能否在凌王手下赢得活路尚属未知。

这场火烧得好，连济王一并卷入了其中。当初他暗中设法帮汐王拉拢济王做帮手，便从没想让济王从这潭浑水中干净地出去。

一箭三雕！那双眼中映着的火光魅异盛亮，虽然事情并没有完全按他所预计的轨道发展，但并不妨碍他达到目的，这番龙争虎斗的乱局正中下怀。现在他唯一需要知道的便是，当天都这漫天巨浪逐渐沸腾到顶点的时候，他所想要的那个人将会身在何处？

第六章　　何处逢春不惆怅

《天朝史·帝都·卷八十》：

圣武二十七年七月丁卯夜，广岳门私烛坊爆燃，火势迅猛，祸连左右，京畿司守兵渎职，扑救不及。

凌王闻报，调三千玄甲军迁移民众，引水救火。寅半，大火熄灭，私烛坊化为灰烬。

戊辰，牧原堂尽数收容灾民，资建房屋，民安。大理寺查，济王纵家奴私开爆竹坊，以致此祸。帝怒，削济王俸禄两千户，命其闭门思过。

史笔如刀，然而再利的刀锋也刻不尽所有真相，在光明与黑暗之间，那一刃模糊的灰色沉淀着岁月光阴最真实的痕迹，永远在迷离中戴着隐约的面纱。

绿衣坊那一夜，是胡三娘最后一次见到属于火的华丽。

她站在灼热的青石地上看着火舌贪婪舔舐着碧血阁包括十二血煞在内所有的灵魂，狂舞的明焰飞蹿上红楼碧阁，直冲霄汉。

那个自烈焰中缓缓走出的身影如同来自地狱的冥王，剑锋下魑魅魍魉哀号惨叫，雪衣白刃斩尽残败哭歌，火影纷飞下冷冽如斯。

寂灭众生的双眼，冰封了灼灼烈火、冲天热浪，仿佛和世界隔了一匹白练，底下血污虫蛇都与他无关，天地悲号，他站在极尽的高处，冷眼相看。

"胡三娘。"

这是她第一次听到他说话，他的声音如他的剑，冰雪千里。

火光动荡下她看不清他的脸色，唯有那种居高临下的威严压得人透不过气来。她知道穿过了烟火夜色他正看向她，那无形的目光似乎将她的身子洞穿，让人在这样的注视中灰飞烟灭。

她着实禁不住如此压迫，软软扑跪在夜天凌面前，娇声微颤："殿下……饶命！"媚媚地低头，几缕青丝荡漾："汐王他们的事奴家都知道，请殿下饶奴家一命，奴家什么都愿说！"

楚楚艳骨，万种风情，勾魂夺魄的眼中似有泪光泫然欲滴，几要将众生尽颠倒。可一抬眼，无声的寒气透心而来，那双眼睛中冰雪的痕迹不曾消融半分，只听到冷硬的一个字："说。"

凌王一字千金，这已是应了不杀她？胡三娘心中一喜，尽量保持着媚人的风姿，便怯怯道："奴家原本也是良家女子，那年在天都被湛王逼得走投无路，只好投靠汐王，汐王他……他原来是一心想图谋大事！"

她为讨好夜天凌，立刻将汐王暗地里的事统统抖搂了出来。汐王早与碧血阁沆瀣一气，笼络卫骞，利用天舞醉坊敛取不义之财。事发之后，他故意给了卫骞督运粮草的要职，让他到北疆去送死，并想借此陷湛王于死地。

当初出征漠北，他泄露凌王的行踪给东突厥，联络始罗可汗派人暗杀，同时构陷凌王身边得力大将迟成。一次不成，便又利用史仲侯，逼他用凌王的命来换母亲的命。

定嫔住在承平宫，无意中发现有密道通往宫外。碧血阁从密道里的一些蛛丝马迹查到了冥衣楼，后来又查到莲贵妃手里有穆帝赐给的紫晶串珠。于是他们派人潜入莲池宫，威逼莲贵妃未遂，便动手将她杀害。

"这几年来他一直想借突厥人的手除掉殿下，谁知殿下竟真灭了突厥王族，他便动起了用毒主意，那毒……"胡三娘急急抬头往四周看去，抬手指着肖自初横在不远处的尸身，"是他配的！奴家还劝过他们不要这么歹毒，反而被他们斥责打骂！"

夜天凌自始至终没有说一个字，胡三娘想不出还能说什么，小心翼翼往前看去，只一触那目光便骇得垂下眼睛："还有……还有……最近好些主意都是庄散柳给汐王出的，他也不知是什么人，厉害得很，连济王都有把柄抓在他手里，济王现在凡事就都帮着他们。这庄散柳好像很恨殿下，还一心觊觎王妃。对了，汐王今晚让我们去查溟王府，好像和他有关。"

她能说的都说了，只是不见夜天凌有所满意，心里着实忐忑慌乱，轻愁含怨地抬头：

"奴家以后情愿服侍殿下，殿下要奴家做什么都行！"她故意抬手拢了拢凌乱的衣衫，看似羞怯地垂下头去，青丝散垂，细腰一拧，领口处那凝脂般的肌肤却越发露了出来，映在火光下艳色跳动，柔光似水，只显得妖冶动人。

忽然颈间一凉，夜天凌手中清光冷冽的剑已抵在了她咽喉，她失声惊呼："殿下！殿下答应了饶过奴家的！"

夜天凌剑尖微微用力，抬起她的脸："没错，本王是答应了不杀你，如此千娇百媚，杀了未免可惜。"

胡三娘美目之中泪光隐隐，似颦似愁，娇声道："殿下！"

夜天凌面无表情地收剑入鞘，淡淡对旁边道："毁了这张脸，剜目断舌，送到下九坊吧。"说罢转身往外走去，再也没有多看胡三娘一眼。

胡三娘呆在当场，忽然反应过来，大叫一声，几近疯狂地往前扑去："夜天凌！你……你还是不是人！你……"后面的咒骂断在一声凄厉的惨呼中，夜天凌的身影已然消失在烟火弥漫的黑夜。

玄甲金戈，绿衣坊内外一律戒严。除了碧血阁前来增援的人被刻意放行，自广岳门火起后便再没有任何多余的人能进入绿衣坊，包括先后赶来的京畿卫和济王府的侍卫。

夜天凌缓缓纵马出现在封锁绿衣坊的玄甲军前时，济王正大发脾气，一众玄甲军战士却目视前方置若罔闻，全然不买这位王爷的账。

一见到夜天凌，济王立刻将满腔的怒火发到了他身上："四弟！你这是什么意思？这府园好歹也在我济王府的名下，出了这么大的事，凭什么把我们拦在外面？就算我管不着这事，连京畿司都不能进去，你玄甲军想干什么？"

夜天凌只拿眼角往他身上一带，语调冷然："三皇兄知道这是大事便好，有和我理论的时间，不如好好管管家奴，若是再多几家这样的私烛坊，小心下一把火烧到济王府，恐怕谁也救不得你。"

济王根本就不知这座闲宅里是碧血阁的人犯了夜天凌的大忌，听到这般刚冷无情的话，气得浑身发抖："你……你说什么！"济王府靠私营爆竹坊牟取暴利也不是一年两年了，原本事情隐秘得很，谁知去年不巧让京畿司查到了蛛丝马迹。天都中除少府司外严禁私造爆竹，这是不小的罪名，幸而汐王倒是个聪明人，替他瞒了下来不说，还表现得对此事很有兴趣，渐渐两府之间便往来频繁。今夜这私烛坊突然出事，对济王来说可真是火烧眉毛，天帝正在病中，这案子一牵出来定不会轻饶，如何不让他跳脚？关键是时值夏日，私烛坊根本是半歇业的状态，怎么就会突然事发？

夜天凌没理睬济王铁青的脸色，冷哼一声："至于京畿卫，防范懈怠，玩忽职守，明日等着听参吧！"他从头到尾都没有正眼看身前诸人，对站在济王身后不远处的汐王更是视而不见，说完此话，打马扬尘而去，玄甲铁骑紧随其后，人马飞驰，很快消失在黢黑的长街尽头。

"夜天凌！"济王指着玄甲军留下的一片狂肆飞尘几欲暴跳如雷，肩头忽然被一只手压住，汐王半张脸隐在随风晃动的火光下，明暗阴沉："三哥，他是要和我们来硬的了，这时候故意弄出此事，摆明了是连你也不放过，先下手为强，后下手吃亏啊！"

济王愣了愣："故意弄出此事？"

汐王道："三哥难道没见这迁出的百姓都毫发无损吗？玄甲军分明是起火前便到了绿衣坊，早有准备。"

济王被那只手压得站稳身子，心头的火却一跳一跳地冲上头顶，怒道："仗着父皇现在宠他吗？来硬的又怎样！难道我还怕了他？"

"三哥说得是。"汐王站在他身后，眼底寒意瘆人，唇角却不易察觉地牵出了一丝阴冷的笑。

凌王府今晚的灯火并不比往常明亮许多，却几乎是人人无眠。

处理好一切事情已近凌晨，夜天凌屏退左右，独自往寝殿走去。一天烟火尘埃落定，月淡西庭，夜风微凉。

碧瑶正从外面拿了什么东西回来，双目略微红肿，显然是哭过，见了他轻声叫道："殿下。"

夜天凌转身问道："她怎样了？"

"郡主已经醒了。"

听了此话，夜天凌微锁的眉头却未见舒展，只道："你们都下去吧。"

碧瑶像是还有话要说："殿下……"

夜天凌抬手阻止了她，碧瑶无奈，往寝殿的方向看了看，轻轻退了下去。

当夜天凌步入寝殿的庭院时，突然停下了脚步。寝殿之前跪着个人，身形单薄，摇摇欲坠，显然已经跪了很久，听到脚步声，转身看到他，哀声叫道："殿下……"

夜天凌脸色瞬间便冷了下来，置之不理，径自往前走去，千泇膝行两步赶在他面前："殿下！殿下！"

夜天凌眼中冷芒微闪："你在这里干什么？"

千泇重重叩了几个头，钗钿凌乱："千泇自知罪孽深重，百死莫赎，只求再见殿下一面。"

夜天凌看了她一会儿，突然冷笑："你是嫌毒不够分量，来看看本王死了没有？"

千泇脸色煞白，摇头哭道："不是……不是！我从来都没有想过要害殿下！我不知道那是毒啊！如果知道，我宁肯自己喝了也不会给殿下的！"

夜天凌眼底冰寒："那本王真要多谢你了。"

千泇满脸是泪，伸手想拉他的衣襟："大错已成，千泇唯有以死赎罪，千泇不敢求殿下原谅，只要能死在殿下手中，死而无悔。"

夜天凌猛地一拂襟袍，目露厌恶："杀你脏了本王的剑。"

千泇在他无情的话语中抬起头来，痴痴看着他，神情惨恻。冷风扑面，浸浸凉意如针似芒，一点点将她的心挑得粉碎，挑起那心底深处久藏着的哀怨孤苦，他刚冷的轮廓淡在迷离的水雾中。"是啊，我糊涂了，殿下是连杀我都不屑呢！从太后娘娘将我赐给你的那天起，你从来都没有正眼看过我。你每次来思园，都是为了应付太后派来的女官，天不亮便走。人去楼空，我就天天一个人守着那么大的园子，守着凌王府给我的锦衣玉食。我从来也不敢奢求和王妃争你的宠爱，只不过是求你看我一眼，哪怕偶尔对我笑一笑，万分的爱里能给我一分，我就知足了。我是不是真的一无是处，这么惹人厌烦？"她越说越是绝望，分不清究竟是爱还是恨，只是死死看着眼前这个男人。

夜天凌站在离她一步之遥的地方，静静地听着她的哭喊。忽而青光一闪，他腰间佩剑出鞘，千泇的声音随着那抹清冷的光微微一浮，停住，她仰起头来对着他的剑锋，惨然而笑。

然而出乎她的意料，那袭人的剑气并没有加诸她的身上，但她看到长剑在黑暗中划出凌厉的亮光。

"殿下！"

当的一声，那剑滴着血掷在她面前。夜天凌小臂之上一道长痕出现，顿时鲜血横流，他的声音漠然平稳："你要的我给不了你。我若欠了你，也已经用我的骨肉、我的血还你了，从此两清，我以后不想再见到你。"

血沿着他的指尖越滴越快，迅速在青石地上积成一汪血泉，风卷残叶，他的衣角在千泇眼前飘摇，转身一扬，绝然而去。

一行血迹，两身清冷。

千泇难以置信地看着夜天凌消失在她的视线中，过了许久，她缓缓低头看向眼前血染的长剑，脸上突然浮现出一丝凄凉的笑容。

她仔细理了理自己的鬓角，将那散乱的钗钿端正，慢慢伸手拾起了那柄剑，青锋耀目，剑上残留着他的血，他的温度。

抬头，夜幕青天，月影遥远而冷淡，便如她的一生，从来都没有清晰过。

转过青石道，夜天凌一步步迈上寝殿的台阶。他走得极慢，甚至在迈上最后一个台阶时完全停下了脚步，伫立片刻，缓缓地在那殿阶上坐了下来。

一切都安静了，他此时却有些不敢进入寝殿，碧血阁夺命的刀剑也好，济王的怒吼指责也好，汐王的阴谋诡计也好，都不曾让他有这般感觉，无所适从。

手搭在膝头，臂上的血不停地滴下，一波一波的疼痛已经开始由肌肤渗透到骨髓，他却丝毫没有处理伤口的想法。方才那一瞬间，似乎只有自己的血才能粉碎这样的荒谬，他几乎是痛恨自己，如果是他欠了谁的情，为什么要用清儿的痛去还？

他抬手遮住眼睛，黑暗中却如此鲜明地浮现出一双清澈的眸子。她那样看着他，她在求他保护他们的孩子，可他依旧作出了那个残忍的决定。

那双眼眸黑白分明，因有着剔骨割肉的痛楚而更加清晰，利如薄刃，竟让他想起来不知该如何面对。

二十年傲啸纵横，踌躇滋味，今宵始知。

他不由得紧紧握拳，伤口流血时带来那种尖锐的痛，倒叫人心里痛快些。这时他突然听到寝殿深处传来几不可闻的啜泣声，压在额头的手微微一松，他睁开眼睛细听，霍然回身，站起来快步往寝殿走去。

宫灯画影，层层帷幕深深。他赶到榻前，看到卿尘正孤单地蜷在锦衾深处。她的手紧紧抓着被角，身子却微微颤抖，那压抑的哭泣声埋在极深处几乎就要听不清楚，却让他顿时心如刀绞。

"清儿……"

卿尘听到声音迅速地将泪抹去，但看到夜天凌，她竟然向后躲去，避开了他。

夜天凌僵在那里，清冷的眼中似乎有什么东西崩塌裂陷，直坠深渊，声音满是焦急："清儿，你听我说。"

卿尘隐忍下去的泪水猛地又冲出眼眶，她神情有些迷乱，只是一双眼睛灼灼迫视着他，哑声质问："你为什么不要他，他难道不是你的孩子吗？他已经七个月大了啊！他能活下来的，你为什么不要他？"

"我……"夜天凌伸出的手定在半空，他一句话也说不出来，只是心疼地看着卿尘憔悴的模样，面带焦灼。可是面前那眼中的责问太锐太利，他生平第一次觉得无法和一个人的眼神对视，终于闭目扭头。

泪沿着凌乱的丝锦，洒了一身，失去了质问的目标，卿尘似被抽空了所有力气，目光游移恍惚，无力地垂下。她漫无目的地转头，却猝然看到夜天凌垂在身旁的那只手臂满是鲜血，已然浸透了衣袖，滴滴落在榻前。

刹那间脑中一片空白，她骇然吃惊，颤声叫道："四哥！"

夜天凌听到她的叫声，回头看到她起身向他伸出手，他几乎是立刻便抓住她带到了怀里。卿尘挣扎道："你的手怎么了？"

夜天凌对她的问话充耳不闻，只是紧紧地抱着她，一瞬也不肯放松。卿尘此时身子虚弱，自然拗不过他，触手处感觉到他血的温热，原本心里那种悲伤不由全化作了慌乱，她不敢乱动，只好向外喊道："来人！"

听到凌乱的脚步声，夜天凌才被迫放开了卿尘。张定水并没有离开凌王府，第一时间被请到了跟前。

侍女们已捧着清水、药布等东西跪在榻前，卿尘看着夜天凌满手的血惊痛万分："怎么会这样？你，你干什么去了？"她勉力撑着身子要看他的伤口，张定水上前道："王妃，我来吧。"

夜天凌虽任卿尘离开了他的怀抱，却依然用另外一只手紧紧攥着她。伤口较浅的地方血迹已经有些干结，张定水将衣衫剪开，轻轻一动，他没防备，不禁微抽了口冷气。

卿尘眼见伤口极深，竟是新添的剑痕，一时心乱如麻，轻声问道："很疼吗？"

夜天凌扭头看她，她脸上依稀仍见斑驳泪痕，黛眉轻蹙，愁颜未泯，但眼底却全是他熟悉的关切与柔软。他摇头表示没事，凝视着她，居然缓缓而笑，那是从心里透出来的如释重负的笑，那样真实，那样愉悦，仿佛千里阳光洒照在雪峰之巅。

卿尘在此时已经知道了她刚才所询问的那个答案。他的一点伤，已能让她揪心忐忑，不需要再多的原因，他所做的一切只因他们已是彼此心头最柔软的那部分，人可以舍得了骨血，却如何剜得出自己的心？

服了几日张定水开出来的药，红尘劫的余毒尽清，但卿尘却因此元气大伤，时常觉得晕眩乏力，一日里倒有大半日靠在榻上合目静养。

让碧瑶和白夫人她们十分不解的是，以往卿尘若是略有不适，夜天凌无论多忙总会抽空相陪，如今出了这样的事，他却时常不在府中，现在更是一连几天都不曾回府。

卿尘对此并不多问，只是有一次在卫长征回来说殿下今晚耽搁在凤府后，她轻轻合上手中的书卷，看着天际浮云缥缈久久不语，随后召来吴未吩咐约束府中诸人，近日一律不准随意出府。而王府中除了之前的玄甲侍卫外，亦多添了许多冥衣楼的部属。

第三天入夜时分，夜天凌回府了。

卿尘靠在榻上，看他就那么站在那里喝了碧瑶端进来的一碗灵芝羹。他挥手遣退侍女，自己动手去了外衣，仰身躺在她身边。

卿尘枕在他的肩头抬眸，他正低头细细地将她打量，那眼中清淡淡的一层光亮，暖意融融，却隐不下微红的血丝。

"四哥。"过了会儿，她轻轻叫他。夜天凌应了声，声音有些含糊，将她再往怀中搂紧几分，稍后低声道："我睡一下，过会儿陪你说话。"

卿尘便抬手放了云帐，榻前一片静谧的安然，回头时他竟已经沉睡过去。

她在他臂弯里安静地躺了一会儿，却睡不着，躺得久了隐隐觉得心口有些闷痛，便轻轻起身坐着。往日只要她一动夜天凌便会醒，今天他却睡得格外沉。卿尘将手边的薄衾给他搭在身上，黑暗中看到他的眉眼，在睡梦中平静而真实。

明月穿窗，月光似水，幽幽铺泻一地，覆上眉间眼底。在他身边的一刻，前尘已逝，来日方长，过去的宁文清、将来的凤卿尘都只是远远的幻影。

卿尘微微仰头，目光透过雕花的窗棂迎着那明净的月色，心中什么都不想，只愿这样陪着他，在日月交替光阴流淌的岁月中停驻在只属于他们的此刻，如此静谧，如此安宁。

夜天凌睡了不过小半个时辰，蒙眬中抬手，忽然觉得卿尘不在身边，立时惊醒过来："清儿！"

卿尘闻声扭头，夜天凌见她手按着胸口，很快起身问道："是不是心口又疼了？"

卿尘笑着摇了摇头，夜天凌眼中那丝紧张才淡了去。他下意识地抬手压了压额头，突然有双柔软的手覆上他的眉心，迎面是卿尘淡淡的笑。他将她的手拉下来握着，卿尘隔着月光看了他一会儿，轻声问道："都好了吗？"

夜天凌注视她，反问道："你信不信我？"

卿尘道："信。"

夜天凌唇间扬起一个峻峭的弧度："那便好，这些事都让我去做。"

卿尘目光和月色交织在一起，清透中略带着明锐："四哥，即便不能如你手中之剑一般锋利，我也不愿变成你的弱点。你爱我怜我，将我护在那些风浪之外，可他们又怎会容我安宁？更何况有些人，原本便是冲着我来的。"

夜天凌眼底异样平静，一层慑人的光芒漾出在幽暗之中："他们已经不可能有机会了，我不会再让你受到任何伤害，绝对不会。"

卿尘静了半晌，莞尔笑道："那好，我明日去度佛寺找敬戒大师喝茶去，顺便小住几日，讨个清闲。"

夜天凌略做沉吟，点头道："好，我派人送你去，那里清静，也安全。"

卿尘道："让冥衣楼的人跟着我吧。"

夜天凌低头端详她，她只笑得一派清淡，见他若有所思，她问道："怎么，你不信我能与敬戒大师品茶论法？"

夜天凌唇角往下弯了弯，吐出一个字："信。"

第七章　山登绝顶我为峰

圣武二十七年七月丁丑，对在大正宫中度过了大半生的孙仕来说，是个永生难忘的日子。若许年后，每当他翻开《天朝史》看到关于那一夜的寥寥几行记录时，都会想起那惊心动魄的一夜。

夜深人静，露水微凉，月辉在通往宫阙的天街之上洒下神秘重纱。伊歌城中万千人家街道纵横，如同一盘巨大的棋局，铺展在天地之间。

一阵阵马蹄声打在上九坊的青石路上，落如急雨，凭空给这深宵月华蒙上了一层肃杀之气，遥遥远去，先后消失在宫城深处。

承平宫本就是皇宫中较为偏僻的一座宫殿，自从定嫔被逐出宫，便更是人迹罕至，青苔露重，草虫轻鸣。然而相对于重兵把守的各处宫门来说，它离天帝此时居住的清和殿也不过隔着几座宫院和一个占地较广的御苑而已。

承平宫中密集的脚步声并没有为这座沉寂的宫殿带来光明，夜天汐站在一片黑暗中望向四角庭院的上方那片暗青色的天空。

曾几何时，幼小的他也曾站在这庭院中抬头，身后灯下是母亲孤单寂寞的身影。

一抹轻云遮月，在他脸上覆上了渐暗的阴影。

"五弟！"济王在前面催促了一声，他举步往前走去，身旁尽是全副武装的京畿司侍卫。从这里踏入了大正宫，离金碧辉煌的太极殿便只有一步之遥，他似乎已经看到了路的尽头。

夜天汐嘴角浮起别有意味的隐笑，随着他抬手挥落，叛乱的刀光划破了整个宫阙的宁静。

在汐王和济王的策划之下，近日来被各方势力频频打压的京畿卫借着承平宫中的密道发起兵变，一路未遇多少阻拦，直闯清和殿。

清和殿中，孙仕刚刚服侍天帝就寝，深夜闻讯，不免被震在当场。

飞奔前来报信的内侍跪在地上抖成一团，寝殿之中顿生慌乱。孙仕从震惊中恢复过来，厉声喝止众人，匆匆赶去禀报天帝，却见黄龙寝帐内天帝已然起身，挥手拂开云帷。

"孙仕，外面为何喧闹？"

孙仕趋前跪倒："陛下！济王和汐王带兵攻入宫城，要求面见陛下！"

天帝一愣，霍地直身坐起来："所为何事？"

孙仕道："外面报说，京畿卫抵制兵员裁撤，欲请陛下收回成命。济王怕是因封爵被削，心存不满。"

天帝心下顿生惊怒，以手击榻："混账！"

此时外面隔着夜色传来一声巨响，似有无数重物齐声落地，震得大殿地面微颤。一个内侍跌跌撞撞地跑进来奏道："启禀陛下！凌王率玄甲军入宫护驾，玄甲巨盾已将叛军挡在了殿前！还请陛下示下！"

孙仕先松了口气，却见天帝眼中闪过一丝诧异，脸上神色由惊怒逐渐转为一种异样的凝重。孙仕毕竟也是跟了天帝几十年的人，久历风浪，立刻想到玄甲巨盾乃是军队对阵常用之物，巨大坚固，沉重异常，宫中并不曾常备。想到此处心底没来由地一凉，忽听天帝沉声道："御林军何在？命方卓即刻调集五部禁军殿前待命！"

话刚说完，已听殿外有人道："御林军统领方卓、副统领秦展叩请圣安！"

须臾之后，内殿传出天帝沉稳的声音："朕安。"

自前太子被废后，御林军在凌王手中整治了四个月，此后废黜了由东宫统调的惯例，直接对天子负责。不久凌王大婚，主动让出神御军兵权，紧接着溟王事发，神策军亦不再由任何一名皇子统调。至此，帝都三军已完全在天帝亲自掌控之中，这便如在当时因储位空虚而逐渐升温的朝堂上当头浇下一场冷雨，令众人都清楚地意识到，如今依旧唯有一人能左右整个天朝，那便是大正宫的主人，天帝。

历经整饬之后的御林军大改其观，几可与出自战场的正规军相较。因此虽神御、神策两军远征在外，帝都内有御林军，中有京畿卫，外有玄甲军，依然是固若金汤。而此三方平均实力相若，亦处于一种基本的平衡中，任何一方也不可能单独与其他两方抗衡。

方卓在殿外请罪道："末将失职，未能及时防范，致使叛军惊动圣驾，罪该万死！"

天帝并无降罪之意，命令道："玄甲军平叛你们不必插手，自此刻起没有朕的口谕，任何人不得擅入清和殿。"

"末将遵旨！"

大正宫中风吹灯影，四处陷入慌乱，刀光之下，宫人奔走躲避，叛军杀至清和殿前，正被玄甲军迎头截下。

随着铁墙般玄甲巨盾的出现，四下宫门轰然阖闭。

清和殿前火光如昼，密密麻麻的玄甲铁卫居高临下张起劲弩，琼玉高阶之上尽是手持长戈的御林军，排排布列，肃杀阵势逼人生寒。

叛军阵脚大乱，被断在宫门外的少数立遭镇压，困于殿前广场中的大部分顿成瓮中之鳖。

刀剑交击，甲戈碰撞，高墙外喊杀声冲起高潮，很快陷入平定。

殿前负隅顽抗的叛军被玄甲铁盾慢慢逼至一处，只见大殿龙壁玉阶之前，御林军如金凤展翅般裂开一条通道，一人玄衣劲甲出现在殿阶尽处。

圆月当空，月色金辉笼罩在他卓然峻峭的身形之上，仿佛整个天地间，只余他一人独立。

他遥遥站在那至高处，只往挣扎困局的叛军看了一眼，转身的一刻轻轻抬手。

手落之处，明火骤熄，黑暗中，箭如雨下。

大殿深宫，千万灯火盛亮，将四周腾云驾雾的九龙雕柱映得流光溢彩，金帷云纹，绮丽生辉。

一层层织锦飞花，一道道金楹华贵，夜天凌步履从容地沿着这条曾走过无数遍的路独自迈入了此时灯光辉煌的清和殿，孙仕见到他的时候，只觉得头脑一片空白，几乎连浑身血液也停止了流动。

上万禁军镇守清和殿，凌王不得天帝传召如入无人之境，这其中意味已不言而喻。

琉璃玉灯映上凌王清冷的面容，那双深海般的眼睛成为孙仕至死难忘的印象。二十七年前他曾见过这样一双眼睛，那是一个站在紫禁之巅的男人，傲岸自信、睥睨天下的神采。

"孙仕，让他进来。"天帝的声音如往常一样稳定而威严，孙仕闻声，移身退往一旁。

夜天凌迈过了最后一道高槛，安静的大殿，龙榻居中，金幄如云。

"儿臣叩见父皇。"一抹玄色衣襟微扬，在这片凝滞的安静中带起一道涟漪。

天帝自宽阔的龙榻处走下："说吧。"

夜天凌道："京畿卫叛乱已平，天都十四门由玄甲军暂时接管，并有凤相亲自前往镇守，请父皇放心。"

天帝垂眸看了他一会儿："你的哥哥和弟弟呢？"

夜天凌道："济王、汐王起兵逼宫，蓄意谋反，一者受伤被擒，现在囚禁在皇宗司，一者已死于乱军之中。"

天帝语气渐生凌厉："好啊！你真是下得了手！"

夜天凌缓缓抬头，俊面无波："儿臣查知，今年三月，汐王派人暗中潜入莲池宫，内应定嫔，勒杀莲贵妃，事后买通御医造成自缢假象，欺瞒天听。想必父皇查知此事，亦不会让他活到明日。至于定嫔，今晚儿臣命人将她从千悯寺带入宫中，她目睹了汐王谋逆事败，已经自尽谢罪。"

他话说到一半，天帝脸上已然色变，待他全部说完，天帝脸上全是惨白，踉跄后退了一步，伸手扶住旁边的高案才稳住身子。

夜天凌面无表情地跪在殿中，眼波静冷。

过了好一会儿，天帝脸上的惊痛震怒皆落尽，突然盯着他徐徐笑道："平身吧，你已加封九章亲王，又替朕平叛安乱，屡立奇功，朕都想不出该如何封赏你了。不如你自己说还想要什么，朕看看能不能给。"

夜天凌长身而起，抬眸与天帝对视了片刻。

殿中的九莲灯漏水声隐约，时辰流逝，云珠转动，越发显出四周的静。他薄唇轻挑，淡声道："禀父皇，儿臣，想要这大正宫。"

短短数字，如一层凉冰扩散，刹那封冻了整座大殿，似连金光明烁的灯火也被凝结在半空，四周静得能听见心跳。

孙仕指尖冰凉，心中如坠深渊，却见天帝广袖一挥，叮地将什么东西掷到离他不远处："孙仕！给他！"

孙仕稳住心神，俯身捧起那一对金铜铸成的钥匙，往御案后走去。当他的手触到温润的黄花梨木柜时，心底突然恢复了平静。仿佛回到二十七年前那个夜晚，从光明走向黑暗，从黑暗走向光明，当在临界的一点踏出脚步，那种令人身心战栗的快感如电流般击中全身，而后，涌起一片无边无际的寂静。

他稳稳地将钥匙插入锁洞，锁钥碰撞发出轻微的声响。他自柜中取出了一个翡翠盘龙的扁长玉盒，又用另一把钥匙打开了上面的金锁，小心翼翼地捧出一卷金章封印的诏书，呈到夜天凌面前。

夜天凌抬手接过，指下微微用力，封印应手碎裂。他抬手一抖，金帛开展，龙纹朱墨，赫然是一道早已拟好的传位诏书：

"朕闻生死物之大归，修短者人之常分，圣人达理，古无所逃。朕以寡德，祗承天命，励精理道，勤劳邦国，夙夜惟寅，罔敢自逸。焦劳成疾，弥国不廖，言念亲贤，可付国事。四皇子凌天钟睿哲，神授莫奇，仁孝厚德，深肖朕躬。朕之知子，无愧天下，必能嗣膺大业。中外庶僚，亦悉心辅翼，将相协力，共佐乃君……"

夜天凌面上始终毫无情绪，诏书在他指间缓缓收起："多谢父皇。"他冷冷道，"'深肖朕躬'，儿臣想必没有让父皇失望。"

天帝看着眼前冷然酷似自己年轻时的面容，慢慢道："不错，你确实是朕的儿子中最像朕的一个。"话音落地，他身子摇摇欲坠，脸色青白如死，突然猛地一晃，便往后倒去。

孙仕疾步抢上前去将他扶住，大叫道："陛下！"

天帝张了张嘴，却什么也再说不出来，只睁眼瞪视着上方精雕细琢的朱梁画栋，嘴角居然一分分强牵出僵硬的笑容。

不知来自何处的风穿入大殿，扬起帷幕深深。

没有人知道他看到了什么，没有人知道在这一刻，他究竟以一种怎样的心情审视着这座宏伟雄壮的大正宫，在这座他耗尽一生心血的宫殿中，他是否得到了真正想要的一切……

　　御医奉召赶来，清和殿中乱成一片。

　　首辅重臣中，凤衍自然比卫宗平早到一步。御医跪在地上颤声道："陛下之病症，乃是上气不足，脉络空虚，因虚而致淤热，积累已久。今夜忽逢触动，引发风恙，此时邪侵五脏，故肌肤不仁，口舌难言，更有神志不清之兆，臣等无能，仅可挽救一二，实在难以恢复如常……"

　　夜天凌凝视着已然力尽神危的天帝，那苍老与脆弱在他无情无绪的眼中化作一片漠然寂冷。

　　片刻之后，清和殿中传出天帝退位诏书，着凌王即皇帝位，入主大正宫。天帝称太上皇，移居福明宫休养。

　　中书令凤衍及内侍省监孙仕一同对外宣旨，孙仕念完圣旨扑地痛哭。卫宗平等一干重臣尚在震惊中未曾回神，御林军统领方卓前跨一步，扬衣抚剑，叩拜凌王。

　　凤衍及大学士苏意、杨让等人也正襟叩首，拥立新帝。

　　卫宗平浑身剧震，难以置信地看着眼前一幕，这意味着上万禁军早已落入凌王掌控，除了凤家之外，向来中立的苏氏门阀也公然表明立场，支持凌王。

　　殿外束甲林立、兵戈整齐的御林禁卫随着方卓等的动作同时俯拜，次第而下的殿阶前，金甲遍地，层层渐远，如一片汹涌金潮转瞬覆盖了整个清和殿，近万名将士山呼万岁，响彻云霄。

　　御林禁军入大正宫，只拜天子。

　　卫宗平等眼见此景，大势所趋，此时难以抗争，无奈之下只得俯首称臣。

　　夜天凌独自站在龙阶尽头，举目远望。

　　月华渐远，即将破晓，东方天边骤然大亮，一颗天星当空跃起，那不可一世的光芒万丈夺目，凌照九天。

　　天幕之上众星失色，月影苍白，纷纷在这绝冷的光芒下黯然，唯有一颗奇异的亮星，静静存在于天际，它和那孤星离得那样近，却丝毫不曾被它的凌厉光芒掩盖。

　　星镇紫微，万宇天清。

　　黎明将至，大正宫中叛乱初平，含光宫悄然潜入了几个黑衣人。

　　即便半夜被异变惊醒，在所有消息尽被封锁之时心急如焚，殷皇后依旧保持着高贵庄重的仪容。宫装典丽，繁复有序，云鬟凤钗一丝不乱，映着明丽的灯火华美摄人。

含光宫不知何时早已被禁军封锁，包括皇后在内的所有人等皆无法迈出一步，外人更是不得擅入其中。

然而殷皇后看到出现在寝宫内的几个黑衣人却未有丝毫惊骇，只因这些人原本便是殷家重金豢养的死士，此时正是用到他们的一刻。

为首的黑衣人跪在殷皇后面前低声道："凌王挟持陛下篡夺皇位，大正宫已落入他们掌控。湛王殿下大军现在齐州境内，即刻便将赶到天都，娘娘不宜留在此处，请速随我等出宫！"

殷皇后自凤椅上站起来："陛下现在何处？"

"陛下重病昏迷，不知人事。凤衍等借机矫旨颁下传位诏书，将陛下移居福明宫，御林禁军层层把守，任何人等不得入见。"

殷皇后嘴唇微颤，她抬头往福明宫的方向遥遥看去，伫立许久，却终于一个字也没说，决然转身。

几个黑衣人迅速与含光宫偏门处陷入昏迷的御林禁卫交换了服饰，护送殷皇后鸾驾往太华门而去。一路上遇到巡逻，见都是御林禁卫，虽不知就里，却也无人贸然阻拦。

殷皇后掌管后宫多年，早在宫中安插下不少亲信，此时太华门已有人接应，万无一失。

岂料未至太华门，忽然前面橐橐靴声震地，两队禁卫迅速拦住去路，将殷皇后鸾驾挡住。殷皇后心中泛起不祥的预感，玉手一扬，掀起珠帘喝道："何人大胆，竟敢阻拦本宫去路！"

却见禁卫之前，同样一乘鎏金宝顶垂绛色罗帷的肩舆停了下来，珠帘微启，旁边侍女伸手搀了里面女子步出。

牡丹宫装，云带婉约，轻轻一移莲步，温水般柔静的人。苏淑妃缓缓往前走了几步，柔声问道："夜深风凉，请问皇后娘娘要去何处？"

殷皇后冷下面容："本宫之事什么时候轮得到你来过问？"

苏淑妃微微一笑："太华门已然重兵把守，娘娘若要出宫，怕是有些不便，还请回宫歇息吧。"

殷皇后又惊又怒，不想平日温婉柔顺的苏淑妃会有此能耐控制了后宫，猛地自鸾舆中站了起来："我倒没想到你有这番手段，说什么不争，原来往常那些温柔清高都是装出来的！"

苏淑妃不慌不忙抬头看向殷皇后，宫灯丽影下她秀丽的面容隐约如画，宁静而淡雅，不着一丝微澜。

早在多年前孝贞皇后执掌后宫之时，天帝身边嫔妃无数，恩宠无常，唯有两个女人在孝贞皇后的打压之下始终荣宠不衰，一个是后来的殷皇后，另一个，便是苏淑妃。

若无三分心机手腕，一个女子如何能在这宫廷中始终立足不败？皇族深宫本就是权位支配下女人的战场，暗处的血，深处的刀，一分分将单纯与软弱连骨带肉地剔除，看得见的永远都是一片千娇百媚、争奇斗艳。熬不过的花落人亡，几人知晓，几人怜惜？

苏淑妃并没有因殷皇后的怒斥而气恼，只是淡淡道："我可以不为自己争，但我的澈儿不能白白牺牲。"

殷皇后道："若是为了澈王，殷、苏两家好歹也有姻亲之名，你竟助他人谋逆夺位，如何对得起陛下？"

苏淑妃柔眸轻抬，唇角祭出丝冷笑："若不是那联姻，澈儿岂会一心求战？若不是殷家，澈儿又岂会丧命战场？娘娘又哪里是为了陛下？陛下心意早定，亲笔拟旨传位凌王，是我亲眼所见，何来谋逆夺位之说？"

她难得言辞锋锐，几句话下来，殷皇后竟被问得无言以对，半晌后怒道："凌王乃是柔然那个狐媚子所生，陛下怎会将大位传给他？你休要蒙骗本宫！"

苏淑妃仔细看着殷皇后高贵的脸庞，多少年来她一直是这个样子，艳光夺目，傲气逼人，无论何时也不屈尊半分。也正是如此，她才成了天帝所需的那个女人。

当年天帝为了打压外戚凤氏，平衡势力，一方面封卫家女儿为太子妃，一方面专宠那时的殷妃，任她在后宫与皇后针锋相对，几有同辉之势。

三十年河东，三十年河西，此时的殷家，何尝又不就是当年的凤家？

苏淑妃想至此处，倒是感慨万千，对殷皇后道："我何必蒙骗你？其实你我都明白，这几十年来，我们同样爱上了一个并不爱自己的男人，只是我唯愿到死也顺着他的心意，而你想从他那儿要的东西，太多了。"她说完此话，不欲再做停留，吩咐禁卫，"送娘娘回宫。"转身走向鸾舆。

听着别人说出真相，往往比自己知道的更加可怕。冰凉的珠帘，握在殷皇后的手中情不自禁地颤抖，玉声碎响，刺手生疼。

此时的她，竟莫名想起多少年前的一个夜晚，那个英姿勃发的男子绾起她秀发的一刻，珠帘玉户如桂宫，牡丹香醉，人比花娇，情深若海。

如今人已暮年，争斗一生，究竟所求何事？她站在这繁华宫影的深处，一天月落星稀，韶华已远，余生茫茫。

第八章　公案三生白骨禅

月朗风清，山间夜长。

淡茶，带着一缕苦香，静室空灵。

敬戒大师手中的一个粗木茶杯用了多年，其上纹理光滑清晰，原先粗糙的木刺消磨殆尽，茶的清香苦涩皆浸入其中，回味悠长。

其心茶，心是何味，茶是何味。

对面的女子，白衣素颜，喝茶的时候唇角总带着一丝难言的浅笑。多少年来，这其心茶令饮者困惑，往往一试之下退避三舍，不求再饮。却唯有两个人，每来此间必饮此茶。如今一个小住寺中，而另一个，敬戒大师白眉静垂，遥听山间松涛阵阵，怕是就要来了吧。

数年前那人第一次喝这茶，美异的眼眸在水汽纠缠中细成光彩照人的一刃，似乎极是享受。第二次，斟水布茶，引经论道，在此和他辩了半日的禅，盛气凌人，咄咄不让。第三次也是这么一个月夜，空谷风急，那个男子在这间静室独自坐了一夜，只是品茶，鲜见地一言不语。

此后多少年里每逢朔月必然来度佛寺，将那其心茶喝了千遍仍不厌，将那佛经法道驳了万遍自张狂的人，如今已有许久未见了。

然而茶，还是茶，其心其味，其味其心。

"方丈的茶要凉了。"清水般的声音淡淡响起，敬戒方丈张开眼睛，笑容平和。

"老衲方才记起一句禅语，不知王妃是否愿听？"

"方丈请说。"

"此有故彼有，此生故彼生，此无故彼无，此灭故彼灭。"

卿尘文静的眸子在敬戒大师话音落时微微一抬，片刻后道："方丈说得好，既已生此，则彼必生，因果轮回，便是此理。"

敬戒大师道："彼再生此，此又生彼，生生不息，敢问王妃，何时是终，何时是了？"

卿尘道："是故绝此则绝彼，各自往生便罢。"

敬戒大师低宣佛号，道："世上之事，即便同因同缘，却又因人而异，因心而异，则所得各异。王妃通慧之人，何苦以生死绝之？"

卿尘静默，而后道："凡俗纷纭惊扰了佛门净地，还请方丈见谅。"

敬戒大师微微一笑："佛门本就是普度众生之处，众生之苦皆佛门之苦，何来惊扰。"

卿尘道："方丈又怎知其人可度呢？"

敬戒大师道："佛度有缘人。"

卿尘细细地紧了紧眉，眼里浮现出一抹身影——山寺佛前，跃马桥上，佛国地狱，其心皆苦，她一时想了进去。

敬戒大师没有扰她，起手斟茶。

不多会儿冥执求见，禀告说人已到山下，卿尘淡声吩咐了一句："你们去吧。"

敬戒大师深邃睿智的眼睛并未因此话而有所波动，一缕茶香袅袅，伴着青灯安宁。

忽而卿尘缓缓笑了笑："方丈，是我着相了。"

敬戒大师合十道："阿弥陀佛！"

卿尘道："一切还要有劳大师。"

月圆，庄散柳踏入度佛寺山门，暗银色的衣衫映在月色下一片淡淡的光芒，足下石阶玉色，清辉流水。

数道黑影陆续出现在度佛寺佛殿四周，其中一人掠至庄散柳面前，跪下道："主上，人果然在寺中。"

庄散柳一切的表情都隐在那张面具之下，唯有双眸映着月光粲然生媚，金光涌动。

他回头往天都的方向看去，可以想见现在宫城中已经是一片血雨腥风。汐王和济王，果然如他所料发动了兵变，心甘情愿替他引开了凌王的注意。这番龙争虎斗，对他来说没有任何悬念，那个他想要的人，才是所有计划中的关键。

空静的佛院，一个女子袅娜的身影立于月下，明红轻纱修长曳地，月华湘水裙，玉钗斜横缩乌鬓，青丝婉转。

香案横陈，桂子轻落，三炷清香，袅袅直上青天。

听到脚步声，卿尘回头看去。月下容颜朦胧，一片清淡，庄散柳心头却如雷电空闪，眸中阴郁迷乱，喃喃叫了一个名字。

卿尘道："你是何人？"眼前人影一闪，庄散柳已到了身前："王妃只要跟我走，便知道我是谁了。"

卿尘喝道："既知我是凌王妃，竟还敢如此放肆，来人！"

岂料话未说完，庄散柳抬手在她后颈准确地一击，力道不重，却顿时让人陷入昏迷。

软软的身躯跌入臂弯，庄散柳俯身望向怀中的人，月色挡在身后，暗影阴沉，他的声音便如深夜私语，充满了磁性的蛊惑："凤卿尘，我早就说过，你会是我的人。"

庄散柳抱着卿尘踏出佛院，肆无忌惮地沿着大佛殿前的白石广台向外走去。

便在此时，大佛殿中灯火忽盛，紧接着附近殿宇一一燃亮，灯火顺势而下照亮佛道山门，广台四周数百尊以金铜制成的罗汉像映着火光现出身形，仿佛形成了一道铜墙铁壁，与佛殿内肃穆的金像相映生辉。

异变初起，一批黑衣人迅速聚集到庄散柳周围，围成一圈。

是杀气，宝相庄严的佛殿下涌动的杀气。灯火之中肃杀迅捷的脚步声，一队队整齐的玄甲战士如展开的雁翅，立刻将广台层层包围。原本潜伏在暗处正准备动手的谢经等人停止了行动，静观其变。

然而那杀气并非来自他们任何一方，庄散柳立于广场中央，精神集中在巅峰的一刻，猛地眼中异芒爆闪，腰中软剑毒蛇般弹起。

此时半空中一点白光似雪正到近前，遽然散作寒光漫天。劲风激烈，枪剑相迎，刺耳的一声交击，枪影中一个年轻男子现身落在广场中，横枪侧扫，几个黑衣人应声跌退，枪身劲挺，再次对准庄散柳。

借着灯火月色，庄散柳看清那男子面目，蓦然震惊，脱口道："夜天澈！"

那男子朗目光锐，唇角一丝冷笑："很意外是吧？放下你手中的人！"

庄散柳眼中妖魅的颜色如旋涡狂卷，深浅翻涌："你居然还活着？"

那男子剑眉飞挑："彼此！"

话音刚落，银枪激射，直逼近前，庄散柳手中软剑声厉，一道光练裂空，单手迎战！

剑气漫空，枪影夺月，一时无人能近其前。

庄散柳怀抱一人，单手对敌，起初尚应付自如，渐渐却在对手烈火燎原般的枪势下落了下风。

他剑底劲气陡增，逼开对方数步，正要趁势将人放下，忽然惊觉腰间一紧，眼前飞纱轻掠，怀中女子离开他臂弯的瞬间手中一道银鞭射出，卷中他后翻身回带，竟顿时将他拉回枪势笼罩之下。

事出意外，庄散柳未曾防备，软剑光魅，锋芒斜掠，欲要扳回劣势，一星寒光已然点上咽喉，而他的剑也在电光石火之际架在了那女子颈间。

飞纱如雾，飘落于夜色中，庄散柳眼波阴沉浮动，锁住面前对手："你不是夜天澈！"

那男子显然并没打算否认，神情渐渐冰冷，一字一句道："我和十一哥本就相像，你是突然看到十一哥心惊了吧，九哥！"

庄散柳身子明显一震，夜天漓继续道："九哥难道不嫌这张面具碍事吗？"

他说完此话，庄散柳眼中的震惊已然转成一种目空一切的狂放，随着嚣张的笑声，他挥手便将脸上面具揭去。

黑夜深处，月华底下，露出一张完美无瑕的脸。月光、剑光、火光甚至佛殿金光，尽皆落入了那双细魅的眼睛，暗下去，暗到极致，忽然绽出摄魂夺魄的妖异。薄而独具魅力的唇角散漫地勾起，那光芒便似随着这薄笑流转，诡异处充满了难禁的蛊惑。

他眼光一转，一抹阴森却落到了剑下的女子身上，夜天漓亦转过头去，目露疑问。

那酷似卿尘的女子伸手在脸上抹过，竟是素娘，手中亦是一张精致的人皮面具。

庄散柳霍然色变，此时想起方才凌王府中那个小侍从，当在他的胁迫下说出凌王妃在度佛寺时，那人眼底深处原来根本就不是因怕死而慌乱，那是一种伪装。

这不过是一个布局，便如猎人用自己来引诱一只危险的野兽，早已在四周布下了天罗地网。

想至此处，心中狂怒，他竟无视锐枪在喉，身形微晃，长剑便斩往素娘颈上。

素娘被迫放开银鞭翻身滚避，那一刻夜天漓手中银枪已然刺入了庄散柳的肌肤，却后劲不发，未尽全力。

银光在庄散柳锁骨处挑过，血色惊现。素娘虽避过了庄散柳致命的一剑，却被他跟上的一掌击中后心，伴着一口鲜血跌落台下。

谢经飞身抢到近前将她接住，随着他的出现，冥衣楼部属瞬间占据了广台四周。

庄散柳站在层层包围之中，伸出两根手指漫不经心地抹过颈中血迹，阴恻恻地问道："怎么了，十二弟，下不了杀手吗？"

夜天漓紧握银枪，霍然一横："你以为我当真不会杀你？"

庄散柳大笑道："若真换上十一弟，那就不好说了，不过你，恐怕真的杀不了我。"他扫视冥衣楼众人，对属下吩咐道："杀了他们！"

谁知那些黑衣人并未应声动手，反而同时向后退了一步，退入了冥衣楼阵中。

庄散柳这时才真正震惊，却听夜天漓冷冷道："九哥难道忘了，你手中这些死士多数是当年效忠于孝贞皇后之人，他们最初的主子可都是凤家！"

为首的黑衣人率众跪倒，对庄散柳重重叩首："主上，属下等对不起您！还请主上日后保重！"说罢，众人竟同时举刀，利刃刎颈，自裁身亡。

三尺之内，血流成河。

诡艳的血色，在庄散柳眸中染透妖异，阴森骇人。

夜天漓道："这些人倒确实真心效忠九哥，愿用他们的性命换九哥一命。我不杀你，不过是因为凤家答应了他们而已！"

庄散柳缓缓自牙缝挤出两个字："凤衍！"

"不错，是凤衍泄露了你的身份。他心里清楚得很，孝贞皇后的三个儿子，现在并不如自己一个女儿来得可靠。更何况，他已有两个女儿断送在你身上，难道还真的将最后一个女儿也交给你毁了？"

庄散柳怒到极致，反而放声长笑："好啊，那么我倒要看看，你们打算拿我怎么办？"山风激荡，他一身银衫如水月飞扬，狂肆逼人。

夜天漓缓缓举起银枪，周身戾气隐隐："你能对四哥和十一哥痛下杀手，难道当我真就奈何不了你？"

庄散柳道："那你便试试看！"

剑锋，如来自冥界的魂魄，幽光四溢。银枪，静如沉渊，一股凌厉霸道沿枪放肆，在两人之间卷起汹涌的劲气，星月无光。

就在这劲气抗衡即将到达顶点的一刻，整个山中蓦然响起庄重悠扬的钟声，穿透了层层夜色，直入每一个人的心间。

双方对峙的杀气仿佛突然落入了浩瀚深邃的海洋，消失得无影无踪。

随着这钟声，一个接一个的僧人自大殿后鱼贯而出，手挂佛珠，双掌合十，数百人逐渐走入广台四周的空地，竟不闻一丝脚步声，甚至连呼吸都听不见，前后排成整齐的数排，垂眉静目，宝相庄严。

钟声正来自广台四角巨大的铜钟，大佛殿的殿门徐徐打开，敬戒大师缓步而出。众僧齐诵一声佛号，随即在广台四周盘膝而坐。

敬戒大师沿着大佛殿的白石台阶登上高台，随着他的到来，庄散柳与夜天漓都感到有种温和的劲气如一股无形的水流隔空而来，那剑与枪竟都有些无所适从。

夜天漓手中银枪放了下来："大师！"

敬戒大师对他微微合十，转身向庄散柳和颜一笑："阿弥陀佛，庄施主，久违了。"

庄散柳脸上阴晴不定，似是惊疑、迷惑、戒备……百感交集，然而终究还是将剑收回，单掌直立，对敬戒大师回执佛礼。

敬戒大师道："老衲得知施主今夜会来，特地为施主备下了清茶一杯。"

庄散柳盯了敬戒大师片刻，哈哈笑道："大师的其心茶苦味四溢，在下已然不感兴趣了。"

敬戒大师不以为忤："施主不妨再品一下，或者苦中别有洞天。"

庄散柳越发笑得张狂："大师下一句，莫非就要说'放下屠刀，立地成佛'？"

敬戒大师道："阿弥陀佛，佛度众生！"

庄散柳似是听到了最好笑的事情，直笑得身子发抖，再问道："佛有舍身饲虎，称肉救鸽，大师既要度我，敢问是舍身，还是割肉呢？"

敬戒大师合目微笑，在他狂妄的笑声中指尖轻轻一弹，当！钟楼之上的铜钟发出雄浑的钟声，遥遥传遍整个山寺，那笑声便被淹没在其中。

庄散柳骤然一惊，以他的目力，即便在黑暗中也能清楚看到敬戒大师抬手的时候弹出了一粒佛珠。

一粒佛珠竟能隔空远去，使数百斤的铜钟发出如此巨响，在场的所有人都陷入绝对的安静，目光集中在平台之上。

却见敬戒大师在平台之上从容盘膝而坐，道："苦海无边，回头是岸，老衲此身，悉听尊便。"

庄散柳一瞬愣愕，转而冷笑："大师难道真以为佛法无边吗？"

敬戒大师低声念道："两行秘密，即汝本心，莫谓法少，是法甚深……"随着他的声音，四周僧人手捻佛珠，齐声诵经。那低沉的经声祥和深远，如流水不断，在整个夜空中覆上了一层神圣与静远。月光笼罩着大殿之上的琉璃顶，佛殿金光，异彩涟涟。

"临欲涅槃时。以佛神力。大悲普覆。欲摄众生。出大音声。其声遍满。乃至十方。随其类音。普告众生。今如来应正遍知。怜悯众生。覆护众生。摄受众生。如是一子……"

庄散柳眸中全是幽冷阴暗，浑身上下散发出危险的气息，软剑斜指，一步步往敬戒大师走去。

周围的经声仿佛从四面八方往身边聚来，每迈出一步，他便感觉自己身边的空间收紧一分。经文逐渐清晰，好似每一个字都不过眼耳口鼻，而是直接遁入了心底，深印交错，逐渐化作烈火纷飞，一寸一寸自低处盘绕飞旋，愈烧愈烈，愈烧愈痛，即将吞噬所有。

经声似乎越来越快，往昔岁月，荣华富贵，尊王封侯，情仇爱恨，生死往来，在眼前走马灯似的穿杂不休。

曾经是走马快意少年游，曾经是玉雪堂前花解语。

曾经是，母尊子贵，万千宠爱人艳羡。曾经是，郎情妾意，且把风流醉今宵。

却一朝，雨落风摧百花残，劳燕分飞尽苍茫。

红衣曼舞是谁？轻言巧笑是谁？晏与台上红花飘落，烈火影中断肠的酒，摧心的毒，面具之下功名利禄熏透的心，好似被一双清透的眼睛看着，是怜悯，是不屑，是同情，是憎恨……究竟是什么？

似看前尘，似看今生，似看来世，四处皆空。

其心荼苦，其心皆苦，情到绝处是深情。

此身非此身，此心非此心，这一身，早已是空空皮囊，大千世界诸般物相，无常生妄，真我何从？

"无归依者，为作归依；未见佛性者，令见佛性；未离烦恼者，令离烦恼；无安隐者，为作安隐；未解脱者，为作解脱；未安乐者，令得安乐；未离疑惑者，令离疑惑；未忏悔者，令得忏悔；未涅槃者，令得涅槃……"

随着这不休不息的经声，庄散柳忽然丢开手中长剑，仰天狂啸。啸声入云，震动山野，直令鸟兽惊散，众人色变。

经声始终保持着纡徐有致的节奏，似被啸声掩盖，却无处不在，连绵不绝，宁静而平和。

随着这闭目长啸，庄散柳一头长发四散飘扬，圆月之下迎风而落，缓缓掠过他绝美的脸庞。

丝丝缕缕，寸寸片片，那一肩妖魅闪亮的乌发如同着染了月华，逐渐化为一片雪白，披泻在他肩头，如雪如霜，如梦如幻。

庄散柳徐徐睁开眼睛，原本异芒四射的双眸，此时一片深黑无垠的安静，再不着半分颜色。

他往前迈出了最后一步，站在敬戒大师面前，双手合十，雪发轻垂："庄散柳多谢大师。"

敬戒大师面含微笑："佛由心生，恭喜施主。"

庄散柳复又转身，再对站在一旁的夜天漓深深行礼。夜天漓方从刚才的震惊中回神，接着又呆了刹那，不由叫道："九哥！"

庄散柳对他的叫声置若罔闻，回身步下白玉广台。

在他转身的一刻，度佛寺深处悠然传了瑶琴清音，女子清透的嗓音如冰水流云，遥遥飘荡在层叠山林：

怅怅莫怪少时年，百丈游丝易惹牵。
何岁逢春不惆怅，何处逢情不可怜。
杜曲梨花杯上雪，潮陵芳草梦中烟。
前程两袖黄金泪，公案三生白骨禅。
老后思量应不悔，衲衣持钵院门前。

凤凰火树，菩提花落，庄散柳在听到琴声时脸上化出了一抹奇异而通透的微笑，和着琴声高唱，大步往山门走去。一路冥衣楼和玄甲军诸多部属，却没有一个人想要上前拦他，明辉净水般的月色下，他一身银衣飘逸，就此消失在无尽的山中。

第九章　　千尘雪底东风破

圣武二十七年七月戊寅，凌王登太极殿视朝，接受群臣朝拜。

庚申，昭告天下，继天子位，称昊帝，立王妃凤氏为皇后，改元帝曜。

由于京畿卫谋逆，天都临近宫城、皇城的内五门统治权移交御林军。为防止叛军余党生事，外九门亦由玄甲军重兵封禁。

朝中连降圣旨，皇长子祺王晋封灏王；十二皇子晋封漓王；三皇子济王革除亲王爵位，由皇宗司负责囚禁；五皇子汐王夺爵除封，革出皇宗，长子赐死，其余眷属尽数发配涿州，永不赦归。

殷皇后虽被幽禁宫中，殷家却绝不甘就此落败。很快伊歌城中便谣言四起，声称凌王发动御林禁卫逼宫夺嫡，伪造圣旨，并就此嫁祸济王、汐王。

济王、汐王两府眷属趁机哭跪喊冤，天都之中流言纷纭，人心动荡。

便在此时，神御、神策两军星夜驰归，湛王兵逼天都，请见天帝圣安。

局势陡变，伊歌城中一片山雨欲来风满楼，处处可见兵戈雪亮，甲胄肃杀，夺目惊心。

此时殷家亦联合卫家、靳家及其他门阀势力，纠集拥护湛王的四品以上朝臣，罢朝不上，在太极殿前敲响登闻鼓，求见天帝。

天朝士族制衡皇权、左右朝政已近百年，此次即便凤、苏两家不在其中，却依然声势惊人。

更有三朝老臣孙普等人，一生忠于皇族，顽固耿直，此次不知如何被殷监正花言巧语所动，亦参与到此事中来。

登闻鼓隆隆震天传遍整个宫城，太极殿前紫袍绯服黑压压跪了一地。

却不料从正午跪到天黑，一连三日，烈日炎炎晒得一群文臣头昏眼花，皇上却连面都未露。唯有凤相面带笑容来说了几句场面话，蟒袍玉带，权臣的气度非常。

群臣中为首的卫宗平恨得牙根痒痒，却也终于领教到，新帝性情冷硬果然名不虚传。

傍晚忽然一阵雷雨，闪电划过，溅得大殿之上琉璃翠瓦雨声急促，白日灼热的玉阶前暑气四扬，反而更添了几分闷热。

潮湿的风挟着雨意充满了宫殿深深，九枝玉莲灯映在晶莹剔透的珠帘上，夜幕渐落，光影幽然。

太极殿前君臣对峙闹不到后宫，刚刚沐浴完毕，卿尘斜倚在凤榻前若有所思地拿玉梳理顺着长发。外面灯下静立着当值的侍女，她挥了挥手，碧瑶会意，转身带了侍女们退下。

慵然合上眼睛，心里却并不平静，都在料想之中，终究是人人到了这一步。

太上皇骤然昏迷，虽经医治救醒过来，却也口不能言，神志昏聩。

英雄末路，岁月迟暮。昔日英明神武的君主，眼下只是一个等待死亡的老人，江山天下对他来说已经没有任何意义。

四十万大军兵临天都，其后尚有西域三十六国的势力在，内中士族门阀鼎力相助，夜天湛不是没有胜算。

即便他只是求见天帝圣安，并未公开质疑帝位，但彼此心中早已透亮。

然而早在此之前，夜天凌暗中支持西北柔然一族迅速壮大，逐渐取代突厥昔日的威势，重振雄风。于情于理，万俟朔风绝不会让西域诸国有机会介入天朝政局，一旦西域异动，柔然铁骑必然为夜天凌挡下来自西域的兵锋。而各州布政使奉诏调集天下兵马，此时此刻或许已经逼近两军后翼。

螳螂捕蝉，黄雀在后，环环相扣的战火一旦点燃，将又是九州动荡的战乱。

一缕发梢滑过指间，卿尘眉心下意识地掠过一丝微痕。她并不担心夜天凌会在任何对决中失利，只是眼前内乱将起，自相残杀的局面，着实让人无法谈笑以对。

漠北烽烟初熄，中原兵戈再起，将有多少战士葬送在这内乱之中？原本应是保家卫国的铁血男儿，却要牺牲于皇权更迭的斗争，生命的价值，究竟几何？

他们为谁而战？谁又能无愧于他们的流血与牺牲？

战争，大概终究还是不适合女人。

卿尘自嘲般一笑，当她站在他身边，选择了这条路的时候，就已经意味着放弃了风平浪静，仁慈与安宁是对敌人的怜悯，亦是对自己的利刃。

然而，那个人，他是敌人吗？

她将脸庞轻轻埋入水缎般的发丝中，雨声渐渐沥沥，将尽将停。她只觉得是一种错觉，遥远的夜色中有一抹悠然的笛音渐渐传来，依稀是熟悉的曲调。

这么听了一会儿，她霍然惊醒，直起身子来。

笛声很远，如在天边，却又如此清晰，似乎穿透了雨幕夜色回荡在伊歌城每一个角落，飘入这重院深深的宫城。

她惊出一身冷汗，若非人在天都，宫城内不可能这么清楚地听到笛音，难道……她不敢想下去，将纱衣一扯，竟赤足下了卧榻，匆匆便往殿外走去。

刚走出几步，她顿住了脚步。

殿门处，夜天凌不知何时站在了那里。玄金龙袍，广袖静垂身后，纹丝不动，一股肃杀之气淡淡笼罩在他周身。

琉璃灯下，他的脸色清冷，无声地锁视卿尘片刻，一抹决断的利刃破水裂冰，他忽然转身大步向外走去。

"四哥！"卿尘一急，赶上几步拦住他，"不要！"

夜天凌回身，冷声道："他既大胆前来，难道还怕与我一见？"

卿尘情知他已然听出了这一曲《比目》，怒在心头，此时怕是越劝越乱，当即反问他："你又岂知他们不是以计相诱？这般形势下，他敢夜入天都，自不会空冒奇险！"

夜天凌唇角一道冷弧倨傲迫人："是又怎样，当我奈何不了他吗？"

卿尘深知他这份倔强与自负，只觉无奈，心念转处，明眸一扬，往后退了半步，俯身拜道："臣妾叩请圣上三思！"丝衣委地，长发如瀑沿着两肩倾泻而下，她的神情却端丽庄重，仿若这一拜是凤冠朝服在庙堂之巅，而非两两相对的寝宫深殿。

　　夜天凌一愣，剑眉紧蹙，抬手将卿尘拉起来带到身前，目不转睛地盯着她，眸光锐利，直探入她的眼底。

　　卿尘静静与他对视，只见他眉心微拧，眼底血丝隐隐，深掩着疲惫。一连数日内外交攻，百事杂乱，这么不眠不休，便是铁打的人也难熬。众所能见的皆是他神采摄人，游刃有余，他只因着一身傲气，绝不肯将艰难示于人看，或者只有在她面前，才会有这样不加掩饰的真实。一阵心痛更莫名地掺杂着层层焦虑担忧，殿前风扬，未尽的夜雨斜斜扑上衣襟，她禁不住打了个寒战，一扭头，夜天凌却牢牢地将她抱在了怀中。

　　夜空里一道轻闪倏忽划过，照亮了夜天凌的脸，他徐徐道："你在怕什么？"

　　卿尘低声道："他就和十一一样，是你的亲人，也是我的亲人。"

　　突然间下颌一紧，夜天凌伸手将她的脸庞抬起，深眸熠熠，星星点点微锐的光从幽暗的湖底浮出，缓缓地，遮了满天："那我呢？"

　　卿尘扬眸侧首，凝视于他，踮起脚尖在他的唇上轻轻一吻，不说话，复又笑吟吟地看着他，眼中深深尽是柔情。

　　夜天凌微微动容，伸手沿她修长的脖颈滑下，低头便封上了她的唇。

　　呼吸缠绵，宫灯丽影一片流光飞转，殿外细雨纷纷扬扬，似点点银光洒满一天。

　　许久，夜天凌才放开卿尘，看着她霞染双颊的妩媚，他突然皱眉说了句："我讨厌那首曲子！"

　　卿尘呆了刹那，几疑自己听错了话，眼前这男人站在雄伟的大殿前，广袖翻飞，神情桀骜，盯着人的目光锋利如剑，却说出这么一句孩子气的话。她斜斜扬眉打量过去，看他着实不像是在玩笑，终于忍俊不禁，笑出声来。

　　夜天凌手臂紧紧将她一勒，卿尘边笑边道："人在面前，偏跟一首曲子较真，你这算怎么回事儿？"

　　夜天凌冷哼道："其心可诛！"

　　卿尘听了这话，心里还是没来由地一沉，迟疑片刻，道："四哥，或者我可以去试试。"

　　夜天凌断然道："不行！"

　　卿尘知道商量没用，便激他道："你难道不相信我？"

　　夜天凌似能将她的心思看透："少用这激将的法子，我不信他。"

　　卿尘待要再说，夜天凌目光一动，殿外卫长征求见，步履匆匆，显然是有急事。

　　细雨淋得卫长征铠甲半湿，他单膝一跪："陛下，皇宗司遣人来报，戍卫一时看管不慎，济王趁夜自禁所逃脱，不知去向！"

皇宗司位于皇城之内，其守卫虽略逊于宫城，却也是戒备森严。济王手中无兵伤势未愈，如何能从皇宗司的看守中逃出皇城？卿尘眉目间温冷一片，暗暗思量，士族门阀根基深厚，果然不能小觑，竟连皇宗司也能做进手脚。济王若想从谋逆的罪名中洗脱，唯一的机会便是投靠湛王军中，反诬夜天凌挟持天帝，矫诏篡位，则湛王亦出师有名，即刻便能打破此时的僵局，两相对决，至少胜负各半。

却见夜天凌眼底一丝精光如亮电裂空，一闪即逝，瞬间恢复了黑夜般的深沉："传朕密旨，天都戍卫若遇济王，不必阻拦，让他出城。"

卫长即刻征领旨去办，卿尘看向夜天凌的目光中隐含震惊。

他们要这个理由，他便给他们理由，他们想化僵局为战局，他比他们更愿意打破眼前的对峙。

他遥望夜空的神情冷傲睥睨，那是胜券在握的自信、无所畏惧的坚毅。

卿尘顿时明白济王的逃脱并不是借助了殷家或者卫家的势力，这一切都握在他的手中。万事俱备，他是在等待，甚至亲手制造一个机会，用面前那张金碧辉煌的龙椅，引诱对手自取灭亡。

男人的天地，杀伐决断、刀光剑影、血流成河，徒增一笑而已。

卿尘压下翻涌的心情，缓步上前，站到了他身边。她伸手试了试不时飘入大殿的风雨，对他道："连皇宗司都如此疏漏，可见宫城、皇城两面也该整顿一下了，事已至此，该出宫的出宫，该换的就换吧。"

夜天凌扭头，唇角勾出淡淡浅弧："清儿，有你同行，有时竟盼这山再高些、路再远些。"

卿尘亦笑道："山高路远，走走看就是。真到了那绝顶，还有别的山，千山美景千山看，又何尝不好呢？"

夜天凌低头看着她道："不错，怎么都好。"

夜雨略急，夜天凌将卿尘揽在怀中，避开了雨中寒气，一起往殿内走去。

进了寝宫，卿尘将案前一摞奏章指给他："大概都好了，只是有几道你再看看，我拿不准。"

夜天凌在案前坐下，和她对视一眼，两人眼中竟都有些小小的恶作剧得逞的意味。若此时有人在旁看到，定会忍不住猜想是什么人不小心落入了他们的算计。

当真说起来，群臣罢朝也不是闹着玩的小事。如此庞大的一个国家，从中枢到地方环环相扣处处关联，上下协调才能保证正常运转，如果忽然断掉这么多环节，诸事堆积如山，其影响自然非同小可。这也正是但凡有群臣击鼓跪谏，历朝皇帝无不如临大敌，被迫退让的原因之一。

但如今却似与以往不同。跪谏当日，中书省便宣旨，六部九司可将无法定夺之事直接送达天听，听候天子亲笔圣裁。

圣旨一出，致远殿中奏本倍增，众臣都等着看皇上如何能有三头六臂独自处理这么多朝政。谁知送进去的奏本第二天必定决断分明退发各处，御笔朱墨事无错漏，当真让群臣瞠目结舌。更有一些臣子看了本章朱批，竟汗颜退出了跪谏之列。据说老臣孙普读完朱批后，合本深叹了一句"国之德者，幸哉"，此后闭门称病，未曾再至太极殿半步。

自然不会有人知道，这一笔朱批出自两人之手。皇上没有三头六臂，只有一个可以信任如己的皇后而已。

夜天凌翻看了几道奏本，卿尘亲手取来一盏镂银宫灯放在案头，空气中立刻有股袅袅的淡香散发开来，宁神静气。

她见夜天凌取过朱笔在奏章上迅速写了几个字，再看他果然是将新帝即位大赦天下的奏请驳回了，笑着揶揄了一句："薄凉寡恩。"

夜天凌未曾抬眸，目光专注在下一道奏章上："我用不着赦这些作奸犯科之人笼络人心。"说着朱笔一挥，一份秋决的名单勾了出来，上面赫然便有邵休兵等人的名字。

如此很快处理了几件朝事，夜天凌只觉得今晚异常困倦，传殿中内侍将批好的奏章取走，以便明日一早发回各部司办理，他松弛了一下筋骨，往后靠在榻上闭目养神。

卿尘伸手替他揉着肩头，夜天凌闭着眼睛握了她的手，却不知不觉便沉沉睡去。

待他睡得深了，卿尘轻轻将手从他掌中抽出，起身将案头那盏光亮的灯火熄灭，悄声步出了寝宫。

寝宫殿前的禁卫都是严密挑选过的心腹之人，其中不少来自冥衣楼。卿尘将冥执叫来，低声吩咐："随我出宫一趟，不要惊动他人。"

第十章　无限月前沧波意

夜雨如幕，细针一般洒在深黑色的披风上。夜天湛负手站在一壁高起的山崖前，白皙的手指间那支玉笛被雨洗得清透，而他的人亦如这美玉，气度超拔，风神润泽。

他像在等待着什么人的到来，却又似乎没有任何目的，只是站在这里看着笼罩在深夜风雨中的天都。

细雨无声，越飘越淡，先前的急促仿佛都融入了他的一双眼眸深处，只余一片清湛的水色，浮光微亮。

雨已尽，天将晓，他已无法再做停留，他的身后还有数十万将士枕戈待命，还有多少士族更迭门阀兴衰尽系于此。

披风一扬，他转身举步，隐在暗处的黑衣铁卫随着他的动作无声而有序地悄然离开。

该来的，不该来的，终究都没有来。

想见的，不想见的，到底都未曾见。

他竟说不出此时心中是何滋味，隐隐有着失望，却又好像松了口气。那么他究竟是在盼望着什么，又紧张着什么？

沿着宝麓山脉逐渐离开天都范围，与楚堰江相连的易水已近在眼前。夜天湛勒马微停，扭头远远地看了一眼，雨意寥落，乌云缓收，又一个黎明便要到了。

就在这一刻停留的时候，他突然听到江上传来缥缈的琴声，随着这易水江流轻涛拍岸，琴音高远而逍遥。大江之畔，一叶扁舟独系。他瞬间从震惊中回醒，扬鞭纵马，疾驰而去，江水纷纷飞溅，那琴声越来越近。

轻云隐隐，雾绕江畔，舱内一灯如豆，浅影如梦。

夜天湛在掀起船舱那道幕帘的瞬间停住了动作，深深呼吸。江上风吹云动，徐徐散开黛青色的天底，琴声渐停，幕帘飘扬，一只纤纤玉手挽起了垂帘，一个白衣女子缓步走出。

她仿佛自烟雨深处轻轻抬头一笑，云水浩渺如她的眼波，江风轻扬是她的风姿。不该出现在这里、让他不敢想象的人，近在咫尺。

卿尘唇角淡噙一丝浅笑："我听到了那首曲子，原来真的是你。"

夜天湛看着她："真的是你来了。"

卿尘将他让进船舱，看似随意地问了一句："若不是我，你希望是谁？"

夜天湛眼中的笑意一顿，渐缓下来："我希望来的人是你。"

卿尘眼角微垂，指尖拭过冰弦如丝："我来了。"

"为谁？"

"为我自己。"

两人间忽然降临的寂静令舱外涛声显得分外清晰，过了些时候，夜天湛打破了沉默，开口问道："父皇好吗？"

卿尘道："好。"

夜天湛再问："母后呢？"

卿尘顿了顿，道："不好。"

夜天湛眼眸骤抬，目光锐利："母后怎么了？"

卿尘道："今晚之前，我有把握保她安然无恙，但过了今晚将会如何，却取决于你。"

夜天湛一瞬不瞬盯着她："你今晚来此，是为了他。"

卿尘指下用力，丝弦微低，她复又慢慢松手，抬手覆在琴上："我只是来做我想做的事情。"

夜天湛眼底似有微澜一晃："那么你来见我，又是想要我做什么？"

卿尘抬眸道："回天都。公主入嫁的大礼、册封九章亲王的典仪都已准备停当，等你率军凯旋。"

夜天湛唇角那抹笑始终如一，却渐渐掺杂了雪样的冰冷："你是要我对他拱手认输，俯首称臣！"

卿尘语音沉静："除非你当真要与他兵刃相见，让这些本该为国而战的将士在天都流血牺牲，只为了抢夺太极殿上那张龙椅。更有甚者，你还要舍下自己的母亲和整个殷氏家族，让他们首先成为这场战争的代价！"

夜天湛猛地自案前站了起来，面色如笼薄冰。

卿尘亦徐徐起身。夜天湛似乎在极力克制着冲上心头的怒意，迅速转身面对着舱外，脊梁紧绷，肩头因急促的呼吸而频频起伏。

卿尘却紧逼不舍："即便是放手一战，你又有几分把握能赢他？"

夜天湛回头时一道精电般的目光闪落她眼底，他素来文雅的脸上此时隐有几分犀利与冷傲："你以为，他真的是战无不胜的神吗？"

卿尘道："折冲府十三路兵马已经如期抵达，伊歌城内尚有一万玄甲军，两万御林军，两军交锋，胜算几何？"

夜天湛道："神策、神御两部乃是天军精兵之重，岂是各州散骑兵马所能抵挡？"

卿尘立刻问道："倘若神御军阵前倒戈呢？"

夜天湛眼底一沉，卿尘接着道："神御军十余年来都在他统率之下，他若要调遣神御军，如臂使指，我不信你没有想过。"

夜天湛神色平静："你既知我必定想过，便应该知道我自会有所防范。让他们立刻完全忠于我虽不易，但要他们为此一时而战，我自信有把握做到。"

卿尘并不怀疑他的话，凭他在朝野的声望，要做到此点的确绝非难事。她无法直接否认他："你只是在赌。"

"他又何尝不是在赌？"夜天湛双眸中已逐渐恢复了往日温雅，只是暗处细密的锋锐隐隐，如针如芒，"不到最后一刻，鹿死谁手，尚难定论。我只问你一件事，当日清和殿变乱，传位的旨意究竟是真是假？"

卿尘道："传位诏书乃是太上皇亲笔所书，御印封存，绝无半丝疑义。"

夜天湛的目光似要将她看穿，她从容迎对："自相识以来，我从来不曾欺瞒于你，现在不会，将来也不会。"

夜天湛身子微微震动，脸上难以掩饰地浮起一抹伤感与失落，他仰面抬头，怅然叹道："父皇，你终究还是不相信我能做个好皇帝。"

卿尘摇头道："并不是太上皇不信你，而是你做得太好了。自从太子被废之后，整个天朝从门阀士族到六品以上在京官员，大半唯你马首是瞻。你抬手将天舞醉坊牵出那么大的案子，却又反手便能压下；京隶赈灾，那些门阀权贵一毛不拔，但只要你一句话，他们却肯慷慨千金。太上皇皇子众多，各具贤能，而举荐太子，你独占鳌头。如果你是他，会做何感想？"

江风飘摇，夜天湛目光遥遥落在翻飞的幕帘之外，稍后，他面无表情地说了四个字："危机在侧。"

"不错。"卿尘道，"锋芒毕露，几可蔽日，太上皇岂能容得？而最先看出此点的便是凤衍，所以他怂恿溟王上了一道手折。"

夜天湛俊眉微拧，忽然转身："那道请旨赐婚的手折！"

卿尘轻轻颔首，低声道："是。凤衍此人工于权术，城府极深，他深知用什么办法能使你步入没有退路的境地，也清楚你不可能对此坐视不理，你果然便没有退步。"

夜天湛眼梢轻挑，唇间一抹笑痕却淡薄，隐含苦涩："我不可能退步，若不如此，你岂非变成了溟王妃？"

"其实太上皇也顾忌凤家，那时候，他未必会将我指给溟王。反而是你们两个同时求旨，使他心中警觉，才将目光放到了别处。"

随着卿尘的话，夜天湛脸色渐渐有些发白："你是说，是我亲手将你推给了四皇兄？"

卿尘静静道："不，那是我自己的选择。我不喜欢受别人的左右，所以我说服了一个人帮我。"

夜天湛略一思量，立刻道："孙仕！"

卿尘钦佩他心思敏锐，点头表示正确。夜天湛道："孙仕对父皇忠心耿耿，他怎么可能这样帮你？"

卿尘道："只因他深知在大正宫中，务必要给自己留一条后路。"

夜天湛道："你的意思是，父皇从那时起就已经做了决定？"

卿尘道："我不知道，那一切只是猜测而已。我只知道太上皇最后做出的那个决定，御笔朱墨，写在诏书之中。"

夜天湛满是遗憾与痛楚的目光笼在卿尘身上，感慨道："卿尘，这便是你与那些女子的不同，我所爱所敬，便是这个你，若得妻如你，天下又如何？"

卿尘只觉得心间五味杂陈都化作了歉意重重："你当时不该做出那样的决定，尤其是为我。"

夜天湛听了此话，突然扬眸而笑，温文之中尽是坚定不移："不可能，便是现在回到当时，我还是会上那道请旨赐婚的手折。"

卿尘深深望着他："那现在这一刻，也是你的坚持吗？"

夜天湛静默不语。卿尘侧首垂眸，低声再问了一句："你也并不在乎，为此将付出什么？"

夜天湛语气中带出莫名的苍凉，唇间每个字都似格外沉重："二十余年，我已经付出了很多。"

他意外地见卿尘身子微微晃了晃，当他急忙伸手扶她时，却见一道晶莹的泪水，缓缓沿着她的脸庞滑下。卿尘刻意仰头避开他，慢慢道："你只是付出了努力，却未曾尝过自己的亲人、骨肉为此而离去的滋味。是的，既然是自己选的路，所有一切便没有后悔的余地，也不可能回到当时重新选择了。我只有努力去争取，我不想看着你们任何一个人再离开我，不管是因为什么。"她倔强地抬着头，但是眼泪偏不争气地纷纷坠落，碎如散珠，溅在夜天湛手背之上，却烫如滚油。

一行清泪，满身萧索。这一刻的她似乎格外柔弱，如同一枝秋霜中的荻花，瑟瑟凄然，楚楚难禁。夜天湛心中既急且痛，手臂一紧将她带入怀中，低声安慰。

卿尘此时分不清心中是什么滋味，只是很久以来埋藏至深的一种悲伤突然间无法压抑地翻涌上来，便如千里之堤裂开一丝薄纹，轰然崩溃，洪水排山倒海般将人没顶卷入，再难抵挡。

她被动地抵在夜天湛肩头，他的衣服上有些许雨水冰凉的气息，与她的泪水交织，然而怀中却温暖深深。他抬手抚着卿尘的后背，动作轻柔却又显得生疏无措。卿尘从来都没有发现，原来她如此害怕他和十一一样，消失在她生命中，再也看不见，再也找不到。她不知道自己是否还能承受再一次的生离死别，如果可以阻止这一切的发生，她愿意倾尽全力。

夜天湛抱着她微微发抖的身躯，柔声道："卿尘，不怕，还有我在。"

卿尘竭力压下心头那股悲哀，轻轻退了半步。夜天湛并没有强迫她，松开手，替她拭干眼泪："我派人从西域送回来的药，你收到了吗？"

卿尘点头。那次意外之后，她曾有很长一段时间十分虚弱。夜天湛当时人在西域，却对天都之事了如指掌，曾派人千里迢迢飞马送回一批西域特有的珍贵药材，其中一朵天水冰莲只有在极寒之地才生长，是十分罕见的灵药。张定水看过以后如获至宝，用以入药，卿尘服过以后果见奇效，身子才慢慢有所恢复。此事就连夜天凌也十分感激，并曾特地派人去湛王府转达谢意。

一阵微风穿入船舱，带来些许凉意，夜天湛仔细端详卿尘的脸色。"药管用吗？"他再问。

卿尘道："药效很好，多谢你。"

夜天湛温和一笑，却又冷下神情，沉声含怒："究竟怎么回事儿？他难道就是这样照顾你，竟然会允许这种事情发生？是不是三皇兄和五皇兄，他们用了什么卑鄙手段？"

出事之后，凌王府对外只是宣称王妃意外小产，知情人少之又少，所以夜天湛也无法尽知事情原委。卿尘不想再提旧事，只是惨然道："空造杀孽，必折福寿。这并不怪他，他平安无事，已是不幸中的万幸。"

夜天湛皱眉："你就这么护着他，即便是拿自己的命换他的命也情愿？"

卿尘眸光沉静："百世修得共枕眠。既是夫妻，不管他要做什么，我一定会站在他身边。若连我都不能这样对他，还有谁能呢？"

夜天湛看住她，若有所思，突然问道："那对我呢？你心里，是不是只有他一人？"

卿尘幽幽而笑，淡淡答道："我今晚背着他出宫，你以为我只是为他吗？若你们当真兵戎相见，你有几分把握赢得了他？"

夜天湛眸色渐深，却唇角微扬，似玩笑，似认真："你难道就没有想过，倘若我把你扣留在身边会怎样？"

卿尘仍旧笑着："若如此，你就不是我认识的夜天湛了。"

"你认识的我又是什么样？"

卿尘没有看他，将目光投向了外面。穿过幕纱飘扬似乎看到了轻雾飞绕、云月半照的江面，她像是沉醉在自己的思绪中，慢慢道："君子如玉，明玉似水。"

夜天湛仰首闭目，笑叹："卿尘，你这是要我的命啊！"

待睁开眼睛，他深深凝视着眼前这个女子，那眼中浮光幽暗，便仿佛方才落入其中的雨丝都悄然浸透出来，带着些许忧伤与执着逐渐蔓延到人的心口，漾得满满的，清凉而涩楚。

卿尘只觉得心脏沉重又艰难地跳动，几乎无法再承受他的目光。他看着她，仿佛要将接下来的话烙在她心底："我曾问过你，如果我愿尽我所能给你所有想要的，你可愿答应。我夜天湛只要对你说过的话，就一定会做到，无论结果如何，我都会去做。这一生只要你想要的，我便给你，今天你要的，我答应你。"

卿尘心中悲喜交集，无法相信她听到的话，亦不知该对他说什么。他轻轻低头在她耳边："回天都去，明天，等我凯旋。"

他的呼吸吹过她的发际，丝缕纠缠。卿尘几乎可以听清他的心跳，如舱外大江波涛，层层击岸，由缓渐急，忽然飓风排空，浊浪滔天。他猛地将她带入怀抱，俯身吻上了她的唇。

清新而湿润的柔唇，她整个的人似乎化作了一缕微苦的淡香，一道冰凉的溪流，慢慢织成细密的天罗地网，将他禁锢在中央，画地为牢，无处可逃。

然而他不想逃，这任凭感情毁灭所有理智的刹那，无日，无月，无星，无光，仿佛世界到了尽头。他只是夜天湛，她只是凤卿尘。无关其他，无关过去与将来，无关生与死、悲与喜、对与错，无关这苍苍茫茫、爱恨红尘。

他唇间炙热的温度与雨意风凉瞬间交撞冲上了头顶，卿尘霍然抬眸，目光落在夜天湛脸上时他立时察觉。

四目相对，明眸透澈，如一泓冰冽的秋水，清冷如斯。

夜天湛手上力道加重，眼中几乎带上了狠厉的深沉。卿尘以一种冷静到极致的眼光默默凝视着他，他忽然从这双眼睛里看到了别人的影子，那样固执地存在于幽深底处，一天雪水，漫空罩下。

江风刺骨，他唇边生出一丝浸满了涩楚的苦笑，终于缓缓放开了她。

灯下，阴郁如乌云，完全遮盖了他明湛的眼眸，夜深，云重。

幽暗的冷焰光影轻摇，似隔着万水千山，两两相望，无声无言。

卿尘眼中尽是愧疚，看在夜天湛的眼里却如冰凌钻心。此时此刻，他宁肯她愤怒斥责，也不愿看到她这样的眼神。

惨然一笑，笑黯天地，他蓦地转身，往舱外大步而去。

幕帘纷乱，江深雾浓，卿尘默默回首，久久望着那道修长的背影消失在一片空蒙远处。他却似乎越走越近，径直步入了她的心底，停驻，永存，与那最柔软的一处血肉相融。

黎明悄然而至，天边遥远的晨曦渗出一线若有若无的轻光，缓慢而清晰地透过了白雾茫茫，终于绽放出霞光万道。江风飒飒，轻舟顺水，卿尘站在船头举目远望沐浴在天光中宏伟的天都，这一刻，归心似箭。

七月甲申，笼罩了伊歌城数日的阴雨消停，金日耀空，光芒遍洒大地。

自通往皇城召和门的玄武大街始，数十里泼金飞彩的锦毯遥遥铺道，金旗迎风，御林禁军十步一卫，直通往天都外城。

百官云集，时间一点点接近午时，这多日之前便为湛王回京而备下的盛大典礼，现在却谁也不知将是什么局面。

前来迎接的朝臣中，湛王一派的人个个面色木然。湛王下令羁押济王、遵旨入城的消息传来时，卫宗平顿足长叹，殷监正呆立在太极殿前，呕出一口鲜血，当场昏厥过去。

此时所有的人心里都只有一个疑问——湛王，他何以突然放手言和，情愿称臣阶下，让近日一切努力付诸东流？

午时整，随着几声礼炮高鸣，天都乾门缓缓打开，万众瞩目的城门处，湛王缓步而入。

他未着甲胄，甚至未穿亲王常服，一身水色长衫蓝若晴空明波，纤尘不染，飘逸清华。

他不曾骑马，徒步迈上柔软的锦毯，孤身一人，未有一兵一卫跟随其后。本该随行入城的四十万铁骑以及迎送公主的使团全部留在城门之外，原地静候。

沿途金甲禁卫明戟亮戈，耀目光寒，原本使整个天都都笼罩在一种肃穆与森严的阵势下，却因他的出现突然化作了一片云淡风轻。偌大的伊歌城陷入绝对的安静，似乎天地间只有那一片湛蓝的衣角随着他从容不迫的脚步轻轻飘扬，如在闲庭。

他走得并不快，步履徐缓，神色平静如玉，唇边隐带微笑。

长路尽头是代表着至尊皇权的华盖龙幡，天威浩然，昊帝亲至召和门，将在此册封湛王为九章亲王。天子仪仗之下，昊帝负手独立，身形峻峭，玄袍之上九龙腾云，尽显王者风范。

通天大路上，湛王步伐孤单；路之尽头，昊帝形容清冷。

独行孤立，他们之间的距离越来越近，彼此锁定了对方的眼睛。目光交撞的刹那，半空中炙热的阳光如结薄冰，迫得万人噤声，尽皆心寒。

空气凝重得似能被刀切开，湛王唇边笑意却愈深，而昊帝脸上竟也出人意料地掠开薄笑一缕。

孤独处忽逢对手，双方的精神似乎不约而同陡然攀上一个前所未有的巅峰，仿佛无形之间两柄利剑，龙吟声起，那是对于决战一刻的渴望。

湛王举步迈上了最后一层台阶，临风卓立。四周只闻衣衫金旗猎猎风中的轻响，这瞬间的停步却让文武百官觉得漫长无期，须臾，只见湛王含笑轻撩前襟，跪拜："臣，叩见吾皇万岁！"

昊帝亦淡淡抬手："七弟辛苦了。"

掌仪侍官急忙高声通报仪程，大典终于有条不紊地按着预期轨道缓缓开始。

钟磬鼓乐声中，当湛王自昊帝手中接过那代表天朝亲王中最高封爵的九章纹剑时，立在御驾之旁的卫长征清楚感觉到一股浓重而锋锐的杀气。

他霍然警觉，抬手迅速压上腰间剑柄，却只见昊帝面如平湖，湛王颜若和风。什么都没有发生，典礼按部就班地进行着，一切平静如初。

那股强烈至斯的杀气同时来自持剑对峙的两人，那剑因此寒意陡生，直逼眼睫，却终究未曾出鞘。

午时二刻，礼成。

风和日丽，瑞云呈祥。这兵息干戈的一拜，低下的是铮铮傲骨，高贵与雄心，换来的是四宇安定，江山依旧风流。

第十一章　一川明辉光流渚

含光宫中，几个宫女依次跪捧着九翟凤冠、钗钿檀衣、金丝织绣真红霞帔、褙子、中单等冠服环绕四周，一个掌仪女官在旁详细地奏报着几日后册后大典的仪程。

繁复的衣料窸窣轻响，不时夹杂着玉坠环佩叮咚，静静回荡在寝殿深处。碧瑶正和两个侍女帮卿尘将冠服之后云纹飘曳的霞帔整好："娘娘，正合身呢。"

卿尘轻轻抬手示意身旁的女官停下，转身问道："多长时间？"

女官答道："回娘娘，整个大典共三个时辰。"

卿尘眉梢微紧："这么久？"

女官恭敬地道："此次是陛下册后的正典，所以时间格外长些。"

卿尘微微颔首："知道了，你们下去吧。"

待掌仪女官退下，有侍女进来禀道："娘娘，陛下今晚传膳含光宫。"

卿尘应了一声，碧瑶忍不住惊喜，问道："娘娘，尚衣监昨日送来那几件新制的宫装都很是用了心的。那件茜红底子的就很不错，显得人精神，不过我记得有件流岚色绣木兰花的也好，既贵气又雅致，我让她们都拿来看看可好？"

卿尘此时只穿了件杏色软丝中衣："不必了，我有些冷，把那件披帛给我。"

碧瑶反身取了披帛替她搭在肩头，一袭云色婉转，双肩若削，盈盈瘦弱，卿尘随意靠在凤榻上，丝毫没有起身梳妆更衣的意思。

碧瑶忍不住催她："陛下一会儿就到了，娘娘不换衣服吗？"

卿尘抬眼应了一句："他是来看衣服的？"

碧瑶愣道："当然不是。"

卿尘复又合眸。

碧瑶不由替她着急，劝道："娘娘，都几天了，陛下现在分明是先行和好，您就服下软吧。"

卿尘闭目不语，那日她外出回宫，未入上九坊便遇上卫长征等带着玄甲军寻来。护城水师竟出动了虎贲战船，楚堰江中森严一片战备状态。回宫后只见夜天凌脸色铁青，一句解释也不听，当即命将冥执等随卿尘出宫的侍卫各掌二十军棍。卿尘极力阻拦，他冷冷无视，殿前一片杖击之声，鲜血横飞。卿尘恨极，一怒之下拂袖回宫，已经几天没和夜天凌说过一句话。夜天凌亦不似往常每日来含光宫就寝，再加上朝事繁多，两人倒真像就这么生分下来，只看得碧瑶她们暗暗着急。

碧瑶见卿尘这般倔强，低声再劝："内廷司都已经上了添选妃嫔的议章，陛下毕竟是天子，您这样怎么能行呢？"

卿尘那晚在江上着了点风寒，这几天一直不太舒服。刚才被那些冠服折腾了半天，此时只觉周身乏力，听了此话不免更添烦闷，闭着眼睛道："我睡一会儿，陛下来了你再叫我。"

碧瑶见她十分困倦，又深知她的脾气，也不能再多说什么，只得仔细关了花窗，悄声退出。

碧瑶走了后，卿尘却翻来覆去地睡不着，索性起身拢着披帛坐在那里。面前铜镜映出她的容颜，她漫无目的地垂眸看着云帛散开在脚边，那丝丝入扣的纹路看在眼中却不时有些模糊。她抬手撑着额角，突然瞥见铜镜中多了个人影，不知何时出现在那里，站在她身后不远处。

青衫淡淡，她看不清他脸上的神色，却能感觉到他目光深邃，静静望着镜中的她。

寝殿中长明的宫灯轻微一跳，卿尘低声轻叹，站起身来。不料眼前竟猛地一黑，她急忙伸手去扶镜案，谁知却正按在打开的妆奁之上。玉声乱响，凤簪翠环飞落一地，夜天凌已经疾步上前将她扶住。碧瑶她们被东西落地的声音惊动，匆忙赶进来，只见满地狼狈，皇上抓着皇后的手一脸怒容。

随后而来的宫娥内侍跪了一地，都不知道发生了什么事，谁也不敢说话。只有碧瑶战战兢兢叫道："陛下，娘娘……"

卿尘一阵晕眩过去，见碧瑶等人都十分惶恐地看着他俩，缓声道："这里没事，都下去吧。"

碧瑶心里七上八下的，看这样子倒像是两人真吵起来了，却又怕贸然相劝适得其反，斗胆说了句："陛下，娘娘身子不舒服，您……"

卿尘眸光淡淡往这边一扫，碧瑶便不敢再说，无法可施，只好带着众人暂时退出殿外。

卿尘靠着夜天凌的搀扶坐下，夜天凌不悦道："觉得不舒服怎么不宣御医，你这又是跟谁赌气？"

卿尘眸色一黯，无心和他争吵，只道："不过是刚才试冠服站得久了有些累，这些凤冠霞帔看来并不适合我。"

听她这么说，夜天凌脸色微沉，这几天心里窝着的火气不禁被勾起苗头，隐隐便要发作。

两人僵持着，殿中一时异常安静。

卿尘倚着凤榻，倦倦合上眼眸。她原本便是强打着精神，现下更觉得胸口滞闷，忍不住频频咳嗽。突然一只手覆上额头，接着便听夜天凌愠怒的声音道："传御医！"

卿尘自己清楚这症状，待要说不用御医，却又不想和他争辩，便任御医赶来请脉开药，不一会儿侍女们先奉了姜汤上来。

她素来不喜姜汤的味道，却在夜天凌的注视下端起来一饮而尽，将玉盏掷回盘中，转身向内静躺着。侍女们细碎的脚步陆续消失在殿外，四周空空荡荡便显得格外冷清，卿尘身上却搭来薄衾。"怎么，背着我做出那么大胆的事，还跟我发脾气？"夜天凌话语低沉，颇为不悦。

　　卿尘并不后悔那晚出城惹得他不快，道："我若做错了，你罚我便是，为何却拿冥执他们出气？何况我已经回来了，四十万大军平安入城，我又哪里做错了？"

　　话未说完，夜天凌剑眉猛蹙，伸手硬将她从榻上拉起来面对自己，怒道："你若是回不来呢？我夜天凌十余年铁血征战，踏平山河万里，区区四十万大军能奈我何？用得着你夜出天都，孤身犯险？你是怕我输了这一阵，还是怕他丧命于我剑下？"

　　他几乎是声色俱厉，目光严邃冷冽，迫得人如坠冰窖，卿尘脱口便道："我确实是怕，我怕你们任何一个再变成第二个十一！"

　　夜天凌脸色猛地僵住，额前青筋隐现，眼中的凌厉却在一瞬间灰飞烟灭。

　　说出这话，卿尘也呆了片刻，转而侧首垂眸，满身尽是黯然："当年击鞠场上和你并肩作战的五个人，如今只剩下他和十二了。你若真的信我，就不该恼我，我虽是胆大行事，却也是深思熟虑过。现在非但你与他安然无恙，近百万将士也不必自相残杀，这些许冒险难道不值？"

　　夜天凌狠狠揽着她，眸中戾气低沉："若不是因为信你，我当晚便已下令挥军平叛。我虽信你有把握全身而退，但你若当真有所闪失，天都中岂止是血流成河的局面？但那有什么用？难道还能再有奇迹，再让我隔着千年万年遇到一个宁文清，或是一个凤卿尘？"

　　他霸道得不给人丝毫喘息之机，那字字句句像是丛丛炙热的火焰，灼得人心中又暖又痛。卿尘向来言辞不输于他，此时却说不出话来，只紧紧攥着他的衣襟，触得他的心跳在手底起伏不平，当真已是怒极。

　　卿尘愣愕间，只听他再道："这江山王位，不过就是游戏一场，我岂会用你的安危去换取，又岂容他人觊觎于你？我若连自己的妻子都保护不了，还谈什么天下！"

　　卿尘心里早已柔软一片，面上却不服软，下颌微扬："我既然是你的妻子，难道还怕了这点儿风险？我若连自己都保护不了，又凭什么做你的妻子？"

　　夜天凌一怔，顿时哭笑不得，又气又恨："是我的妻子就得听我的，你要是再敢背着我自作主张，我……"

　　他说到这里顿住，卿尘修眉一挑，问道："你怎样？"

　　夜天凌见她眸中黑盈盈一片，尽是柔情暖意，近在眼前地这么看着他，硬将那满腔怒火包围、缠绕，寸寸化作了无奈。他终于长叹一声，将她拥入怀中："老天怎么送了你这么个女人来！"

卿尘头抵着他的肩膀，幽幽道："我这女人既让你如此不满，他们已准备了天下美女供你挑选，想必总有善解人意的。"

夜天凌微怔，扳过她身子问道："什么？"

卿尘淡淡抬眸，看住他："内廷司已拟好了添选妃嫔的标准，六宫中一后、四妃、九嫔之下，婕妤九人，美人九人，才人九人，宝林二十七人，御女二十七人，采女二十七人。八品之下六局二十四司掌仪女官各四名，司二十八人，典二十八人，掌二十八人，其他无品级女官人数不定。"

夜天凌听得大皱眉头："什么时候的事，我怎么不知道？"

卿尘道："议章两天前便送致远殿了，你难道没见着？"

夜天凌失笑："没留意，光那些朝事的奏章还不够我看？哪有时间看这些。"

卿尘见他眼中倦色淡淡，想必又是几夜未曾安眠，不忍再同他去计较这些，只是静静与他相拥。夜天凌抚着她披泻肩头的长发，良久，突然一笑："明天下旨让内廷司整顿宫闱去，免得他们没事找事做。"

卿尘笑笑不语，往他怀中靠了靠，他身上温暖的男子气息淡淡笼下来，仿佛惊涛骇浪里一湾平静的桃源。该说的话她早就说过了，不必再重复。他不曾信誓旦旦地给她任何承诺，只是他懂她要什么，有些事情他会去做，他会护着她，她知道。一股倦意压了过来，她闭上眼睛，留恋于熟悉的怀抱，什么都不再想。

夜天凌不料卿尘就这么依偎在怀里睡去，颇为无奈，轻轻伸手抚摸她的脸庞，此时此刻心中却只余爱怜。

气她恨她，却又岂会不知她为何甘冒奇险？她从来就不是他的弱点，她是与他心心相印的知己，风雨同舟的伴侣，一路相随，一生相伴，因彼此而精彩，共比翼而同辉。他就这样低头看着怀中的人，安静不动。几天来的冷淡一旦揭开，才发现原来心里眼里早都是她的影子，再看一生也看不够，什么三宫六院、娇娥粉黛，都不及她一颦一笑。

这世上有了她，他眼中便只有她；这世上若无她，他便一无所有。

过了些时候，卿尘正睡得昏昏沉沉，晏奚在殿外求见。夜天凌没说话，只是示意他进来。

晏奚到了榻前，怕惊动卿尘，压低了声音禀道："陛下，湛王求见殷娘娘，已经来了快两个时辰了。"

夜天凌皱眉，沉声只说了一句话："让他回去。"

夜天凌即位后，加封太后为太皇太后，追封莲贵妃为和惠皇太后。天帝的妃嫔中，除了苏淑妃晋为皇太妃外，都依例送往千悯寺居住。殷皇后虽是正宫娘娘，却并没有受到尊封，如今迁居清泉宫，身份颇为尴尬。湛王回京后曾数次请见母后，却都未得准许，晏奚看皇上的脸色，情知多说无益，正欲退下，卿尘却听到声音醒了过来："晏奚，慢着。"

晏奚躬身留步:"娘娘。"

卿尘垂眸思忖片刻,对夜天凌一笑,赤足步下凤榻,站在案前写了几个字,回头吩咐晏奚:"带给湛王。"

晏奚迟疑地看向夜天凌,夜天凌下颌轻抬,他便取了笺纸,退出含光宫。待进了致远殿偏殿,便见湛王负手站在窗前,午后的阳光穿窗落在他身上,耀得那身亲王常服上的五爪云龙栩栩如生,背在身后的手稳持,清雅的面容淡定。他平静地看着御苑中草木葳蕤,秀水碧流,似乎从晏奚走时便一直这样站着,分毫未动。

听到脚步声,夜天湛回头看去,晏奚上前道:"王爷,陛下现在含光宫,恐怕一时不会回来。"

尚未抬头,便感到一道明锐的目光落在身前,湛王温润如冰丝的声音淡淡响起:"本王在这里等。"

晏奚抬眼看去,只见湛王已然重新看向窗外,眼前唯余背影挺拔。他将笺纸呈上,再道:"这是皇后娘娘给王爷的,请王爷过目。"

夜天湛意外地回身,接过笺纸展开,上面只写了四个字:视如我母。

清墨乌亮,化作他眼中一丝震动。他虽然一直见不到殷皇后,却也知道殷皇后除了名分上未得晋封之外,一切吃穿用度皆保持先前皇后之例,不曾有分毫更改。既然有卿尘在,他倒并不担心母后会受委屈,此事也不能操之过急。他沉思良久,唇边逸出一丝极轻的叹息,没再说什么,只是终于转身举步离开了致远殿。

晏奚走后,夜天凌没问卿尘刚才写了什么,也没有起身,扶着膝盖又坐了会儿,方才慢慢站起来,只一动,便暗中抽了口冷气。

卿尘看他神色便明白了怎么回事儿,忙说:"快走走,活动下气血。"

夜天凌一边抻着肩膀,一边回头,忽然轻轻一笑,深眸中满是戏谑的意味。

卿尘有些脸红,低了头又从睫毛下瞥他,终于忍不住又问:"好些了?"

夜天凌血气在全身流转一周后,那种酸麻的感觉逐渐消退,笑着扬声吩咐道:"来人,掌灯!"

立刻便有两排绯衣侍女鱼贯而入,每人手中都捧着一盏青玉缠金灯,步履轻巧,将寝殿中灯火一一点燃。

夜天凌转回卿尘身前,伸手试试她额头:"要不要再睡会儿?这几天养好精神,待到册后大典,天下人可都看着你呢。"

卿尘睡时出了一身汗,身上虽略微轻松了些,却仍旧软软乏力,靠回凤榻之上,问道:"怎么突然要举行什么册后的大典?这些日子我都快要被那些女官折磨死了。"

夜天凌指尖抚过她修长的黛眉,淡笑道:"我要昭告天下,你是我的妻子。"

卿尘悠然笑问："难道没有册后大典，我就不是你的妻子了？"

夜天凌道："不一样。"

卿尘淡声道："怎么不一样？你是夜天凌也好，是王爷也好，是天子也好，对我来说不过是我的夫君，就这么一个人，都一样的。"

夜天凌躺在她身边，一只手垫在脑后，目光遥遥望出去："清儿，这天下只要是我的东西，便是你的；只要能给你的，我都要给你。我的妻子，我不要她有半分委屈或是遗憾。"

卿尘以手支颐，长发散垂在他脸侧，随着她侧首浅笑的动作，微有兰若的清香。他伸手穿过那道墨色的幕帘，如同穿入了神秘的梦境，她的美无处不在，无处可藏。

卿尘抬手与他十指相握，贴在面颊旁，微笑道："你待我的心意，我知道便足够，不必非让别人也清楚。四哥，你让他们把册后的典礼取消了吧，我想要的，你早已给了我，我并不在乎这个。这一次大典，前后耗内银近十万两，劳师动众，却不过只是给天下人看个风光。如今北疆战乱方休，百事待兴，稳定西域、南治大江都等着国库的银子，有多少人盼着我们顾此失彼。十万两银子虽不是什么大数目，却还是用在刀刃上更好。再说，我也实在没精神应付那些礼仪，不如让我清闲一日更好。"

夜天凌静默片刻："你若坚持不要，便依你。我今天看了他们的奏本，那些仪程确实太过烦琐，正想问你的意见。外面暑气太盛，你身子又不舒服，我也怕你吃不消。"

卿尘心满意足地柔声道："如此多谢圣上恩典。"

夜天凌垂眸看她，扬眉淡笑："免了。"他抬手拥着卿尘，卿尘见他许久不说话，似乎有什么事情想得出神，不由问道："四哥，你在想什么？"

夜天凌扭头看向她，此时他双目熠熠，精光慑人，先前的些许疲惫早已荡然无存："清儿，你可知我有多少事想做？"他伸开手掌在面前徐握成拳，"这帝王之业不在手握王权的一刻辉煌，而在于盛世大治、国富民强。给我十年之期，我不会让你、让我的臣民失望，甚至我的对手，也必以与我对敌为荣。"

卿尘仿佛看到了昔日大漠飞沙，千军万马前他睥睨群雄的一刻，他冷对众生，他雄心万丈。这个男人征服了她，亦征服了天下；她征服了这个男人，亦与他携手，共赴天下。

"四哥，一山尽处是一山，峰高路险，正是好风景，我已经忍不住想去攀登游览了呢！"

夜天凌拥她在怀，长声笑道："今日天朝有帝如我，有后如你，必将千古传颂，万世景仰。你我此生痛快！"

卿尘笑搂着他的脖颈，笑靥如花，吐气如兰，夜天凌一瞬不瞬地注视着她，忽然翻身吻住了她柔美的红唇。卿尘星眸轻合，调皮地伸手探进他的衣衫，指尖温软，沿着他的脊背流连辗转，一路滑下。

夜天凌呼吸逐渐急促，低声道："清儿。"卿尘含糊地应他，温香软玉，雪肤凝琼，兰芝般的清香缠绵，诱人心悸。她肌肤间的温度沿着他掌心的轻抚烧起爱恋缠绵，他却突然将头埋在她颈间懊恼地叹息一声，撑起身子坐在榻边，背对着她。

卿尘十分奇怪，勾住他的腰探身过去，询问地看他。

夜天凌一把蒙住她的眼睛，深深呼出一口气："身上还发着热，好好躺着去。"

卿尘一愣，随即笑着蹭往他怀里，夜天凌紧揽着她，声音微哑："别闹，要是睡不着了，就陪我看会儿奏章。斯惟云的手本今天送来了，你也看看，有几条建议很是不错。"

卿尘听他这么说，便不闹他了。夜天凌命人去致远殿将奏章取来此处，传了晚膳。用过膳后，他坐在案榻前专注于未尽的政务，卿尘便靠在近旁细细翻看斯惟云的手本。

两人不时交谈几句，不觉夜入中宵，宫灯影长，满室静谧，偶尔无意抬眸，目光相遇，会心一笑。

第十二章　桂宫长恨不记春

翌日，殿中内侍传昊帝旨意取消了原定于月末的册后大典，凤衍听说后，心下不免泛起隐忧。

近日来宫中多有帝后不和的说法，据传言昊帝曾在含光宫大发雷霆，似乎为的是湛王之事。凤衍在中书省值房内负手踱步，中宫皇后，这可是凤家最大的依恃。当初她远湛王，弃溟王，一手替凤家选中出人意料的凌王，现在大局初定，她却又在这当口因湛王与之失和，岂能叫人不生担忧？

再过几日，天气日渐炎热，帝后同赴宣圣宫避暑。昊帝却只在行宫逗留了一天，第二天便起驾回宫，将皇后独自留在宣圣宫。

如此一来不但凤衍心中疑惑，人们都开始议论纷纷。从当年的种种传说到如今凌王登基湛王回京，多数人都猜测皇后不过是昊帝牵制湛王的棋子，或是凤家联姻皇族的手段。更有不少人唏嘘湛王爱美人不爱江山，叹有情人难成眷属。

这些传言卿尘并非没有听到，却充耳不闻，自在宣圣宫静心休养。那次意外之后她身子越发不如从前，些许风寒竟反复难愈，接连数日低热不退。夜天凌甚为担心，仔细问过御医后，亲自送她到宣圣宫静养。

卿尘不耐烦宫中御医随侍，夜天凌也不坚持，只派人去牧原堂将张定水请来，要他在行宫小住一月。卿尘不由笑他小题大做，但平时与张定水谈医论药，倒十分惬意。既无事烦扰，心情又轻松，身子便大有好转。

静苑幽林，三两盏淡茶，清风白云，流水自在山间。转眼盛暑已过，卿尘觉得精神渐好，便准备回銮天都，只因入秋之后不久，便是太皇太后大寿之日。

此次大寿宫中原想热闹庆祝一番，但太皇太后自去年冬天便卧病在床，身体衰弱，已没有精力出席寿筵大典，只命一切从简。

当日大正宫中政权更迭，夜天凌早便调拨御林禁卫驻守延熙宫，是以外面天翻地覆，却也不曾惊扰到太皇太后。只是事后太皇太后得知天帝与汐王、济王的情况，不免伤心不已。卿尘虽医术精湛，却也只能治病医痛，并不能阻止衰老，皇宗司私底下已经开始筹划殡仪，只恐怕太皇太后与太上皇都熬不过今年冬天，到时候手忙脚乱。

到了大寿那日，文武百官在圣华门叩祝太皇太后慈寿福安，延熙宫女官宣太皇太后懿旨，颁下赏赐，免外臣觐见。苏太妃与皇后率内外命妇、二品以上臣工内眷入延熙宫朝贺。献礼、祝寿之后，各命妇、夫人依序退出，只留内宫妃嫔及诸王妃赐宴。

早朝一过，夜天凌便直接赶来延熙宫，灏王、湛王、漓王亦随后而至。太皇太后由侍女扶着自寝宫走出，夜天凌见皇祖母步履艰难，颤颤巍巍，明明是喜庆的日子心中却没来由生出伤感，敛了神情，快步上前亲自搀扶。

太皇太后握了夜天凌的手，看着灏王几个兄弟趋前叩请皇祖母寿安，突然长叹一声："今年人少了，明年皇祖母不知还能不能再见着你们来贺寿。"

众人笑意都是一滞，四周略见沉闷，却接着便听夜天湛朗朗笑道："皇祖母不见今年还多了人吗？"

笑语春风，将凝滞的气氛顿时带了过去，众人的眼光也被吸引到他身旁的女子身上。

那女子见夜天湛微笑对她颔首，便移步上前。她身材窈窕，婀娜修长，薄纱半遮面容，让人看不太清她的模样，但露在外面的那双眼睛却明亮妩媚，顾盼间风姿尽现。

这正是于阗国朵霞公主，大家都往朵霞看去的时候，皇上目光却只在她那里一停，随即看向湛王，而与此同时，湛王也正向他这边看来。两人视线半空相遇，似乎在那一瞬间达成了某种心照不宣的共识。

湛王携于阗公主回天都之后，朝中形势一直处于一个微妙的临界点。大臣之间明显分为两派，拥护湛王之人并不减少，相反湛王息战止兵之举更让众人称颂，甚至一些军中将士也敬服湛王统御军队爱惜士兵，纷纷以"贤王"称之。湛王这番以退为进收获奇效，夺嫡宫变的刀光剑影逐渐淡去，一场没有硝烟却更为凶险的战争正缓缓拉开帷幕。

只是此时，无论是皇上还是湛王，却没有人愿意将这些在太皇太后面前表露半分。

朵霞大大方方地上前给太皇太后贺寿，她汉语说得很是不错，语调明朗轻快，入耳动听。太皇太后见了朵霞这般形容，忆起些许往事，对苏太妃道："这倒叫我想起一人来。"

苏太妃情知说的是谁，当年天帝带着茉莲公主回京时的情景亦清楚地浮上心头，她柔声道："母后，隔着这面纱，什么人都有几分像的。"

太皇太后道："想是我老了，有这面纱在，便看不清楚人了。"

十二在旁笑说："七哥让公主遮着面纱，可是怕公主的美貌被别人看去？这未免太小气了吧！"

夜天湛呵呵一笑，尚未答话，便见朵霞明眸流转，道："轻纱遮面是我们西域的习俗，只为了遮挡风沙日晒，中原女子到了我们那里也是这样的。你们若是不喜欢，我便不戴了。"说着玉手轻扬，便将面纱落下。只见她肌肤白得异乎寻常，琼鼻桃腮，丹唇皓齿，那双美目深嵌在秀眉之下，骤然搭配上这近乎完美的五官，只叫众人眼前一亮，心中不约而同涌起惊艳的感觉。

卿尘早就听说过朵霞的美貌以及她与湛王在西域的传闻，淡淡笑着往夜天湛看去。这一转头，却发现夜天湛正看着她，眸底深处专注的神情脉脉无言，动人心肠。却只瞬息，他扬唇一笑，笑里全是满不在乎的潇洒，对太皇太后道："皇祖母让朵霞摘了面纱，待会儿回府时我的侍卫们怕是要不够用。"

太皇太后指着他："看他得意的，凌儿，今晚你让御林侍卫给他把公主送回府去。"

夜天凌答应："皇祖母放心，待会儿再让内廷司看看库里还有多少丝缎，都送到湛王府，以后但凡公主出府，便让七弟护个严实。"

这一说大家都笑了，一时间其乐融融。卿尘示意内侍传宴，特地让朵霞公主与她同席，陪伴太皇太后说话，再往下便是靳慧与湛王世子元修。

湛王身边是王妃卫嫣，一直颇含敌意地看着朵霞公主。朵霞却就当没看见，偶尔抬头时黑宝石般的眼眸明光闪耀，随即高傲地扬起下颌。卫嫣心头便似被猫抓了一把，而更让她耿耿于怀的却是于近旁静坐着的卿尘。

想起近来沸扬天都的传言，自己的夫君便是为了这个女人连皇位都拱手出让！她一句话，竟让他连命都敢赌上，竟让他将王府中的妻儿、将所有追随他的士族都弃之不顾！如今这个女人位居正宫，一身鸾红凤服明媚端秀，那红如汩汩的鲜血浇灌入心，催得嫉恨野草一般疯狂生长，似要湮没人的理智。卫嫣手压着嵌金象牙箸禁不住恨得发抖，却忽然觉得一道温冷的目光落在身上，只见夜天湛笑握玉盏，正自旁看过来："我们该给皇祖母敬酒了。"

他的呼吸带着淡淡的暖酒的香气就在耳边，鸦鬓修眉下一双略挑的丹凤眼在宫灯影里深浅难辨，卫嫣身不由己地随他起身，端盏、微笑、祝酒……几乎不知道说了什么，只能听到他温文从容的声音，回荡心头。待到重新落座，席间众人谈笑依旧。夜天湛斟了酒对她举杯，低声道："我这一年多征战在外，府中辛苦你了。"

体贴的话语如玉磬轻击，清水入盏，低沉而轻缓，卫嫣微垂螓首："这都是妾身分内之事，只要王爷在外平安就好。"

夜天湛微微一笑，将酒饮尽。那早已预料的一笑，几分疏淡在光影中一晃而过，快得叫人不及捕捉便已无影无踪。他把玩着玉盏，盯着卫嫣漫不经心地道："这些日子慧儿和朵霞一直相处得不错。"

闲话中若有若无的深意，卫嫣心里突地一跳，抬头时他却早已望向对面，目光落处，靳慧正抱着元修温柔地微笑着。元修清秀可爱的模样便如满桶冰水将刚刚暖起来的心头浇了个通透，卫嫣修长的指甲缓缓嵌进掌心，无声垂眸。

元修已经一岁多了，正是要学着调皮的时候。他似乎特别喜欢卿尘，坐在靳慧怀中不时地要往卿尘那边扑，口中咿咿呀呀不知说什么。靳慧被他闹得没辙了，便要让人带他下去，卿尘却伸手接过元修，笑道："任他闹吧，皇祖母看着也高兴，我抱着他就是。"

元修被卿尘抱着，立刻喜笑颜开，小手抓着她鸾服上的绶带不放。卿尘环着元修在膝头，孩子小小的身体带着醇浓的奶香，那样娇嫩柔软，叫人忍不住去呵护。元修有一双像极了夜天湛的眼睛，眼角微挑，眸心乌黑晶亮，望着人的时候总似带上笑意。那乌溜溜的眼珠看得卿尘心里有一处地方轻轻塌陷下去，她情不自禁地便想，这若是她的孩子该多好，若是她的孩子，她会不知道要怎么疼他。一股酸楚便那么泛上心头，她极轻地叹息，不期然抬头，却见夜天凌正看着这边。

四目相对，他眼神中带着无尽的疼惜和歉疚，格外深邃柔和。她对他微微一笑，不必说什么，彼此早已心意相知。她从来没有怪他，又怎么能怪他呢？他的痛丝毫不比她少啊！只要他还平安地在身边，她还有什么不知足？

元修不安分地在卿尘怀里蹭来蹭去，卿尘教他喊太祖母，他似懂非懂，依着卿尘示意的方向口齿不清地道："菜祖母！"

大伙儿顿时都乐了，卿尘啼笑皆非地点着元修额头："是太祖母，太……祖母。"

元修侧首看太皇太后，好像很认真地想了一会儿："太祖母！"这下喊得正确无比，太皇太后慈怀大悦，忙着答应，谁料元修回头仰着小脸看卿尘，清晰地对她叫道："母亲！"

卿尘愣在那里，诧异低头，元修顺势搂住她的脖子，软嘟嘟的小嘴一下子便亲在她脸上。他咯咯笑着抱卿尘，卿尘还没回过神来，十二已在对面打趣道："不得了，这么小年纪就学会唐突佳人，长大了可怎么办？"

卿尘此时疼极了元修，护着他："长大了只要不像他十二王叔，怎么都好！"

十二道："这话我倒要找皇祖母评评理了。哎！抱元修离皇祖母和公主远点儿，你们前后左右都是美人，别让他小小年纪就看花了眼！"

太皇太后笑骂十二嘴贫，朵霞公主倒不以为意，反而觉得十二不像夜天凌那样清冷，不像灏王那样淡远，也不像夜天湛那样难以捉摸，最好相处，不禁就对他笑了过去，倒把十二笑得一怔，俊面微红。

夜天湛此时却没注意朵霞公主，只凝神望着卿尘和元修。

卫嫣冷眼旁观，他唇角那抹笑全然不是平素的高贵与疏离，笑得这般真实，一缕刻骨的柔情在那笑中缓缓流淌，轻轻蔓延，卫嫣几乎可以感觉到他此时此刻心中的念想，他盼望着那个抱着元修的女子就是孩子的母亲，哪怕只一刻看着都是令他愉悦的。他这样由衷的不加丝毫掩饰的笑，她曾经多少次热切地盼望过，眼前她看到了，却偏偏又恨极了这样的笑。

她若是什么都蒙在鼓里，什么都不知道该多好。可是新婚之夜她听得那样清楚，他叫着别人的名字！她似乎已经站到了悬崖的边际，底下是万丈深渊，而他的笑在前方诱惑着她，纵身跃下。

"娘娘既然这么喜欢元修，不如请陛下降旨接元修入宫来住好了，也好陪伴太皇太后身边，常常得见。"

卫嫣的话突兀地响起，夜天湛笑意猛收，难以置信地看向她，靳慧的脸色瞬间变得煞白，一声惊呼已经到了嘴边，生生忍住。

殿中欢声笑语刹那全无，在场之人纷纷看向皇上。

原本亲王世子入宫教养也是平常之事，但眼前这形势，元修一旦入宫，便如殷皇后般成了牵制湛王的人质。只要皇上有这个心思，这自然是再好不过的时机。

所有人都在等着夜天凌一句话，却只见他唇边一抹淡笑，讳莫如深。片刻后，他将手边金箸放下，好整以暇地看了卿尘和元修一眼。

元修此时玩得累了，抓着卿尘的衣襟渐渐要睡过去，幼小的孩子丝毫不知自己正面临什么样的危险。卿尘轻轻拍着他，温柔含笑道："孩子还小，离开母亲难免会不适应。"她抬头和夜天凌对视了片刻，"等到元修再长大些，自然是要进宫学习的。到时候不妨请大皇兄做师傅，咱们交给十二王爷不放心，交给大皇兄总是放心的吧？"

十二接话道："怎么又扯上我？文才我是比不上大皇兄，但武功大皇兄就不如我了，到时你们别求我来教啊！"

这时夜天凌淡笑道："七弟文武双全，虎父无犬子，元修将来必定如他般出众，岂用得着他人操心？"

夜天湛先前一刻的惊怒早已恢复如常，随即道："还要请皇兄多加教诲才是。"

夜天凌道："孩子还小，说这些未免过早了，难得此时还能在母亲身边撒娇，何苦逼迫他们。"

夜天湛不料他会有这样的话，这话中之意似明未明，竟像说这代人的事与下代无关。再想想汐王和济王，除了赐死了汐王长子之外，倒真是没有过分牵连。便是这份心胸气度，他扬眉往上看去，只觉有此对手，竟叫人胸怀舒畅。

卿尘说完那话，便只低头哄着元修入睡，自始至终都没有向挑起事端的卫嬷看一眼。夜天凌的话别人或许不懂，她却听懂了，己所不欲，勿施于人，她的意思他也懂了。

眼见着元修睡得沉了，她小心地将他交给靳慧。靳慧早急得揪心，立刻便接过孩子来紧紧抱着，眼泪几欲夺眶而出。卿尘对她安慰地一笑，轻声道："放心。"

靳慧微噙着泪："多谢娘娘。"

卿尘此时才往卫嬷那里看去，只淡淡一瞥，眼中一锋锐利盯得卫嬷脸色青白，她转身徐徐笑道："坐了这么久，想必皇祖母要累了，陛下，咱们还是请皇祖母早点歇息吧。"

太皇太后确也已经精神不济，夜天凌便率众人再为太皇太后上寿，卿尘亲自扶了太皇太后入内安歇。这时一个女官匆匆入内，在卿尘身前轻声禀报了什么。卿尘眉心一拢，还未及说话，殿前内侍已经高声通报："殷娘娘到！"

夜天湛闻声浑身一震，转身便往殿外看去。

金檐华柱下，殷皇后正快步走来，身后跟着若干女官内侍，仓皇小跑。她身着明红鸾裙凤衣，云鬓高耸，钗钿华美，妆容精致，仪态高贵，眼底些许的憔悴并没有影响她骄傲的身姿，端庄雍容，一如从前。

原本已经要退出的众人都停住了脚步，殷皇后到了殿中，先给太皇太后行礼："母后大寿，我险些便不能来，如今晚了一步，还请母后不要怪罪。"

太皇太后命她平身，殷皇后环视众人，眼中光彩迫人。夜天湛上前一步跪倒在地："母后！"卫嬷等人也急忙随他拜下。

殷皇后低头看向儿子，神情之中爱恨交加。她握着夜天湛的手微微发抖，似是想说什么，却终究忍了下去，再一抬头看到了朵霞，有些惊讶。夜天湛忙道："母后，这是朵霞公主。"

谁知殷皇后立刻眉眼一落，冷声道："生得这般妖媚，这些异族女人除了蛊惑男人祸国殃民之外做不出半点儿好事，你给我记住了，离这种狐媚子远些！"

众皆闻言色变，谁都听得出她这不光扫了朵霞的颜面，分明更是意有所指。夜天凌眸色陡深，隐见怒意，却只碍着在太皇太后面前没有发作。

朵霞身为公主，在于阗备受国王宠爱，入嫁天朝也被视为上宾，礼遇有加，何曾听过这般话语？她美目一挑，脱口便道："娘娘，自古只要有耽迷美色误国误民的事，都将女子说成是红颜祸水，却不知本是那些男人自己昏庸无道。若是心志清明，谁能蛊惑得了他们？若原本便糊涂，即便没有绝色当前也是一样。我仰慕王爷志高才俊，情愿随他远嫁中原，倒不认为他是那种区区美色便能迷惑的昏聩之人。"

大家都没想到朵霞如此大胆，竟然当面顶撞殷皇后。殷皇后更是出乎意料，顿时气得说不出话来。

夜天湛迅速看了朵霞一眼，回头即刻给殷皇后请罪："母后，朵霞年轻不懂事，儿臣替她给母后赔不是。儿臣不是糊涂之人，还请母后放心。"

殷皇后盯住他："放心？你叫我怎么放心？别说是你，便是你父皇一世英明，到最后不还是坏在那异族妖女手中！你又哪里不糊涂了？"

夜天湛沉声截断她的话："母后！"

殷皇后甩开他的手，对太皇太后道："母后，您也都看在眼里，夜氏皇族从始帝往下，哪个不是困在这个'情'字里？穆帝、天帝，还有眼前这些，无一例外的！我管不了，您也不管吗？二十七年前那些事，纸里包不住火，您心里再清楚不过，现在这个皇上，到底是……"

她话未说完，太皇太后厉声喝道："住口！"

夜天凌眸中深暗处冷冷泛出杀意。殷皇后下面的话没说出来，别人不知，卿尘却清楚是什么，心谷遽沉。若再说下去，就算是她，也保不了殷皇后性命了。

太皇太后扶着卿尘的手面对众人，徐徐道："灏儿，带着你的弟弟们跪安吧。所有人都退下，没有我的吩咐，一律不准进殿。"

看过眼前儿孙，太皇太后老迈的眼中隐透着与年龄不相称的光泽，那是历经岁月的睿智与通达，看尽人世的平静与深沉。些许的病态都被这光泽掩盖，此时的太皇太后似是换了一个人。

内侍宫娥首先依序退出，夜天湛不放心母亲，迟疑不愿举步。十二走到他身边，攀住他的手臂："七哥。"夜天湛对上那双素来散漫率性的眸子，那其中稍纵即逝的锐光如他臂上现在感觉着的力道，强迫他压下心中翻腾不已的情绪。他回头，殷皇后站在大殿中七彩灿烂的琉璃灯下向他投来一瞥，二十多年来他第一次感觉到母亲原来离他这般遥远，生他养他的人，竟最无法了解他。

随着脚步渐渐消失，大殿中只剩下太皇太后、殷皇后、夜天凌和卿尘四人，变得异常安静。

冷酒残宴，丝毫不再有寿辰的喜庆，变得沉闷无比。卿尘重新搀扶着太皇太后坐下，殷皇后下颌微抬，面对着夜天凌，继而转头对太皇太后道："母后没有想到那件事还会有人知道吧？当初莲妃不慎动了胎气早产，偏偏就在来延熙宫给母后问安的时候。母后一向不喜欢莲妃，那时却肯替她保证，天帝自然不会怀疑孩子究竟是谁的。如今想想，莲妃素来故作冷淡，原来是恐怕这个秘密被人察知。"

太皇太后双目半阖，略加思量，道："哦，你们是找到了当年那个御医。"

殷皇后道："母后原来还记得那个御医。"

太皇太后微微点头："不错，我虽然老了，这么个人还是记得起来的。当初我一时心软，便留了他活口，不想终究还是生出后患。也难为你们能想到此事，也还能找到这个人。"

殷皇后道："这便是天意，查了这些年，本以为不可能，却到底还是找到了。"

太皇太后道："看来你们是早就有心了，不过现在你们知道了，又怎样呢？"

殷皇后道："母后将这秘密隐藏了这么多年，纵然是念在他是穆帝之子的分上护着他，却不想想莲妃那种狐媚子，谁知她当初怀的究竟是什么人的孩子？"

砰的一声，夜天凌一掌击上御案，他再好的涵养，听到殷皇后当面如此侮辱母亲，也不禁怒火中烧："你说什么！"

卿尘心中一惊，太皇太后扭头喝道："凌儿！"

夜天凌向来对太皇太后尊敬有加，手掌一握，终是强忍下心中怒意。卿尘将手覆在他手上，他脸上冷意稍缓，但依旧骇人。

殷皇后下意识退了一步，但随即站定，毫不相让地继续道："他既然不是天帝的儿子，有何资格继承大统？即便天帝曾有传位诏书，也分明是被蒙骗所致！他篡位夺嫡，如今又将天帝幽禁在福明宫，生死不知，母后难道就袖手旁观吗？"

太皇太后眸眼一抬，竟有种威严的气势从那目光中射出："你既然来找我，想必还没忘记天帝是怎么登上这帝位的，当年若不是我保他登基，他又有什么资格继承大统？"

殷皇后道："正是母后那时英明决断，才有这数十年的安定，如今天朝百年基业岂能毁在别人手中？还请母后做主！"

太皇太后道："你也能想到天朝的基业，那你可知我当时为何要保天帝登基？"

殷皇后怔了片刻，答道："母后自然是为国择贤君而立。"

太皇太后隐隐一笑，道："不错，正是如此。当年穆帝驾崩，身后留有两子，我不立他们，固然是因为他们年幼，却更是因为他们坐不了这个位置。那两个孩子，衍昭生性冲动，爱感情用事；衍暄胆小懦弱，难当大任。若将这偌大的国家交给他们，如何叫人放心？国立幼主，在旁虎视眈眈的士族必掌重权，我们孤儿寡母，岂不艰难？所以我设法迫使他们拥立天帝即位，便是如此，天帝登基之初也是步履维艰，苦心经营多年才有后来的局面。昔日我立天帝，现在我护着凌儿，都不是因为我有什么私心，只为这天朝的基业不能葬送在我这里。凌儿是我从小一手带大的，我深知他必不会让我失望。"

殷皇后道："母后这样说，我倒要问了，难道湛儿就不如别人吗？"

太皇太后目光落在她脸上，意味深长地道："湛儿很好，平心而论，有些地方他甚至胜过凌儿。但可惜的是，他偏偏有你这个母亲。"

殷皇后纤眉细挑，神色傲然不悦："母后这话是什么意思？"

太皇太后不急不缓地道："其实你也很好，这些年来我在旁看着你执掌后宫，从来没出过半分差错，这已经很是难得了。论手段，论精明，这后宫之中没人比得上你，但唯独有一点，你的野心太大，太自以为是。"

殷皇后冷笑道："是人便有野心，这皇宫里谁是干干净净清高着的？若没有野心，又哪来站在这里的皇上？大家便都安稳了。"

太皇太后道："我知道你不服气，我说湛儿坏在你手上，你不妨就看看你让他娶的那个王妃，真是委屈了我的皇孙！我的话你眼下不明白没关系，你也不需要明白了。那个秘密既然我守了快三十年，岂会让你生出什么是非？我便告诉你，只要我还活着一天，就谁也别想兴风作浪！"说话间她眼底凌厉渐生，声音略提，"来人！"

常年随侍太皇太后的两个掌仪女官无声地走入大殿，垂目立在近旁。太皇太后看住殷皇后："我今天说过的话等你想通了，便也不会觉得委屈了。"她冷声对掌仪女官道："送她回清泉宫，赐酒一杯，白绫三尺！"

卿尘蓦然惊住，就连夜天凌也未曾料到这般结果，一时诧异。

殷皇后脸色一片雪白，这听着熟稔的话她曾不知说过多少遍，如今落到自己耳中，方知是如此滋味。她死死盯着太皇太后，却只见到太皇太后苍白的眉梢淡扫着冷意，决然无情，那平静的目光迫过来，竟让她止不住浑身发抖，连发间的钗环也颤得轻声作响。她狠狠握着凤服华带的一角，冰滑的丝缎深凉刺骨，两个女官面无表情地移步上前。

"慢着！"卿尘出声阻止，趋前跪在太皇太后面前，"皇祖母，殷娘娘罪不至死！"

太皇太后嘴角泛起缓笑，是慈祥，也是坚决："卿尘，心慈手软，必留后患，我岂会在同一件事上错两次？你也好好看着，要执掌这后宫并不容易。有些人无罪，却必须死。"

这道理卿尘不是不知，却再求道："皇祖母，事有可为不可为！"

她苦苦坚持时，夜天凌上前将她挽起，立在那里淡声道："皇祖母，请您开恩。"冰冰冷冷的话语，却也是求情了。卿尘如释重负地看向他，他平视前方，似不察觉，只是揽在她腰间的手臂越收越紧。

太皇太后待夜天凌说了这话，含笑凝视他良久，而后唇边转出一声松弛的微叹，挥手道："带她下去，从今日起不准踏出清泉宫一步，不准见任何人。"

两名掌仪女官俯首应命，殷皇后从生死震骇中回转过来，惧恨交替，神色青白惨恻。她一一看过眼前三人，猛地广袖长挥，头也不回地往殿外而去。

太皇太后一直看着殷皇后骄傲的背影消失不见，身子一晃，扶住几案，似乎所有的精神都已用尽，取而代之尽是疲惫。卿尘和夜天凌匆忙赶上前去，扶持在侧，卿尘看了看太皇太后的情形："皇祖母，我宣御医奉药进来。"

太皇太后摇头止住卿尘，看向夜天凌："原来你都知道了。"

夜天凌道："不敢隐瞒皇祖母，孙儿确实已经知道了。"

太皇太后一阵轻咳，微微喘息："你可恨皇祖母？"

夜天凌道："皇祖母何出此言？"

太皇太后微合着眼，歇息半晌，又似是在回忆着什么："她今天说的有句话倒是对的，夜氏皇族这些男儿，几乎个个都困在'情'字里。当年穆帝因你的母亲发兵西北，待你母亲入宫后，更是将国事荒废一旁，常常数月不朝，以至于权臣当道，内外混乱，民生困苦。我辛苦压制那些门阀士族，扶持天帝继位，原将希望都寄托在他身上，却不想他竟也迷恋上你母亲。我担心他重蹈覆辙，与穆帝一般糊涂，曾想要赐死你母亲，他就跪在这寝宫外面，求了我一天一夜。我本铁了心不管他，可是第二天，莲妃竟也来求我，那时候她已经有了你。"她抬手轻轻拍着夜天凌的手臂，长长叹息，"我的皇孙啊，叫我如何狠得下心来？我答应帮她保住孩子，隐瞒事情真相，但却要她发誓绝不准迷惑天帝，哪怕连对他笑一笑也不行，亦要她从此就当这个孩子不是她的，交给我来抚养。二十七年，她也算是做到了，我也不曾食言。凌儿，你心里的苦皇祖母知道，你若要恨皇祖母，皇祖母不怨你。"

长久以来萦绕心头的疑惑，在太皇太后的一席话中拨开云雾。夜天凌此时眼前尽是母亲的容颜，邈远、凄清，掩在忧伤下的那双眼睛曾经多少次暗暗留驻于他，他又曾经多少次报以冷漠与怨恨。

他不由自主地站了起来，独自转身面对着空阔寂静的大殿。二十七年前，他的母亲就是在这里发下誓言，用一生的笑容换取了他的平安。一股悲怆的情绪直冲上心头，他非但没有体谅母亲，更加没有保护好母亲。孤星蔽日，这个荒谬的预言原来从他出生那一刻起便紧随着他，莫不平啊，还真是不愧他天朝星相第一人的名号。他几乎要笑出声来，堪堪嘲弄自己的自负，事实真相，果然总是千疮百孔。

突然间，他耳边响起卿尘淡定的话语："皇祖母，四哥怎么会恨您呢？若不是有您护着，我们哪里能有今日？天朝又怎么会有现在这番局面？我们让皇祖母这样操心，该请您不要怪罪我们才是。"

夜天凌陡然醒觉，回身重重跪在太皇太后面前："皇祖母……孙儿多谢皇祖母！"

太皇太后不让他再说，只是伸手握着他，满目欣慰地看向卿尘："好啊，我没看错我的皇孙，也没看错你这丫头，总算不枉我让天帝把你指给了凌儿。丫头，你当初跪在我这里说不嫁的时候，心里可害怕？"

卿尘吃惊道："皇祖母……"

太皇太后道："皇祖母没有老眼昏花，你真以为一个孙仕，便能让天帝做出那样的决断？"

卿尘眉梢轻扬，匆匆瞥了夜天凌一眼，他亦望她，黑亮的眼中浮起淡淡的暖意，可与那时雨中凶狠的样子判若两人。她忍不住就暗中瞪他，他抱歉一笑，似也想起当时来。

只见太皇太后眯着眼睛端详过来，卿尘低声道："什么都瞒不过皇祖母。"

太皇太后召殿外的女官取来印玺，拟下一道懿旨交到卿尘手中："这是皇祖母能为你们做的最后一件事了，你们今天替她求情，这道懿旨用还是不用，也都在你们自己。"

虽然以后夜天凌要处死殷皇后易如反掌，但若是太皇太后的懿旨则更为妥当。卿尘慢慢将诏书收好，凤眸之中幽静，尽是一片深思。

太皇太后将他两人深深看着，岁月无情，在她眼中沉淀了历尽风雨的波澜。弹指一生，数十年已往，不觉就历了四朝的更迭，直到眼前这一刻才真正觉得松缓下来。想这一代代的绵延，多少男儿英豪，多少红颜翩翩，谁人不为情苦，谁又不为情所困？只是若遇对了那个人，何处不是清欢？待哪日到了九泉之下，却不知能否见着那些先她而去的人，她总算也是不负他们，可以放心去了。

第十三章　　水随天去秋无际

寿筵之后，太皇太后重病不起，殷皇后因忤逆太皇太后被幽禁冷宫，无论何人一律不得入见，包括湛王。

夜天凌与卿尘日夜侍奉太皇太后榻前，却终究无力回天。深秋霜冷，延熙宫中一片菊花次第而开，素色如海的日子，太皇太后含笑而逝，走完了八十四岁的人生。

帝都九城缟素，天下举哀。昊帝停朝三日，亲奉太皇太后灵柩入葬西陵，三日后复朝听政，面无哀色，言谈如常。

群臣对此窃议不休，昊帝却在复朝第一天便亲自召见御史台三院御史，三日下来，连续革除、调换侍御史四人、监察御史七人。继而发布两道敕令，一着天下九道布政使、三十六州巡使分批入帝都朝见，面陈政情。二令尚书省督办户部清查国库，明清账目，以备审核。

这立刻令人想起圣武二十六年户部的那次清查，多少人放回肚子里的心被一把揪起，七上八下，忐忑不安。

烟波送爽斋，秋风穿廊过水凉意瑟瑟，夜天湛凭窗而立，眉宇紧锁下清朗的脸庞始终笼着一层阴霾。他已在窗前站了许久，这时回身踱步，坐至案前，重新持笔疾书。

柔韧的软毫透着丝犀利的劲道，于雪丝般的帛简之上一气呵下，将至尽处，他却突然停住，眼梢冷挑，挥袖掷笔于案。他盯着眼前的奏章，压在上面的手缓缓收拢，猛地一握之下，通篇俊雅的字迹便尽毁于指间。他深深呼吸，压下那心浮气躁的感觉，这道手本还是不能上。

殷皇后在冷宫的情况他自有办法了解，皇上虽因太皇太后的病逝颇有迁怒，卿尘却也尽力护得周全。视如我母，她不是空说此话，此时他若为殷皇后求情，恐怕还会适得其反。

想到此处，夜天湛将那奏章松开，现在时机未到，即便为母亲的处境忧心如焚，他也深深告诫自己不能乱了阵脚。

谋国之事，胜负不在一时分晓。一棵参天大树，其下根基之深远必然盛于表面的枝繁叶茂。用不了多久，天朝的命脉便会尽收于他掌中，虽然北疆战后意外频出，但却分毫不曾动摇他的心志。他认定了的事，绝不会轻易放弃。

他自怀中取出一支玉簪，轻轻握在手中。极简单的簪子，样式并不新奇，用料亦是普通，只是不知经过了多少次的抚摸，玉色上润有一种莹透的光泽，便显得格外雅致。

想当初钱庄上的管事将这玉簪送来的时候，他忍不住便去了四面楼，只想看看那个令人琢磨不透的女子到底要做什么。四面楼的清雅倒真是吸引了他，就如深纱垂幕后的那个人。隔帘听琴，静坐品茶，顺手帮她打发那些别有用心的人，真像看着叛逃离家的孩子在外面玩闹。就让她随性逍遥也罢，他本也不想拘束她，她让他只是想呵护着，看她笑得自在，玩得开心。

他暗自苦笑，即便事到如今，却竟仍是这种感觉。他只怀疑是前世欠了她的，今生她是来讨债，连本带利，要拿尽最后一分一毫才肯罢休。

人生若只如初见，初见那一瞬心花无涯的惊艳，却错落成点点滴滴的寂寞。

没有她，他不知孤独为何物。遇上她，他在大千世界中，梦中，梦醒，孑然一身。

她看得那样清楚，他不只是夜天湛，而此时的她，也不再只是凤卿尘。

想得出神，他几乎没有听到轻快入内的脚步声，直到水榭前珠帘扬起，他手指一翻，不动声色地将玉簪收入袖中，方才抬头看去。朵霞明媚的脸庞已在眼前，她目光亮亮地端详他，伸手问道："藏什么了？"

夜天湛随意挡住她探入袖中的手："出去过？"

朵霞绕过书案，随便跪坐在他身边："在击鞠场遇上漓王，原本说下午一起去昆仑苑狩猎，谁知道陛下传他入宫，就没去成。"

她秀发绕绾，紧身骑装勾勒得匀称高挑的身形窈窕动人，随着她摇头的动作耳边一对玉珰轻轻晃荡，风情美艳，亮人眼目。夜天湛淡淡笑说："昆仑苑往宝麓山里深入，有不少好玩之处，以后再让十二弟带你去，断不会让你失望。"

朵霞道："让他带我去，你又怎么不陪我？听他说你也是击鞠的高手，我可从来都没见过。"

夜天湛便道："好，改日有时间我陪你去。"

朵霞乜斜着看他："敷衍了事，我不稀罕。你这么大方让漓王陪我，看来真没把我当你的女人。"

夜天湛温润的眸子一抬，对她微笑道："我们在于阗成亲时便说得很明白了，你有你的目的，我也有我的目的。我帮你保住于阗，也给你完全的自由，只要你不胡闹，我不会干涉你。"

朵霞扬头的动作略带着高傲："我也没让你失望，西域三十六国，如今不大都在你的手心里了？"

夜天湛道："你比你的父王聪明，我在去西域之前，倒真没想到于阗会有这么个美丽聪明的公主。"

朵霞问道："那日你在王宫晚宴上，就是这么想的？"

夜天湛道："你邀我入宫赏玉的时候是怎么想的，我在晚宴之上便是怎么想的。"

朵霞笑声清脆，伸手环住他的脖颈，柔软的语气中却有些挑衅的意味："我想的却未必和你一样，那天在太皇太后寿筵上，我没有说给你听吗？我可是仰慕王爷志高才俊，才情愿随他远嫁中原的。"

她身上龙涎香的味道混在秋日水榭淡爽的空气中勾魂醉人，夜天湛迎着她美目之中野性而妩媚的光亮，伸手在她腰间一勒，两人离得越发近："朵霞，不要总是这样考验我的耐性，你会后悔的。"

朵霞只盯着他眸心，他说着这样危险的话，眸光却清明如那一天秋水，温文尔雅的笑是早就准备好的，他的喜怒哀乐都在那背后，隔着薄薄一层淡光依稀分明，却就是看不到，摸不着。这样的男人，她从来没见过。那日他在群敌环伺中就是这么一转眸，神情朗朗地向她微笑，让她想起万里飞沙中一片碧色起伏的绿洲，不知中原的春风是否也如他的笑，她便在那时兴起了大胆的念头。

"不管为什么，我已经是你的妻子了，你却为何连碰都不碰我，我不够美吗？还是你有别的女人比我更好？"

　　夜天湛松开朵霞，一笑摇头："你是西域最美的公主，任何人问我，我都会这样回答。我若想要女人，身边多的是，国色天香任我挑拣，但让我欣赏的女人却少之又少，恰好你是一个。情爱之事在于你情我愿，我欣赏的东西，不会去勉强。"

　　朵霞反问道："你怎知我又是勉强？若非心甘情愿，难道我会嫁给你吗？或者……"她不满地盯住夜天湛，"你的意思是娶了我很勉强？"

　　夜天湛仰首笑得潇洒："看来你还没弄清楚，朵霞，你不过是没有遇到过我这样的人，感到好奇罢了。你嫁给我，总不会真是一场晚宴便一见钟情吧！"

　　朵霞被他说得一愣，随即细起眼眸："我现在只是好奇，你欣赏的另一个女子是谁？到底是什么样的女子，让你这种人也能如此死心塌地？"

　　夜天湛眼底泛起一波别样的深味，却只笑问："我是哪种人？"

　　朵霞目光在他脸上逡巡探究，最后道："我说不出来。按你说的，我若是说得出来，便也就对你不感兴趣了，现在便该回于阗去做我的公主。"

　　夜天湛含笑点头："不错，难得你这么快便明白我的意思。"他往后靠在书案上，微微松散了一下筋骨，略做思索，"西域那边你是早晚要回去的，只是等我让你回去的时候，你就不只是于阗的公主了。"

　　朵霞自然而然地靠在他身边，片刻静默后开口道："你……"

　　夜天湛轻抚她的肩头："放心，我答应你的事，自然会一一帮你做好。哦，有件事还没告诉你，现在的于阗，已经只有你一个人可以继承王位了。"

　　朵霞吃惊地撑起身子："那我姐姐……"

　　夜天湛抬手阻止她："你只要知道她已经失去了这个资格便足够。"

　　朵霞就近看着他，只能见那让她觉得深不可测的笑容，压抑下心中情绪起伏，她转而一笑："那我便多谢你了。只是目前的形势，你又要怎么办？你们的皇上恐怕也不会轻易允许我回西域去。"

　　夜天湛微微合目，眉心隐有一丝不易察觉的蹙痕，声音却润朗如旧："你不必替我担心，该回去的时候我自会有法子让你回去，谁也拦不住。"

　　却冷不防听到朵霞问："天都最近的传言都是真的吗？"

　　夜天湛双眸一抬，神色微滞，但随即一笑置之。朵霞立刻道："果然是真的。"

　　夜天湛苦笑："美丽又聪明的女人看来还真不好应付。"

　　朵霞似是想从他那异样的笑容中读出什么，却想起在于阗他那番坦然的话语。眼前他清朗中深藏的忧郁，淡笑中只让人以为是错觉。

　　"当初在于阗你告诉我，除了这颗心，我要什么你都可以帮我得到，原来你这颗心早给了人。不过既然是你喜欢的女人，她怎么会成了别人的皇后？"

　　夜天湛倒不敷衍她："你这可真就问住我了。"

朵霞道："难道是她不喜欢你？"

夜天湛扭头看向窗外，远处晶蓝色的天空烟岚淡渺，闲玉湖上，残荷萧萧。一转眼几年过去了，仍时常觉得她站在这烟波送爽斋中笑语嫣然，这里的每一件摆设都如从前，她曾经动过的东西，固执地摆放在原处。

那一场秋雨，淅淅沥沥穿过了日升月落的光阴，每一滴都是她的身影，清晰地落入心间，模糊成一片。

他无可奈何地轻笑，回头面对朵霞的疑问，淡淡道："如果她曾喜欢我，那是将我当成了别人。待她知道了我是谁，却又已经爱上别人了。"

朵霞听了皱眉："世上这么多人，又不是非这一个不可。换作是我，若是别人不喜欢我，我定不会对他念念不忘。"

夜天湛不置可否地笑笑："那你就比我想象的还要聪明。"不知今天怎么会愿意和朵霞谈起这些。他原也不信谁就非要这一个人不可，但等到真的遇上了，才知道如果不是那个人，如果相知不能相守，原来一切便都可有可无。

夜幕已淡落，卿尘缓步走出福明宫，孙仕送到殿外，弯腰："恭送娘娘。"

卿尘微微侧首，在一溜青纱宫灯的光影下看向孙仕，突然发现他鬓角丝丝白发格外醒目，才想起他也和天帝一般，竟都已是年过半百的人了。

秋夜风过，给这人少声稀的福明宫增添了几分凄冷，让人想起寝殿中风烛残年的老人。

自登基之日后，夜天凌不曾踏入过福明宫半步，天帝的病也从不传召任何御医入诊，唯每隔三两日，卿尘会亲自来施针用药。

进了这福明宫，她只把自己当作个大夫，不管那床榻上的人是谁。而她能做的，大概也只有这些。

她无法消除夜天凌对天帝的芥蒂，夜天凌对天帝究竟是种什么心情，恐怕连他自己也无法尽知。这个人，是他弑父夺母的叔父，又是教养护持他的父皇，让他失去了太多的东西，同时也给了他更多。

他将天帝幽禁在福明宫，废黜夺权，却又不允许任何人看到天帝苍老的病态，一手维护着一个帝王最后的尊严。他将天帝当作仇人来恨，同时又以一种男人间的方式尊敬着他。

生恩，养恩，孰轻孰重？站在这样混沌的边缘，横看成岭侧成峰，谁又能说得清楚？

卿尘回到寝宫，夜天凌今日一直在召见大臣，到现在也没空闲。秋深冬近，天色黑得便越来越早，碧瑶已来请过几次晚膳，卿尘只命稍等。碧瑶也知道皇上每天晚膳一定在含光宫用，这已经成了宫中的惯例，只是不知今天为何这么迟。

再等了一个时辰还是不见圣驾，派去致远殿的内侍回来，却说皇上不知去了何处。卿尘随意步出寝宫，在殿前站了会儿，便屏退众人，独自往延熙宫走去。果然不出她所料，夜天凌正一人坐在延熙宫后苑的高台上，正望着渐黑的天幕若有所思。

卿尘步履轻轻，沿阶而上，待到近前夜天凌才发觉。她在他面前蹲下来，微笑仰头看他："让我找到了。"

夜天凌也一笑："找我做什么？"

卿尘道："这么晚了，领回去吃饭啊。"

她含笑的眼睛清亮，如天边一弯新月，那样纯净的笑容，带着温暖。夜天凌摇头失笑，拉她起来："过会儿吧，不是很有胃口。"

卿尘牵着他的手坐在旁边，托着腮侧身看他："那我做给你吃，会不会有胃口？嗯……现在蟹子正肥，倒可以做那道葱姜爆蟹，若是想清淡点儿，咱们吃面好不好？不过就怕做出来你不喜欢吃。"

夜天凌微微动容，低叹一声，握了她的手："我没那么挑剔，你想把尚膳司弄个人仰马翻？"

卿尘俏皮地眨眨眼睛，柔声问他："见了一天的人，是烦了吧？"

夜天凌笑意微敛，淡淡道："今日一天，我罢了五州巡使。"

卿尘先前不知道这事，不免吃惊，"这才第一批十二州巡使入朝，怎么就罢了一小半？"

夜天凌低沉的语气叫人听着发冷，"鹤州巡使吴存，一入天都便携黄金千两拜访卫府，朝中三品以上官员十有八九受其贿赂。江州巡使宋曾，昨夜在楚堰江包下十余艘画舫宴客，与人争抢歌女，大打出手。吴州巡使张永，连自己州内管辖几郡都不清楚，还要朕告诉他。这江左七州出来的官吏真是叫人长见识了。"

卿尘听得皱眉，略一思量，却缓声劝道："话虽如此，但连续罢黜官员，是不是有些操之过急？朝中难免会惶恐不安。"

夜天凌道："杀鸡儆猴，正是要让他们都知道朕要的是什么样的官吏。借这次清查国库提调罢免一批官员，一朝天子一朝臣，原本便也是这个道理。"

卿尘道："清查国库牵连甚广，眼前还没有完全稳下局面，只怕给人以可乘之机。"

夜天凌想起今日户部的奏报，眼中透出一抹极深的锋锐，沉声道："你可知道，如今太仓储银仅余四百万两？圣武一朝，四境始终征战不断，原本便极耗国力，哪里再经得起这些人负国营私，中饱私囊？国库尚且如此，各州也一塌糊涂，江左七州号称富庶天堂，却只富在吴存、张永这些官吏身上，于国于民，没有半点儿益处。四百万两储银，每月光是天都官员的俸禄便要三十万，拿什么去安抚边疆？若哪一州再遭逢天灾，又拿什么应急？斯惟云治水的想法你也看过，今年雨水适中，各处江流平稳，正是应该着手实施，却就因此一拖再拖。清查一事刻不容缓，势必行之。"

卿尘静静看向他。天帝在位这二十七年，平定边境，废黜诸侯，将穆帝时的混乱不堪整治到今天已属不易，只是终究没有压过士族势力。门阀腐朽，士族专权，国库空虚，税收短缺，天都中只见纸醉金迷，却谁管黎庶苍生苦于兵祸，伤于赋役？门阀贵族高高在上，便是连皇族都难遏其势。九州之中，百废待兴，四海之下，万民待哺，他一手托起这天下，背后是多少艰难？

夜色深远，天星清冷，在他分明的侧脸投下坚毅与冷峻，却牵动卿尘心中柔情似水。她自然不是反对他清查国库："这一仗要打，就只能赢，不能输。要赢得漂亮，就必得有深知下情、手段得力之人才行。"

夜天凌其实一直在考虑这个问题："难，就是难在这个人上。"

卿尘有一会儿没说话，静静看着渐黑的天幕，稍后方道："有一个人。"

夜天凌顿了顿，不必问她说的是谁，只是道："那就更难了。"

卿尘道："但没有人比他更了解天下的财政，也只有他镇得住那些门阀贵族。"

夜天凌道："正因他比谁都清楚，所以可能会是最大的阻碍。"

卿尘没有反驳他，微抿着唇，将下巴抵在膝头，心中无端泛起遗憾。

那年秋高气爽，烟波送爽斋中清风拂面，她曾听那人畅言心志，深谈政见。扬眉拔剑的男儿豪气，白衣当风的清贵风华，有种奇异的震撼人心的力量，让她深深佩服。早在那时，他便看清了天朝的危机，高瞻远瞩，立志图新。他笼络士族门阀，同他们虚与委蛇，何尝又不是知己知彼的探求？唯有知之，方能胜之。

富国强民，盛世中兴，这都是不谋而合的见地啊，他会成为最大的阻碍吗？如果要亲手摧毁这些，不知他心里又将是什么滋味。

权力这柄双刃剑，总是会先行索取，能得到什么，却往往未知。

卿尘收拾心情，抬眸道："四哥，太可惜了啊！"

夜天凌看向她："清儿，你实话告诉我，之前常和我说的一些建议究竟有多少是你自己的看法，有多少是他的？"

卿尘笑笑："你看出来了。"

夜天凌淡淡一笑："我了解你，而且，也不比你少了解他。"

卿尘想了想："他以前和我聊过太多自己的想法，其实我都有些分不清了，很多你也赞成，对吗？"

夜天凌道："治国经邦，他确实有许多独到的见解。此事若他也肯做，就有了十足的把握。"

卿尘道："皇祖母曾嘱咐过，你们不光是对手，还是兄弟。"

太皇太后的临终遗言，夜天凌自不会忘记，道："我还答应过皇祖母，绝不辜负这份江山基业。待为皇祖母建成昭宁寺，以后每做成一件大事，我便要在寺中修一座佛塔，皇祖母知道了，定然欣慰。"说着他将手枕在脑后，仰身躺倒在高台之上，深深望着那广袤的星空。

卿尘亦如他一般躺下，静静仰首。一道宽阔的银河绚烂如织，清晰地划过苍穹，天阶如水，繁星似海。躺在这样的高台之上，人的心灵随着深邃的夜空无限延伸，仿佛遨游乾坤，探过宇宙间遥不可知的神秘，而生命在这一刻就与无边无垠的星空融为了一体，永无止境，宁静中充满了生机。

两人似乎都陶醉在这样的感觉里，谁也不愿说话打破此刻的宁静。四周只闻啾啾草虫的低唱，微风拂过面颊，所有的烦恼与喧嚣都如云烟，湮没在清明的心间，不再有半分痕迹，反而更使得血脉间充斥了斗志昂扬的力量，夜天凌忍不住缓缓握起了双拳。

罗裳流泻身畔，青丝如云，卿尘伸出手，星光萦绕指间，一切都像触手可及。她轻声道："四哥，皇祖母一定在天上看着我们呢，还有母后、十一，或许，也还有我的父亲和母亲。我常常很想念他们，不管是前世还是今生，只因为有了他们，我才是现在的我。"

夜天凌侧头看她，突然想起什么，拉她坐起来，将一样东西递到她面前。

繁星之下，一串晶石托在他的掌心，点点莹光通透，泛出淡金色纯净如阳光的色泽，竟是那串金凤石串珠，夜氏皇族专属皇后的珍宝。卿尘惊喜地接过来，心里竟难抑一阵激动，并非因宝饰贵重，这已是第八道玲珑水晶了。

那点轻微的喜悦没有逃过夜天凌的眼睛。这么多年，她从来没有忘记收集这些串珠，这个念头突兀地出现，竟在心底深处化成一缕失落，几乎就要让他后悔把串珠给了卿尘。

这时卿尘抬头一笑，对他举起右手，手腕上松松挂着那串黑曜石："四哥，其实我还是喜欢这串黑曜石。"

夜天凌道："为什么？"

卿尘抱膝而坐，遥望星空，轻声道："每一串晶石都有着主人的记忆，这上面有你的气息，戴着它，感觉就像是你时时都在我身边。"

夜天凌心底微微一动，卿尘突然满是期盼地看着他，问他："四哥，如果有一天，我是说如果，我可以回到原来的世界，你会愿意和我一起吗？"

夜天凌笑笑，回答她："好。"

卿尘欣喜问道："真的？"

夜天凌道："真的。"

卿尘扑在他怀中，笑得像个孩子般开心。夜天凌冷峻的眼中似也感染了她的喜悦，一片清亮与柔和。他拥着她，淡声道："不管你想去哪里，我都陪你。"

卿尘眉眼一弯，调皮地凑到他耳边，悄声道："现在我们去尚膳司弄吃的好不好？不让他们知道。"

夜天凌垂眸看了看她，眉梢一挑："那走吧。"

卿尘雀跃地跳起来，拉着他的手便往高台下跑去。

一个时辰后，尚膳司总管内侍于同跪在含光宫外磕头请罪。夜天凌手头还有政事没处理完，没空搭理他，带着尚未转过弯来的晏奚先回了致远殿。

卿尘听碧瑶说于同在外面急得满头大汗，拢着件云色单衣施然步出寝宫，站在于同面前想了会儿，丢出句话："尚膳司居然藏了那么好的酱，御膳中从来都没见过，于同你真是好大的胆子。"

于同惶恐至极，都不清楚自己回了什么话。现在尚膳司小厨房里一片狼藉，几个当值的内侍刚刚醒过来，还一头雾水，不知究竟怎么回事儿。卿尘打发了于同，心想是玩得有点儿过了，弄乱了尚膳司，敲晕了几个人便罢，还差点儿惊动了御林禁卫，这若是让那些御史知道了还了得？

不过……今晚的面倒真是不错啊，尚膳司特制的金丝龙须面，配上那不知是什么做成的酱，鲜美得很，两人可是抢着吃的。夜天凌居然下手煮面，她唇角怎么也抑不住地就要扬起来。

碧瑶带着几个侍女将鸾榻周围的紫烟绡纱帐一一放下，博山炉里燃起撷云香，袅袅淡淡，四处透着宁静。隔着珠帘轻晃，只见卿尘自顾自低头微笑，灯影明淡，她笑里漾着蜜样的清甜，温柔透骨，直叫人看得挪不开眼睛，不由得便也跟着她笑起来。转眼想想心里又发虚，上前跪坐在榻旁："娘娘，这若让白夫人知道，又少不了一通说法。"

卿尘眼波轻转，又是一笑。白夫人现在受封代国夫人，外面虽赐了府宅，但特许入住宫城，以便协助皇后管理后宫。

上次发生济王自皇宗司逃脱之事，皇宫两城更换了大批宫人，皇宗司、掖庭司、内侍省等要处也先后调换人选。原凌王府总管太监吴未擢升内侍省监，代替了原来的孙仕，而内廷则以白夫人为最高女官，分别随侍帝后，执掌两宫内政。

卿尘竖起一根手指在唇边，对碧瑶做了个噤声的手势："不准告诉白夫人。"

碧瑶拧着眉道："哪里还用我去说，明天啊，等着听唠叨吧。"

卿尘道："那明天咱们想法子躲了白夫人。"她和碧瑶相识这些年，也曾患难扶持，情谊不比寻常侍女，碧瑶对她也少些拘束，叹气道："宫里备了一桌子的御膳等着，偏自己去弄面吃，难道还做出别样滋味来了？"

卿尘斜倚着凤榻，想着那热腾腾的香气，还有夜天凌手忙脚乱的样子，笑道："这你就不知道了，美味佳肴还真是没有比这滋味更好的。"

碧瑶按她指的将案上几卷书取过来："那若是不留神烫着了怎么办？可不能再有下次了。"

卿尘撑住额角："哪里就有那么娇贵？真不得了，你快要和白夫人一样唠叨了。"

碧瑶道："好好，我不说了，都留着让白夫人说去。"

卿尘随手翻开书卷，笑而不语。碧瑶知道她临睡前习惯静着看会儿书，便不再扰她，将琉璃灯中的光焰挑亮几分，正准备退下，便听外面白夫人求见。

碧瑶和卿尘都觉得意外，尚膳司这点儿事怎至于让白夫人这么晚过来？但白夫人进来后根本无暇提尚膳司，匆匆道："娘娘，清泉宫殷娘娘薨了！"

卿尘手一散，握着的书卷就落在了身前："什么？"

白夫人道："清泉宫来人报说，亥时三刻，陛下以鸩酒赐死了殷娘娘。"

卿尘被这消息惊住，自凤榻上起身。碧瑶忙上前来扶，却见她立在那里凝神想了会儿，忽然凤眸一眯："白夫人，马上封锁清泉宫，拘禁所有宫人，逐个严审盘查，这绝不可能是陛下的旨意。"

白夫人立刻去办，碧瑶侍奉卿尘略做梳妆，亦起驾清泉宫。

殷皇后身在宫中乃是湛王最大的顾忌，在这个节骨眼上，赐死她除了引发与湛王及士族门阀间的矛盾外毫无益处。何况即便真要赐死，放着太皇太后的遗诏不用，特地去下一道圣旨，这分明就是要激怒湛王。不必去问，卿尘也知道夜天凌不会做这样不明智的决定。

当务之急是查清事情真相，那矫诏传旨的内侍虽已自尽身亡，但掌仪女官很快审出几个可疑的宫女。殷皇后平日贴身之人都不得自由，反倒是不招人耳目的宫女身上出了问题，卿尘缓步自那几个宫女面前走过，目光一扫，便注意到有个宫女很快垂下了眼帘，手指握着裙襟，微微发抖。

她在那宫女面前站住，那宫女猛地见一双飞凤缀珠绣鞋停在眼前，竟骇得后退了一步。卿尘抬头示意："带她进来。"说罢转身入殿。

掌仪女官将这名宫女随后带来，卿尘落座殿中，那宫女站在面前，惶惶不安。

卿尘将银丝披帛轻轻一拂，问道："你叫采儿？"

采儿答道："回娘娘，是。"

卿尘再问："昨夜有人见你在偏苑烧毁什么东西，可有此事？"

采儿颤声道："娘娘，奴婢昨晚一直在自己房中，从来没有出去烧什么东西，定是他们看错了，奴婢冤枉！"

卿尘淡淡道："你不必害怕，我问你三个问题，你只要据实回答，我不会为难你。"

采儿壮着胆子道："娘娘问话，奴婢怎敢有所欺瞒？但是奴婢即便说实话，也只怕娘娘不信。"

卿尘唇角浅笑微冷："是真话假话，我自然分辨得出，你只要回答便是。若不肯说实话也没关系，自有掖庭司掌刑宫正帮我去问，你可听明白了？"

　　听到掖庭司的字样，采儿身子微微一颤，应道："是。"

　　卿尘看住她，和颜问道："你今年多大了？"

　　采儿不想这问题竟是这个，答道："奴婢今年十九岁。"

　　"嗯，"卿尘颔首道，"进宫几年了？"

　　这已经是第二个问题，采儿急忙再答："奴婢十岁进宫，已经九年了。"

　　谁知话音方落，便听卿尘紧接着发问："你在苑中烧的东西是谁交给你的？"

　　采儿张嘴便道："是……啊……奴婢没有烧东西。"

　　卿尘凤目一凛，清声叱道："来人，带去掖庭司！"

　　两名掌仪女官上前，采儿惊叫一声，挣扎道："娘娘！娘娘！奴婢说的是实话，奴婢冤枉！"

　　卿尘冷冷道："我若冤枉了你，便枉为这六宫之主。我再问你一次，你烧的东西是谁交给你的？实话说来！"

　　采儿扑跪在地上，浑身打战："娘娘开恩，奴婢不敢再欺瞒娘娘，请娘娘开恩。"

　　卿尘制止了两个女官，垂眸静静看着采儿，不发一言。采儿只觉得落在身前的目光冷冽逼人，不知皇后要如何处置自己，只是磕头求饶。过了片刻，才听到卿尘徐徐开口："这是最后一次机会，你说吧。"

　　采儿拿手紧紧抠着地上的锦毯，道："那些东西是殷娘娘身边的女官交给奴婢，让奴婢带出宫去给湛王的。清泉宫被封禁，奴婢出不去，又不敢把东西留在身边，只好趁夜烧了。"

　　卿尘逼问道："是什么东西？"

　　"是……是殷娘娘要湛王起兵谋反的遗书！"

　　卿尘霍然震惊，站起来步下坐榻，抬手遣退身边诸人，大殿中只剩她和采儿。

　　半个时辰后，掖庭司奉懿旨将殷皇后随身四名女官带走。待到天色放亮，白夫人独自带着三份供词入内禀报："娘娘，除了一名女官坚持不肯吐露实情，咬舌自尽外，其他三名女官都已如实招供，这是她们亲笔写下的供词。"

　　卿尘手持三份供词，翻看下去，脸色越来越冷，心中惊怒非常。

　　看完之后，她轻阖双目平静心气，将几份口供收入袖中，淡声吩咐："告诉掖庭司，所有知情之人一个不留。"

第十四章　伤心一树梅花影

深秋几场雨后，天气渐寒。帝都中接连两次大殡过后，上九坊中处处肃静清冷，冬日似乎已然悄然降临。

卫宗平进了烟波送爽斋，殷监正、巩思呈和户部尚书齐商早已在这儿。室内正中放着只金铜狻猊火盆，夜天湛正靠在书案前和齐商说话，见到他后略点点头。寒暄过后，齐商继续道："这次挑的多是五品以下的官吏，不光在户部，工部、司农寺、少府寺的人都有，全是些熟知账目、精于核算的人。"

卫宗平已与殷监正低语几句，知道是在说新近设立的正考司，从怀中取出一道敕令，递上前去："王爷，这是中书省刚刚出来的敕令，从今往后，中枢及各州郡一应钱粮奏销事务，全部由正考司清厘出入之数，核实后方可销兑。而且在年前，自三省以下所有部司需将明年的花销列出预算，统一奏报正考司，正考司核对后将预算转发户部。自明年始，户部据此预算奏销各部花费，不得再行先销后报。"

他说话间夜天湛已大概看过那道敕令，转手递给殷监正，没有立刻表态。殷监正看完后交给身边两人，道："这是冲着户部来了。"

齐商一边看，一边点头："如此一来，户部是多了不少麻烦。"

齐商说完这话，一直闭目沉思的夜天湛突然说了两个字："高明。"

卫宗平问道："王爷是指这道敕令？"

夜天湛睁开眼睛，握手压在嘴边轻咳了几声，方道："不错，这道敕令根本不是针对户部，里面走得极深啊。"

这时巩思呈才看完了敕令，叹了口气："王爷已经看出来了，若只是针对户部，哪用得着这么周详的法子！"

齐商道："不是户部？"

夜天湛淡淡道："收了奏销之权，你户部不过是少了那些部费，那些送不上部费的，难道不比你还着急？"

殷监正神色一凛："王爷是说，他接下来当真要动亏空了？"

夜天湛微微冷笑，道："他不只要动户部的亏空，还想从中枢到地方彻底清查。三十六州巡使他都已经摸了个清楚，若我所料不差，前些时候擢升入察院的那些监察御史很快便会入驻各州，今年这个年，各州郡都别想安稳过了。"

在座的三人都是一惊，卫宗平习惯性地捋着花白的胡须，道："这若真查起来，可是举国牵连的大事，咱们总得有个对策。"

夜天湛眉宇间掠过一丝阴沉："不必，让他查好了。"

卫宗平微愣，待要问，只见夜天湛目视前方，一双微挑的丹凤眼微微锐着抹清光，看上去竟叫人心中一寒，话到了嘴边便又打住。

自从殷皇后薨逝之后，湛王便称病不朝，宫中派来的御医皆连面都见不到便被打发回去，整整两个月安静得异乎寻常，几乎让他怀疑先前的那步棋已经成了废棋。夺嫡对峙，卫家因湛王态度的突然转变，在朝中频频失利，声势大不如从前，再这么下去，可就越发艰难了。

卫宗平抬了抬眼，殷监正已将他的疑问说了出来："让他查，户部这里有这么一道把着，谁也再做不进手脚，必然要动到不少人。这些人都是多少年的根基，我们不保，谁还能保？"

巩思呈亦道："若是朝堂因此生乱，正是笼络人心的好机会，白白放过了可惜。就算王爷不想保，此时也不能不保。"

夜天湛明显眉心一紧，压抑着已冲到唇边的咳嗽，停了停，方道："不用保，往下知会一声就行，若凭几个新提调的御史就能查出什么，这些官也不叫官了。"

殷监正道："话虽如此，但稽查奏销这一招实在是厉害，开了这个头，往后定是越来越棘手。"

夜天湛却撇开此事，问道："年赋有结果了吗？"

齐商道："九道转运使已经在回天都的路上，想必再过几日陆续就到天都。"

夜天湛道："多少？"

"九百三十万。"

夜天湛听了这个数字，唇角冷冷一挑："很好，让各处该上折子的上吧，这个年既然不想过了，那大家就都别过了。明年的预算，想法子让各部往高了报，我倒要看看他们怎么办。"

齐商答应着，忽然见卫宗平递了个眼神过来，便又道："王爷，这九百三十万里面，只鹤州、江州和吴州三处就占了四百多万。"

"哦。"夜天湛应了一声，卫宗平接着道："这三州是新调任了巡使，我们插不上手。"

夜天湛往他那处看过去，那眼光似不经意，却盯得人透心。鹤州吴存，江州宋曾，这两个先前被罢免的巡使都是卫府门生，他岂会不知，缓缓道："罢掉几个也好，免得官当得久了得了鬼迷心窍。后面若再有这样的事，谁也保不了他们，让他们都好好想想该干什么，不该干什么。"

这番话说得颇重，几人都不敢接口，唯有卫宗平干咳了声，道："王爷说得是。"

夜天湛语气不疾不徐："我也不是专说谁，只是凡事都有个度，由着他们乱来，早晚惹出大乱子，卫相别多心。"

卫宗平道："还是王爷想得远啊，也是该给他们点儿警醒了。只是孩子自己打，打轻打重都无妨，若放在人家手里，就不好说了。"

话一落，殷监正等都暗地里称是，不愧是和凤衍斗了一辈子的老臣，这话说在点子上，外软里硬，明明白白。屋里没人再接口，都等着夜天湛是什么态度，谁知他只一颔首："知道了。"

又是这三个字，近来不管说什么事，最后都是这不轻不重的三个字。一句知道了，后面接下来便只有乾纲独断的坚决，倒叫他们这些臣子谋士形同虚设一般。隔着那似曾常有的笑，卫宗平只觉湛王周身都笼着股漠然，这感觉往常也不是没有，只是近来格外分明，咫尺间拒人于千里之外，竟让他莫名地想起朝堂上那个人来。四周炭火温暖，卫宗平想到此处却打了个寒战。

夜天湛端起茶盏，浅啜半口，随即皱眉放下。他抬手压上额角，往身后的软垫上靠去，过会儿直起身来，俊眉微挑，抽纸润笔写了几封信。其中一封写得简单，只几句话便交给巩思呈："烦先生照这个斟酌措辞，附上我的印信密发各州。"巩思呈接了信，看过后即刻便在旁润色，一气呵成后誊写几份，加了印信，再看另外两封，一封是给阗国王，一封却是给国子监祭酒靳观。

夜天湛将两封亲笔信封好，站起来道："秦越，去请……"他话说到一半，猛然顿住，脸色霎时变得惨白，那两封信啪地便从手中掉落。

巩思呈见他脸色不对，叫道："王爷……"夜天湛扶住案头，死死握着那虎雕纹饰，僵了片刻，忽然间喷出一口鲜血，身子便往前栽去。

这变故将在座的几人惊住，齐商离得最近，几乎是扑上前去撑住他，他只低声说了句"别慌"，就此不省人事。

好在卫宗平等久居高位，都是处变不乱的稳重人，只是把闻声赶进来的秦越吓得面无人色。众人先将湛王扶到软榻上，命人急传御医入府。

湛王府中顿时慌乱起来，今日卫嫣和朵霞公主都不在府中，靳慧闻讯带着侍女匆匆赶来烟波送爽斋，只见里外侍女内侍慌成一团，站下皱眉道："怎么乱成这样，都没规矩了？"

她掌管湛王府多年，素来受人尊重，虽说现在府中凡事都由卫嫣做主，但她一开口，仍没人敢怠慢。大家都定了神，一个侍女道："王妃，王爷他……"话一出口，忽然打住，当场就变了脸色。她是叫惯了靳慧做王妃，脱口喊了出来，接着想起去年曾有几个侍女因此被卫嫣下令毒打之后逐出府去，骇得说不出话来。

靳慧岂不知这缘由，但也不怪她。卫嫣那番狠辣手段王府上下多是既怕且恨，不过人人也都看得明白，虽说卫嫣处处咄咄逼人地压着靳慧，但王爷那里却没有半点儿偏心的意思，尤其还有小世子在，往后究竟怎样，谁也说不准。这两年下来，卫嫣刚入嫁时那股说一不二的势头日渐衰落，如今又有了朵霞公主两妃并尊，她更是威风不复往日。

靳慧此时却哪有心情去想这些，只吩咐道："秦越带人在外面伺候着，既知道王爷病了，都安静点儿。还有，哪个要是敢乱传话，定不轻饶！"说罢急忙入内去看情形，不过片刻御医也赶到了。

殷监正等见来的竟是老御医令宋德方，不免意外，但也都顾不上细想，忙请到榻前诊脉。宋德方细细诊了半晌，放下手沉思，过会儿问道："王爷前些时候可是受过伤？"

他问这话时看的是靳慧，靳慧却迷茫，从不知道有这事，卫宗平、殷监正等也都是毫不知情的神态。却是巩思呈沉吟了一下，道："是，当初在百丈原，王爷为及时增援雁凉，曾亲自领兵阻击西突厥大军，受过伤。"

百丈原之战众人多少也都知情，但没人料想还有这番惊险。靳慧手指在绢帕间绞得发白，声音微颤："巩先生，这么大的事，怎么从来都没听人提过？"

她平素性情温婉，极少严词待人，眼下却很有责问的意思。巩思呈知道她是关心则乱，也不介怀，只是道："夫人，那时王爷下了严令，一概不准将此事泄露出去，何况伤得不重，所以也就几个人知道而已。"

靳慧眼中已隐见泪光，只是在人前强忍着："不管伤得重不重，也得说一声啊，这算怎么回事儿？"

巩思呈张了张嘴，所想的话终究没有说出来。当时的情况，因澈王的事和凌王闹成僵局，王爷心里也是压着股傲气吧。巩思呈不由自主地叹息，百丈原那一战，或者是他此生大错特错的决定。不！他立刻又推翻了这个想法，若是真做到绝了，哪里还有现在的昊帝？半途而废，终究导致了今天这局面，他也深知湛王虽待他一如从前，那件事却已是主从间无法逾越的鸿沟。不过也没什么可顾虑的了，身为谋士，原本就是这么个境地，君主可以仁慈，谋士心里面总得是满腹的阴谋计谋，若事败，固然身败名裂，即便事成，也无非是兔死狗烹、鸟尽弓藏的下场，古来如此，又岂止今时？

定一定神，他问宋德方："宋御医，王爷这病难道和那时的伤有关？"

宋德方道："王爷受伤后非但没有及时调养，反而操劳过度，病根就是那时候种下的。王爷是习武之人，向来身子康健，定是没把这伤放在心上，其实伤势只是压了下去，并未痊愈啊。"

巩思呈叹道："战事在前，将士们都是枕戈待旦，王爷又岂能安心歇息？白日亲临战场，晚上帐中议事，深夜有军情那是常事。北疆战后，接着出使西域，那三十六国哪一处又容易应对？这西北两面，不说让人心力交瘁，也是殚精竭虑了。"

宋德方蹙眉道："所以王爷的病，已非一日两日，只是仗着年轻硬撑着罢了。病根已种，本源已亏，王爷近日又悲痛太甚，思虑过度。哀思而损五脏，郁气积于内，便是再好的身子也支撑不住。时值冬日天寒，这是时症引发了旧疾，不可谓不凶猛。"

话说到这里，靳慧脸上已然血色褪尽，殷监正赶着问了一句："照这话说，王爷的病岂非……极重？"

宋德方道："说极重倒还不至于，但也不轻，万万马虎不得，一旦调养不当，便麻烦了。"

这片刻的工夫，靳慧似是镇定下来，道："无论怎样，请宋御医先开方子入药，如何调养再详细告知。"

宋德方道："方子倒简单，关键不在药上。王爷必须安心静养，若再劳思伤神，便是有灵丹妙药也无效。"

卫宗平他们相对目语，神情中都带了丝复杂，眼下这情形，如何能静养得下来？反而靳慧秀眉淡蹙，思索了片刻，道："我知道了。"

宋德方便列了药方，交代下细节。靳慧送走宋德方，命秦越带人在榻前照看，将卫宗平等人请去外室。肃清了左右侍从，她敛襟对眼前几人行了一个极郑重的鞠礼，几人惊诧："夫人这是何故？"

靳慧正容面对这些重臣谋士，秀婉的眼中十分平静，柔声道："宋御医的话几位大人和巩先生也都听到了，王爷的病来得凶猛，看来必得静养些时日才行。我想请几位大人和巩先生答应我，从今日起不管有什么事都暂且压一压，让王爷好好歇息几日，待身子好些，再行商议。"

这时候没有宋德方在，几人说话也都少了些顾忌，殷监正道："话确实如此，只是恐怕王爷静不下心来养病啊！"

靳慧道："要说一点儿心事都不想，自然不可能，但外面的杂事少听少想，便也就是静养了。"

卫宗平一手背在身后，一手抚着胡须，居高临下地看着靳慧道："夫人想必不了解，这些杂事哪一件都非同小可，不是说放下便能放下这么简单。何况有些即便是王爷想放，却未必能放。"

靳慧微微笑道："有几位大人和巩先生在，这些一定还是应付得来的，未必事事都要王爷亲自处理。"

这话听在巩思呈等人耳中便也罢了，卫宗平却觉得格外不中听。他重重咳了一声，道："究竟怎么办，还是等王爷醒了再说，至少府中也要听听王妃的安排。"

靳慧也察觉那话让卫宗平不悦，便淡然一笑，轻声道："卫相说得是，这等大事自然是该由王妃做主。"

殷监正看了卫宗平一眼，道："无论如何，若王爷的身子有个差池，便什么都是空话。即便是王爷自己放不下朝事，我们也必得想法子让他静心调养，一会儿我们得多劝着王爷才是。"这时秦越自里面小跑出来："王爷醒了！"

待他们进去，夜天湛已经起身半坐在榻上，正挥手命侍女退下。靳慧急忙上前扶住他，他见了她有些意外，随即面露温和，靠在她放来背后的软垫上，便道："方才那两封信立刻送出去，靳观来了让他来见我。"

秦越在旁答应了赶紧去办，事关政务，靳慧不好说话，便往殷监正那里看去。殷监正道："王爷近来忧劳过度，这些事还是暂且放一放，待……"

夜天湛抬手打断他："我自己的身子自己清楚，该交代的事交代给你们，十日之内除非有重大变故，否则不必来见我。"大家原本担心劝不住他安心休息，不料他如此干脆。巩思呈和殷监正相顾点头，是这个状态了，他这是真清楚，连半分意气都没有。

夜天湛微紧着眉想了想，目光落在齐商身上："我的信到了西域，过些日子，户部必然会备受压力，你心里要有个准备。"

他话说得极慢，却有种沉稳而慎重的力度在里面，齐商低头应道："是，臣记下了，些许压力户部还是扛得住的。"

夜天湛再道："卫相，这几日若议到春闱都试，不要沾手，便是让你主考也要推掉，最好便推给凤衍。"

卫宗平等人都觉诧异："殿下这是为何？"

夜天湛没那么多精力一一解释，也不想解释，只道："照我说的做，另外告诉工部，昭宁寺……"他突然停了下来，静静地看了前方一会儿，方道，"让他们全用最好的料。"说完此话他似乎不胜其乏地往后靠去，闭目道："你们去吧，这十日莫生事端。"

卫宗平等人不敢再多言，告辞出去。轻轻重重的脚步声消失在外面，夜天湛勉强撑起身子，忍不住便剧烈咳嗽起来。

靳慧急忙递了暖茶过来，待他好些后，小心扶着他躺下。夜天湛静躺了片刻，缓缓睁开眼睛对她一笑："我没事，吓着你了吧。"

靳慧眼中的泪控制不住就冲了出来，怕惹他烦心，忙侧了头。夜天湛轻声叹息，从被中伸出手替她拭了泪。他的手冰凉如雪，靳慧忙抬手握着，此时不像刚才那样慌张，立刻觉出他身子隔着衣衫也烫得吓人。她吃了一惊，急着站起来要叫人。夜天湛拉住她，摇头："陪我一会儿，难得我这样有空闲，现在什么人都不想见，就和你说会儿话。"

他的声音不像方才交代事情时那样稳，低缓而无力，却因此让这原本便柔和的话语听起来格外轻软，若有若无，填满了人的心房。靳慧顺着他的手半跪在榻旁："你身上发着热呢，这病来得不轻，得好好歇着才行。"

夜天湛淡淡笑笑："竟然病了。小时候最烦便是生病，总认为生病弱不禁风，还要人照顾，只有女子才那样。即便偶尔有个不舒服，也要撑着读书习武。怎么现在反倒觉得，只这个时候才有理由松下来，原来生病也好啊。"

他好像漫不经心地说着，靳慧却听着酸楚，拿手覆着他越来越烫的额头，又着急，又心疼，柔声道："生病有什么好的，我只盼着你平平安安的才是好。"

夜天湛在枕上侧首看她，细细端详了一会儿，道："慧儿，嫁给我这些年，也真是委屈你了。"

靳慧微笑："能嫁给王爷是我的福分，我只觉得高兴，哪里会有什么委屈呢？"

夜天湛眸光静静笼着她，渐渐就多了一丝明灭的幽深："我带兵出征一走便是年余，待到回来，元修都学会说话了。这两年府里的事我心里也有数，是我委屈了你们母子，你怨不怨我？"

靳慧见他神色抑郁，便与他玩笑："你可是天朝的王爷，跺一跺脚这帝都都要震三分，我怎么敢怨你？"

夜天湛叹气，倦然闭上眼睛。靳慧等了许久都没有听到他说话，以为他太累睡了过去，轻轻替他掖好被角。他却突然低低问道："慧儿，若我不是什么王爷，你还愿意嫁给我吗？"

靳慧被他问住了，她好像从来没有想过这个问题。从她第一次见到他，他便是天家的皇子，尊贵的王爷。那是什么时候，似乎久远得在记忆中只留下烟柳迷蒙、浅草缤纷的梦影，他在众人的簇拥下纵马过桥，扬眉间意气风发，夺了春光的风流。她想起来了，她是想过的呢！豆蔻梢头的年纪，带着羞涩的憧憬盼望过，如果那个少年不是皇子该多好，没有了这样的身份，他便不是高不可攀了……她脸上微微地泛起绯红，温柔凝视着他："不管你是谁，我都愿意。"

夜天湛的声音虚弱而乏力："可我不只有你一个妻子。"

靳慧摇头道："我只要能在你身边，不求你只有我一个人。我不会和她争，若争起来，岂不让你在母后那儿为难？家和万事兴……"她忽然停住，深悔话中提到殷皇后，只怕夜天湛听了伤心。

果然，夜天湛疲惫地转过头，怔怔看着一缕微光透过窗棂映在软如轻烟的罗帐之上，兀自出神。眼前阵阵模糊，那些花纹游走于烟罗浮华的底色上，仿佛是谁的笑，轻渺如浮尘。笑颜飘落，沉沉压下来都化作纷飞的怀疑与责问，一片片一层层地覆落，冷如寒雪。可是他心里却像烧着一团烈火，寒冷与火热冲得头痛欲裂，他紧蹙了眉，固执地不肯呻吟出声。一只柔软的手抚上他的额头，眼前姣好的面容已经渐渐有些遥远，心里却越来越难受，满满的，要令人窒息。

靳慧见他不说话，心里忐忑不安，突然听到夜天湛恍惚间像是叫她的名字："慧儿，你可知道，有段日子我常常不愿回这王府。不知从什么时候开始，我感觉这里不像是个家了，总想避开在外面。都说我出征是为了那兵权，可是我自己清楚，我只是想离开天都，我想躲开母后。"他的眼神不像方才那般清朗，似一层深深的迷雾遮住了黑夜，"你一定从来没见过我这样不孝的人，母后走了，我心里难过得很，可是偏又觉得那样轻松，好像我竟盼着这么一天。我……我是个什么儿子啊！母后是为了我才去的，我知道，她想我做什么我也都知道，可我就是不肯做……"靳慧觉出他的手微微轻抖，抖得整个人都在发颤，出其不意地，一行泪水自他的眼角滑下，沿着脸颊浸入了鬓发。靳慧慌了神，她从没想过夜天湛会流泪，那个风华俊彦的男子，他应该永远是微笑着的啊！

夜天湛苍白脸色上有着不正常的红晕，靳慧看眼前这样子，知道定是高热烧起来了，焦急地劝道："王爷，你别多心责备自己，母后不会怪你，你的孝心母后都明白。"

夜天湛却突然又笑了，笑得满是凄伤："母后不明白，她根本不明白我要做的事。他们想的就只有皇位。你说，那个皇位要来干什么？"靳慧哪里答得上他的话，他却本也没期望得到回答，只因他心中早已清清楚楚问了自己千遍，答了自己千遍，"我要那个皇位，我要的是天朝在我手中盛世大治。可他们眼里皇位就只是皇位，没有人知道我想做的事，就连母后也不知道，母后为什么要这样逼我？她不肯相信我。父皇也一样，他根本不看我到底在做什么。没有人知道！"

靳慧听着这话，心里绞成一片，她不懂他究竟是怎么了，但她能感到他的苦。他从来不曾说过这样疲累又伤心的话，那个从容自若的他，微笑底下却同别人如此疏远，只是因为没有人懂他吗？她失措地环住他的身子，顺着他道："王爷，你别难过，怎么会没有人知道呢？我知道，父皇和母后也总会知道你的苦心的。"

夜天湛目光漫无目的地移过来，却又好像并不看她，低声道："是啊，你知道，我跟你说过，就在这烟波送爽斋，只有你懂。可是那又怎样？你还是成了别人的妻子，其实你也不懂，你连我是谁都不知道……"

他昏昏沉沉自语，越说声音越低，渐渐地昏睡过去。靳慧怔怔听着，全失了心神。

这个男人，他要的不是她，可她偏狠不下一丝心来怨他，她只要看着他，守着他，便这一生都是满足，但是他却为何如此伤心？她守在榻前，一动不动地看着夜天湛沉睡过去的容颜，待他安静下来后悄悄要将手从他的手中抽出，他忽然叫了一个名字，紧攥着她的手不放："别走。"靳慧痴立在那里，不觉泪就流了满面。

第十五章　万里同心别九重

赶在寒冬冰封大江之前，负责押运天朝三十六州年赋的官船陆续抵达了天都。再有一个多月便是春节，往年这个时候，朝野内外必是有些忙碌的喜气，只因年赋是一年中最后一件大事，如今顺利到了天都，再忙上几天，便可以封印领赏，舒舒服服过个吉祥年了。

齐商揣着年赋的奏报进了致远殿，皇上正和斯惟云在议事，现在已是左都御史的褚元敬亦随侍在侧。斯惟云刚刚奉旨从湖州赶回天都，入调正考司。他一直以来监修西蜀、江左几大水利工程，估算账目不可谓不精，而且严谨刚正，心志坚韧，正是清查亏空之不二人选。夜天凌此次将他调回天都，乃是有了重用的打算。

听说是年赋的奏报，斯惟云觉着十分及时。兵部和工部刚刚呈上奏折，一列了今年戍边军队的冬需，一呈上昭宁寺的预算，再加上年末各级官员的封赏和北疆十六州那边，几项下来便有近千万的银子等着用。现在年赋到了天都，这些便都不足为虑，清查亏空也有了缓冲的余地，可以从长计议。

夜天凌一边和斯惟云说着话，一边自晏奚手里接过奏报："这些都最好趁着年前……"话到一半，突然顿住，目光停在那"九百三十万"几个字上。

齐商垂首站在下侧，一阵安静过后，感觉有道清冷的目光落至身前，纵然早有准备，还是心中一凛。

夜天凌将那奏报从头再看了一遍，唇角无声一挑，似是现出一抹淡薄的笑意。斯惟云和褚元敬都是凌王府的旧臣，深知皇上的脾气，看到他这样的神情，便知是出了事。夜天凌将奏报掂在掌心，看向齐商那身紫袍玉带的三品官服："齐商，你这个户部尚书做了几年了？"

齐商谨慎地答道："臣是圣武二十二年调到户部，二十三年任的户部尚书，已经五年了。"

"你倒是给朕说说，去年的年赋是多少？"

"回皇上，三千六百四十二万。"

"前年。"

"四千五百五十万。"

"那今天这九百三十万的年赋，朕想听听你的理由。"御案前广袖一扬，皇上随手将奏报丢在了一旁，淡淡问道。

斯惟云和褚元敬同时吃了一惊，谁也没料到今年的年赋居然只是往年的零头。年赋向来是下年财政的主要来源，这么一来，国库可等于全空了。两人都不约而同地想到，此次年赋收缴，湛王派系的人除了齐商领着户部尚书的职避无可避，其他一概不曾出面，现在便出了这样的结果。

面对这样一问，齐商是早有准备，低头奏道："陛下，今年与往年有些不同。西北两边战乱初平，陛下体恤民情，恩旨免了不少州的赋税。西蜀与北疆，都是我朝税收之重，这一来便去了小半。东海那边因频遭海寇，今年贸易不畅，这笔税收也减了很多。"

这自然也是理由，但即便如此，光江左七州也至少应有一千五百万以上的税银。这年赋不是没有，是收不上，收不上，是因为去的不是湛王的人。夜天凌淡声一笑，点头："这些心思动得倒齐全，你是不是接下来要告诉朕，若非还有你齐商一力为国，这九百三十万都未必能有？"

齐商背心顿时凉意丛生，一抬眼，正撞上皇上那瀚海般的目光，心底一沉，竟有种一脚踏空的感觉。面前静冷的注视居高临下，仿佛一丝一毫的心思都逃不过那双眼睛，进殿前想好的种种借口到了唇边，却偏偏一个字也说不出来。一旁褚元敬已躬身道："陛下，臣要参户部尚书齐商有失职守，欺君罔上！"

齐商闭目暗叹，今日不巧褚元敬在，都御史纠举百官，此事正是送上门去给他弹劾，撩起襟袍跪下："臣，听参。"

"欺君罔上，你打算怎么听参？"夜天凌漫不经心地问了一句。

齐商浑身冷汗涔涔，欺君之罪可大可小，若真要坐实了，抄家砍头都不为过。他喉间紧涩，艰难地开口道："臣……臣不敢欺瞒陛下，请陛下明察。"

夜天凌目光落在那黄绫覆面的奏折之上，果然不出所料，最先动的便是年赋，湛王府的势力究竟根深到了什么地步，也由此可见了。他自案前起身，殿中一时静极。此时却有殿中内侍瞅了没人说话的空隙，小心地进来禀道："陛下，鸿胪寺卿陆迁求见，说是有急事面奏。"

夜天凌抬头："宣。"

陆迁手携卷轴帛书入内，没料到这么一番情形，颇为意外，瞥了一眼跪在那里的齐商，行礼奏道："鸿胪寺刚刚收到西域国书，请陛下过目。"

晏奚接了国书呈上，夜天凌展卷阅览，眸中一道微光划过，瞬间沉入深不可测的渊底，唇边薄笑却似更甚。他缓缓步下案阶："好手段！"

齐商深低着头，眼前突然映入一幅玄色长袍，丝帛之上流云纹路清晰可见，青黛近墨的垂缘衬着冷玉微晃，皇上已驻足在面前："看看吧，都与你户部有关。"

一阵微凉的气息随着皇上的袖袍拂面而过，齐商在帛书掷下时慌忙两手接着，根本不用看，他也知道这其中的内容。天朝能与西域诸国交好，是因国中有强大的财力支持，此次为安定西北压制吐蕃，曾与于阗等国各有协商，许以重资扶助。现在西域几大国共进国书，请求天朝兑现承诺，兹事体大，关系邦交，不比国内诸事可以商讨延缓，已是逼上眉睫。

国书上都写了些什么齐商几乎是过目不知，只是记着湛王嘱咐过的话，稳下心神，将国书重新呈上，伏地叩头："陛下！"

夜天凌负手站在案阶之前，声音淡漠，甚至颇有些不屑一顾的高傲："拿着这国书回去好好想想，若有不明白的地方，可以去问湛王，西域诸事都是他亲手经办的，定会告诉你怎么准备。三日后没有解决的方案，你就回府待罪听参去吧！"

齐商汗透重衣，惶惶磕头退出致远殿，撑着走到殿外，腿脚一软，几乎要坐倒在龙阶之上。他紧握着那烫手的国书，深吸了口气，迎着冷风抹了把脸，匆匆便往湛王府赶去。

致远殿内外一片肃静，夜天凌在案前缓缓踱步，他不说话，谁也不敢妄言。这时内侍省监吴未入内求见，捧着一摞卷册呈上来："陛下，皇后娘娘命人将这些内廷司的卷册面呈皇上过目。"

夜天凌接过其中一卷翻看了会儿，问道："皇后还说什么了？"

吴未道："娘娘说陛下若有空闲，便请移驾内廷司，娘娘在那里恭候圣驾。"

夜天凌见几本卷册都是内廷司库存丝绸的记录，一时没弄清卿尘何故送来这些，转身道："去内廷司。"

到了内廷司，夜天凌遣退众人，独自往里面走去。

此处是内廷司的丝绸库，步入殿内，四处都是飘垂的绫罗绸缎。看花纹样式，白州的新缎、梅州的贡绢、华州的云丝……应有尽有，无不是巧夺天工、美奂绝伦之物。

午后的阳光透过长窗淡落在如云如雾的轻纱垂锦上，明媚的华丽与缥缈交织游荡，点点洒下浮动的明光。殿中安静得连自己的脚步都无声，丝锦铺垂的殿廊一层层深进，望不到尽头。

夜天凌走了几步，忽然停住，身后一声浅笑，有人从后面环住了他。兰绡轻扬，卿尘身上那种熟悉的水样的清香便飘来了身旁，他反手把她拽出来："叫我来就是要和我捉迷藏？"

卿尘侧首端详他，"好像四哥兴致不高，没有心情和我玩。"

夜天凌道："确实一般。"

卿尘道："是为西域的国书吗？"

夜天凌伸手抚过她脸侧垂下的一缕秀发："你怎么知道？"

卿尘道："刚才我去致远殿找你，听到你正和他们议事，就没进去。一定是那国书让你心烦，对不对？"

夜天凌眸色深深，静看了她一会儿："让我心烦的不是国事。"

卿尘眼底神情略滞，随即又轻松地微笑："若是家事，那便怎么都好说。"

夜天凌淡淡道："是吗？"

卿尘双手搂着他的腰，抬头一瞬不瞬地望着他："是。"

夜天凌眼中微冷的光泽一闪："但若家事变成国事，就未必了。"

卿尘牵他的手，"要是解决了呢？"

夜天凌道："你可知那国书中写的是什么？"

卿尘道："我不知道国书怎么写的，但我知道他是如何与西域诸国交涉的。四哥，你看这内廷司里的丝绸，历年来各地朝贡的丝绸，再加上为你备下赏赐六宫妃嫔的那些，足有几百万匹了。"

夜天凌道："那又如何？"

卿尘笑："都赏了我吧，你舍不舍得？"

从见到她的第一天，对着她这样的笑容，夜天凌总是有些无奈，薄唇微微一抿："我又没有六宫妃嫔可赏，你若要，什么不是你的，何必还特地来问我？"

卿尘眉梢轻挑："只因这个事关国库，四哥，丝绸可也是银子啊！"

夜天凌略做思忖，大概明白了她的意思："你是说将内廷所存的丝绸送往西域，以此代替诸国索要的财物？"

谁知卿尘却摇头："若如此，一匹丝绸就只是一匹丝绸的价钱，我天朝即便是普通的丝绸，一旦西出葱岭也价比黄金，更何况是宫中的上品，若好处都让西域诸国占尽了，有什么意思？"她挽了一幅绛红如意妆金祥云束锦送到夜天凌面前，"你看，内廷司中这些丝绸都是外面罕有一见的精造贡缎，随便哪一件送出去都是价值不菲。"夜天凌饶有兴趣地听着，她眉眼一弯，露出他常见的那种调皮模样，"我想让这些丝绸翻上几倍的利润，只是，要四哥你做次恶人。"

夜天凌道："说来听听。"

卿尘将手中锦缎扯起，映着亮光细看那些繁美的花纹，说了两个字："折俸。"

夜天凌一顿，扬声失笑："再加上追讨亏空，天下百官可真要骂尽朕无恩无情了！"他虽这么说着，神情却满不在乎。卿尘一松手，温凉的锦缎滑落在他手中："那还有个更简单的法子。"

"哦？"夜天凌扬眉。

卿尘抬手到他面前，衣袖轻落，手腕上是那串紫晶串珠，颗颗晶石衬着她雪色的肌肤，阳光下清透璀璨。夜天凌深眸微眯，握着那串珠将她的手压下："用不着。"

卿尘凤眸斜挑，瞅他："逞强。"

夜天凌一笑："靠着列祖列宗保江山，不是本事，这点儿事不算什么。他们既然想把国库掏空，那就自己去填吧，亏空的那些填满三个国库也绰绰有余。我正没有合适的借口动亏空，他们便送上门来了，如此甚好。"

卿尘道："原来你已有了打算，早知道我就不费这心思了，那这恶人你还做不做？"

夜天凌唇角笑意愈深："既要查亏空，无恩无情已是在所难免，那就不差这点儿了。说说吧，折俸之后又怎样？"

卿尘道："通商。湛王与西域间的国契约定，其中内容虽众所周知，却没有人真正明白。表面上看，他是承诺了西域极大的好处，但其实早已给天朝做了周详的打算。那国契之中，无论从细节到措辞，其重点就只在两个字，通商。"

夜天凌道："我朝与西域诸国一直有商旅往来，怎么此时又有通商之说？"

卿尘道："四哥你也忽略了呢，圣武十七年，我朝因与西域关系恶化，曾颁下禁商严令，这道禁令如今仍在。只是十余年形势变化，中原与西域渐渐往来频繁，这几乎已经被人遗忘。如今在西陲边关，这禁令实际上变成了关权与商人之间的一种交易。那些商人只要奉上足够的金银便可以西行出关，而他们所贩卖的货物之中，最受限制的便是丝绸。我们天朝的丝绸造坊都是官坊，多数只供内廷使用，民间不易多得，所以便格外贵重，西域诸国无不希求。湛王出使西域之前，曾在韦州、凉州、宁州等数处关权恢复禁商令，从而加大了与西域诸国谈判的筹码，我想这是他此行顺利得归的重要原因。而且不知四哥你注意到没有，他在和西域诸国的国契之中答应的是天朝会'让'诸国获得重资，而不是天朝要'给'诸国重资，这就是重点。"

夜天凌掂量着手中沉甸甸的寒丝，仔细回忆："你这么一说，我倒也想起来了，当年的确曾有这么一道禁令。你怎么会知道这个？"

卿尘用指尖轻轻划着丝绸上细密的花纹："这道禁令的副本，我曾在烟波送爽斋中看到过，有关这道禁令的利弊，湛王在很早之前便详细研究过。"

夜天凌眉梢一动，卿尘坦然迎上他的目光："他本来是为天朝做了一件功不可没的大事，可是他自西域出使归来，正逢天都生变，所以此事的关键他便没有机会，也不可能告诉任何人。"

"唔，"夜天凌颔首道，"我记得也曾有人上书弹劾，说他耗尽国库，买一方安定，空博虚名。"

卿尘点头，若不是因为这种弹劾，她也不会去翻看夜天湛带回来的国契。她深知他不是那种人，果然细究之下，被她发现了其中端倪。只是当时却也没有想到，这个发现会用在今天，亲手与他博弈对峙。她心里蓦地就有股怅然的滋味涌起，一双眸子便轻轻垂下去。忽然间夜天凌放开了那匹丝缎，伸手拍了拍她的脸颊："我知道了，不说了。走，看看你喜欢什么样的丝缎，我们去挑一匹。"

卿尘抬眸，却没有移动脚步："四哥，你答应过我的话，现在还算吗？"

夜天凌似是能读懂她眼底的每一分情绪，片刻静默之后，他淡淡道："若只是家事，闹翻天也无妨，但只有一点，不能误国。"

卿尘道："你知道他不会。"

夜天凌道："但愿如此，我可以等他，只希望他不要让人失望。"

卿尘展开笑颜，放下心来。

第十六章　玉寒雪冷轩辕台

霰雪轻碎，打在碧彩金辉的琉璃瓦上，薄薄地盖了一层。冷风吹过，直往人脖子里灌，刺骨的凉，转眼已入三九严冬了。

卫宗平掀开帘子进了尚书省值房，炭火的暖气迎面扑来。殷监正面前叠着一摞卷宗，从案前抬头，见是卫宗平，起身道："卫相。"

院里的细雪随着帘子的起落灌进一片，吹得这声音不冷不热，卫宗平并没有注意到，抖落大氅上的雪，将几份诏令递了过去："看看吧，这个月又是丝绸，丝绸折俸，自古哪一朝听说过？又逢年节，群臣非议啊，舆情看也不看，这算什么事！"

殷监正接了诏令，翻看一下。说是舆情难平，不过是造出个声势罢了，但凡中枢要员有几个只靠俸禄度日？折俸，只是委屈了那些品级小的官员。但若说委屈，现在看来倒也未必，价比黄金的丝绸，从内廷一放出来便被坊间商号哄抢一空，始终抬着高价不落，官吏们所获之资比起原先的俸禄分毫不少。接着西境废除禁令，只要严冬一过，中原西域必定车旅不绝，商路通顺，西域那边也无话可说。这还真是兵来将挡水来土掩，应对得天衣无缝。但最令人恼火的还不是这个，正考司奉圣命督查户部，不但今年的钱粮奏销屡遭审核，历年来的账目也一一清算，查出亏空已是在所难免。不过所幸一月前御史台派出去的监察御史几乎全部未建寸功，各州郡早有准备，任谁也查不出端倪。

"雪这么大，就几份诏令还烦卫相亲自过来，让人送来就行了。"

这是客气话，卫宗平当然不是为了这几份诏令来尚书省："王爷的病已无大碍了吧，可有什么说法？"

湛王静养了这些时日，按理说应该好得差不多了，可至今不曾见他们。殷监正将眼睛垂下去，似乎继续在看那些诏令，他是早已见过湛王的，湛王只是有人想见，有人不见罢了。"不是一天两天的病根，想必还不是很好，我们也不好去打扰。多事之时，我这里忙乱得很，还没去给王爷问安，不比卫相这般轻松。"

卫宗平道："入了年关，各部都忙，我也不得空闲啊！"

殷监正抬眼看看："总比我们好，至少皇恩浩荡，卫家的族人门生都奉公廉洁。"

卫宗平终于从话中听出些不寻常的味道："这话是什么意思？"

殷监正也不多说，就是一笑："陛下对卫相的倚重人人都看在眼里，恭喜卫相。"

卫宗平直起身子："你这是说我卫家奉他为主！"

殷监正道："新主临朝，趋前侍奉，这也是明哲保身的上策。陛下如今六亲不认，连凤家都动到了，却唯独卫相府上安然无恙，可见圣眷优渥呢！"

"这……"卫宗平语塞。这次清查亏空的旨意一下，闹得满朝沸扬。那斯惟云奉旨办事，铁板样地连滴水都渗不进去，奏销的账目往他手中一过，立刻便知对错。按以往户部的惯例，只要私下打点好部费，差不多的账睁一只眼闭一只眼也就过去了。偏偏斯惟云软硬不吃，真金白银送到眼前，他在正考司官署前搭设高台，凡有贿赂便命人放到台上，下面列出何人何时所送，跟着便是此人亏空的数目详情，为此不知得罪了多少人。亏空清查不到十日，便听说斯府失火，一座府宅毁了小半边，隔日斯惟云照常办事，面不改色。正考司的高台上除了那些重礼之外，跟着便多了些其他东西，有暗器，有刀剑，下面就写着何时何地所遇劫杀，平均下来，每隔三日高台之上必然多出新的东西，但斯惟云始终毫发无伤，出入从容，唯有中枢各处的亏空接连遭查，一连串的官吏身涉其中。

情况激烈可见一斑，但就是这样，卫家从族人到门生，不过隔靴搔痒地办了几个无关紧要的人，让卫宗平也很是意外，一面暗暗松了口气，一面却又费解，难道真如殷监正所说，圣眷优渥？

"陛下究竟是个什么心思，老夫也正琢磨不透。"

殷监正微微冷笑："陛下的心思，想必卫相比谁都清楚，不过卫相可也别忘了，令郎还有几十万的亏空在这里。"

想起独子卫骞，卫宗平心里一阵发紧，白首丧子，哀莫大焉，殷监正这话着实令人恼怒，当即便拉下脸来："人都不在了，一了百了，提这些干什么？"

殷监正一点案上的诏令："卫相难道没看见？陛下可是连死路都不给，人死了还有父母儿孙、子弟亲友，一样追讨。杀人不过头点地，这追债却追到阎王爷那里去，令郎安生得了吗？卫相当心还要替死人还债！"

卫宗平怫然不悦："老夫的事何用你来操心！"

且不说殷家和卫家本来也不算和睦，就为近来的事，殷监正认定卫家吃里爬外，早便心存不满，当即一拱手："既然如此，卫相请便吧！"

卫宗平也是火暴脾气，拂袖而起，怒道："各走各路，告辞！"

门帘被一把掀起，哐当掷下来，连风带雪扑了半室，殷监正狠狠地将手中诏令一掷，起身向外喊道："来人，备车！"

小雪未停，飘飘洒洒地打着旋儿落下。车马已经走了半天，殷监正心里的火气还没消，快到湛王府时，他随手一掀车帘，忽然喊了声："停车！"

马车停在原地，前面一座青石拱桥上，有人站在高处。他下了车快步往桥上走去，到近前叫道："王爷！"

那人回身，竟是湛王，散雪纷飞中他身披一件纯白色的鹤氅，发间玉带轻扬，俊逸的脸庞隐带消瘦，身形略薄。

他肩头落了不少雪，看起来已经在这里站了有一会儿。"王爷，天寒雪冷，你怎么站在这儿？"

夜天湛见是他，微微抬头示意，殷监正便往桥对面看去。那边正是上九坊最繁华的商市所在，三千余肆，遥望如一，这样的雪天里依旧车马拥行，川流不息。行人中有不少外州商贾，更不乏胡商，一匹匹丝绸出入运送，忙碌非凡。

殷监正叹气："这还是雪天，又近新年，前几日人还要更多，为抢购内廷丝绸，各地的商旅都来了伊歌。"

桥边一枝寒梅虬枝伸展，雪染香冷，飘落肩头，夜天湛并没有如他一般望着上九坊，目光沿着细雪轻盈，却看向了银装素裹的大江远山。

"商旅繁荣，物货流通，将给我天朝子民带来丰资厚利，使我国力昌盛，天威远扬。区区西域小国，现在还需兵逼利诱，不出十年，他们会心甘情愿对我天朝俯首称臣，再想坐谈条件也没有资格了。"

殷监正不料他想的是这个，道："王爷，但是现在……"

夜天湛眼中神情随着雪落渐渐冷下来："你方才说，已近新年了。"

殷监正道："是没几天了，但看他们的意思，至少正考司不封印，也没有年假，这样一来，这年还怎么过？"

夜天湛道："我早便说过，这个年谁也别想过了。他们怕是忘了，伊歌城，甚至天下的财商到底是握在谁的手里。传我的话下去，从今天起，哪家商坊若是再购进一匹内廷丝绸，九州八方殷家名下所有的生意都与他一刀两断；哪个官员要是再卖出一匹折俸的丝绸，以后便也不用来见我了。"

殷监正大喜："王爷，臣早就等着你这句话了。"

夜天湛脸上却没有丝毫愉悦，握手在唇轻轻咳嗽，漠然转身："回府吧。"

殷监正想起来湛王府所为何事，与他并行，将方才与卫宗平的情形大概说了说，而后又道："卫家终究是不可靠，这次弄出个丝绸折俸来，说不定便是卫宗平泄露了关键。"

夜天湛脚步一滞，两道剑眉便蹙起，声音冷淡："卫宗平还没那么大能耐看出这其中关键，你高估他了。"说完这话，他便举步上了车。

四周隔绝了风雪，突然安静得很，夜天湛靠在车内闭目养神，心里却诸事翻腾。

终于和卫家闹开了，虽说有些早，但也正中下怀。卫宗平今天敢说"各走各路"这样的话，想必也是以为昊帝真有笼络的心思，而若不是太了解昊帝，他也几乎以为这是一手反间计。

但他却清楚得很，昊帝不动卫家，这是替他留着呢，留着这些胡作非为的门人子弟，也留着那个搅风搅雨的王妃。他在等着自己选，是选择继续放着这个硬被塞来的包袱，还是忍无可忍亲自动手收拾，让满朝文武齿寒心冷。

知己知彼啊，这确实是个好对手。但他并不可怕，可怕的是他身边有人更加了解自己，这才是足以致命的弱点。想到这里，夜天湛心里一阵烦躁，回了王府在书房中静不下心来，便信步踏雪，去了靳慧那里。

步入回廊，便听到阵欢快的笑声。垂帘刚掀起，一个小小的人影跌跌撞撞冲到眼前，夜天湛手疾眼快，一把扶住，小人免了跌跤，抬脸看他，咯咯地笑。

原来是元修刚学会走路，正乱跑，后面侍女们怕他跌倒赶着来扶，没想到夜天湛进来，险些也撞在一起，急忙跪下："王爷！"

乌鬓低垂，绣帛长衣依次委地，夜天湛挥一挥手让她们免礼，抱起元修。元修前些日子认生，还有些怕他，现在已经学会叫父王，攀着他的脖颈连叫了两声。

靳慧上前见过他："王爷别让这小魔星缠上，快先暖暖身子，还有些咳嗽，再着了寒气可不好。"

她将元修抱过来，翡儿替夜天湛掸了身上的雪，奉上香茗。

院中雪落纷纷，屋里温煦如春，麒麟铜炉里丝丝银炭烧得正暖，空气中散着木樨枝的淡香，几分疲乏不觉就松散下来。夜天湛舒心地深吸一口气，面前靳慧的脸被炭火映得微红，那抹轻霞般的浮晕让她看起来有种娇媚的韵致，海棠色的重锦罗裳，雪凝般的肌肤。她正拿了一个冬梨亲手削给他，梨子水灵灵的薄片自她的指尖落入翡翠玉盏，仿佛一片白石沉入碧潭深翠，她就像临水的一株虞美人，婉约而娴静。

看着眼前美妻娇儿，听着外面窸窸窣窣的雪声，夜天湛忽而起了兴致，转头吩咐道："来人，去取府中藏酒，难得好雪景，应当围炉煮酒、把盏赏雪才是。"

翡儿忙答应着去办，过不多会儿却匆匆忙忙回来，酒没有拿来，只悄悄将靳慧请到一旁说了几句话。靳慧听后似乎有些惊讶，皱眉不语。

夜天湛正将手笼在炭火上取暖："什么事？"

靳慧勉强笑笑："一点儿小事，也没什么，我去看看就回来。"

夜天湛也不追问她："翡儿？"

翡儿见他问过来，不敢再瞒，跪下求道："王爷，求您和夫人救救桃儿吧，她快要让王妃打死了。"

夜天湛抬眸："怎么回事儿？"

翡儿犹豫，靳慧道："是我不好，没约束好下人，桃儿忘了规矩，那天错叫了我一声'王妃'，我过去赔个礼就行了。"

夜天湛眼角冷冷一挑，抬手便将那镶金拨钳掷进了炭火，火星飞溅，落了一地。

第十七章　　激浊浪兮风飞扬

昊帝登基的第一个新年，天都一如既往地铺金张彩，焕然一新。瑞雪锦绣，轻盖红楼碧阁，让这天地显得格外静谧。比起其他地方，一向热闹的上九坊虽也是鞭炮起伏、车水马龙，但却有种凝重的气氛如雪下冻层，厚厚沉积，经久不化。

从初一清早直到初十，湛王府门前轻车走马，络绎不绝，从未间断。正考司中账册如山，珠算连响，昼夜无休。

新正元日，昊帝携皇后登明台接受朝臣朝贺，赐宴太华殿，却取消了其他庆祝活动，接连颁下数道圣旨，督促清查亏空。其决心之大令那些门阀贪蠹心惊胆战，更令不少清官直吏拍手称快。

中枢亏空查得顺利，致远殿龙案之上很快堆满了大臣请罪的奏疏。夜天凌显然对这些东西并无兴趣，全部发回通政司，真正让他关心的是入驻各州的监察御史们每隔三日八百里快递入朝的奏报。

和中枢相比，各州可谓全军覆没。谁都知道这所谓的政治清明必有隐情，但却始终无法切中要害。究其原因，问题还是出在用人上，那些监察御史虽然是刚正廉洁，但毕竟自来在天都为官，不能完全了解下情，仅仅监督各州官员自行清查，官官相护，串通一气，自然难以奏效。因此这个新年成了夜天凌和卿尘最不轻松的新年。

初十复朝，抱病已久的湛王重新入朝理事。早朝时间未到，大臣们三三两两聚在肃天门前，他一出现，大家纷纷上前见礼。

湛王如往常般温言缓笑，因还在孝中，他穿的是一身素锦五龙冠服，不加纹饰，不缀金玉，虽看起来形容清减了些，举手投足间那风采却依旧夺人眼目。朝臣众星捧月般围在四周，他如白鹤独立，卓然不群，俨然冠领群伦。面对众臣的逢迎问候，他一律是淡笑相对，卫宗平站在离他数步之遥的地方，思量着该如何上前招呼。

那天在尚书省和殷监正闹得不欢而散，卫宗平回去以后气性平息，倒生出些悔意。最近清查亏空、丝绸折俸，大多数朝臣都对昊帝腹诽颇深。年前有几家大的绸缎坊突然闭门歇业，坊间火热的丝绸生意一下子便冷了下来，官员手中的丝绸眼下无人敢买，也无人敢卖。紧接着，天都中又流传起一些说法，暗指莲贵妃当年所育并非皇族血脉，朝野上下传言纷纭，渐生动荡。卫宗平审时度势，湛王看来是越发占了上风，步步先发制人。何况再怎么说，湛王妃可是卫家的女儿，这他不得不思量。

但是年初三卫嫣回门相府，竟然满腹怨怼。卫宗平和夫人追问方知，她前些日子为点儿小事责罚府中一个侍女，湛王却当着府中众人驳她面子，不但亲自拦了下来，还将人从她那里带走。最令她无法忍受的是，隔日府中掌仪女官前来知会，湛王竟给了那女子侍妾的名分，命其随侍烟波送爽斋。

卫嫣气得不轻，认定湛王这是借此事偏袒靳慧。卫宗平听了后立刻敏感地想到最近和湛王的关系不甚融洽，这莫不是一个警醒？想到此处，他往湛王看去，湛王的目光正巧越过几个大臣落在他这边，清俊的眸子勾起一笑。

卫宗平忙拱手："王爷！"

夜天湛微微颔首："卫相早。"

卫宗平道："王爷身子康复，能够入朝主事，着实让我们松了口气。"

夜天湛道："有劳卫相挂心。"简简单单几个字，点到为止了。卫宗平原想和他多聊几句，缓缓近来的僵局，恰巧太极殿前三通鼓响，肃天门缓缓洞开，早朝时辰已到，卫宗平只得让了让："王爷请。"

夜天湛淡笑，举步先行。

鼓声刚停，禁钟响起，天都凡四品以上王公官吏肃衣列队，分文东武西鱼贯入肃天门，登阶循廊分班侍立。其余四品以下的官员候于肃天门外，行三拜九叩之礼后，向北拱立静候旨意。

丹陛煊彩，紫槛飞云，朝阳穿透云霞，在御道龙阶上照出一片夺目的金光。太极殿前三声清脆的鞭响，传旨内侍悠长透亮的嗓音传闻内外："陛——下——驾——到！"

刹那间，从肃天门外广场之上，到殿前御道两侧以及金台御幄下东西檐柱之间，近千名文武百官同时叩跪，原本四处窃窃私语的场面顿时变得鸦雀无声，肃穆非常。

昊帝冕冠衮服，登临御座，淡淡垂眸之间，众臣叩首，山呼万岁之声响彻入云。御座前玄色广袖微抬："众卿平身。"

"谢陛下圣恩！"百官叩首谢恩，起身按部就班而立，准备奏事。却听静鞭再响，先有两名殿前内侍手捧圣旨步下金阶，黄帛一展，高声宣读：

"……为臣之道，职在尽忠，其有朋党比周，负国谋私，事资惩戒，必正典刑。户部尚书同中书门下平章事文澜阁大学士齐商，久从禁署，谬列鼎台，恣意妄为，政行贪蠹。朕初临万邦，务于宏大，每存容恕，冀有悛心。而乃不顾宪章，敢行欺罔。宜从贬削，以儆效尤！齐商领旨谢恩！"

御旨天威，当头一个晴天霹雳，将齐商震蒙在殿前。殿中内侍立刻上前除去他的官袍玉带，就地罢免，回身复旨。齐商跪俯于地，惶然抬头看向立于群臣之首、御台之旁的湛王。却接着便听第二道圣旨下——正考司卿斯惟云擢升户部，授尚书仆射兼户部尚书。年前礼部尚书空缺，由钦天监正卿乌从昭接任。

这两道圣旨未经中书门下两省拟审直接颁布，当朝革办、提调三品大员，事先谁也不曾知情。圣旨中明着是斥责齐商，但朋党之类分明暗有所指。殷监正按捺不下，便要上前奏保齐商，却被湛王盯来一眼压了下去。他正不明所以，只见湛王目光往卫宗平身上落去，似乎漫不经心地，便和卫宗平打了个照面。

卫宗平心头一凛，片刻之后，他拱手出班，上前奏道："陛下，齐商自圣武朝始便入主户部，素来行为端谨。户部亏空虽确有其事，也不能全怪在他身上，是否应该贬黜，宜再商讨。再者，钦天监责任重大，突然将乌从昭调至礼部，一时也难有合适之人接任，还请陛下再行斟酌。"

卫宗平说着，抬了抬眼，却见御座之上，皇上唇角微挑："钦天监职责特殊，有别于各部，立时找人代替乌从昭的确并非易事。朕体谅你们的难处，已帮你们选了一个人。"一抬头，"宣莫不平。"

传旨内侍立刻高声传旨："宣莫不平！"

一声声传召远出殿外，直入紫云丹霄。众臣尽皆惊诧，纷纷相顾议论，翘首看望。

二十余年前，莫不平便曾主理钦天监，其星相预言料事如神，屡言屡中，在当时声名斐然。天命之说，神鬼莫测，时人笃信甚深，趋近追从，无形中便在莫不平身边形成一股不可小觑的势力。以至于后来，钦天监每发一言几可左右朝局，逐渐令天帝心生忌惮。莫不平有所察觉，随即辞官而去，那时也在朝中引起过不小的震动。此时他复出朝堂，群臣心中不免生出同样的想法——天命所归。

不过须臾，莫不平登阶入殿，灰衣布袍飘然，一身仙风道骨，眼中精光落于人身，如透肺腑，却只一掠而过，至御前，行九叩之礼，朝见天子。卫宗平深知莫不平在朝野的声望，此时方知前些日子皇上以帝师之礼延请莫不平还朝，传言非虚。

夜天凌此时令莫不平免礼，俯视殿前众臣，含笑问道："朕欲以莫先生为钦天监正卿，众卿以为如何？"

凤衍眼角往卫宗平那里一瞥，随即先行奏道："陛下圣明，识人为用，莫先生得归社稷，实乃我朝之福，天下之幸！"

"卫卿意下如何？"夜天凌看向卫宗平，淡淡再问。

云淡风轻的问话后，一道深邃的注视落在身上，卫宗平虽不愿附和凤衍，却不得不俯身道："莫先生德高望重，臣……并无异议。"

夜天凌听了这话，唇角那丝笑意缓缓加深，点头道："朕今日得莫先生入朝辅弼，实为一大幸事。太上皇昔日所用的股肱老臣，朕都一样敬重。日前中书有表，翰林大学士穆元、弘文、孙普等几位老臣已年逾古稀，仍旧每日早朝，十分辛苦。朕心不忍，特许他们一月一朝，赐座太极殿，免跪叩之礼。"

"臣谢陛下隆恩！"几位老臣相继出列，叩谢圣恩，龙阶之前高冠朱缨、皓首白须，一片颤颤巍巍。卫宗平心里又往下沉了几分，穆元等人都是与湛王关系密切的老臣，在朝中说话极有分量。眼前皇上几句温言话语，一番宽仁体恤，实则是将他们逐出朝堂，这无疑是大大削弱了湛王的影响力。他看往湛王，湛王那温朗的面容之上亦无法掩抑地掠过了一丝阴霾。

面对这接二连三的强硬措施，夜天湛心底那阵焦躁过后，当即恢复了冷静。此时斯惟云正奏报近来亏空清查的几处大项，随着他肃正的声音，已有几名大臣跪前请罪。皇上尚未表态，但刚有齐商的前车之鉴，可以想见这几人的下场。夜天湛目光转往御史台那面，当众廷议，接下来就是御史弹劾跟着罢免了，他整一整思绪，平心静气地继续听下去。

斯惟云奏毕，大殿中鸦雀无声，落针可闻。唯有皇上清冷的声音传下："你们还有什么话可说？"

阶下跪着的几个大臣无不汗流浃背，惶恐难言。突然，丹陛之前有人道："陛下，斯惟云方才所言之事，臣有异议。"

润玉般的声音，清若流水，缓似清风，淡淡响起在大殿冷凝的气氛中，令人浑身一松。沿着那声音，是一双温文尔雅的眼睛，眼梢轻挑，正对上皇上的目光。

满朝文武，有谁敢和皇上这般对视？那眼中含着笑，皇上亦神色清淡，朝臣们却人人心弦紧绷，屏声敛气。

"你有何异议？"片刻之后，皇上徐徐开口。

湛王有条不紊地奏道："陛下，各部的账目冗杂繁多，正考司成立日短，想必对其中有些情况并不是很清楚。据臣所知，方才说的几笔亏空实际都有去处。第一笔一百七十二万，是圣武二十二年永、和两州通汶江渠，工部预算不足，由户部追加补齐；第二笔八十五万，是圣武十七年东州蝗灾，颗粒无收，曾自中枢拨粮赈济；第三笔一百四十万，是圣武十九年平定东突厥之后，临时拨往边城的军费，与此相同，后面还另有两次北征，共比预期多耗库银近三百万。最近的一笔是圣武二十五年为迎接吐蕃赞普及景盛公主东来中原，礼部及鸿胪寺筹备典仪的实际花销，数目不多，大概只有四十万左右。再者就是京隶瘟疫、怀滦地动两次天灾，太上皇当时曾下旨出内币赈灾，这笔钱实际上是由户部先行垫付……"他条理有序，缓缓道来，斯惟云方才所奏之事几乎无一疏漏，天朝这些年的政情皆在胸间，信手拈来。有些不熟财政的大臣难免一头雾水，但明白的却已经听出其中关键。

就这么几句话，避重就轻，原本近千万的贪污一转眼变成了挪用。贪污罪大，挪用罪轻，何况这种挪用难以界定查处，也没有人知道究竟有多少流入了大臣的私囊，要追讨就更是遥遥无期。

湛王说话的时候，御座上皇上始终面色冷淡，一双深眸，喜怒难辨，此时问道："若照这说法，搬空了国库也是情有可原，朕非但不该严查，还得谢他们为国尽忠了？"

湛王从容道："陛下要查亏空，是清正乾坤之举，臣甚以为然。但臣身领户部之职，既知其中隐情，便应使之上达天听。此臣职责所在，还请陛下明察。"

有湛王撑腰，殿下几名大臣不似方才那般忐忑，慌忙叩首附和："臣等惶恐，请陛下明察！"倒像受了莫大的冤屈。

夜天凌抬眼扫向他们，冷冷一笑："湛王提醒得好，朕还真是忽略了这一点。既如此，朕便先查挪用，再查亏空，每一笔账总查得清楚，该索赔的一分一厘也别想侥幸。"

湛王的语气仍旧不疾不徐，问题却见尖锐："臣请陛下明示，这挪用该怎么查？其中赈灾的内币，当年为太皇太后庆寿所拨的丝绸赏银，户部是否该去找太上皇和太皇太后追讨？"

话音一落，大殿前惊电般的一瞥，半空中两道目光猝然相交，隔着御台龙阶，透过耀目的晨光，如两柄出鞘之剑，剑气如霜，锋芒冷然，直逼眉睫。

"问得好！朕日前颁下的旨意中早就说过，亏空之事，不能偿还者，究其子孙。涉及太皇太后和太上皇的挪用，朕来还！"

夜天凌此话一出，群臣相顾失色，就连湛王也没想到他连太皇太后和太上皇的旧账也不放过，顿时愣愕当场。

漓王素来是应付朝堂，懒得参与政议，这时突然拱一拱手："陛下，臣向来花钱没数，没有多少家底，但愿意共同偿还这部分挪用，为陛下分忧。"

夜天湛脸色一白，心神骤然定下，他反应极快，当即道："臣以微薄之力，也愿替太上皇及太皇太后偿清款项。"

夜天凌垂眸看向他，缓缓道："难得你有这份孝心，不枉太皇太后临终前对你牵挂不下，百般叮嘱于朕。既然如此，昭宁寺即将动工，正没有合适的人去督建，朕便将此事交给你了。"

太极殿中微微掀起骚动，昭宁寺选址在伊歌城外近百里之地，命湛王前去督建，实与削夺权柄、贬出天都无异。殷监正当即上前跪奏："陛下，王爷病体未愈，实难经此重任，还请陛下三思！"

他这一跪，大臣们纷纷跟随，黑压压跪下大半。凤衍揣度形势，现在贬黜湛王容易，但却不能不考虑随后而来的连串反应，于是率众跪下，却一言未发。

面对一殿朝臣，夜天凌面上峻冷无波，却隐隐透着股迫人的威势，忽然轻笑一声："朕倒疏忽了，那朕便再准你三个月的假，即日起朝中停九章亲王用玺，你在府中好好静养吧。"

这也已经近乎幽闭，但却总比离开天都要好。相对于众臣，首当其冲的湛王却显得极为镇定，躬身领旨："臣谢陛下恩典。"

正当这里闹得不可开交之时，殿外内侍匆匆入内，跪地禀道："启奏陛下，定州巡使刘光余求见！"

殿中君臣都十分意外，刘光余镇守定州，责任重大，何故突然未经传召来到天都？除非是定州出了大事。夜天凌抬手道："宣！"

不过片刻，刘光余在鸿胪寺官员的引领下大步流星步入太极殿。常年边关的生活磨炼再加上一身的风尘仆仆，使他那原本文秀的轮廓颇有几分硬朗之气，但照面之下令人印象深刻的却是他神情中的愤懑。他行至御台之前，拂衣跪倒，高声道："臣定州巡使刘光余参见陛下！"

夜天凌蹙眉："刘光余，你为何擅离职守，前来见朕？"

刘光余重重叩首："臣今天来天都，是要请陛下给定州数万将士做主！"说着自怀中取出一袋东西，双手举过头顶。

群臣窃窃私议，皆不知刘光余这是所为何事。夜天凌抬头示意，一名内侍上前将东西接过来，捧到御座之前，打开袋子，里面盛着不少谷物。

"你让朕看这些谷物是何用意？"

刘光余双拳紧握，神情十分愤慨："陛下，这是前几日经时州调拨给定州的军粮。请陛下细看，这些军粮都是陈年的黄变米，却掺杂在一些新米之中送入军营。最近定州军中突然许多人浑身无力、呼吸困难，经查正是吃了这些有毒的军粮所致！臣走的时候，定州已经有三十多名士兵不治身亡！"

这话如一块巨石，重重掷进原本便波澜暗涌的水中。文武百官闻言震惊，殿前哗然一片。夜天凌眼光陡然凌厉："岂有此理！时州粮道是谁，调拨的军粮怎么会是陈年霉米谷？"

此话无人敢答，停顿片刻，凤衍道："回禀陛下，负责时州粮道的是颍川转运使巩可。"

夜天凌惊怒过后，瞬间冷静，即刻便明白了事情缘由。年前北疆各州军需短缺，国库因赋税不足而吃紧，便自产出富饶的时州、陵州等地征借了一批钱粮暂时应急。照这样看来，时州府库表面上钱粮充足，实际上定然亏空甚巨，官员们想办法蒙蔽清查并非难事，但中枢忽然调粮，他们无以应对，便以次充好，用变质的稻米冒充好米。想到此处，当真火上浇油："传朕旨意，命有司即刻锁拿巩可，时州巡使、按察使停职待罪，听候发落！中书马上八百里疾驰令告合、景、燕、蓟诸州，仔细检查外州调拨的军粮，谨防此类事情再度发生。"

刘光余再道："陛下，北疆现在天寒地冻风雪肆虐，药材粮食紧缺，中毒的士兵们不是昏迷不醒便是全身无力，连站立都困难，没有中毒的都空着肚子，还要在这样恶劣的天气下戍卫边境。这些军粮已经无法食用，臣恳请陛下先调粮救急，否则这样下去，难保不会出现饿死将士的情况！那臣……臣百死难赎！"他一向爱护将士，这时悲愤至极，不由喉头哽咽，两眼已见泪光。

现在莫说自天都调粮根本来不及，便是来得及，国库一时又到哪里去筹措这么多军粮？夜天凌几乎立刻便往湛王看去，若不是因为亏空，定州怎会出这样的乱子？

湛王的脸色并不比他好多少，青白一片，震惊之中带着愠怒，与平日潇洒自若判若两人。他不光是因定州出了这样的事始料未及，更恼的是颍川转运使巩可正是巩思呈的长子。像是感觉到眼前的注视，他一抬眸，原本平静的眼底如过急浪，瞬息万变，复杂至极。

暗流汹涌，从殿前两人之间弥漫到整个朝堂，就连刚刚到达、不明就里的刘光余也隐约感觉到些什么，被面前这种无声却冷然透骨的对峙所震慑，噤口无言。

只是片刻的工夫，却煎熬得所有人站立难安。湛王承受着御台之上由震怒渐渐转为深冷的逼视，忽然躬了躬身，很快道："请陛下给臣五日时间，五日之内，臣保证定州将士有饭可吃，绝无后顾之忧。"

殷监正恨不得顿足长叹，不过这么短的时间，从中枢到地方乱象已生。湛王只要彻底置之不理，哪怕是被幽闭府中，朝中早晚也要请他出面，那时岂不今非昔比？如此大好时机，湛王却偏偏抬手放过！

湛王这时候出言请命，似乎根本已忘了先前发生过何事，肃立殿中，静候旨意。

现在所有人都在等着皇上发话，是准，还是不准。若准，刘光余进殿之前的那些话都成了空话，湛王不但仍稳在中枢，更让人意识到他举足轻重的地位；若不准，朝中形势胶着，定州事态紧急，又如何平定此事？

湛王这一步进退有据，顿时将先前的劣势扳了回来。但每一个人也都清楚，以皇上刚冷孤傲的性子，倘若执意要以定州为代价处置湛王，也是易如反掌。风衍揣摩圣意，即刻上前奏道："陛下，眼下所需的军粮可从汉中四州征调，最多不过十日，便也到定州了。"

湛王闻言俊眸一眯，殷监正和卫宗平同时恼恨地看向凤衍，不料却见皇上抬手止住后面所有大臣的奏议，目视湛王："若五日之后，军粮到不了定州，又当如何？"

这便是默认了湛王的请奏。对视之间，湛王眼中明光微耀："若有分毫差错，臣听凭陛下处置。"

一段时间的沉默，夜天凌缓缓道："朕给你十天时间，你好自为之。"

第十八章　山明落日水明沙

这一日的朝会直到近午才散，退朝后夜天湛并没有像众人想象的那样忙于筹调军粮，只对刘光余交代下一句"回定州之前来王府见我"，便打马回府。

刘光余另行去致远殿见驾，详述了定州现在的情形后，准备连夜赶回。临走前记着湛王的嘱咐，先行赶往湛王府。

在门厅候了不过片刻，湛王身边的内侍秦越迎了出来，笑着问候一声："刘大人里面请，我们王爷在书房等大人。"

刘光余随秦越到王府内院，沿着雪落薄冰的闲玉湖，入了烟波送爽斋。正值冬日，这书房临湖近水，原应是分外冷清的地方，却因烧了地暖让人丝毫感觉不到深冬的寒意。四周有一股近似檀木的淡香被暖意催得飘浮在空气中，往里走去，一进进都是字画藏书，颇给人目不暇接的感觉。

刘光余本是文官出身，精通书画，一边走，一边着目欣赏，不免感叹湛王之风雅名不虚传。待走到一间静室，秦越抬手请他入内，自己则留在外面。

里面十分安静，刘光余见湛王合目半躺在一张软椅之上，室内暖得让人穿不住外袍，他身上却还搭着件银灰色的貂裘。刘光余觉得此时的湛王和先前似乎不太一样，在太极殿中见到他，即便是当时那种情形之下，他身上始终是那种卓然尊贵的神采，明珠美玉般摄人，而现在他却好像有些疲惫，微紧的眉心使人直觉他并不愿被打扰，刘光余便犹豫要不要开口说话。

他正迟疑，夜天湛已睁开眼睛向他看来。抬眸之间，刘光余只见那墨玉样的眸中透

出丝锐亮，如同太阳下黑宝石耀目的光芒，但转眼又被平静与倦然所取代。

"王爷。"

"哦，是你来了。"夜天湛坐起来，指一指近旁书案上的两封信，"你回定州之前，先拿这两封信去找禹州巡使林路、嵩州转运使何隶，定州的军粮从他们那里暂调，最多五六日便到了。"

刘光余在他的示意下过去拿了信，但见封口处盖的不是亲王玉玺，而是湛王的私印，不禁有些狐疑。就凭这两封私信，难道就能调动禹、嵩两州数百万军粮？他忍不住问道："就拿这两封信？"

夜天湛自然看得出他的疑虑，也不多说，只淡淡道："足够了。"

刘光余虽驻守定州，但对天都最近的形势也大概了解，听他这么说，便知北疆军需短缺果然是因为湛王断了国库的来源所致，但却想不明白湛王既然如此，为何又在这个紧要关头要援手定州。想归想，问却当然不能，便拱手道："下官先代定州将士谢过王爷。"

夜天湛静默了会儿，轻叹一声，抬头道："坐。"

刘光余便在一旁落座，夜天湛细问了定州的情形，听完之后，脸色越发不好。他起身踱了数步，对刘光余道："这样，你到禹州，先让林路出库银在当地购进急需的药材，送到定州。军粮我会设法再行追加，若有什么特殊需要，可以直接送信给我，务必要控制下定州的事态，不能再出乱子。"

刘光余道："下官知道了，事不宜迟，王爷若没别的吩咐，下官这就启程回定州。"

夜天湛点头道："你去吧。"

刘光余将信收入怀中，告辞出来。仍旧是秦越亲自送他出府，为赶时间，便走了湛王府的偏门。秦越送走了刘光余，回头正好见有辆油壁轻车停在门前，他看到车旁的人便一怔，那人对他笑着一点头："秦公公。"

秦越疑惑地看向车内，上前拱手道："卫统领，这是……"

卫长征道："秦公公，王爷可在府中？"

秦越道："在。"

卫长征便到车前低声说了句什么，车门轻轻一开，一个白衣轻裘、发束纶巾的清秀公子走下来。秦越这一惊却非同小可，脱口道："娘娘！"

卿尘抬手阻止他行礼："带我去见你们王爷。"

秦越连忙俯身请她入府，琢磨着皇后这身打扮是不想太多人知道来此，便挑了条人少的路往烟波送爽斋去。

刘光余走后夜天湛重新躺回软椅上，今天从宫中回府，便有种难言的疲惫透骨不散，熟悉的寒气丝丝泛上来，浑身上下阵阵发冷。他知道这是旧疾未愈，隐约又要发作的兆头，但却始终静不下心来休息。刘光余来之前，殷监正刚刚才从湛王府离开，他来这里说的自然是早朝上的事。

夜天湛早已料到殷监正会来，而他比殷监正更清楚，定州出事，是他在和夜天凌的较量中翻占上风绝好的时机。他应该作壁上观，看着国库捉襟见肘，四处起火，但是他却没有。太极殿上，他透过刘光余的愤慨想到的是数十万戍边将士。他在北疆曾亲眼见他们不畏风沙、无惧严寒，挥戈执剑，镇守边关。夜寒天作被，渴饮胡虏血，那种常人所不能想见的艰苦和豪迈，让铮铮男儿热血沸腾，更让每一个身临其境的人肃然起敬。

他不得不承认，对这些军中将士，甚至对一直浴血征战、抵御外敌的四皇兄，他是有着由衷的敬佩。那是男人对男人的欣赏和尊敬，不会因身份、地位或者立场而有所不同。所以今天早朝上，他走出了那步险棋。

这一切他都没有对殷监正说，不想说，也没有必要说。当烟波送爽斋中剩下他一个人时，有种莫名孤独的感觉毫无预兆地在心中扩散开来，随着那股寒冷浸入了四肢百骸。

是的，孤独。虽千万人在侧，却形单影只的孤独。不知从什么时候起他开始有这样的感觉，路越走越远，这感觉便越来越强烈。或许在他迈出第一步的时候，他并未料知这是一条如此孤独的路。

然而更令他无论如何也没想到的是，今天站在丹陛之侧，在和夜天凌数度交锋形势一触即发的关头，他们两人会为相同的目的用不同的方式各自后退了一步。那弹指瞬间，好像是一种殊途同归的默契，他到底为什么那么做夜天凌似乎知道，并且为此也作出了决定。这种想法简直荒谬，但是偏偏如此真实。

他有些困惑地抬手压着隐隐作痛的额角，是为什么呢？突如其来的迷茫竟让他心中生出一丝惧意，苦心经营却失去自己真正的目的，活着却不知道究竟为什么活着是如此可怕的事情。他绝不愿陷入这样的泥潭之中，如他的父皇，得到所有却一无所有；如他的母后，苦苦追寻却迷失在其中而不自知。

有些东西他若舍不下，便有可能得不到他想要的，但如果舍下了他所坚持的，得到了，又有什么意义呢？

这一刻心中各种念头纷至沓来，就像太极殿中刹那间天人交战的激烈。他极力压抑着刚刚冒出来的想法，只要有一丝动摇，或许随之而来的便是灭顶之灾，不打起十二万分的精神，他如何抗得过那个人……不，是那两个人。

头渐渐疼得厉害，让他心里有些烦躁，这时听见有人进了静室，是秦越的声音轻轻叫道："王爷。"

夜天湛仍旧闭着眼睛，心知又是有人来了，颇不耐烦地道："不管是什么人，不见。"

"王……"秦越的声音似乎被打断，接着便是他退出的脚步声。身边重新安静下来，夜天湛却直觉有人还在室中，一种异样的感觉油然而生。他蹙眉睁眼，看清来人后却一下子从软椅上直起身子，身上的貂裘半落于地。

面前，卿尘淡笑而立，一身男儿袍服像极了以前她要出王府去玩时的装扮。他几乎脱口就要问她今天是要去听讲经还是逛西山，若是有闲暇，他会陪她一起去。但这样的距离下他看得清楚，她的眉眼间多了一种妩媚的温柔，这温柔是他所陌生的，提醒他，人虽在，昨日休。

他眼中刚刚现出的欣喜霎时落了下来，卿尘仔细看他的脸色，向他伸出手。他往后一靠，语气疏淡："娘娘今天来，又想找臣要什么？"

卿尘轻叹，跪坐在他身旁："手给我。"

夜天湛没动，卿尘将滑下的貂裘重新搭到他身上，执过他的手腕平放，手指搭在他的关脉间。她半侧着头，黛眉渐紧，过了会儿，要换另外一只手重新诊脉，夜天湛突然反手将她手腕狠狠扣住，他身上冷雪般的气息兜上心头，温热的呼吸却已近在咫尺。

"你来干什么？"

他手上力道不轻，卿尘深蹙了眉，却不挣扎，任那冰凉修削的手将她紧紧钳着，道："宋德方见你一面都难，他的药你是不是根本没用？难怪四哥说你气色不好，我若不来，你就这么下去，难道真不顾自己的身子了？"

夜天湛道："他让你来的？"

卿尘道："是。"

夜天湛拂手松开她，漠然道："回去转告他，我死不了，请他放心。"

卿尘从未见过他如此冷冰冰的样子，眉眼沉寂，默不作声。她转身研墨执笔，细细思量，写就一服药方，便起身走到门口："秦越。"

秦越一直伺候在外面，闻声而来。卿尘道："照这个去煎药，另外差人去牧原堂告诉张定水，就说我请他每隔三日来一趟湛王府，替王爷诊脉。"

秦越答应着离开，卿尘回到夜天湛身边，静静站了会儿，自袖中取出两份纸卷给他。夜天湛本不想看，但卿尘固执地将东西送到眼前，他终于接了过来。打开其中一卷看下去，他突然微微色变，逐渐将身子坐起来，紧盯着手上，迅速翻阅，看完之后，霍然扭头："这是什么？"

卿尘看着他因惊怒而有些苍白的脸色，回答："这是殷娘娘薨逝当晚，我审问她身边几名女官和清泉宫中侍女的口供。另外一份，是太皇太后留给皇上的懿旨。"

夜天湛手抑不住有些发抖，他当然看得出这些是什么。以他的心智，也曾想到过处死殷皇后未必是夜天凌的意思，他一直以为殷皇后是自行求死。但从这几份口供中却可以看出，一手导演此事的，居然是卫家，而配合卫家完成此事的，也正是殷皇后自己。

卫家安排宫中内侍送去那杯赐死殷皇后的鸩酒，殷皇后事先就已知情。在此之前，卫嫣曾与殷皇后暗通书信，说湛王之所以始终按兵不动，完全是顾忌她身在宫中。换言之，殷皇后已经成了湛王最大的绊脚石。殷皇后本就心高气傲，再加上太皇太后那晚说过的话，她越想越心灰意冷，也早已对身遭幽禁的境地难以忍受，所以心甘情愿饮鸩自尽。

这些倒还是其次，最让夜天湛怒火中烧的是，卫嫣始终是借湛王府的名义规劝殷皇后顾全大局。那对于殷皇后来说，这杯致命的毒酒，无异于她的儿子在皇位和母亲之间做出了最后的选择，不管她是不是愿意饮下那杯酒，她在这人世间最后的一刻曾经是何等心情？

几份供状被夜天湛紧攥着，片片落下来，尽毁于指间。他心中陡然冲起一股悲愤之气，强忍着无处发泄，猛地一侧头，自唇间迸出连串剧烈的咳嗽。卿尘忙扶他，他却用力一把将她拂开，袖袍掠过她身前，上面已是点点猩红。

卿尘惊道："你怎么样了？"

夜天湛抬手缓缓将唇边血迹拭去，眼中千尺深寒，是恨之入骨的杀意，但此刻他心中却比任何时候都清醒。皇上先是放着卫家不动，又在这个关头将殷皇后之死的实情告知于他，是料定他绝对再容不下卫家。这是在逼他对卫家动手，要他亲手扫清清查亏空道路，打开门阀势力的缺口，那将一发不可收拾。

他的心里像是烈火焚烧，忽然被塞进了一把刺骨的冰雪，火与冰的翻腾，煎熬骨髓。他竭力稳住了自己的声音，挥手将破败不堪的供状和那道懿旨丢去："拿走，我不信。"

卿尘任那些东西落在地上，看也不看："我没有骗你，信与不信在你自己。"

夜天湛眸心骤然紧缩，转头目视于她，生出丝冷笑："好，那我问你一件事，你若敢对我说实话，我便信你。"

"你问。"

"夜天凌是不是父皇的儿子？"

卿尘修眉一紧，眼底却依然沉静如初，过了良久，她淡淡说出两个字："不是。"

她的回答着实让夜天湛万分意外，抬眼问道："你可知道这两个字从你嘴里说出来意味着什么？"

卿尘道："意味着我说过的话，我这一生，绝不欺瞒你。你心里明白，若留着卫家，迟早更生祸端，长痛不如短痛。"

夜天湛道："卫家，我容不下，现在他也一样容不下。你知道我的耐性并不差，我等得起，他若还想将事情做下去，就会比我先动手。不过别怪我没有提醒，这是和天下士族为敌，若有一丝不慎，我不会再放过第二次机会。"

卿尘道："他究竟要做什么，你比我更清楚。难道你看不出这其中有多少曾是你的构想？你自己立下的宏图壮志，你在这烟波送爽斋中说过的话，你若忘了，我没有忘，我不信你真的愿意让他功亏一篑！"

夜天湛身子微微一震，脸上却漠然如初："你只要相信我能就行了。"

卿尘摇头道："别再在国库和亏空上和他纠缠，你不可能真正逼他到山穷水尽。何况，我不会坐视不理。"

夜天湛道："你又能怎样？"

他的目光锐利而冷漠，透着刚硬如铁的坚决，那冷厉的中心似一个无底的黑洞，越来越深，越来越广，看得卿尘心惊。她细密的睫毛忽而一抬，对他说出了四个足以令任何人震惊的字："皇族宝库。"

夜天湛眼底蓦然生波："你说什么？"

卿尘却只静静望他："如果到了那一步，就真的是无法挽回了。你可想过，那根本是两败俱伤的局，必然祸及整个天朝。就像今天，不管你再征调多少军粮，不管我再教御医院多少治病解毒的法子，定州三十七名士兵已经死了，我们愧对他们。"

夜天湛盯了她半晌，忽然乏力地靠回软椅，长叹："卿尘，你究竟想怎样？你替他出谋划策，现在却又帮着我，事事坦诚相告，你到底要干什么？"

听了这话，卿尘在他身边坐下，抱起膝头，望着别处，缓缓摇一摇头："我不知道，眼前这般情势，我想怎样有用吗？你若下了狠手，我便帮他；他若逼得你紧了，我便帮你。我还能干什么？你们谁能放手？就连我自己也放不开手。"

夜天湛平静地问道："倘若有一日分了生死呢？"

卿尘无声一笑："他死，我随他。"

"若是我呢？"

"我拼死护着。"

夜天湛微有动容，卿尘说完突然又笑道："奇怪了，怎么听起来倒成了我左右都是死。"

夜天湛紧紧一皱眉头："别再说这个字，我不想听。"

卿尘道："是你先说的。"

夜天湛没有就此和她论究，他突然专注地端详着她，仿佛从来没有见过她一般。他眼中凌厉的锋芒渐渐褪去，墨色荡漾，那泓澄净如同最黑的夜、最深的海洋，缓缓地流动出浓烈的色彩。"卿尘，"他低声叫她的名字，"做我的女人吧，我放手，只要你。"

这不像是他会说的话，低沉的柔，淡倦的暖，丝丝令人心酸，却真诚地发自肺腑。他一瞬不瞬地看着她，等待她的答案。卿尘回视他，丹唇轻启："可能吗？"

她的眼睛倒映在夜天湛的眸底，幽静澄澈，冷静到绝美，他从这几乎令人发狂的冷静中看到了一切。隔了片刻，夜天湛突然轻声笑起来，神情间却是万分落寞。他终于挪开了目光，望向眼前一方空处，缓缓摇头。

卿尘静了会儿，道："我是他的妻子。"

夜天湛道："我知道。"

然后两人都没有再说话，一人躺着，一人坐着。屋里安静得可以听到空气的流动，隔着帘幕屏风，透过来檀木枝暖暖的淡香。卿尘扭头，突然发现夜天湛书案之上的每样东西都如从前，分毫未变。还是那方麒麟瑞池砚，还是那种薛涛冰丝笺，一盆清雅的水仙花放在左侧，透花冰盏里面是她丢进去的几粒紫玉石。一支黄玉竹雕笔是他惯用的，向来放在右首边，笔架上空出的位置，当初被她挂上去一个晶莹剔透的玉铃铛，如今仍悬在那里。

她伸手轻轻碰触铃铛，薄玉微响，清脆和润。听到声音，夜天湛淡淡一笑："烦心的时候听听铃声，烦恼就都不见了，这是你说的。"

"管用吗？"

"嗯。"

卿尘也笑一笑，索性频摇铃铛。叮叮当当的玉声响满一室，突然让人忘了眼前所有的事情，唯有红炉画屏，香暖雪轻，人如玉，笑如花，夜天湛看着卿尘轻叹，但神情间渐渐泛起愉悦。

卿尘侧头靠在自己膝盖上，和他的眼神相触，明眸坦亮。这一刻，屋中似乎格外温暖。她看着他，他也看着她，时光仿佛悄然倒流，回到多年前曾有的一刻，回到记忆中久远的场景。一幕幕似曾相识，几世的纠缠，心头似有万般思绪缓缓流淌，浓得令人叹息。彼此熟悉的面容，目光中沉淀下淡淡的安宁与微笑。

这时候外面秦越隔着帘子禀道："娘娘、王爷，药好了。"

卿尘扭头道："拿进来吧。"

秦越入内将药放在旁边，便识趣地回避开来，退出门外后走了没几步，迎面见卫嬷进了水榭，急忙站住："王妃！"

卫嬷也不看他，径自往前走着，一边走一边问："干什么呢？"

秦越道："刚给王爷送了药。"

"怎么这时候奉药？谁在王爷这儿？"

秦越心想现在王爷定然不愿有人打扰，却又没有理由拦卫嬷，支吾道："是新换的方子……王爷……呃……"

"怎么回事儿？"卫嬷见他吞吞吐吐，顿时不悦，自己拂开垂帘便步入静室。秦越没来得及拦下她，忙跟在后面喊了声："王爷，王妃来了。"

卫嬷转过烟水流云屏风，突然间看到一身男装打扮的卿尘，猛地收住脚步。夜天湛见到她，眉心一锁，脸色霎时便沉了下来。

待卫嬷看清屋里的人是卿尘，脸上立刻有嫉恨的神情一闪而过，她向前福了一礼："不知皇后娘娘驾到，有失远迎。娘娘怎么不差人先通知一声，府中也好开中门迎驾。"

卿尘抬眸，淡缓一笑："不必了，我只是听说王爷身体欠安，过来看一看。"

卫嬷目光在夜天湛和卿尘之间转过，看到旁边的药盏，便知道秦越刚才说新换的药定是卿尘开出的方子，不由得微微冷笑："真是有劳娘娘，娘娘开方子下药，我们怎么敢用？"

卿尘听出她话中别有他意，漫不经心地挑眉："是吗？"她侧首看向夜天湛。

夜天湛自从卫嬷进来便一直冷冷目视于她，这时也没有移开目光，回手拿起身旁的药盏，仰头便一饮而尽。

他这样不给情面，卫嬷又惊又气："王爷！你怎就这么喝了！"

夜天湛一字一句地对她道："我不妨告诉你，只要是她给的，就算是穿肠的毒药，我也照喝不误！"说罢将药盏往地上一掼，哐的一声脆响，冰瓷四溅，他霍然起身，喝道，"来人！"

秦越立刻领着几个内侍进来，夜天湛袖袍静垂，寒声道："带她回住处，从今天起不准踏出屋门一步，有谁敢往外面传半个字，别怪本王无情！"

卫嬷始料未及，直接被吓愣在那里，张了张嘴，颤声问道："王爷，我做错什么了，你要这样对我？"

夜天湛缓步来到她身前，冷笑如霜。他一把捏住她的下巴，将那张美艳的脸庞抬起来："你做过什么，自己心里清楚，本王此生最失败的一件事，就是娶了你这个王妃！"

他的指尖冰凉，衣袖划过眼前有雪样的气息，夹杂着一股清苦的药香。卫嬷睁大眼睛看着他，他眼底的寒意更胜严冬，让人如坠冰窖。那样温文的一个人，他在发怒，他的手缓缓移到了她的脖子上，似乎只要稍一用力便能断送她的性命，她从来没有觉得他这样可怕。

夜天湛脸色白得几近透明，额前青筋隐现，表明他在极力控制着自己的情绪，他挥手松开卫嬷："滚！"

在水榭中的都是夜天湛的近身心腹，平常早对卫嬷的颐指气使忍无可忍，只因她是王妃，勉强还算恭敬，秦越上前道："王妃请吧。"

卫嬷恼怒地挣开他们，抬手指着卿尘，气得浑身发抖，对夜天湛道："我知道，你……你就是为了这个女人，你是为她疯魔了，你……"

她话未说完，卿尘便慢慢拂开了指向眼前的手，眼底一抹清光迫人："卫嬷，你不妨仔细想想你和卫家都做过些什么，这样的话你若再多说一句，我便让整个卫家给你陪葬。"

卫嬷顿时明白了夜天湛今天为何如此震怒，惨白着脸看着面前两人，若他们联手要亡卫家，卫家绝无活路。那种绝望的感觉从天而降，她像是被扼住了喉咙，再也说不出一个字，身子摇摇欲坠。秦越往旁边递了个眼神，两名内侍立刻上前半请半挟地将她带出了水榭。

人都走了，夜天湛却一动不动地站在原地，方才凌厉的神态早已不见，取而代之的是一种疲惫的伤感。他身子微微一晃，卿尘担心地叫他一声，伸手想要扶他，他对她摇了摇手："我没事。"

他没有看她，自己转身慢慢坐了下来。她还在身边，他能感觉到她关切的目光，其实很想告诉她，卫嫣说对了，他就是为她疯魔了，她已经让他不是他了，但是他终究什么也没说。

第十九章　莫损心头一寸天

位于临仙坊的归鸿楼向来是伊歌城中把酒清谈的好去处，登楼闲坐，放眼大江，泼墨挥毫，击筑笑歌，都是宾客们常有的雅兴。眼前虽还不十分暖和，但二月一过，楚堰江冰消雪融，走马长街，迎面而来轻风料峭，已带了桃红柳绿的清爽气，让人深吸一口便心生惬意，浑身轻松起来。

归鸿楼开阔的前堂人声喧哗，宾客如鲫，和往常一样颇为热闹，这几天多数人都在乐此不疲地谈着同一件事情。

今年二月甲申，昊帝纳钦天监正卿莫不平之议，设祀礼，行大典，携皇后登宣圣宫五明台遥祭惊云山。

当日，天都上空日月同辉，照临万方。惊云山境内紫云缭绕，面南一侧山崖无故崩裂，失踪数十年的皇族至宝归离、浮翾二剑重现踪迹。

得归离者得天下，双剑同出，更是皇权天授、帝后并尊的祥瑞吉兆。

昊帝在继位之前，外御强敌、内肃九州的形象早已深入民心。他深知多年战乱，民生不安，称帝之后薄徭赋，废苛政，与民休养生息，复又罢贪官，惩酷吏，兴农工，通商路，破格提拔有识之士，这一切都使寒门士子及百姓深为拥戴。而皇后亦是出身名门，爱民如子，之前更曾数次救民于大难之中，亲善贤德有口皆碑。如今天降神兆，双剑合璧，天朝诸州人人奔走相告，无不称颂天命所归。

开国神剑一事越传越是神秘莫测，紧接着昊帝颁诏天下，废强征兵役，废奴役贱籍。此举使得天子威望日盛，先前些许流言蜚语很快湮没在这来势汹汹的天命之中。

虽已事隔多日，但无论走到天都何处，都常能听到"归离剑""浮翾剑"的字眼。此时归鸿楼中正有乐女曼声弹唱关于此事的唱曲，瑶琴轻鼓，隔着珠帘玉户不时传入里面略为安静的一间雅室。

巩思呈凝神听了会儿，喟然一叹，对面前的人道："双剑出世，四海咸服。莫先生技高一筹，在下佩服。"

莫不平眉梢微动，呵呵笑道："天佑我朝，圣主应命而生，神剑失而复得，实为幸事。"

巩思呈明知此事另有蹊跷，却也清楚莫不平不可能露出半点儿口风，只得随他笑笑，道："莫先生神机妙算，常常救人于危难，今天我请先生来，正是有事相求。"

莫不平道："请讲。"

巩思呈道："想必先生早已知道，犬子不争气，惹下大祸，还望先生救他一命。"

十日之前，原颍川转运使巩可被押至天都，如今正关在大理寺刑牢。定州之事虽尚未定案，但任谁都知道，巩可此番已难逃一死。

莫不平端起面前的天青玉瓷盏，却不急着饮茶："此事你应该去求湛王殿下，何故找到我这里？"

巩思呈颓然摇头："莫先生是明白人，定州出了这样的乱子，我还有何颜面再去求湛王？他没怪罪于我，已是看在多年宾主的分上，给足了我情面。眼下唯有先生能救小儿，将伯之助，义不敢忘，请先生务必成全！"

莫不平道："定州之事交由三司会审，证据确凿，老夫也无能为力。"

巩思呈不想他这样直截了当地拒绝，脸上立时一白："莫先生……"

莫不平倒并非决然无情之人，只是这事的确无法相帮："你应该很清楚，究竟是谁想要令郎的性命，又是为了何事。实不相瞒，一个时辰前，御史台又有奏本弹劾府上二公子国丧之中宴酒行乐，这道奏本已明发廷议，很快便见结果，你还是有个准备吧。"

巩思呈脸上已是苍白如死："百丈原之事全是我一人过错，各为其主，娘娘若因此要取我性命，我无话可说。烦请先生代为转告，我愿以此身告慰澈王在天之灵，请娘娘高抬贵手，放过小犬。"

"娘娘并不想要你的性命。"莫不平叹道，"痛失至亲是何等滋味，想必你现在也已明白一二，我能说的也只有这些了。"他起身告辞，终究还是有些不忍，便再道，"其实有个人你不妨去试试，他若愿帮你，令公子或许有救。"

巩思呈忙问："是谁？"

莫不平道："漓王。"

伊歌城南以射日台为中心的骑射场周回二十余里，占地广泛，最多可容纳骑兵两万、步兵三万，是平时天军操练的主要场地。

圣武朝以来因战事频繁，天下尚武之风逐渐盛行，无论是士族子弟还是平民百姓，大都骑马射箭，修习武艺。久而久之，士族之中除了游园击鞠、清谈宴乐之外多以此为消遣游戏，骑射场中处处不乏他们的身影。

夜天漓在封王之前便是天都大名鼎鼎的放浪人物，一等一的疏懒，一等一的纨绔，即使现在接管了京畿司也丝毫不见收敛，照样寻欢作乐，显然没有做个良臣贤王的打算。从那道委他以重任的诏令下后，京畿司中从来不见他的影子，非但如此，他还一声令下将数千京畿卫大半赶出府营，任他们出入赌坊青楼也不过问。

满朝皆知漓王圣恩隆宠，昊帝对他简直就是纵容。他这般行事，惹得一群老臣忧心不已，频频上书规劝。可偏偏最近天都中上报有司的案件逐日减少，城坊间治安良好井然有序，谁也挑不出什么错处，昊帝放任不理，漓王我行我素，十分逍遥。

天气回暖，骑射场上就比往常多出几分热闹，京畿卫的士兵们近来最怕的便是随漓王来校场，一见到漓王手中那杆银枪，人人心中发怵。

漓王的枪法现在是越来越出神入化，这几个月兴致极好，几乎每天都点十几名京畿卫陪练枪法，哪个花拳绣腿让他看不顺眼，当即便逐出京畿司，连委屈诉苦的地方都没有。

场中银光暴闪，一柄长刀当地被激上半空，四周侍卫们齐声叫好。夜天漓潇洒地将银枪一掷，丢给身旁近卫："刀都拿不稳，回头练去！"

方才和他对练的士兵已在他手下走了近百招，正跪在面前惴惴不安，闻言喜形于色，知道今天算是过关了："多谢王爷指教！"

夜天漓往外走去，刚才就听到相隔不远的左营校场闹闹嚷嚷，一边走一边问道："那边吵什么？"

侍卫立刻回道："是麟台少卿巩行和殷家大小姐在较量箭法。"

夜天漓奇道："怎么回事儿？"

侍卫道："听说年前殷家和巩家订了婚约，殷小姐想必是不愿，却父命难违，便带人找上了巩行，好像是要逼他退婚。"

夜天漓听罢，心里便将殷监正暗骂了一声，他到底把女儿当什么？转念又一想，道："走，去看看。"

左营校场中除了围观的将士和一些前来射猎的士族公子外，另有十余名身着骑装的女子围在四周，个个冠带束发，英姿飒爽，看来是随殷采倩一同来助声势的。

这时候原本乱糟糟的吵闹声渐渐低了下来，夜天漓没让侍卫惊动别人，先站在了外围往场中看去，却见这哪里是在比箭。殷采倩骑在一匹紫骝马上，身着雪貂镶边骑装，足踏乌皮勒金靴，手中飞燕银弓弯如满月，正隔着数步的距离不偏不倚地对准巩行，面如寒霜："巩行，我话说得够明白了吧？你到底答不答应！"

这巩行正是巩思呈的二公子，此人平时舞文弄墨，自命风流，除了斗鸡走狗花天酒地外倒也没什么劣迹，至少比起他的兄长要好得多。此刻被殷采倩拿箭指着，倒也不慌张："大小姐何必如此？父母之命，媒妁之言，岂是我一句话就能作罢？你我自幼相熟，也算是青梅竹马，这婚约也无不妥当，怎么至于动刀动枪呢？"

殷采倩柳眉冷挑："胡说！谁和你青梅竹马了？再说就算是要定青梅竹马的婚约也轮不到你！"

巩行笑道："这么说，大小姐难道是心有所属？却不知是哪家的公子，何不请来一见？"

殷采倩向来崇拜的是霸气英武的男儿，对他这种油腔滑调的花花公子最是厌恶，银牙咬碎，脸上没有半分好颜色："对！我就是心有所属，非他不嫁。他好过你千倍百倍，你若不服，先赢了我手中的箭，再去和他较量！"

即便天朝民风并不拘谨，在场的也大多是生性豪爽的将士，但有女子当众说这样的话还是引得四周哗然一片。她话音落后，人群里却传来阵掌声，只见夜天漓缓步迈入场中："说得好！"

突然见漓王前来，巩行和身旁诸人纷纷上前见礼。殷采倩也不能再这样拿箭指着巩行，收弓下马："王爷。"

夜天漓盯了她一会儿，挑一挑唇角，慢悠悠转身对巩行道："巩行，你好大的胆子，也不先问问她是谁的人，就敢订下婚约。本王倒想看看你有多少能耐，还能逼她嫁你不成？"

这话让所有人愣住，人人心中都冒出一个念想——殷采倩方才所说的人，难道竟是漓王？若果真如此，按漓王平时飞扬跋扈的性子，这事绝不会善罢甘休。

巩行呆了呆，凭他的身份，如何敢惹眼前这位骄横王爷，先时应对自如的模样全无："王……王爷，我并没有逼她嫁我，这是两府长辈替我们订下的婚约，我只是遵从父命而已。"

夜天漓眉梢一吊："殷采倩早有婚约，尚未解除，岂能随便嫁与他人？你们两家若糊涂了，本王给你们提个醒。"

巩行道："敢问王爷此言何意？我们从来不曾听说殷小姐另有婚约啊。"

夜天漓道："圣武二十六年，殷皇后做主将殷采倩指为澈王妃，虽当时因虞凤叛乱，十一皇兄带兵出征没来得及大婚，但此事早就内定下来，这不是婚约是什么？你巩行吃了熊心豹子胆，敢娶澈王妃？"

众人都不承想他说的竟是这件事，顿时面面相觑。当初这指婚虽确有其事，但澈王战死沙场后，这事便无人再提，可偏偏现在漓王一说，大家却又都觉得无法反驳。宫中从来没有旨意废除这婚约，那么殷采倩在名义上，的确应该是尚未举行大婚典礼的澈王妃。

巩行愣了半天才道："可是澈王……"话说到一半，夜天漓一道锋利的眼神直刺过来，竟骇得他没敢说下去。夜天漓显然不打算和他讲什么道理，警告过后，将目光转到了殷采倩身上，待要看她什么反应，却意外地发现殷采倩正目不转睛地看着他，神情间一丝迷离的哀愁，让他有些不解。

殷采倩见他看过来，往前走了一步，对巩行道："王爷说得没错，我与澈王的婚约从来都没有解除。我刚才就已经说过了，我喜欢的人，他比你好千倍百倍！"她一抬下颌，扬声让所有人听得清楚，"无论澈王生死，我殷采倩非他不嫁！我现在就入宫请旨完婚，巩行你要是有胆量的话，咱们去请皇上和娘娘圣裁！"

她此举大出夜天漓的意料，因为澈王的事，夜天漓恨极了殷家和巩家，对殷采倩的态度也大不如从前。他今天插手此事，原本就是想让这两家骑虎难下，就算不陷入两难的境地，也要颜面尽失，落人笑柄。至于殷采倩是不是真要为澈王守节，这原本并没在他的考虑之中。突然听到殷采倩要履行那时的指婚，惊愕之余，不免有些震动："你要和十一皇兄完婚？"

殷采倩道："不错，我要和他完婚。"她决心已定，当即翻身上马，便出校场而去。

夜天漓比殷采倩迟了一会儿，没能在入宫之前拦住她。他赶到致远殿，才知皇上和皇后都在清华台。

清华台殿阁玲珑，因在宫城偏南一方，临近岐山地脉，有温泉之水接引而成五色池，池水色泽深浅多变，清气馥郁，常年不竭。每到冬季，四处冰寒雪冷，唯独这里温暖如春。五色池四周遍植兰芷，这时候修叶娉婷，已袅娜绽放，淡香缥缈于兰台凤阁，那股出尘的安静与外面翳翳风寒的冷意自不相同。

卿尘因怕冷，入冬以后便常居此处，一来避寒，二来那温泉之水略具疗效，对身子十分有益，便于调养。夜天凌除了召见外臣，平日批阅奏章、处理政事也都在这里，今天正和卿尘商量什么事情，神色沉肃，卿尘脸上亦略带伤感。殷采倩和夜天漓先后求见，一个提出这样离谱的要求，一个站在那里欲言又止，夜天凌听着眉间便见了几分深色，也不看殷采倩，只问夜天漓："怎么回事儿？"

夜天漓迟疑片刻，便将刚才的事大概说了，而后又对殷采倩道："我在校场说的话只是存心让巩行难堪，你何必当真？再说当初那赐婚，十一皇兄也没答应，并不算数。"

卿尘见殷采倩神情坚决地跪在面前，轻声叹道："刚刚才和陛下在商量，要将澈王的灵柩迁回天都入葬东陵，你们倒好，先闹上这么一场。"她移步上前，伸手扶了殷采倩，"你起来，这样的事岂能拿来儿戏？"

殷采倩顺着她的手抬起头来，不料早已满脸是泪："求娘娘成全我，我是真的愿意嫁给澈王，当着那么多人说下的话，我并不是玩笑。"

卿尘垂眸看她，羽睫投下深影如扇，堪堪掩住眉宇间的凄然，轻声道："澈王已经不在了，我成全不了你。你与他的婚约我替你们取消，当时你离家出走不也就是为此吗？如今，各得其所吧。"

殷采倩脸上涟涟泪水溅落在冰凉的青石地上，只是向前叩首："采倩心意已决，求娘娘成全！"

卿尘原本便心绪不佳，略有不悦，蹙眉道："你在幽州军营前，曾当着我的面请澈王收回请旨完婚的话，与他彼此两清，难道忘了？"

殷采倩道："当时当日，他不识我，我不知他；今时今日，我敬他胸怀磊落，爱他快意潇洒，念他生死情重。那时候我离家出走，并不是因为澈王殿下不好，而是……"她突然有些怯懦，停了停，最终鼓起勇气往夜天凌那边看去，"我喜欢着别人。后来等到我想清楚了很多事，但是，却都晚了。"

卿尘眼底浮起云水般的颜色，一时间深浅难辨。殿里撷云香的气息沉沉渺渺地散开，如轻微的叹息遥遥的思念，飘落锦屏御案，渐渐地落了满地。

眼前的殷采倩分明已不再是当年那一味刁蛮任性的小姑娘，她如含苞初绽的花朵，正逐渐盛开属于自己的美丽，那一双杏眸中不仅仅带着明艳与俏丽，两年的时日已在其中沉淀了太多东西，泪光之后，黑若点漆。

蓦然邂逅，擦肩而过，生命中本就有太多的来去匆匆，快得甚至让人来不及去遗憾。过往与相逢或许在深夜梦回中残留下淡淡的痕迹，纵不能相忘，已无处可寻。

不管现在殷采倩对十一究竟是什么样的感情，这份情义终究是有的，就因此卿尘也再狠不下心斥责她，言语便也温和许多："漓王刚才只是无意说了那话，你若执意如此，倒让他不好收场了。"

这时夜天凌目光扫过殷采倩，突然问道："你真的想清楚了？"

殷采倩一闭双眼，泪水自脸上划出两行清痕："回陛下，想清楚了。"想清了，看透了，伤透了，那个荣耀的家族能带给她的都是什么，她无法选择，就这么守着那个男子风一样远逝的笑容一生一世，也好。

夜天凌站起身来，在殿中缓缓踱步，腰间龙佩垂下深青色的丝绦随着他的脚步轻微晃动，一步步无端透出沉重的压力。过了些时候，他道："既如此，你随行去雁凉，先将澈王的灵柩迎回天都再说。"

他的声音清冷冷的，不辨喜怒，卿尘闻言一震，却接着叹了口气，没有出言反对。让殷采倩去一趟雁凉也好，来回几个月，想必等她回来，情绪便也定下来了。

殷采倩对夜天凌原本便心存敬畏，而他称帝之后威严与日俱增，言行号令，越发让人不敢忤逆，她呆了一刻，轻声道："采倩遵旨。"

夜天凌往殿外看了会儿，对夜天漓道："礼部已经拟好了仪程，让别人去不妥当，你便亲自去一趟雁凉，护送你十一哥回来吧。"

夜天漓肃容道："臣弟领旨。但是她……"

夜天凌抬一抬手，让他不必多言，拿起案前一道奏疏给殷采倩："至于巩行，你带这个回去给殷监正，让他自行斟酌。"

殷采倩上前接过来，翻开一看，是御史台弹劾巩行的奏疏。贬迁涿州的定论之上赫然是明红的朱批，简单一个"准"字锋峻峭拔，扑面而来竟带凌厉之气，看得她手心涔涔尽是冷汗，心里百感交集。这样一来，与巩家的婚事自然不复再议，但巩行日后的境地也由此可见。

夜天漓和殷采倩一并出了清华台，殷采倩极沉默地走在前面，夜天漓一反常态，也默不作声。

到了宫外，殷采倩低头行了个鞠礼，便要转身上马，夜天漓忽然叫住她："哎，你等等！"

殷采倩站住脚步，夜天漓皱着眉头："抱歉，我今天并不是想让你为难，你也别再赌这份气，若十一哥知道了，倒要怪我了。"

殷采倩目光淡淡投过他身边，并不看他："王爷今天说得并没错，不必跟我道歉，我往后就为澈王守一辈子灵，念一辈子佛，也是我应该的。"

"你这算什么？"夜天漓脸上冷了下来，"想替殷家赎罪吗？"

殷采倩摇头："若要说罪，你们男人的恩恩怨怨，轮不到我来赎。我就只记着在北疆最难过的时候，是澈王他陪着我，虽然他那时候也没把我当成未来的澈王妃，但他陪我喝酒聊天、骑马射箭，现在想起来，还真是开心。你们争你们的恩怨，我陪他喝杯酒、说说话，难道不好吗？"她半仰着头看那透蓝的天，衣袍纷飞，微风轻寒掠过鬓发，"又要去北疆了呢，我倒是想，犯不着一定要回天都，他应该更喜欢北疆，可以纵马驰骋、仗剑啸傲的地方，才适合他。"

夜天漓心底滋味难言，沉甸甸压得人难受，喝了句："别说了！"

殷采倩终于看向他，细看了会儿，怅然道："方才在校场见着你，我真以为是澈王回来了。可是现在仔细看，是像，可又不十分像。他发起怒来更像皇上，冷冰冰地不说话，想想也挺怕人呢。"

夜天漓有些恼火，话中就带了狠意："我们本就是兄弟，像有什么奇怪？你回去告诉殷监正，十一哥这笔账，我和殷家没完！"

殷采倩将头一转，眼中酸楚刺痛，凄凉难耐："王爷要怎样便怎样吧，只是别误了去北疆的正事。"说罢翻身上马，娇叱一声，紫骝马放蹄而去，很快便消失在青石平阔的大路上。

夜天漓满心情绪无处发泄，紧绷着脸打马回府，身边人都看出他心情恶劣，格外小心翼翼。府中内侍见他回来，有事情欲上前禀报，看看他脸色却又犹豫。

夜天漓转头没好气地道："有事就说，干什么吞吞吐吐的？"

那内侍忙俯身道："是，王爷，巩思呈又来求见，等了王爷半天了。"

夜天漓挥手将缠金马鞭掷下，心头噌的就是一阵怒火。巩思呈昨天便来过漓王府，夜天漓心知他是为巩可之事而来，见都不见，没想到他今天还来。

那内侍跟着夜天漓大步往前走去，眼见他将身上披风一扯兜头撂了过来，转身站住："让他来见我！"

内侍躬着身去了，不多会儿引了巩思呈前来。夜天漓已经进了寝殿，内侍前去通报，巩思呈站在阶下再等。高檐华柱之前他独立的身子有些佝偻，花白鬓角，风霜苍老。他抬头往殿内看去，宫幔遥遥，深不见底，无端令人觉得压抑和不安。原本连着两天都见不到漓王，他早有些心灰意冷，只是现在除了漓王外，没有人能在皇上和皇后面前说上一句话，不管漓王是什么态度，他总是要试一试，这毕竟是最后的希望了。

过了好一会儿，寝殿深处终于有人走了出来，正是漓王。巩思呈来不及细思，忙趋前几步："王爷。"

夜天漓此时已经换了一身云锦长衫，扣带镶玉，箭袖缠金，头绾攒珠七宝冠，玉面俊俏，带着高贵与冷傲。他缓步在殿前站住，居高临下看向巩思呈，脸上倒也不见先前的怒意，只是阴沉沉有些骇人，骄狂之中透着几分煞气。

他不出声，巩思呈只得弯腰候着。良久听到上面冷笑一声，夜天漓道："你想保巩可一命？"

他直接就这么问，巩思呈倒愣住，接着道："逆子混账，百死莫赎，但请王爷救他一救。王爷若肯说话，皇上定会开恩。"

夜天漓道："好，本王答应你。"

他如此痛快，非但没有之前料想的羞辱，连一句推诿都不见，巩思呈意外至极，随后匆忙道："……多谢王爷！"

夜天漓盯着他，唇角慢慢生出抹极冷的笑："用不着谢本王，皇上说了，巩行既然定了贬去涿州，巩可，就发配定州充军，你谢恩吧。"剑眉一挑声音一扬，"来人，送客！"说罢头也不回径自转回殿中去了。

他那句话如同晴天霹雳，巩思呈眼前几乎漆黑一片，仿若由死路直堕地狱。天下三十六州，单单发配到定州，巩可军粮一案害死定州数十名将士，定州军民早恨不得将其扒皮抽筋，生唉其肉，落到他们手里，这是生不如死啊！巩思呈僵立在原地，浑浊的眼中一片空茫，冷风袭来，寒彻心骨。

第二十章　麒麟吐玉盛阳春

春江水暖，远山吐翠，几痕堤带横陈。

楚堰江上轻舟画舫，穿梭如织，江水东西，往来南北，既有商贾侠客，亦有名士鸿儒。这几日正是三年一度的春闱都试，各州士子齐聚天都，登科应试，一时风华云集。

楚江杏林是天都里一大胜景，时逢春至，繁花锦绣如云似雪，连绵西山三十里，直至江畔。春闱收试之后，江上舟舫不断，游人比肩，锦衣雕鞍，笑语偶傥，几乎比金科放榜还要热闹。临江一艘巨大的石舫依山带水迎风，乃是登舟饮酒、遥看花林的好去处，此时聚集着来自各地的士子，船上寒暄之声此起彼伏。

都是同年参试应考，士子们呼朋引伴，落座品酒，不免便要说起今年都试。这个话题一开，顿时高谈阔论沸沸扬扬，细听之下，其中竟有不少非议之词。

今春都试一反常例，重时策而轻经史，嫠州士子卢纶以一篇平实无华的《南滇茶税考述》竟得以金榜题名，御笔钦点为新科状元，同榜探花梅羽先的《平江水治说》更有诽经谤道之言，十分惹人争议。这次都试因与历年的惯例大相径庭，令不少人措手不及以至名落孙山，难免颇有微词。

应试的士子大都是些年轻人，自负诗书满腹，你一言我一语各抒己见，越说越是喧闹，再加上推杯换盏，酒助谈兴，渐渐竟要指责起朝政来。

隔着几转屏风，这石舫往里面便是分隔开来的清阁雅室，其中一间几面花窗正对着那些士子聚集的地方。窗前青帘半卷，点点筛进些阳光。素席清酒，落花片片，室内几人也都是普通文士的打扮，但却显然不是今年应试的士子。坐在当中一张低案之后的人身着水天色素锦长衫，发结银丝青玉带，身形颀长，神色清峻，正透过花窗遥看着那边人声鼎沸的场面。他只是坐在那里，闲握杯酒，浑身上下却透着叫人不敢逼视的尊严气度，目光淡定间仿佛尽览一切，沉稳深邃有种掌控全局的力量。

外面喧哗的声音传到这里已经弱了不少，但依旧听得清楚。坐在他身旁的人一边听着这纷纷的议论，一边抬手轻拈了落在席前的落蕊，腕上那道幽光冥亮的墨色串珠一晃而过，沉静夺目。

这人听了会儿，突然笑道："都说文人的嘴最为刻薄，果然如此，让他们这么一说，如今这朝政竟是混乱不堪，恐怕不出三年便要天下大乱了。"

那青衫人笑了笑，随意说了一句："年少气盛，难免自以为是，也是人之常情。"

那边士子中有个白衣黄衫的年轻人，一直是众人间最活跃的一个。这时仰首饮尽杯中酒，酒壮胆色，在大家的簇拥中铺纸蘸墨，牵袖挥毫，片刻间将一篇指责都试政策的文章一挥而就，众人传看之下，纷纷叫好。

那人将笔一掷，扬声道："诸位同年，今年都试废经取仕，摒弃礼制，小弟实不敢苟同。我等寒窗苦读，十年一试，却遭逢这样不公平的待遇，诸位若觉得小弟今天这一篇告文写得有理，大家一同去都试放榜的宸文门前张贴起来，请朝廷给个公论，必使之上达天听，以陈谏言。"

众士子闻言而起，颇有一呼百应之势。雅阁中坐在下首的陆迁有些忍耐不住："主上，不能任他们这么闹下去，让我过去约束一下吧。"

眼前两人正是为了解仕情微服出宫的昊帝和皇后，都试这番调整必然在朝野引起震动，夜天凌早已有所预料，唇角淡淡一挑："你可压得住他们？"

陆迁俊秀的面庞上一派自信洒脱，笑道："这点儿把握还是有的。"

"不急在此时，"夜天凌一抬头，"冥执，去想法子将他们写的那篇告文弄来看看。"

冥执领命去了，远远见他和那群士子周旋一阵，也不知用了什么法子，过不多会儿，拿着一张墨渍簇新的告文回来。

夜天凌着眼看去，先见其字龙飞凤舞，潇洒遒劲，再看文章，辞藻并茂，通篇锦绣。内容虽诽谤朝政，但一气读下，酣畅淋漓，倒似乎句句切中人心，极具煽动性。他将告文递给卿尘，笑赞道："好文章，可问了那人是谁？"

冥执道："此人是云州士子秋子易，今年都试也榜上有名，点了二甲进士出身。"

夜天凌对陆迁道："云州果然出才子，先有你陆迁名冠江东，现在又出一个秋子易，想要轰动京华。"

陆迁道："先前倒也听说过他，似乎是个极放浪的人物，平时恃才自傲，在士林中颇有些名声。"

"的确好文才。"卿尘看完了告文，想了会儿，"越州巡使秋翟，和他可有关系？"

经她一提，陆迁记起来："云州秋家是当地名门望族，秋翟是这秋子易的嫡亲叔父。"

"哦。"卿尘眉梢略紧，后面的话便没再说。越州巡使秋翟，那是殷监正的门生。

夜天凌若有所思，徐徐浅酌杯中酒。此时忽闻马蹄声紧，遥见江边堤岸上一骑飞马快奔而来。马上也是个年轻男子，寻到石舫这里，下马快步踏上石桥，远远便道："子易兄，诸位，诸位！国子监那边出大事了！三千太学士因今年都试题制废经典轻礼制，偏颇取仕，联名上书以示不满，现在全都在麟台静坐，请求圣上重新裁夺！"

这消息传来，顿如烈火添柴，众皆哗然，一时群情激昂。陆迁眼见那群士子便要趁势起闹，忙道："主上，让他们再推波助澜，怕会酿成大乱。"

夜天凌轻叩酒盏，信手放下："你去吧，压住那个秋子易，传朕口谕，准他们自圣仪门入麟台参议此事。"

陆迁听到这样的安排，十分吃惊，但随即拱手一鞠，低声道："臣领旨。"便快步离去。

陆迁离开后，夜天凌站起身来，说了一句意味深长的话："三千太学士联名奏表，圣武年间也有过一次。"

卿尘手指笼在袖中，不由略微收紧——圣武二十六年天帝诏众臣举荐太子，国子监三千太学士曾联名上书，具湛王贤，请立储君。

春盛，日暖，风轻。麟台之内，气氛却凝重。

正午的阳光在鱼鳞般层层铺叠的琉璃瓦上反射出耀目的色泽，连带着殿前的琼阶玉壁也似映着光彩，然而透到靳观心底下，却深凉一片。

面对着眼前人头攒动，靳观怎么也没想到昊帝敢让国子监太学士与今年新科进士们同台辩论，并准天都士子麟台参议。

都是些血气方刚的士子新贵，这要是控制不下场面，可是要生大乱的。更令他心惊的是，刚才进来的时候，见到麟台四周已经遍布玄甲禁卫，重兵环伺，为首的是上军大将军南宫竞。

金钉朱漆的巨大宫门缓缓闭合，靳观脸上镇静，背心已是一片冷汗，眼前尽是昊帝那张冷峻无情的脸，仿佛那深不可测的眸光就在身后，刺得人如坐针毡。

若是麟台中真闹出事来……他没敢往下深想。原本默许太学士联名上书，他自认是进是退总有把握控制局面，可眼前伸来只手轻轻一翻，棋盘颠覆，下棋的人反成了棋子，那强有力的手就这么扼在关键处，顿时叫人进退两难。

好在场面目前还算稳定，靳观环目四视，除了深衣高冠的太学士们，麟台之东是今年金榜题名的新科进士，一律冠服绿袍，循阶而立，引领他们的，是银青光禄大夫杜君述。麟台之西，是服色各异的天都士子，原本这应是最混乱的一面，此时倒也秩序井然。靳观一眼便看到在他们之中正与秋子易相谈甚欢的陆迁，眼角不自觉地牵了牵。

江左陆迁，少时素有才名，尚在弱冠之年便因不满当时云州科场营私舞弊、贪墨昏暗，曾放肆行事，在云州贡院外墙之上泼墨挥毫草书狂诗一百二十句，直刺考场弊端。随后纠集江左士子近千人弃书罢考，以至于那年云州巡使、江左布政使相继遭贬，甚至牵扯到数名中枢要员。陆迁自己也因此被革去功名，险些废除士籍，但在士林之中却从此声名鹊起。

一晃十年有余，现在的陆迁也尚不到而立之年，站在那些士子当中，仍是意气飞扬。以他的经历与名声，自然极易镇抚这些士子的情绪，效果如何，只看眼前秋子易的态度便知。

以前只知昊帝手下精兵猛将所向披靡，却不料如今出一个斯惟云，就敢清查百官；出一个莫不平，可以牵引朝堂；出一个陆迁，又领袖士林。再看看身旁坐着的灏王，这是前太子，曾经一人之下万人之上的储君，按理说新皇即位是最容不得这样的人，但灏王却频受重用，甚至连春闱都由他主试。还有一个漓王，平时看上去不务正业，偏偏就能掌控京畿司，协理天都两城八十一坊大小事宜。

志在云霄，心如瀚海，纵横棋盘，落子不多，却每一步都在关键处啊！

"王爷，"靳观正了下心神，侧身对灏王道，"麟台辩论这是从来没有过的事，也无先例可循，不知皇上到底是个什么意思？"

坐在他身边的灏王微微一笑："为水者决之使导，为民者宣之使言，这便是皇上的意思。他们既然有话要说，就让他们说，至于说得对不对，不妨公论。今天在麟台，皇上就是给他们畅所欲言的机会，等到说完了，结果也就出来了。"

靳观道："皇上开天下士子之言路，实为圣明之举。不知王爷对这场辩论的结果可有预料？"

阳光下，一身金绣蟠龙的亲王常服稳稳衬着灏王高华的气度，他始终温文含笑："靳大人该对我们选出来的新科进士们有些信心，本王相信他们哪一个也不是徒博功名之人，若他们输了，那就是你我有负圣望了。"

靳观心中突地一跳，作为今年都试的两名主试之一，这些新科进士可都是他和灏王共同遴选的，若他们名不副实，那岂不是主试官员严重失职？靳观苦不能言，捏了一手冷汗，只点头道："王爷言之有理。无论结果如何，这都是天朝士林一大盛事。"

灏王侧过头来一笑："的确如此，时间已到，也可以开始了。本王只是奉旨监场，有劳靳大人费心主持，该怎么控制场面，大人多多斟酌吧。"

报时金鼓隆隆响起，这绵里藏针的话听在耳中却异常清晰，靳观心底长叹一声，躬身应命，便整束衣襟，往台前去了。

第二十一章　万树桃花月满天

车马行行，不疾不徐地沿着江岸离开杏林石舫。卿尘松手将车帘放下，转头问道："四哥，闹出这样的事，靳观这个国子监祭酒难辞其咎，你却一再用他，不知他会怎么想？"

夜天凌淡声道："他怎么想不重要，关键不在他。"

卿尘同夜天凌目光一触，迎面深不见底的双眸，似一泓寒潭，敛着冰墨样的颜色，春光也难入其中，她话到嘴边，复又无言。这漫天明枪暗箭，夜天凌因势利导，反为己用，自始至终都还留着一分余地。这里面是他对她的一言承诺，也是他高瞻远瞩，于国于民之期望。但是这仅有的忍让在接踵而来的冲击之下，还能维持多久？还有什么理由要维持？就这么一步步走下去，她已经可以预见结果，但却无计可施。

其实从一开始便无比清楚，这是无法平衡的局面。就像是一个濒危的病人，只能靠针药延缓着衰弱，最后终究还是要面对死亡。此时此刻，她似乎是提前触摸到结局，冰冷的滋味从指尖悄然而上，渐渐蔓延成怅然与失落。她不由自主地将手笼在唇边呵了口暖气，似是自言自语："是啊，关键不在他。但我也无能为力了。"

夜天凌闻言突然一笑，握住她的手："还有我。"

卿尘抬头，只见他脸上近乎自负的骄傲，淡淡地，带着一抹潇洒。他俯视她，薄唇微挑。如果有什么事做不到，还有他；如果有什么得不到，还有他；如果觉得倦了累了失望了，还有他。

无论何时，都有他。

卿尘仰头看着他，自从那次意外之后，她总觉得他和以前有些不同，但是到底哪里不同，又说不上来。

昨天在清华台，她倚在他身边闲翻书，无意问道："古时烽火戏诸侯，也不知是个什么场面，你说有什么好笑的呢？"他搁下手中的事低头答了句："你若是哪天不笑了，我也戏给你看，看你笑不笑。"卿尘便道："四方侯国都被你撤了，哪里还有的戏？你先叫人撕些绸帛来听听，说不定我便笑了呢？"谁知夜天凌扬声便命晏奚去取绸帛来，卿尘又气又笑："你真当我是亡国的妖后啊！"夜天凌道："你非要做那样的妖后又有什么办法？朕只好陪你当昏君了。"

虽是玩笑话，卿尘过后却想了好久，换作以前，这样的话他会说吗？

她几乎是在他的宠溺下随心所欲，就在他身边，她放纵自己的喜怒哀乐，就在她面前，他也才是那个谁也看不到的他。她喜欢那种感觉，他就是他，无关其他任何的身份，她也就是她，是他的清儿，他的女人。

她一时间有些走神，突然面前一只修长的手将她的头抬起来，夜天凌目带研判与深思，看了她一会儿："在想什么？"

卿尘见他深邃的眸中倒映出自己的影子，轻微地漾过亮光。她便也这般看着他，在他的注视下，淡淡转出一笑："其实我什么都不想要，我只要你。无论怎样，我都只要你。"

捏在下颔的手略微一紧，夜天凌唇边却勾起抹笑，他细起眼眸，"你不要行吗？"

卿尘叹息一声，顺从地伏向他的怀中，将退缩和厌倦都藏在他的温暖之下，如一只逃避寒冷的小兽。过了一会儿，她道："四哥，我们去武英园好吗？"

武英园一直保持着原来的样子，一石一泉一草一木和十一在的时候并没有区别。寻径而入，遥见桃色点点，碧枝万树，云霞铺展，犹胜当年。

亭台楼阁，朗声笑语犹在耳，夜天凌陪着卿尘缓步往园子深处走去，心中不免生出丝感慨。不过几年而已，物是人非，这世间还有几个人能兄弟相称，把酒言欢，畅谈天下事？曾经桃李琼筵，羽觞醉月，群季在座，谈笑赋诗，如今也只剩这一园寂寥了。他轻叹一声，无意一抬头，突然停下了脚步。

卿尘扭头，沿着他的目光看去，意外地发现前面半山之侧八角亭中，竟是夜天湛独自一人坐在那里。

一棵老树虬枝苍劲，自山岩缝隙扎根而生，树干斜伸，如伞如盖半遮亭上。落花在山侧，在亭中，在衣袂飘飘间转瞬而去，一天花雨下，亭中白衣素服的人遥望远处，满身竟是难言的孤单与萧索。

夜天湛听到脚步声回头，忽然见到夜天凌和卿尘，瞬间愣愕，随即拂襟而起，淡淡躬身："见过陛下、娘娘。"

飘逸俊雅的姿态，从容沉着的话语，轻风扑面，衣袖微扬，带来他身上一股微苦的药香夹杂着甘洌的酒气，幽州"洌泉"，那是十一独爱的美酒。

亭中桌上，落红点点，几个细泥封口的酒瓶放在那里，已经空了两瓶。卿尘问道："你怎么会在这儿？"

夜天湛轻轻一抬眸，回答："明日，是十一弟的生辰。"本来是想避开别人，却谁知这般巧合，该来的，竟避也避不开。

卿尘看向漠然立在身旁的夜天凌，又将目光转回夜天湛身上，夜天湛视线和她微微一触，他脸上因酒的缘故颇有几分倜傥神采，然而那笑却勉强。

夜天凌坐到桌前，拿起那酒来："不想你也知道十一弟喜欢这幽州洌泉。"

夜天湛道："在北疆时曾和十一弟一起喝过。他嫌天都桃夭太过醇浓，失了酒的豪气，说只有这酒烈中缠绵，最合他的口味。"

夜天凌指下微挑，捏破泥封，仰首倾酒入喉："清含冰雪之气，浓有风焰之魂，是好酒，朕还欠着十一弟一醉，到现在也不曾还他。"

卿尘眼底蓦然一酸，眼前桃林盛放，胭脂色，灿如云，尽成了一片模糊的浮影。

身边是一阵无声的沉默，亭前风过，花落如雨。

百丈原前，痛失手足，兄弟反目，刀剑相见。从那以后再无人提过此事，大家好像都在回避着什么，但即便不愿提、不想提，这却始终压在心头。

恩恩怨怨纠缠得深了，反而变得谁也说不清楚，是非黑白，成败对错，早已一言难尽。

夜天湛抬手灌了一口酒，修长的手指握在瓶颈处略显得苍白，透着紧致的力度，似乎再用一分力气，那酒瓶便会迸碎在他的指间。"四哥，抱歉。"他的声音极淡，说话时好像只是在看那片桃林，目光遥遥落在亭子外面，唇角微抿。

夜天凌亦没有看他，只是突然将手中的酒一饮而尽，在放下酒瓶的时候，他望着前方说出了同样的两个字："抱歉。"

卿尘诧异地看向他们两人，稍后，她往后退了一步，轻声道："你们聊，我去下面走走。"

夜天凌和夜天湛同时看了她一眼，但都没有开口。

依山连水的武英园，半边青峰，奇石叠嶂，两道流瀑如注，自岩石间长挂垂泻，一前一后汇入其下深深清潭。潭水碧色翻涌，如翠如玉，风过发间，水雾纷纷扑面，似微雨漫天。

幽潭深不见底，倒映着卿尘白衣缈缈，她望着那飞溅而下的瀑布出神，耳边水声隐隐，却似乎静得要令人窒息，听不到任何其他声音。

男人与男人之间，自有他们处理事情的方法，她不想在此时介入其中。她盼望着他们能深谈一次，然而亭中是极漫长的沉默，也不知过了多久，终于隐约传来那两人的说话声，开始还是语气平和，紧接着越说越快，逐渐就变成了激烈的争吵。

夜天凌的声音深沉凌厉，夜天湛的声音冷淡犀利，两人都不再见平素那不动声色的沉稳和耐心，各持己见，措辞锋锐。

麟台之前，一场天朝开国未有的辩论正在进行；武英园里，两个掌控着天朝兴亡的男人亦正针锋相对。

是君臣，是兄弟，是对手，是朋友。是君子胸怀，是王者气度，是放眼苍生，是心怀天下。

曾同窗共读，曾一朝为王，曾并肩作战，龙争虎斗之下，是对彼此至深的了解。人之一生，如果没有旗鼓相当的对手，没有惺惺相惜的知己，男儿英雄亦寂寞，雄心壮志也孤单。

卿尘仰首闭目，任纷飞的水雾洒了满身，点点清凉让心头翻滚的焦灼淡下几分。她修削的指甲直嵌进掌心里，连疼痛都不觉得。日影渐西，将眼前瀑布清流渐渐染上琥珀的色泽，时光一刻一刻难熬，仿佛千万年也走不完，等不到那个尽头。

谁也不知道结果会是怎样，她唯有相信这两个男人，除此之外，别无选择。

突然间，上面的说话声中断，卿尘不由自主地抬头。过了会儿，才听几声低低的咳嗽后，夜天湛的声音重新响起："的确，各州究竟有些什么手段应付清查，我清楚得很。四哥若想知道，我也不怕据实相告。但知道归知道，要让他们把吞进去的银子吐出来，哪里那么容易？"

夜天凌沉声道："要说容易，继续放任他们侵吞国库盘剥百姓倒容易，可惜别人能容，我容不得。"

夜天湛道："负国营私，法理难容，其心可诛，任谁也容不得！四哥要清查亏空，我倒先要问，查到什么地步？若只是解决一时之困，像以前那样点到为止，不如趁早。"

夜天凌道："查到什么地步？查到天下无官不清，查到国库充盈，还民以富足，一天不达目的，我一天不会放手！"

夜天湛停顿片刻，缓缓道："清查天下百官，必招众怒，却不知四哥你是否当得这苛刻寡恩、凉薄无情的骂名？"

夜天凌冷笑一声："刻薄寡恩又如何？我岂用姑息养奸去博这明君圣主的虚名？今日我便把话说在前面，你若怕得罪天下官吏，可以置身事外，我不想，也没有太多耐性和你周旋！"

夜天湛声音略提："笑话！我会怕得罪他们？四哥若想看看，我们不妨较量一下，你查中枢，我查地方，三年之后，看谁办得干净彻底！"

"好！"夜天凌也一扬声，"三年为期，分个高下又如何？就怕你做不到。"

夜天湛情绪缓下来："做到做不到，届时便知，但我有个条件在先。"

"说。"

"四哥可敢答应我，各州各府，清查之中罢什么人、用什么人，都由我说了算？"

这句话要的是天下三十六州的官吏任免之权。卿尘浑身的血液凝滞于一瞬，不愧是湛王，他不是一时意气，更不是就此向对手妥协。天都城外，他可以兵息干戈，以退为进；朝堂之上，他可以摒弃前嫌，顾全大局。这一场较量，他是深思熟虑，甘冒奇险，决定放手一搏。

那么夜天凌，他是否也愿赴此豪赌，给这场死局以生机？

他会答应吗？

四周恢复了漫长的沉寂，卿尘没有再听下去，缓步往桃林中走去，笑容相映了桃花。

金乌西坠，明月东升。

武英园外不知何时悄无声息地布满了玄甲禁卫，渐深的夜幕下，十步一哨，肃然而立。

夜天凌和夜天湛一起走下山亭，身上都已带了几分酒意。月朗天清，微风拂面，两人心间竟不约而同有股舒畅的感觉油然而生。夜天凌负手缓步，目光遥遥望向墨玉般的天际，忽然淡淡一笑，转头道："不知今年闲玉湖上的荷花怎样，似乎好些年没再见了。"

一抹月华落在夜天湛文雅的面容上，清晰明亮，他似是轻叹了一声，道："这么多年，荷花倒是年年盛放，皇兄若有兴致，臣弟备下美酒，恭迎圣驾。"

夜天凌点头："朕记得你府中那菡萏酒似乎也不错，不妨叫上大哥和十二弟，再去尝尝。"

夜天湛俊眸轻抬，顿了一顿："臣弟遵旨。"说到这里突然停住，他看到了卿尘。

桃林前，月湖旁，一抹清丽的身影独对明月，合十身前，默默祷祝。

万树桃花，清辉满天。夜风吹皱湖中波光浅影，吹起她衣带当风，袖袂飘举，她半仰的秀颜沐浴在月色之下，发丝轻扬，似将乘风归去。

月中花落，林空人静。那一刻，时间缓缓停驻，他眼底心中，唯有她的影子。

相逢相知，只是红尘一梦。

情丝万丈，几世芳华，一身爱恨，一生风月，都作浮云飞烟。

他听到夜天凌叫她的名字，她回眸的一刻月华流转，湖光如梦，仿佛隔了千年，她的目光终于越过了夜天凌的肩头，穿过漫天纷扬的花雨看向他。

那一瞬对视，他向她展开淡然的笑，在看到她的泪水前，潇洒转身。

第二十二章　暮雨潇潇闻子规

麟台之议的三天，每日例行朝会因此暂停，昊帝御驾亲至麟台，并由湛王率百官旁听参议。

钟鼓钦钦，韶乐宏扬，名士学子泱泱齐聚，鸿儒俊才举袖如云。千百之众，皆在鸿胪寺官员的指引之下进退如仪，各陈己见。

湛王代百官上言，巧妙引导，指点经纬。昊帝虚位求贤，恩威并施。原本颇具火药味的对立在这样的暗牵明引之下，变成天朝开国以来前所未有的一场畅开言路、广纳谏议的大朝会。

三天议论，各家之言百花齐放，异彩纷呈，不少颇具才华的士子脱颖而出，崭露头角，即刻便获重用，在士林之中引起不小的轰动。

鸿胪寺卿陆迁临场而作《麟台赋》记此盛事，华赋文章，纸笔相传，天子威穆，维烈四方。

帝曜二年春，昊帝正式下诏重新修订科考例制，依据中枢六部所需，开六科取仕之路，废文试题制限定。

同月，诏令天下，广招贤才，并允许异族有识之士入朝为官。

天朝自此盛开明之风，更加亲融四域，在许多昏庸贪婪之臣因亏空而被纷纷淘汰出局的同时，一大批年轻有为的臣子为中枢注入了新鲜血液，朝堂之上，风气焕然一新。

七月仲夏，湛王寿辰，宫中除了例行丰厚赏赐之外，另比往年多了一卷御笔亲书。

夜天湛在烟波送爽斋展书而阅，上面是皇上峭拔有力的笔迹——兄弟齐心，其利断金。

抬眼望，闲玉湖上风清云朗，碧荷连天。

是年秋，历经三朝的宰相卫宗平因贪弊案获罪入狱，亲族门人皆受牵连。一夜之间，四大士族之一的卫氏门阀颓然崩塌，昔日朱门画堂，而今只余黄叶枯草，秋风瑟瑟。

大理寺刑牢，甬道深长，灯火昏冥，勉强可以看到粗重的牢栏之后，卫宗平囚服散发，形容委顿，再不见权臣风光。

一阵脚步声由远及近，停在牢房前。随着铁锁咔啦啦的响声，引路的牢子讨好地躬身下去，对身前的人道："凤相请。"

凤衍锦衣玉带，负手踱入牢房，上下打量四周，面带笑容："多日不见，卫相近来可好啊？"

多年的宿敌了，眼前天壤之别的境地，凤衍那得意之情溢于言表。卫宗平抬了抬眼，并无激烈的反应，不过冷笑了一下："有劳凤相挂念。牢狱不祥之地，敢问凤相屈尊前来有何贵干？"

凤衍笑道："这么多年的同僚共事，老夫是该来看看的，何况刚刚得了个消息，特地来告知卫相一声。"

卫宗平道："不知何事竟劳动凤相大驾？"

凤衍道："今日中宫有旨，湛王妃私通宫闱，多行悖妄之事，废为庶人，发千悯寺为尼。湛王领旨废妃，干脆得很啊！"

卫宗平眼角青筋猛跳，卫家最后一丝希望破灭，连日后翻身的机会也彻底丧失。这几日来，他在心中将这灭顶横祸反复琢磨，骤然就在此时想通了一件可怕的事情——湛王显然不仅是知道了殷皇后之死的真正原因，而且，他已经与昊帝联手了。

这个念头让卫宗平怔在当场，凤衍以一种胜利者的姿态欣赏着卫宗平的每一丝神情，十分惬意。不料卫宗平突然看着他仰首大笑，花白的胡子颤颤直抖，笑得凤衍略微恼怒："你笑什么！"

卫宗平好不容易止住了笑，原本暗无精神的眼中猛地生出一丝精亮，俨然仍是往日与他分庭抗礼的宰辅之臣："我笑你自以为是。凤衍啊凤衍，我们两个斗了三十几年了，谁也占不了谁多少上风，你我心里都清楚，你以为我真是败在你的手中吗？"

凤衍袖袍一拂："手下败将，还敢大言不惭，如今你已是阶下之囚，还有什么可说的？"

卫宗平道："你别忘了，这天下归根到底是姓夜。敢问凤相与皇上，难道近得过皇上与湛王兄弟之情？百年士族风光将尽了，今天是一个卫家，明天就是凤家，我不过先行一步，在前恭候凤相。"

凤衍似乎听到了极为好笑的事："皇上与湛王？哈哈，看来你真是糊涂了。卫家之后，是殷家、靳家，凡是与我凤家作对的，早晚都是这个下场，就算湛王也一样。"

卫宗平眯了眼睛打量凤衍，半明半暗的灯影下，扫除对手后的自满与手中滔天的权势在凤衍脸上明明白白地写着不可一世，换作三十年前凤家鼎盛的时候，卫宗平都没有见过凤衍这种表情。

聪明一世，糊涂一时啊！卫宗平唇角噙着不明所以的笑，凤衍显然低估了昊帝，就像他也从头到尾低估了湛王。这两个人联手的力量究竟是什么样子，他有些难以想象，想必即使没有殷皇后的事，卫家也难逃今天的结局，凤家就更不会例外。不过他现在乐得装糊涂，在对手欣赏着他落败窘态的同时，他也满意地看着对手逐渐走向相同的结局。

秋夜深静，白露轻寒，流光飞转的宫灯下，卿尘青丝半绾，以手支颐，正看着面前几串水晶灵石。

七色碧玺、冰蓝晶、月华石、紫晶石、血玲珑、幽灵石、金凤石，她将那串黑曜石也放入其中，轻声慨叹。转眼多少岁月已往，这一串串灵石似乎穿连着她在此经历过的点点滴滴，虽然悲欢离合不尽相同，但对她来说都别有含义，如那串冰蓝晶，如那串幽灵石。灵石中仿佛沉淀了记忆的痕迹，当触摸到的时候她会想起一些人，一个微笑，或者一句戏语，那跨越了千年的相逢，抑或是，离别。

三生之后他们是谁？三生之前他们又是谁？轮回之中她与他们生命的交集深深浅浅，流转不休，不知始于何时，不知止于何处。

心口又有些隐隐作痛，她并不喜欢这种虚弱的感觉，但却早已习惯。习惯了做凤卿尘，习惯了做他的妻子，如果真的能陪他一生一世，那便不枉这人生一场，想必他也是愿意的。

正独自出神，肩头一暖，夜天凌不知什么时候回了寝宫，自后面将她环住："想什么呢，我进来都不知道？"

卿尘仰头看他："想你。"

夜天凌问："想我什么了？"

卿尘道："没什么，就是想你。"

夜天凌淡淡笑说："我说怎么刚才总静不下心来，原来是你作怪。"

卿尘轻轻一笑："是我，怎样？"

夜天凌挑了挑眉梢，笑着挽她转身。这时外面碧瑶禀报了一声，侍女们像往常一样奉了皇后每天该用的药进来。金盘玉盏，药香微苦渐渐散了满室，将秋夜中清风的气息、殿中安宁的淡香都盖了过去，莫名地便在卿尘心里牵出一丝难过的情绪。

她对着药盏发了会儿呆，慢慢将药喝了下去，秀眉微锁。待侍女们都退出去后，夜天凌见她许久不说话，问道："怎么突然愁眉苦脸的？"

卿尘垂眸道："我以后不喝这药了。"

夜天凌道："为什么？"

卿尘道："喝了没有用，我不喝了。"

夜天凌原本含笑的眼中微微一滞，却温声道："谁说没有用，你最近气色好多了。"他坐来她身旁，抬手拢住她的肩头，隔着衣衫她单薄的身子不盈一握，却是比先前更见消瘦。

卿尘不看他，有些任性地重复道："我不喝了。"

夜天凌沉默了片刻，复又一笑："好，你说不喝就不喝了。"他眼底倒映着烛火的微光，清淡而柔和，却有一抹寂然渐渐沉淀在那幽深之中。

"四哥。"过了会儿，卿尘叫他，他却好像没有听到，"四哥？"

"哦！"夜天凌似乎从某种思绪中突然被惊醒，答应了一声。

卿尘轻声道："这药里，一直用的有麝香。"

夜天凌不解，以目相询。卿尘在他耳边轻轻说了一句，他面露恍然之色。"那也不能停了药。"他低声道。

"停了也无妨的。"卿尘道，"是药三分毒，多用了也不好。四哥，我有分寸。"

玉枝宫灯淡淡的光影下，夜天凌眸光深邃，凝视于她，随后点点头，道："刚才说了，都依你。"

迟迟钟鼓，耿耿星河，夜已三更。

安静的寝殿中银烛低照，画屏朦胧，龙榻凤衾，明黄绡帐层层低垂，四处无声。

卿尘早已枕着夜天凌的肩头沉睡过去，而夜天凌却一时无眠，独自望着帐顶出神。隔着夜里薄薄的微光，卿尘的脸色极淡，似乎破晓前一抹月痕，渐渐要隐去在天幕的底色中，柔弱而苍白。方才她任性地说不想再吃药，他原本绝不会答应，但就在触到她眸光的那一刻，却突然又改变了主意。在一起一年也好，十年也好，百年也好，去到哪里，他都陪着她便是，只要她觉得开心，他倒并不很在乎其他，生生死死，也都无妨。

他淡淡笑了笑，闭目歇息，半睡半醒间听到外面突然传来阵嘈杂的脚步声，不过片刻，便听帐外晏奚低声道："陛下。"

卿尘夜里向来睡得浅，被这样惊动，早已醒来，夜天凌转身问道："什么事？"

晏奚的声音隔着帷帐听起来，有些遥远和飘忽："福明宫刚才来人禀报，太上皇……怕是不成了。"

静垂的罗帷霍然被掀开，晏奚低着头看到一角雪色单衣飘掠过眼前，上面飞龙暗纹在鎏金灯下一闪，落回榻前背光的低影处，是皇上猛地坐起身来。

然而再没有什么动静，晏奚等了会儿，抬一抬眼："陛下？"

"知道了。"就这么三个字，晏奚看到的是一张清冷平静的脸，恰似更深夜沉，秋风露重。

帝曜二年秋，太上皇崩于福明宫。

秋雨成幕，已经淅淅沥沥下了整天。雨水急急，洗过翠瓦碧檐，垂落细流如注，沿着玉石琼阶上的瑞雕祥纹倾泻而下，天地间一片飘摇的雨色，红墙金殿，依稀可见。

偌大的福明宫中，连雨声也渐暗，孙仕低头垂眸走过那道漫长曲折的回廊，玄衣墨袍犹如天低处黑沉沉的深苑，没在蒙蒙雨中，一眼望不到尽头。

偏殿幽深，转进去宫灯点点，雨意氤氲如雾。深碧似墨的罗幕之后，淡淡人影绰约。前面引路的碧瑶轻声禀报后，退出殿外，孙仕有些吃力地俯身跪叩下来。

帘幕拂动，玉环声轻，眼前落来一袭淡墨色的广袖，示意他免礼，一阵沉静的木兰清香飘下，如这秋雨的气息。

看着孙仕一头苍苍白发，行动迟缓，卿尘心里五味杂陈。不过几年时间，一转眼的空隙，生老病死，各有各的归路。人去灯灭，不知九天黄泉再相见，都是个什么境地，那一代的爱恨，可有了终了？

"为太上皇守了这么多天，委实辛苦你了。"

孙仕低垂眼帘："伺候太上皇，本便是老奴分内的事。"

卿尘轻叹道："你跟了太上皇三十几年，不曾有过半分疏漏，皇上和我都念着你的忠心。如今太上皇宾天，你年纪也大了，也是时候该歇一歇了。"她转身，执了凤案之前的玉壶清酒，缓缓斟了一杯。酒色冰澈，在碧玉盏中旋起流转的縠纹，碧色渐浓，沉淀成一泓幽暗平静。

深深浅浅的雨声穿透幕帘灯影传来，在殿中沉下濛重的湿意。这结局在当初凌王迈入清和殿的那一刻便早已落定，孙仕没有任何惊惧，弯腰接过酒盏，复又叩首："老奴谢皇上恩典。"

"孙公公，"卿尘在他将酒盏举到唇边的时候静静地道，"喝了这盏酒，自会有人送你出宫，今后你便将这大正宫忘了，将自己也忘了吧。"

孙仕手一抖，本来死寂的脸上突然生出了震动："娘娘……"

"酒是皇上赐的，去处是我给你的，从此以后，你好自为之。"

孙仕将酒盏放了下来，抬头只见到一双淡定的眸子，蒙蒙如烟湖深远，手中已是微微颤抖："老奴在大正宫过了大半辈子，该活的都活过了。太上皇偏居废殿，娘娘一直多方照拂，老奴早已感激不尽，娘娘何苦再为了老奴这条贱命违拗皇上的意思，这叫老奴如何受得起？"

卿尘浅淡一笑："你不必担心我和皇上。我和皇上能结连理，也是你当年尽了一份心力，我并没有忘记。既然大半生都耗在宫里了，日后便换个地方，安安稳稳，过些清静的日子去吧，便算是我谢你那份成全之情。"

孙仕眼中老泪难禁，一时语声哽咽："多谢娘娘仁慈。老奴已是风烛残年，也再没有什么能为娘娘效力的地方了，但有样东西娘娘或许以后用得着。"他抖着手自怀中取出一个金丝锦囊，奉给卿尘。

卿尘疑惑，接过来打开，里面封着一道朱墨御旨，其上赫然压着天帝的龙玺金印。她看过内容，周身渐生凉意，这是一道节制皇权的密旨，若昊帝行为有差，凭此可行废立之举，上面的日期正和天帝的传位诏书一致，想必是同日所书。她压下心中震惊，缓缓抬眸："这是太上皇的手书？若没有今天，你打算怎么办？"

孙仕怅然道："贵妃娘娘故去之后，太上皇自知不久于人世，将毕生的心愿都寄托在了皇上身上，只是皇上毕竟有一半柔然族的血统，太上皇不能不顾忌万一，所以，当日是留了两道诏书。不瞒娘娘，皇上对太上皇绝情至此，老奴曾想过要设法将这诏书交给湛王，但太上皇一直不曾应允。娘娘知道，太上皇虽言语困难，可他心里清楚，直到弥留之际他都认得老奴。太上皇到底都惦记着贵妃娘娘，现在好了，太上皇终于又能见着贵妃娘娘了。事到如今，这道诏书对老奴来说已没有任何意义，便请娘娘收着吧。老奴说句不该说的话，皇族宫闱，恩宠无常，或者什么时候娘娘能用上也说不定。"

卿尘将那诏书收好，重新放回锦囊中，徐徐步下案阶，走向近处的寂静燃烧的灯烛。

琉璃金灯在青石地上拉出一道修长的影子，她背对着孙仕，纤柔的手指挑着那个锦囊靠上焰火。

哗地一阵明焰冲起，孙仕看到沿着那婉转曳地的宫装，燃烧的锦囊落向脚下，那瞬间的明亮在皇后飘垂的罗裳云带一角划出淡金光影，流岚一般的颜色。

"娘娘！"

卿尘看着那密旨渐渐化成灰烬，安静转身，淡然而笑："我不需要这个。"

第二十三章　琼台金殿起秋尘

雨过天凉，秋风满阶。

放眼御苑，百花凋零，落木萧瑟，唯有清湖碧波连天色，晴空万里，黄叶翩飞。

沿着湖中横跨两岸的练云堤，一个着深青笼纱袍服的内侍快步自武台殿方向过来，因为走得太急，帽冠上垂下的缀珠长缨急剧晃动，他却根本顾不得整理。

待进了清华台，那内侍脸上已经渗出薄薄一层热汗，到了寝殿前急忙对当值的侍女道："烦请通报一下，求见娘娘。"

这时正好碧瑶从寝殿里出来，问了他几句，便道："你跟我来吧。"

那内侍跟着碧瑶入了寝殿，深殿之中越走越暖，空气中隐约飘浮着杜若清香。转过静长的殿廊，入了内宫，碧瑶让他在外稍等，先行去禀报。

那内侍屏息静气站在下首，悄悄抬眼看到锦绣流云屏风之后，侍女层层挽起紫绡纱帐，依稀便见皇后斜倚在凤榻之上。碧瑶近前低声说了什么，一个柔和而略微慵然的声音似透过屏风上的云水传了出来："是什么事？"

那内侍忙趋前跪下，低头道："启禀娘娘，晏公公命小人速来请娘娘，请銮驾移步武台殿。"

皇后问道："怎么了，皇上今天不是在武台殿吗？"

那内侍道："皇上今天在武台殿议事，笞责了数名大臣，连秦国公、长定侯等都要牵连上了，眼下没人能劝得住皇上，只好来请娘娘。"

轻轻一声环佩清响，凤榻之上皇后由侍女扶着起身。那内侍觑见皇后移步转出了屏风，轻柔的月色云裳散披在身上，乌发如瀑，衬得双眸幽深似秋水，而那声音亦比方才静冷了几分："这是为什么？"

"似乎是为了太上皇与和惠太后合葬的事，诸位大人奏本上谏，结果惹怒了皇上，就成了这般局面。"

卿尘缓缓移步，蹙眉细想，一转身，对碧瑶道："换朝服，去武台殿。"

武台殿前，晏奚站在皇上身后不远处，心急如焚。阶前执刑内侍往上看来，他不动声色地将足尖向外挪移，阶下会意，动杖行刑。

几名大臣除去官服，俯身撑地，笞杖在内侍手中高高举起，半空中划出一个凌厉的弧度抽上脊背，啪的一声震响，不过数下便已鲜血横飞。

血色点点，落上青石地，接连不断笞杖落下的响声，听得人心惊胆战。好在执刑内侍得了晏奚暗示，明白皇上是要杖下留人，手下声势虽骇人，却都留了余地。否则重笞下去，不用见血便能摧筋裂骨，这些文臣又哪里经受得住？

秋风肃杀，卷得殿前广场之上枯叶乱飞。皇上负手立在高高撑起的华盖金伞之下，冷眼看着下方继续死谏不休的大臣，面色淡淡，喜怒难辨。

天帝入葬东陵，牵扯到帝后合葬的事宜。按仪制，天帝生前所册封的孝贞皇后、殷皇后以及事后追封为和惠太后的莲贵妃都应该合陵同葬。然而却有不少大臣认为和惠太后先后侍奉过穆帝与天帝，此时不应与天帝合葬，因此上书表示异议。

但意想不到的是，皇上看过奏表后，居然降旨开穆帝陵，迁太后灵柩入葬。这一来朝臣们便更是无法接受，连日具表奏谏，面折廷争，竟逐渐发展为太后是否能入葬皇陵的争论。今日一早，有名殿院侍御史怀揣奏表长跪武台殿前，又是为了此事。

皇上置谏不纳，命人将坚持苦谏的御史逐出殿外。谁知这位侍御史竟手抱廊柱大声疾呼："陛下能开天下士人之言，何以独不听臣之谏？臣今日以死谏言，以正天听！"说罢反身就撞往廊柱上，若不是内侍拦得及时，当真就要血溅朝堂。

这一来更激起在场大臣们同心之气，纷纷趋前跪奏，言辞激烈。却谁也没有料到，一向宽仁的皇上当场震怒，即刻下令架出为首的两名大臣廷前笞责，命众臣出殿观刑，再有敢言此事者便按此例，严惩不贷。

"陛下此举有悖礼制，臣窃恐社稷危乱，为陛下忧之……"秦国公话未说完，便见皇上龙袖重重一甩："带下去！"

立刻有两名内侍上前将秦国公架起来，群臣大惊，旁边的长定侯连忙叩首苦劝道："陛下开恩，秦国公元老之臣，年事已高，岂能承受得了这笞杖重责？"

众人一边求情，秦国公却一边仍是死谏："不以礼法，国之将危，臣死不足惜，还请陛下以国为重！"

皇上平素对这些元老重臣礼遇有加，今天却像是动了真怒，目视前方，眼角也不曾往下瞥一下，那副神情决然坚冷，无端令人心寒。

湛王在旁看得透彻，这段时间整顿亏空，皇上手段之利落，决心之坚定，行事之彻底，让朝中不少人闻风自危。今天这些大臣中有些的确是食古不化，抱着礼法不放，却有更多是妄图借此生事，搅乱朝局。皇上今天一反往日从谏如流的做法，甚至不惜行廷杖之举，显然是心中有数，有意为之。面对这些士族门阀、皇亲公侯，想要将亏空顺利查下去，必要有雷霆手段慑服朝堂。所以对于皇上的冷酷行事，他不能劝。

但他身边的灏王性情仁和，眼见情势愈演愈烈，终于忍不住上前劝道："陛下，朝事有异议，大臣劝谏并无过错，即便所言不当，也应宽以待之。陛下此举，恐使今后谏官畏言，群臣缄口，还请陛下多加斟酌。"

湛王眉梢轻微一紧，随即扭头看向皇上，只见皇上眼中掠过一丝不易察觉的微澜。

这时忽听殿前内侍亮声禀道："皇后驾到！"

晏奚心中大喜，湛王也暗中松了口气，这场风波闹得太大也不行，也只有皇后能从中缓和了。

皇后凤冠朝服，妆容端肃，在几名女官的随侍下沿着白石御道步入武台殿，侧首看过殿前正受责罚的大臣，神色沉静。待到阶前，她轻敛襟带，盈盈拜下："臣妾参见陛下。"

夜天凌冷肃的神情略缓，亲手扶她："皇后平身。"

卿尘却没有顺着他的手起身，看了看阶下，婉转道："臣妾尝闻，自古刑不上大夫。今有朝臣当廷受责，臣妾实不忍相见，恳请陛下先宽恕他们。"

夜天凌手上一僵，垂眸见那九翟四凤冠上翠钿柔静，衔珠低垂，卿尘这样跪拜在身前，明红鸾衣的长襟铺展身后，纹丝不动，不折不扣是一个贞静贤淑的正宫娘娘。他冷冷收回手："你也是来劝朕的？"

卿尘抬头道："臣妾听说陛下欲开启穆帝寝陵，如此一来，岂不惊动穆帝灵宫？想必太后泉下有知也是不忍。陛下仁孝，定不会令穆帝与太后难安。朝臣纵言辞激烈了些，陛下罚也罚过了，便不要继续追究了吧。"

夜天凌眸心清寂的色泽无声沉下，仿佛整个寒秋的深凉都敛在了其中："那么太后与穆帝合葬一事，你也反对？"

卿尘道："臣妾确实以为不妥。"说这话的时候她与夜天凌两两对视，细密的羽睫淡淡一扬。

殿前静极，夜天凌看了卿尘良久，霍然拂袖转身："朕已说过，再有谏议此事者，当同此例，你难道没有见到？"

卿尘仍旧静稳俯身："臣妾既为皇后，则对陛下有劝谏之责，陛下即便因此要责罚臣妾，臣妾亦无怨言。"

夜天凌背对着她，抬眼往殿前扫去，群臣只见他面色一沉："来人！将皇后带下去！"

此时若说带下去，便是就地受责。众臣闻言惊骇，就连坚持死谏的秦国公也是一呆。

旁边内侍皆不敢相信这亲耳听到的旨意，面面相觑，不知所措。晏奚惊得魂飞魄散，没想到连皇后前来都无济于事，急忙跪下求道："陛下，娘娘千金之躯，怎经受得了杖责……"

夜天凌皱眉打断他："皇后恃宠而骄，忤逆犯上，送长宵宫闭门思过。"

长宵宫乃是掖庭冷宫，专门幽闭犯错妃嫔。夜天凌话音落后，四周大臣哄地一乱，随即化作一片死寂，无人再敢多言。

"臣妾遵旨。"卿尘垂眸说着，缓缓起身。

这时大殿前突然有两个声音同时响起，拦下了近旁的内侍："臣有话要奏！""请陛下三思！"一个是凤衍，一个却是湛王。

夜天凌对他们的话恍如未闻，漠然道："朕的话都没听到吗？"

内侍们只得上前，却无人敢放肆，只低声道："娘娘请。"

卿尘举步而行，似乎无意转眸看过夜天湛，随即便被带出了武台殿。夜天湛蓦地一愣，卿尘目光中有着阻止他的意味，而那转头的瞬间，他分明还自她眼中看到了一丝别样的光芒。

秋风淡，秋草长，椒房空旷，秋尘四起。

碧瑶自外面回来，气得眼中带泪，不过是去寻一床被衾，处处都受冷言羞辱，这长宵宫中人情势利，凉比秋风。

梁间蛛网积尘，地上碎叶枯败，屋中只有一方冷硬的低榻，旁边放着个黄木几案，简陋至极。卿尘素衣散发，立在窗前静静望向那片清透遥远的天空，对眼前的处境倒是安然。

碧瑶快步上前道："窗口风凉，娘娘快别站在这儿。"她一边说着一边转身去掩窗子，不料窗棂上满是灰尘，一动便飞了满身，呛得她一阵咳嗽。

卿尘走到低榻前，长袖轻扬，扫开榻上浮尘，坐下来细看碧瑶的神色，笑道："早说了让你别去，碰钉子了吧？"

碧瑶恨恨地蹙了眉："都是些什么东西！一个个拿腔作势。我好言相求，他们……"她说了两句，怕惹卿尘不快，强忍下来，只是看着屋子犯愁，"这样子晚上怎么办呢？不行，我找这里的掌宫女官去。"

卿尘道："我的话你都不听了？哪儿也别再去。我刚才见外面倒有不少菊花，陪我出去看看。"她一边说着一边站起来，便往外面走去。

碧瑶怔住："娘娘，你怎么还有心情看这些，这是什么地方啊？"

卿尘微笑道："这地方怕是得住上些时日，四壁徒然看着怪单调，不如院子里好些。"

碧瑶急忙跟上她："娘娘不快想想办法，看这些花草有什么用？"

卿尘道："想什么办法？"

碧瑶忍不住道："也不知道皇上这是怎么了……"

卿尘淡淡一回头，碧瑶话就只说了一半。卿尘也不再多说什么，只是步出回廊，信手撷了一朵菊花。碧瑶见她神情悠然，闲步赏花，攒着眉道："人都说皇上不急急死太监，这倒好，娘娘不急，急坏我这丫头。这不过是些自生自长的菊花，有什么好看的？"

卿尘在一丛金菊面前站下，风一过，点点素香落了满袖："一花一世界，一叶一菩提，你心不静，自然看不出这花自生自长的妙趣。"

碧瑶愁道："静得下来吗？"

卿尘笑而不语，突然听到脚步声传来，紧跟着有人道："皇后娘娘倒真有雅兴，这时候还有心情赏花。"她和碧瑶转身看去，见几个青衣玄裙的女官站在身后，为首的一个年约四十，眉眼苛刻，面带冷笑，正打量着卿尘。

卿尘看一眼她的服饰，对她这样不敬的态度倒也不意外，淡声道："这长宵宫中的菊花开得不错，宫苑也清静。"

那女官道："娘娘以后在这里可以慢慢清静，日子还长着呢，但就怕娘娘熬不住。"

她话中连讽带刺，显然是存心来寻事的，碧瑶气道："皇后娘娘面前，你这是怎么说话呢？"

那女官冷笑道："皇后娘娘？我在这宫中几十年，还从没见哪个娘娘进了这里还能走出去，皇后娘娘又怎样？到了长宵宫，就要按长宵宫的规矩，任谁都一样！"

"你……"碧瑶气得不轻，卿尘以目光制止她，问道："你是掖庭女官？"

"不错。"

"各宫各殿的琐事，我平日里过问得不多，倒不知道长宵宫原来还有自己的规矩，说说吧，都是些什么规矩？让我也听听。"

卿尘语气轻缓，目光扫过眼前，无喜无怒。那女官似乎一掌击在水中，空不着力，浑然不觉已经溅了一身的水："长宵宫的规矩娘娘很快就知道了，别的不敢说，千悯寺里湛王妃怎样，娘娘今后在这儿也绝不会差了半分。"

卿尘一双凤眸略略一细，尚未及说话，便听到一声厉斥："大胆！竟敢对皇后娘娘放肆，还不掌嘴！"

那女官往说话的人看去，脸上顿时色变，来人竟是内侍省监吴未。随着吴未的出现，一阵阵整肃的靴声传来，数列御林禁卫入驻长宵宫，由内而外，迅速布守各处。那女官心中惊疑，忙俯身退往一旁，屈膝行礼："见过吴公公。"

吴未却正眼都不看她们，转身毕恭毕敬地对皇后行礼："娘娘。"

卿尘点点头，却往那女官看去。虽说是长宵宫这种偏僻冷宫，但历经前后两次清洗，卫家也已然门庭倾颓，宫中竟仍有残余势力，无怪乎皇上，甚至湛王都无法再容忍外戚门阀。

那女官看着被重兵把守的长宵宫，再看对皇后恭敬如常的吴未，早已隐觉不妙，一抬头，触到皇后静冷的眼神，心头一惊。

卿尘缓缓踱步走过那女官身边，容色清冷："我倒不记得千悯寺中还有个湛王妃，吴未，既然有人糊涂，就送她去看清楚吧。"

吴未低头道："老奴遵旨。"

那女官被吓愣在那里，待她清醒过来，先前嚣张的样子早不复再见，腿一软，扑通跪在了地上："娘娘……娘娘开恩！奴婢知错！"

皇后素衣飘飘，早已举步离开，那清傲的背影从容远去，连半丝挣扎的余地都未留，是彻头彻尾的不屑一顾。

吴未往身后挥一下手，命内侍遵懿旨处置，亦不再理会那女官，跟随皇后而去。

除了封锁宫门的禁卫，另有四名内侍、四名宫女随吴未前来。不过一炷香的工夫，先前的宫室便被整理妥当，罗帐锦衾、裘衣暖炉一应俱全，榻前一个瑞凤呈祥金铜炉，置了清华台中常用的木兰香，袅袅烟轻，和着秋风干净的气息，满室清宁。吴未恭声道："娘娘看看可还缺什么？"

卿尘步入室中，闻到这熏香的味道便一笑，回头道："难为你想得周到，我枕旁有本未看完的书，让人送来，这几天你不必再来这儿。"

"老奴记下了。"

第二十四章　长宵永夜花解语

宣室之中灯火通明，殿前内侍又换了一班，个个低眉垂目站在华柱深帷的暗影里，不闻一丝响动。

晏奚笼着袖袍静立在御案之侧，有些犯愁地抬眼看了看那些奏疏。

连着几天了，皇上每晚与湛王议事过亥时，紧接着便是这没完没了的奏章，待看个差不多，也到了早朝的时间。湛王蒙御赐九章金令，可以随时出入宫城，但如此连夜奉召却也少见，而且是密召，接连几天下来，朝堂上的局势又是一番不显山不露水的改观。

夜天凌略紧着眉，放下手中一份手本。这是漓王的手本，今年五月，漓王与华翊郡主殷采倩启程前往雁凉，到达雁凉后不久，却一同奏本回京，请求将澈王灵柩安于北疆，不再迁葬。

夜天凌与卿尘几经商议，终于准他二人所奏，降旨修王陵，建祭祠，并将雁凉改名武英。之后复迁附近郡中百姓三万余户，扩城通衢，在原武威都护府与北庭都护府间增设武英都护府，使之成为镇守西北边疆的重镇。

天帝驾崩，漓王奉旨回京赴丧，昨日刚刚到达伊歌，除了带回殷采倩请求留在武英的奏章，又接连上了两道手本，一道是例行述职，另一道自然就是为了皇后迁居长宵宫的事。

　　面前还有一堆没有处理的政事，夜天凌却有些心浮气躁，站起来在室中走了会儿，便缓步踱往殿外。晏奚见状忙跟了上去，却见他在阶前一站便是半个多时辰，不动也不说话。

　　左右宫人都知皇上这几日心情欠佳，处处小心。晏奚和殿前当值的卫长征对视一下，卫长征悄悄沿着皇上目光去处，往宫城西北角方向抬了抬眼。晏奚掂量了一番，便上前道："陛下，今晚月色倒不错，看了这么久折子，不如走动走动，松缓下筋骨。"

　　夜天凌倒没反对，月色极好，清清静静铺了一天一地，琼殿瑶阁，玉池秋水，缥缈如仙境。他心里有事，一直若有所思地负手而行，不知走了多久，忽听晏奚低声道："陛下，再往前就是长宵宫了。"

　　夜天凌脚步一顿，目光掠往晏奚身前。晏奚低着头心里七上八下，大气也不敢出，但再一抬头，却见皇上已往长宵宫走去。

　　宫宵影重，幕灯摇曳，长宵宫平檐素阁，庭园清寂，月洒青玉瓦，霜华千里白。

　　碧瑶服侍皇后睡下，刚要转身熄了宫灯，听到帐中低低叫道："碧瑶。"

　　碧瑶转身，见皇后拥了被衾坐起来："娘娘，还有什么事？"

　　卿尘抬手，牵着罗帐静了半晌："我睡不着。"她起身步下帐榻，碧瑶忙给她披了件长衣。她侧身看着穿窗斜洒的月色，那月光直照到心头，浮浮沉沉，一片如水的明亮。她突然拢了衣裳，转身便往外面走去。

　　"娘娘你去哪儿？"碧瑶连忙跟上。卿尘越走越快，心头异样的感觉呼之欲出，仿佛前面有什么在等待着她。这里不像含光宫那般宫深殿广，她数步便出了寝室，转到外面，步上阶前。

　　碧瑶跟在身后，往前一看，"啊"地轻呼出声。

　　园中清辉似水，有人独立庭前，玄裳半湿，素衣深凉，不是皇上又是谁？

　　月上中天，秋风白露玉阶寒。卿尘立在离夜天凌数步之遥的地方，飘摇云裳似携了月华，青丝半散，落落风中。两两相望，夜天凌忽然大步上前，猛地抬手将她抱入了怀中。碧瑶眼中微觉酸楚，悄然屏息退下。

　　卿尘被夜天凌紧紧抱着，他身上带着秋寒浸透的微凉，却又有温暖的气息透过衣衫包围了她，她轻轻推一推他："你怎么来了这里？事情解决了没有？"

　　夜天凌没有松开她，只点了点头。他自登基以来始终不立妃嫔，众人皆知皇后独尊后宫，极受宠爱。武台殿前一番争议，连皇后都因此被打入冷宫，谁人还敢忤逆抗旨再犯龙鳞？帝后合葬之事，无人敢再置一词，朝堂上下清肃。

　　卿尘在夜天凌怀中仰头："那怎么还闷闷不乐？"

　　夜天凌看向她，伸手轻轻抚摸她的面颊，良久，深深一叹："清儿，这江山天下，我终究还是委屈了你。"

卿尘却笑道："这是什么话？你怎么不说我在武台殿做得好不好？你们兄弟两人最近一个唱黑脸，一个唱白脸，朝里朝外风生水起，好歹也给我个机会。若说这样的话，那你盖座金屋子把我藏起来，风吹不着，雨淋不到，可是会闷坏人啊！"

夜天凌抬头，环视这长宵宫，复又凝视于她，低声道："我只觉得，好像有多少年没见着你了。"他执了她的手放在心口，"这里空荡荡的，什么黑脸白脸、好了坏了，都没细想。十二弟昨日回来，进宫找我大吵了一通，口口声声问我这是要干什么，我也只有苦笑的份。想他说得也对，我若连你也容不得，就该等着去做孤家寡人。"

他心口的温度从掌心传来，化作一片暖流荡漾。卿尘修眉轻挑："这个十二，也就他敢跟你这样。太妃娘娘那么温柔的人，他这个脾气也不知道是像谁。"

夜天凌道："幸而他还敢，七弟这几日天天进宫，他分明也是有话想说，却一忍再忍，绝口不提。清儿，现在连你也不肯和我争执了，我要让母后和父皇合葬，你不赞成，却始终也不曾和我说。"

夜天湛果然还是比十二老练些，看来她临去那一眼，他终究还是明白了。非但如此，他或许也是在避嫌，无论皇上对穆帝的态度也好，对皇后的态度也好，站在他的立场，说得越多，越可能适得其反。卿尘松了口气，她知道夜天凌现在口中的父皇是指穆帝，柔声道："我不是不愿和你说，我只是觉得，于情于理，你怎样做都没有错。再者，即便天下人都说你错，我也会在身边支持你。那些大臣，我们总有法子让他们退步。"

夜天凌微微动容，眉心却并不见舒展。福明宫传来丧讯之后，他第二天便下旨将御书房迁至武台殿，表面上无动于衷，一切丧礼如仪，然而心底那种感觉却连自己都不能解释。一直以来在他心中，穆帝的形象是如此模糊，所能见的唯有《禁中起居注》中一些书于卷册的记载。求仙问道、耽于享乐、荒废国政、重用外戚……这些都没给他留下任何好印象，相反，往日天帝爱责教训，却历历在目。他甚至有时候会想，若天帝早几年登基，说不定天朝的情况会比现在要好得多。

丧礼祭祀，面对着宗庙中那些高高在上的牌位，他似乎发现，那个他叫了二十七年父皇的人，理所当然地比那个应该是他父皇的人更像他的父皇，以至于他时常会怀疑，是不是母后和皇祖母弄错了事情的真相？"这件事，你说母后她会希望怎样？"他突然低头问卿尘。

卿尘想了会儿，道："我觉得母后对天帝是有恨，却也有情，而天帝对母后怎样，你我都看在眼里。四哥，你想让亲生父母合葬，这自然是人之常情，但若肯成全母后和天帝，又何尝不是一份孝心？"

夜天凌的声音如同这深深长夜，幽凉浓重："他是我的杀父仇人。"

"不要让恨迷了自己的心。"卿尘低声道，"这是很久前母后让我转告你的话。"

"母后？"夜天凌抬头遥望寒夜，"嗯，我是恨他，所以我要用那样的法子夺取皇位，我让他病老深宫，孤苦凄凉。"他眼中现出一丝复仇的快感，伴随着落寞交替而下，丝丝牵人心疼。他忽然轻笑一声，"可是他死了，我心里竟会觉得难过。你说，这不可笑吗？"

卿尘拥着他，轻声道："不可笑，四哥，二十七年父子相称，恨他敬他，都是真实的你，何必分得这么清楚？你只要做你想做的事情就行了。你是天子，是皇上，一句话生杀予夺，一抬手予人荣辱，你可以让万人哭、万人笑，你的恨会让他一无所有，但你也能给他一份成全，只要你愿意。"

夜天凌俯身盯着她，卿尘眸光澄透："恨过他，成全他，从此一刀两断。上一代过去了，可我们都还有很长的路要走，难道要停在这儿，纠缠不休？"

夜天凌抬头，望向那无垠的夜空，明月清亮，直透心间，如水浮沉。一切忽然便那样静了下来，多少年来的心结梗在心头，始终难以开解，天帝的死触动了他积压至深的情绪，却亦如一把锋利的剑，堪堪斩在那死结之上。是啊，该到此为止了，死者已矣，生者将往，将该恨的恨了，该还的还了，还有多少事等着他去做？比起恨来，成全，需要更大的智慧和勇气。

他豁然一笑，有些自嘲，又带几分洒脱，忽而喟叹："生我者父母，知我者清儿。"

卿尘轻抿着唇，含笑相望。月光淡淡照出两人的影子，斜斜投映在地上，无声交叠。夜天凌眸底深深一亮，突然抬手将卿尘横抱了起来，大步便向外走去。

卿尘吓了一跳，轻呼道："你干什么，去哪里啊？"

夜天凌边走边道："回寝宫。"

卿尘道："才这么几天，你这样会穿帮的，一台戏好歹也要唱到底！"

夜天凌低头道："这出戏朕不唱了，这么多天若还镇不住那帮大臣，朕不如退位让贤。今天念在十二弟求情，赦你这一回，但你又小瞧夫君，罚你回含光宫侍寝……"

"谁跟你回含光宫，我去清华台……"卿尘攀着他的脖颈，话语声落，月光飘飘淡淡如梦，渐远渐轻。

《天朝禁中起居注·卷七·第四十六章》：

……后当朝忤帝，帝怒迁之长宵宫，重兵幽闭，内侍宫人皆不得近。漓王力求于御前，中书令凤衍上表三章，具后素日之德，群臣请赦。帝有感，迎后归含光宫，复恩嘉。

十二月，迁和惠太后灵，伴天帝，合葬东陵。

第二十五章　兰池春暖露华浓

　　轻轻洒洒一夜的小雪，装点了肃穆宏伟的帝宫，又是一年秋去冬来。

　　旋转飘飞的轻雪落到清华台，未及积下便化作了雪水，暖融融的地气一呵，四处落得兰露点点，芬芳清冽，倒似进了细雨滋润的晚春。玉兰树下，凤鸟鸾鹤闲步展翅，不时一声清啼婉转，空灵悦耳。

　　两排紫衣侍女手挑盛着兰花的竹篮，袖袂飘曳，穿过琼苑步入清华台，翩跹恍若瑶台仙子。五色池旁水雾缥缈，卿尘正仰面躺在玉榻之上，身上随意罩了件夜天凌的衣袍，宽襟长衣散散垂落，别有一番娴雅的风韵。

　　夜天凌倒是端身坐在榻前，一手有意无意地抚着卿尘散泻身旁的长发，一手在眼前奏疏上批了几个字。五色池的内池连着殿中温室，刚刚沐浴过后，一时不想去御书房，他便命人将今天的奏疏取来。事情不多，和卿尘谈笑间便大概处理妥当，难得清闲的一天。

　　侍女们进来将池中残余的药草清理干净，复又将玉勺中的兰花撒入池中，碧池兰若，微香清淡。卿尘拍了拍趴在身上的雪影，将手里一份奏疏放回案上："真让殷采倩留在北疆吗？"

　　夜天凌低头嗯了一声，稍后道："她既执意请求，便成全她。"

　　卿尘想了一想，道："也好吧。"然后反手又去取下一份奏疏，刚刚摸到，突然手底一空，那奏疏已被夜天凌抽走，转手放到了案头她拿不到的地方。

　　"干什么？这边你不是都看完了吗？"卿尘问道。

　　夜天凌没回答，只点了点剩下的那些奏疏："你看这些。"

　　这意思便是那份不让她看，卿尘奇怪道："为什么那份不给我看？"

　　夜天凌道："无聊琐事，不看也罢。"

　　卿尘转过身来琢磨他的神情，夜天凌原本低头写东西，被她盯了会儿，一笑将笔搁下："刚才我进来，你藏了东西不给我看，先说说那是什么？"

　　卿尘侧首，眨眨眼睛："不告诉你。"

　　夜天凌就指了指那奏疏，对她一摇头。卿尘凤眸一瞥，绾了头发站起来，雪影从她身上跳下来凑往夜天凌身边。她拨开珠帘，一边走一边道："你不给我看，我也知道是什么。"

　　夜天凌道："那便不必看了。"

　　"不看就不看。"卿尘身上外袍滑落，沿着浅阶步下五色池，浸入水中，浮香氤氲乌发飘散，池水温暖得让人心骨松散。她半合双目靠在玉石池边，信手拨弄着一朵清兰，心思还是转到那道奏疏上去了。

定然又是请求皇上册立妃嫔的奏疏，上次冷宫之事后，这种奏疏就没断过。皇上即位三年多，至今六宫虚设，臣子们早就不以为然，尤其与凤家对立的门阀势力不愿见凤家之女把持内宫，自然要在此事上动些心思。先前他们都还摸不透皇上的想法，只见帝后情深意重，便是有些奏议，也轻描淡写，可突然出了冷宫之事，便好像积蓄已久的洪水终于找到了出口，一时汹涌而来。

夜天凌极少和她提起这些，但这几个月来见他接连提拔凤家亲族，卿尘便也能知道大概。中枢平衡，没有什么比让这些士族门阀自行牵制最有效，凤家无论如何也不会容他人动摇了皇后的地位。而夜天凌最终同意殷采情留在北疆，或许也有此事的缘故吧。

他替她守着呢，他和她的家，谁也别想踏足一步。卿尘缓缓吐一口气，往水中沉下几分，突然听到身后一声低笑。她回头，夜天凌正看着雪影从垂帐后面叼出的一样东西，笑不可耐。卿尘一愣，险些从水里就那么站起来："雪影！"

雪影闻声，噌地蹿到了夜天凌怀里，尾巴一摆缩起来，一双蓝晶晶的眼睛斜瞅着卿尘。卿尘气结，雪影叼出的正是她刚才不肯给夜天凌看的东西，这时候却拿在夜天凌手里，是一条腰带，玄玉色的底子，金丝嵌边，上面绣的是……

夜天凌端详着，面上笑意加深，看了又看，问："这是……龙？"

卿尘恨不得把雪影揪来打一顿，攀着池边伸手："还给我！"

夜天凌闲步到池边，一直强忍着笑："到底是不是？"

卿尘俏脸飞红，银牙轻咬："你看不出来啊！"

夜天凌似乎实在是忍不住了，笑得双肩微抖："开始确实是，没看出来。"

卿尘哭笑不得，她是绣的……好吧，是针法差了点儿，但也不至于看不出是什么吧？眼见夜天凌一脸的戏谑，雪影三两下跳到夜天凌肩头，蹲在那里神气活现，也不知它最近是怎么讨好的夜天凌，现在时不时连肩头都可以蹲一下了。"卖主求荣的家伙。"她信手丢了朵兰花过去，雪影身形一转，急忙跑掉了。

夜天凌含笑在池边蹲下来，白衣微松，襟怀半敞："绣给我的？"他低声问道。

卿尘斜飞他一眼："不是！"

"哦？"夜天凌低下身来，笑看着她，"不是给我，那是给谁？"

卿尘抬手抢那腰带，被他一闪躲开了，深深的眸光笼着她："是不是给我的？"

卿尘半仰着头，妩媚地看他，唇角浅浅带笑："你是天子，腰带上都要绣龙才行，我这又不是龙，怎么是给你的？"

夜天凌蓦然失笑，心中极是畅快，拿着那腰带再看。卿尘便问道："是不是龙啊？"

夜天凌挑眉："嗯，你这么一说，好像还真是。"

卿尘抿着嘴，双手环上他脖颈："真的是？"

"嗯，"夜天凌一本正经地点头，"真的越看越像。"

卿尘眼中狡黠的清光微闪，攀着他的手略一使劲，就将他往玉池中拉来。夜天凌也不反抗，顺势将她抱住，两人双双坠入池中。卿尘顽皮心起，站稳之后便拿水去泼他，夜天凌这身刚换的衣衫反正已经被她弄得湿透，索性抄水反击。两人孩子一样在玉池中笑闹躲让，层层水珠飞溅，竟玩得不亦乐乎，哪里还有半点儿帝后的样子。

直到卿尘玩累了耍赖，夜天凌将她抱回榻上擦干了身子，舒舒服服窝在那里。雪影凑过来被卿尘抓住，点着它的脑门要罚，雪战不知从哪里玩回来了，围着卿尘直转圈。卿尘对夜天凌笑道："四哥你看，还来了个求情的。"

夜天凌眯着眼靠在榻上："那就请皇后娘娘高抬贵手，饶了它吧。"

卿尘道："陛下圣谕，臣妾岂敢不从？"说着拎着雪影的手一松，雪影忙不迭地就往夜天凌身边躲。

夜天凌显然心情不错，破例允许雪影趴来胸前，刚刚抬手摸上它的脑袋，卿尘却伸手把雪影拎开："谁准你趴在这里了？"

雪影被丢到雪战身边去，两只小兽滚成一团。清香淡雅袖袂拂面，她已经舒舒服服地枕上了他的胸膛。他唇边勾起惬意微笑，这个女人，居然和一只小兽吃醋。

他垂眸看她，目带笑谑之意，她扬一扬修挑的眉梢，一副理所当然的样子。

夜天凌感慨一句："女人。"这时忽听外面晏奚隔着屏风急声道："启禀陛下，韦州八百里急报！"

夜天凌拂开珠帘步下龙榻，晏奚拿了急报入内，火漆红印，竟是军报。

夜天凌看过之后，眼底几分笑意深深一沉，眼底精光熠熠，剑锋般明锐，转身对卿尘道："这个万俟朔风，居然和吐蕃开战了。"

圣武朝之前，西北一带的大片领土原来一直控制在西突厥手中。天朝与突厥交战，吐蕃趁机北扩，夺取领地。柔然族取代突厥之后，双方一直对峙。

赤朗伦赞此人野心勃勃，圣武二十七年景盛公主病逝，吐蕃与天朝关系曾一度陷入紧张。三年前湛王兵慑边陲，联姻西域，使得吐蕃暂时不敢轻举妄动。万俟朔风那时也刚刚站稳脚步，休养生息，培植势力，尽量避免事端。

这几年天朝内政不稳，吐蕃趁机又蠢蠢欲动。夜天凌一面厚赐嘉封，示以安抚，一面扶植万俟朔风，助他扫清突厥残余势力，先后灭掉同罗、仆固等散游部落，统一漠北。如今柔然今非昔比，与吐蕃的矛盾也日益显露。

五日之前，万俟朔风借事主动挑起争端，亲引三万铁骑，以快袭战术突袭吐蕃军队。赤朗伦赞也非平庸之辈，即刻引兵北上，双方在疏勒河一带短兵相接。

夜天凌三年来对吐蕃退以忍让，暗中部署，这份军报一入天都，他当即决定发兵西北。

帝曜四年二月，夜天凌在宣圣宫光武台祭天封将，命上军大将军南宫竞、武卫将军唐初率轻骑二十万兵分两路进击吐蕃。

月末，南宫竞所率左路军在大非川击败吐蕃军队，曾被吐蕃吞并的吐谷浑一带重归天朝。与此同时，万俟朔风调集柔然骑兵，挥军猛攻，吐蕃两面遇敌，战事吃紧。

赤朗伦赞审时度势，欲与天朝暂时修好，以缓和局势。夜天凌面告使臣，命吐蕃退出碎叶、扦弥等一直在他们控制之下的西域诸国，赤朗伦赞拒绝。

夜天凌态度强硬，当即驱逐来使，支持于阗发兵南下。十日之后于阗攻陷扦弥国都城，尽歼城中吐蕃军队。扦弥国国君被驱逐出境，流亡吐蕃，继位的新国君对天朝俯首称臣。

四月，夜天凌调川蜀精兵，以岳青云为左卫大将军、西州都督，自原州通山路，越白水，向西夹击吐蕃。

战报如雪，一日数封飞报天都。武台殿灯火长明，昼夜不歇。

吐蕃在赤朗伦赞多年苦心经营之下，国力强盛，骑兵勇猛，不乏与天朝对抗的资本。连月以来，战事时有反复，朝中大臣很快分成主战与主和两派。

夜天凌心志坚毅，一旦决定彻底遏制吐蕃势力，毫不动摇。在此事上夜天湛与他意见一致，朝中主战一派正是以他为首。

这是湛王继麟台之议后又一次明确支持皇上的政见，太极殿上唇枪舌剑争论的结果是一战到底。

夜深人静，主和一派为首的凤相灯下踱步，湛王温润淡笑下犀利的词锋，御座之上皇上高深莫测的注视，竟让他不由得记起卫宗平在狱中曾说过的那些话。

这次对战吐蕃夜天凌不曾亲临战场，但运筹帷幄，仍是以往用兵果决之风格。排除朝中反对意见后，逐步稳定战局，继而发动大军，配合万俟朔风连战快攻。

六月初，他与万俟朔风设诱敌之计，假作双方失和，故意放归吐蕃俘虏，引诱赤朗伦赞进攻掖城。

赤朗伦赞果然中计，十万大军在鸣沙海被团团围困，几乎全军覆没。

天朝、柔然两军乘胜追击，五战皆胜，赤朗伦赞亦在战中被万俟朔风所伤。

之后天朝大军一鼓作气，接连收回西域数镇，万俟朔风则率领柔然铁骑驰战千里，直接攻入吐蕃境内。

捷报传来，举朝上下争相庆贺，战局已然明朗。

赤朗伦赞遭此大败，难以为继，终于意识到柔然和突厥情况不同，想要对抗他们，就绝不能与天朝失和，于是再次遣使向昊帝请求息战。

吐蕃使臣到了天都，朝见之前先私下拜会凤衍，赠送异宝舍利佛珠。次日使者入朝，凤衍出班力主受和，昊帝此次终于降旨接受。吐蕃对天朝称臣、纳贡，退出西域，承认天朝对西域的绝对统治。

是年七月，三方正式退兵，各遣使节至玉门关，立和盟碑，歃血而誓，结大和盟约，旧恨消泯，更续新好。

第二十六章　曾经沧海难为水

此次天朝平定西陲，国威远扬，四方番国皆遣使来贺，各国使臣云集天都，觐见朝拜。

昊帝降诏，册封万俟朔风为柔然可汗，册封赤朗伦赞为归义王。八月仲秋，南宫竞、唐初班师回朝，赐宴宣圣宫澄明殿，举朝同庆。

澄明殿，殿高九丈，琼阶铺玉，层檐入云，筑于太宵湖中摇光台上，四面云波浩渺，霞雾缭绕，二十四道玲珑浮玉桥贯通临岸，另有复道飞阁相连各处宫殿。远远望去，宫女们环鬓轻衣，绰约而行，凌波微步，丝竹缥缈，恍如瑶池仙宫。

辰时初刻，亲王皇宗、文武臣工入宫候驾，殿廊之前问候寒暄，已是显而易见分明的两派。一方是秦国公、长定侯、凤衍、殷监正等耄耋老臣、宗亲士族，一方是杜君述、陆迁、斯惟云、南宫竞、唐初等后起之秀、寒门武将，此次战和之争，也正是这两派一场激烈的对立。

安定吐蕃，战事大捷，这让朝中少壮之派扬眉吐气。南宫竞和唐初此次凯旋，分别受封骠骑将军、抚军大将军，入进中枢，官比三公，随征诸将各晋封赏。

寒门将士陡然崛起，羽翼渐丰，已俨然要与士族门阀分庭抗礼。殿前相见，拱手笑语间不免便带了些许刀光剑影，隐隐浮动。

然而此时有一个人不曾进殿，站在两方臣子之外，汉白玉栏前，负手面向烟波浩渺的明池碧水，丰神秀彻的面容之上一抹清俊淡笑，广袖飘拂间，竟有些遗世出尘、孤清的味道。

却是湛王，不亲不疏，不远不近，不冷不热，明明身在局中，偏似置身事外的湛王。凤衍隔着华柱飞檐看着那身影便眯起眼睛，眼角皱纹划出深刻思忖。

若说前两年还有些混沌不明，那么今年，大概所有人都看了个清楚，导致朝中新旧官员交替更迭的这场亏空清查，昊帝并不是孤行独断，真正在旁鼎力相助的，竟是湛王。

扳倒卫家的是湛王，调换各州军政要员的是湛王，丰盈国库的是湛王，在朝中处处压制凤家的，也是湛王。这分明是一场台前幕后天衣无缝的配合，将满朝文武都算计在了其中。

那个立在广殿琼台之上的身影忽然让凤衍生出不寒而栗的感觉，就像数年前在太极殿上，昊帝登基即位，抬袖命众臣平身，俯瞰天下的一刻，那倨傲的目光让他有过这样的感觉，那是，如临深渊。

凤衍暗中皱眉，忽然间听到身旁殷监正叹了口气，他也正从湛王那里收回目光。

面对突然看来的凤衍，殷监正一反常态地和颜招呼："凤相。"

凤衍老眉微动，眼底掠过复杂神色，面上却笑着："捷庆之日，殷相何故叹气，莫非是忽有所感，起了兔死狐悲之心？"

这话说得颇有些嘲讽之意，殷监正反问一句："秋风渐起，凤相心不悲乎？"

凤衍脸上笑意略收："殷相多虑了吧。"

殷监正抬眼一看他："那苏意、杜君述补调门下省，斯惟云升任中书侍郎也有些日子了，凤相感觉如何？"

卫宗平被罢官贬黜之后，由大学士苏意、光禄大夫杜君述共同接任门下侍中，从此恢复了中书、门下两省各设两名尚书、两名侍中的旧例。天朝三省并相，这相当于无形中分化了宰相的权力，虽然中书省并未真正增添中书令，但却调入了一个斯惟云任侍郎，这便也和分权无异了。此事对于凤家、殷家都有不小的冲击，但两家却一如从前，仍旧对立着。凤衍闻言冷哼："殷相身在其中，何必来问我？若不是感同身受，方才何必望风悲秋呢？"

殷监正道："呵呵，凤相说得好，老夫方才想起卫宗平，确实是一时感慨，但凤相却似乎并无此忧。"

凤衍神情中颇带自负："有劳殷相挂心了，凡事不尽相同，岂可同一而论？"

殷监正明白凤衍指的是凤家有皇后这尊靠山，也不多言，只是徐缓说了一句："这天朝究竟是姓夜啊！"

这和卫宗平异曲同工的话，令凤衍心头一惊，此时忽闻钟磬鸣奏，九韶乐起。待内侍宣驾之声传来，远处华盖遥遥，仪仗分明，五明金扇迤逦随后，圣驾莅临。

凤衍与殷监正中断谈话，连忙整肃仪容，与王公百官跪迎圣驾。

不过片刻，便见皇上携皇后入殿，龙行虎步间玄袖飘飞，沉峻气度王者威仪，傲然不可逼视。皇后含笑缓步随行，云鬓凤冠，玉绶翟带，百尺铺绣金鸾衣长曳身后，秀稳如仪。两人并肩而行，过玉阶，登明台，似自那云中天阙飘然而来，神仙眷侣，风华天姿，不禁令人神夺。

"吾皇万岁万万岁！"

山呼声中，众臣俯拜，玉冠朱缨、乌纱金簪于两廊之侧依序低俯，次第而下。皇上略一抬手，殿侍宣旨免礼，众臣再拜，谢恩平身。

湛王抬眸而视，隔着金阶玉帘，眼前忽然淡淡一亮。

卿尘在那光彩玲珑的垂帘之后转身，明华宫妆下那点淡匀的笑意，映入秋水潋滟的凤眸，似是灼灼秋阳洒上一碧千顷的太宵湖，清波炫目，摄魂夺魄，令这金碧辉煌的大殿华彩尽失。流金云裳伴在龙衮玄袍之侧，相映同辉，这一点清缓的笑，便让皇上冷玉般的脸上带了几分暖色。待湛王回过神来，皇上已步到金龙御案之前，含笑携了皇后的手，亲自引她至左侧凤翔青玉案，并肩入座，转而笑道："众卿平身就座，不必拘礼。"

众臣见惯了皇上喜怒不形于色，少见他这般笑容，便都知他今日心情极好。天朝经此一役，国威大盛，一番中兴之气历了许久的酝酿、积压，终成气象，大有浩荡四域、一扫乾坤之势。这几年的艰难化作胸中豪情振奋，使得人心怀畅快。夜天凌环视殿下，心有感触，目光一动落到了湛王身上，眼中笑意却突然一缓。

麒麟金案之后，湛王正凝视卿尘明丽笑颜，神思专注。他似是感到了夜天凌的扫视，微一抬头，夜天凌却已转而往卿尘看去。卿尘自湛王处回眸，便对夜天凌嫣然而笑。

剪水双瞳，玉色流光，澄净里透着妩媚，清清明明浮浮沉沉，尽是她似幻似真的喜悦。夜天凌眉梢淡淡轻挑，便也以微笑回应。再扭头看向湛王，湛王未曾回避他们任何一人的注视，浅笑温文，毫不掩饰地欣赏，随即起身，率文武群臣举酒朝贺。

夜天凌环视群臣，有意无意间，独对湛王举了举杯。湛王欣然回礼，对视之间，各有一笑。

三贺之后，殿前作《韶箫》之舞。舞毕，番邦使者在鸿胪寺官员引导下依次觐见。

卿尘坐在夜天凌身畔，饶有兴趣地欣赏各国使臣的服饰举止。待到吐蕃使臣上前，她便格外留意，吐蕃此次战败，被迫称臣，使臣在天都也有些底气不足，却不知会有什么说辞。

但见那使者依照天朝礼仪，行三跪九叩之礼，一通赞誉天朝的得体话语之后，手按胸前，弯腰深鞠："……吐蕃不自量力，冒犯天威，我王不胜悔之，决心与天朝重修旧好，故遣臣来朝，除纳双倍岁贡之外，愿送嫁卓雅公主东入天都，以示诚意，恳请陛下不辞为恩。"

吐蕃此举并不让人意外。柔然族在西北逐日壮大，万俟朔风野心勃勃，现在与吐蕃间的和平未必能维持太久。万俟朔风与昊帝有母族之亲，朋友之义，双方各取所需，关系稳固，他得天朝支持，使吐蕃腹背受敌，吐蕃要挽回眼前劣势，重新修补与天朝的关系，唯一的法子便是和亲。

在此之前，天朝曾有华瑶、景盛两位公主入嫁吐蕃，吐蕃也曾有两位公主与天朝皇族子弟联姻。如今赤朗伦赞主动提出和亲，而且入嫁的是他的胞妹，景盛公主的亲生女儿卓雅公主，这是尽最大的努力拉近与天朝的关系，以对抗柔然。

御座之上，夜天凌微微笑了笑，吐蕃要防，但西北不能没有吐蕃，尤其是不能只有柔然而没有吐蕃，赤朗伦赞这一番和亲的美意，他当然不会拒绝。

"天朝与吐蕃早有联姻之谊，再结亲好更为美谈，朕准此请。秦国公，宗族中可有合适子弟迎娶卓雅公主？"

身兼皇宗司正卿的秦国公站起来道："陛下，臣对此事有提议。"

"你有何提议？"

秦国公花白的胡子垂在胸前，恭谨严肃："吐蕃此次虽触犯圣威，但愿送公主和亲，足见其诚意。陛下后宫空置已久，四妃九嫔皆形同虚设，臣建议，陛下可纳卓雅公主为妃，既成吐蕃和亲之愿，亦置后宫以为和美。"

夜天凌闻言，眸色已略略沉了下来，然削薄的唇角仍似带笑，侧首道："秦国公之议，皇后以为如何？"

以为如何吗？卿尘睨他一眼，这人今天兴致还真是好，换作平常，怕不早冷下脸来了。此前秦国公便多次提过选立妃嫔，这样的话她已听到懒得再听，他要她不必管，她便什么也不理会。总之有他护着，她就是任性，堪堪视天下群臣如无物，善妒也好，失德也好，她不在乎，他亦我行我素，哪管他人非议。

这时来问她意下如何，卿尘眸光一转，探进他深不见底的笑容。那笑里的锋芒直抵人心头，如剑，将出长鞘，寒气已漫空，再熟悉不过的眼神了。她眉梢淡挑，便放下手中玉盏，款款笑问秦国公："秦国公可读过灏王所作的《列国奇志》？"

秦国公微怔，不知皇后怎么问起这个，据实答道："臣读过。"

卿尘徐徐道："《列国奇志》第六卷，吐蕃国志里曾提起过，吐蕃国素有习俗，男女通婚皆以血缘为界，称作'骨系'，凡有嫁娶者必出五系之外。"她扭头问灏王："王爷，我可有记错？"

昔年卿尘在松雨台默记书稿，婉转相劝天帝的情景仍记忆犹新，灏王淡然而笑，起身道："确有其事，吐蕃国有一本《择偶七善业仪轨》，据此书记载，吐蕃男女凡有父系血缘者，一律不得通婚，有母系血缘者通婚必在五系之外。否则通婚之人会全身变黑，给自己和族人带来灾难，尤其所生子女皆为痴傻怪异之胎，生生世世遭受神灵诅咒。"

卿尘点头，语声闲淡："王爷当真是博闻强识，熟知各国风土人情。秦国公或许忘了，吐蕃卓雅公主的母亲景盛公主乃是云凰长公主的女儿，云凰长公主是先帝的表姑母，到了皇上这里虽又远了一代，但还在五系之内。按吐蕃的俗礼，皇上与卓雅公主算是近亲，通婚不祥。"

话中几位公主、几门宗亲，秦国公掌管皇宗司，自然清楚得很。且不管对不对，意思已经十分明了，皇后这是当廷驳议，不准卓雅公主入宫为妃。

秦国公心中不满，口气便强硬："我天朝四海广域，人口泱泱，从未有姑表之亲不能通婚的说法。便是皇族之内，也曾有抚远侯尚华毓公主，亲上加亲，陛下纳卓雅公主为妃并无不妥。"

卿尘道："抚远侯尚华毓公主，公主连有三子，皆夭折于襁褓之中，自己也悲郁早逝，这一段姻缘岂为美满？"

"但华毓公主为抚远侯纳妾数名，生儿育女，可谓贤德。"秦国公脾气急躁，众所周知，这时他自恃资望，倚老卖老，便是皇后也不十分放在眼里。

卿尘凤眸轻掠，容色清雅温和，却断然命道："吐蕃虽是我朝邦属之国，也该尊重他们的习俗，以卓雅公主为妃的事不必再提了，秦国公尽快自皇宗中选定子弟，迎娶公主吧。"

她再次否了秦国公的提议，毫无商量的余地。夜天凌但笑不语，将龙雕玉盏轻轻把玩于修长的指间，深邃目光锁定秦国公，顺带着亦看过长定侯等老臣，当然，并没有漏过凤衍。如今还挡在面前的，唯此而已了。他缓缓坐直了身子，杯盏之中冰色清冽，倒映出一抹沉冷锋锐的光泽。

听了皇后的话，秦国公昂首向前，硬邦邦地回了一句："据臣所知，皇族中并没有十分合适的人选。"

皇后一笑，笑中隐透静凉："照此说来，皇上若不纳卓雅公主为妃，我朝便要拂了吐蕃结亲的美意了？"

"娘娘所言不差。"秦国公一抬头，只见皇后含笑回眸，对皇上道："陛下既已答应吐蕃和亲的请求，自不应食言。但远有吐蕃习俗禁忌，近有华毓公主丧子之痛，卓雅公主也不宜入宫为妃。秦国公既然找不出和亲的人选，臣妾却有个法子或能两全其美。"

皇上唇角淡噙薄笑一缕："皇后但说无妨。"

玉帘光影细细摇曳，洒上帘后之人柔和的侧颜，一道清利的目光穿透那晶莹光色，皇后居高临下，看住秦国公："卓雅公主与皇上有兄妹亲缘，不宜婚嫁，若愿东来，可封为长公主，亲善待之。素闻秦国公的孙女仪光郡主才貌出众，品德贤淑，宗室诸女无人能及，可晋公主封号，下嫁吐蕃赞普，以成两国和盟之亲。"

轻描淡写，寥寥数语，秦国公骤然变了脸色，几疑自己听错了话。震惊抬头，只见珠帘后秀稳仪容沉着淡定，其旁皇上无波无澜的声音传下来："准奏。"

简短的两个字，便决定了一个女子要离开天都，远嫁吐蕃，或许终其一生都难以再回故土。从此之后万水千山，与亲人天各一方，纵有公主之荣耀，却是万里飞沙，千里荒凉，生离死别。

殿上透心而来的目光深凉似水，秦国公又惊又气，浑身发颤。此时才明白过来，皇后，更确切说昊帝，这是敲山震虎，警告这些从内政到外战，甚至后宫之事都要指手画脚的老臣，他的容忍到此为止。

顺者昌，逆者亡，这就是皇权。

殿下诸臣尚未从震惊中清醒过来，却听湛王润朗的声音响起："秦国公为君分忧，忠心可贵，仪光郡主以公主身份出嫁，臣以为秦国公可加封太公，以彰荣表，请陛下恩准。"

皇上淡淡道："湛王所言极是，便依此奏。传朕旨意，秦国公加为太公，封仪光郡主为公主，择日和亲吐蕃。"

太公封号虽然尊荣，但毫无实权，这相当于完全架空了原本在朝中举足轻重的秦国公，群臣此刻都已体会出些山雨欲来的意味。一朝天子一朝臣，昊帝的手段这几年来人人深有体会，现在再加上一个外柔内刚的湛王，不知不觉中竟已改天换颜。所有人都像处于一鼎悄然升温的温水中，等真正意识到的时候，已经是最后水沸汤滚，无力挣扎了。

"陛下！"秦国公出席跪至阶前，"臣……"

"秦国公还有何异议？"御案后一声询问，十分清冷。

"臣领旨谢恩！"秦国公不能违抗圣旨，但心里惊恨不已，一张老脸涨得紫红，双手微颤，"但臣还有话要说，陛下迟迟不肯册立妃嫔，臣不敢苟同！即便卓雅公主不能入宫，陛下也该选贤德之女子立为妃嫔，同主六宫，方为社稷之福！"

此话分明是暗指皇后失德，湛王朗朗俊眉不易察觉地一动，不由抬眼便看向卿尘。卿尘安静地坐在夜天凌身侧，唇畔淡笑非但不减，依稀更见加深。眼眸底处不见忧喜，只一味深静下来，幽湖般敛着宫灯丽影，澄透无垠，无意触到湛王目光的时候，淡淡晕开一层细碎的縠纹。

他看着她，神情间有着怜惜的柔和，似是在问她，很久以前他给不了的，现在那个人是否能给她？然而那目光并不咄咄逼人，只无端让卿尘觉得温暖。

卿尘淡淡地一笑，便听夜天凌道："朕后宫家事，自有分寸，不劳秦国公操心，此事不必再提。"

秦国公执意再奏："天子家事当同国事，臣岂敢不为陛下忧虑？臣早多次谏言，陛下登基数年，始终无嗣，国无根本，何以所托？请陛下以社稷为重，江山为重，听从众议，莫要再一意孤行！"

天子无嗣，国将如何！卿尘霍然抬眸，目光直刺秦国公，大殿下蓦然死静。

众臣皆知，以前曾有臣子在朝中提过皇嗣的问题，惹得皇上怫然不悦，此后没有人敢当朝再议此事，唯有秦国公和几个老臣一味上表奏谏，却都被留中不发。卿尘心底恍然，夜天凌不让她看的那些奏疏，并不单纯是请立妃嫔的谏议，他不愿她见到那些，是怕触及她心事，一片苦心。

秦国公之语，似密密细针揉入心头，流云广袖低垂，卿尘纤细的手指紧紧扣住凤座之旁的浮雕，指节苍白，面上笑容却纹丝未动，只是那目光已如冰雪，渐渐寒凉。

窒息的感觉，像是被人缓缓压入水中，越沉越深，越深越冷，明明可以挣脱，却心灰意冷，动也不能动。

此时，大殿中忽然冷冷响起夜天凌的声音："朕尚安在，你们便急着考虑储君，是盼着朕早些让出这个位子，让你们安心吗？"

这话说得极重，满朝文武惊出浑身冷汗，秦国公张口结舌，匆忙叩首："臣……臣不是这个意思，臣不敢！"

"哼！"夜天凌一声冷哼，"不敢？朕看依你所言，江山社稷都要毁在朕手中了。"秦国公惊惶不敢再言，殿下左右两席窸窣一片衣衫碎响，群臣纷纷离座，跪于一旁，乌压压直到外殿，尽是低俯的锦衣帽冠。静若死域的大殿中，只余秦国公沉重的呼吸，一声又一声，似已不胜负荷，随时都要被扼断在咽喉之间。

辉煌金玉琉璃灯在御案前转过一抹浮沉的暗影，夜天凌刀削般坚毅的轮廓笼在其中，喜怒难辨，唯见玄袍之上飞扬倨傲的金龙，不怒自威，森然迫人。

"朕今天告诉你们，即便朕无子嗣，却上有兄，下有弟，兄弟皆有子有女，皆是夜氏皇族的血脉。我天朝福祚绵长，江山亡不了。今日往后，若有人再提妃嫔子嗣四个字，以谋逆罪论！"

掷地有声的话，前所未有的决断，不但惊呆了群臣，更让卿尘如遭雷殛。他竟会护她至此，卿尘痴痴看着夜天凌冷如坚玉的侧颜，一股汹涌的热浪漫过心头，直冲眼眶。她匆忙一扬眼睫，傲然抬头，留在群臣眼底的是高高在上的微笑，母仪凤姿，清华夺目。

第二十七章　　除却巫山不是云

一路未语，龙辇御驾落停凝云殿前，卿尘与夜天凌步下车驾，穿过明阶御道，脚步却越走越快，身后内侍宫娥急急跟随，几乎是要小跑起来。夜天凌陪在她身边走了会儿，突然快走一步，伸手将她挽住："清儿。"

晏奚、碧瑶等都知趣，忙带着侍从们远远屏息退开。

卿尘被夜天凌拦得脚下一个趔趄，却不曾回身，只站定看着前方，雕栏玉砌，瑶池天阙，尽皆迷蒙一片。

夜天凌轻轻扳过她的身子，却见明玉灯下，清光隐隐，她脸上已是泪水成行。

"清儿。"他皱眉低声唤她，有一点儿欲言又止的歉意。

卿尘抬头，忽然猛地扑入他怀中，力气之大竟推得他后退一步，险些撞上身后的檐柱。"四哥，给我个孩子。"卿尘声音微哑，直视着他的双眼，华柱暗影落在她的脸上，投下难以化开的浓浓凄楚。

夜天凌眉心骤然蹙拧，看了她半晌，环在她腰间的手紧紧勒住了她，他低头，慢慢道："我虽然说过你要什么我都给你，但是清儿，不要为别人来要，尤其是这个。我不喜欢你带着任何的目的跟我说这样的话，不管是为了什么。"

卿尘凄然道："你是天子，是一国之君，你不能没有子嗣。"

夜天凌眸底那无边无际的深黑似要将她湮没，他静视着她："我刚才说过的话，不要让我再重复了。有我在，你不必理睬任何人，听清楚，记住了，除了我，不准你在乎任何人。"

他抬手抚上她的面颊，动作轻柔。卿尘强撑着的力气在他的凝视下丝丝消散，原本近乎锋利的眼神渐作失落，随泪水幽然滑落，她缓缓摇头："可我想要一个身上有着你的血脉、我的骨肉的孩子，我不管他们，我只想给你生一个孩子。"

夜天凌眼中泛起一丝疼惜的暖意，拥她入怀，轻声道："我中有你，你中有我，老天若给我们一个孩子，那是意外之幸，若不给，这一生我们便是彼此的孩子。"

他似乎遥遥看向云雾缥缈的瑶池，看向广袤的夜空深处，声音低沉回响在她耳畔，带着奇异的力量。天地仿若退回远古混沌的一刻，只余他们两人，一切都化作了虚无。

无边的孤独中，有你有我的相守，四目交投，绽放整个尘世的繁华。

无忧亦无怖，无惧亦无悲，心中落下沉缓而满足的叹息。卿尘一瞬不瞬看着夜天凌，他缓缓勾起唇角，淡笑之下清癯的面容那样清晰，触手可及。不知过了多久，他低声叫她，声音略哑，带着磁性的诱惑："清儿，我想要你。"

卿尘足尖一踮，长袖飘飘扬起，伸手便搂上他的脖颈，吻向他灼热的双唇。

夜天凌抱起她大步走向寝宫中，丹纱帐，柔丝锦，欺霜赛雪的肌肤，展若流瀑的发。幔帐朦胧灯色媚，他霸道的气息如若汪洋大海，她星眸中迷离光彩如丝如媚蛊惑着他，柔和而强劲的旋涡席卷下来，爱恋痴欲都化作他对她的渴求。

他轻吻她，沿着那栩栩如生的凤蝶，流连于那雪玉凝脂般的柔软。她在他炽热的啮吻下轻轻战栗，仿佛含羞带露的一朵幽兰，夜色下冶艳的美，如妖似魅，引诱他狂热难遏。

他狠狠将她拥住，抬手拂灭摇曳的灯烛，黑暗中冰丝凌乱，只余她轻微的喘息伴着幽香缠绵。这一刻，她完全地属于他，他探入她灵魂至深处，熔化她在激狂之下。

他就是她，她便是他，彼此占有一切，付出一切。他们在一起，灰飞烟灭也罢，拥有了所有，却什么都不再需要，只飘浮在无边无际之中，无止无尽。

她痴缠着他，唤他的名字，这世上只有她一个人这样叫他，也只有他会叫她清儿。

清儿，她只有这一个名字，只有这一个名字是她。

她是为他而生的，为他穿越了千年岁月，来世今生，都只为他，与他携手共赴这熙熙攘攘的红尘，甘愿永世沉沦。

夜已深，人已静，此生已成痴。

《天朝史·帝都·卷一百零三》：

帝曜四年秋，于阗国王重病，帝遣玄甲军五千人，送朵霞公主西归，继国王位。五年，封于阗女王为西海女王，立西海都护府。

平湖秋波三十里，一天秋月似水，一湖碎波如星。

湖心月影，遥遥轻舟独泊，一波一漾，似要飘入那清寒空远的月宫中去。船舱之侧，夜天湛独倚望月，手中半壶清酒，一身闲疏。

举酒再倾入喉，旁边船舱中款款走出个女子，伸手一捞，将他手中酒壶抢走，如兰似麝的幽香随着她袖间绡纱荡过面颊，夜天湛半阖双目，悠然笑道：“朵霞，还我。”

朵霞却不理他，转身将手一松，那酒壶噗地坠入湖心，清波里摇摇曳曳，一抹玉瓷淡影刹那间便沉入了难以见底的深湖。

“不准你再喝了。”

夜天湛睁开眼睛，唇角轻挑，弯出个优雅的弧度，低沉笑语传来：“好，就听你一回也罢。”

朵霞以手支颐，慵然倚靠在船舷之上，夜风拂袂飘过她美丽的面颊，她看着夜天湛，轻声道：“明天，我便走了。”

夜天湛立在她身畔，一身白衣似浸染了月色清寒，他淡淡含笑：“嗯，明天就走了。”

“你没有什么话想对我说吗？”朵霞浓密长睫下弯弯的双眸，让夜天湛想起沙海之畔的月牙泉，细亮的一刃妩媚，是大漠飞沙下绝艳的风景。他欣赏着她的美，她是他名义上的王妃，却更像一个朋友。为妻为伴，因为知道最终要送她远去，所以在她面前轻松得近乎真实。

“于阗国内我已替你安排妥当，此程有玄甲军护送你，万无一失，你可以放心。”

“只有这些？”

清风月华，化作他眼中淡笑翩然：“无论在西域遇到什么事，你都可以修书与我，湛王府仍然是你的家。”

“那你呢？”

“我也依旧是我。”

朵霞看了他一会儿，挪开目光，低垂的长睫在她眼底覆上了一层浅浅的暗影：“我从来没有想过，到了这一天会是玄甲军送我回去。”

夜天湛笑叹：“我也一样没有想到。”

朵霞问道：“你不后悔？”

夜天湛微微仰头，月光洒上他俊秀的脸庞。“三年了，”他淡淡道，“这整整三年的时间，你可知道我做了什么吗？”

微风凌波，衣衫飘然。他的身影映入澄净的湖面，映入朵霞明媚的眼底，缥缈如一道幻影：“我只看到你事事操心，夙夜辛劳，你为了她，要把自己的心掏出来吗？”

“你错了。”夜天湛洒然回身，俊眸之中精光一闪，穿透月华尽是雄姿英发的豪气，傲然隐有王者之风，“这三年，朝中吏治清正，已非昔日可比，国库存银五千余万，民生渐丰，吐蕃西域尽皆安定，边患肃靖。政清国晏，四海咸服，这虽然还有很长的路要走，但总有一日天朝会在我手中盛世大治，你记得我这番话，那一天不会太久。”

他俊朗的脸上因沾了酒气而透出一股风流神采，全然不是往日周旋于朝堂之上的沉着从容，亦不复宫中府中说一不二的雍容威严，举手投足间的潇洒融入那指点江山的决泱气度，魅力逼人。

朵霞一时愣在他面前，看得出神。他的风雅，他的孤独，他的霸气，哪一个他才是真正的他？她全然不知了，眼前这个男人心底藏了太多的东西，沉淀在那双明澈的眼睛里，是波澜万顷的风华。

“朵霞，多谢你陪了我这么多年。”

千里明月清秋色，莫道离别。

心中莫名地泛起愁绪依恋，朵霞向前扑入了夜天湛的怀中。夜天湛愣了愣，慢慢伸手，拥住了她。

他身上的气息，淡淡春风般地暖，吹透黄沙飞天，落日残阳。他的微笑是她一生永不会忘的记忆，坚毅如山的怀抱，给她力量和勇气，她可以笑着转身，一别之后是天涯。天涯路，轻纱飞天，驼铃声远，玉笛轻折悠扬，婉转成千年的辽远与思念。

夜天湛唇间清扬的笛声荡漾于波光粼粼的湖面，起起伏伏，悠然飘洒。朵霞倚在他身边，心里空无所有，只余这笛声。

此身，如梦。

月落天清。

西出雍门，阳光下秋高气爽，风扬旌旗。五千玄甲军轻骑护卫朵霞公主归国，仪仗浩荡，绵延数里。

因答应了朵霞，夜天湛并未出城送行。朵霞启程的一刻，他站在城头高阁之上遥遥看着她远去的背影，心间是她明朗的笑语：如果有一天，你厌倦了这里，记得有一个人在西域等你。

第二十八章　世事如棋局局新

朗日如金，折射在武台殿雀羽色青蓝水透琉璃瓦上，将阳光幻出一片宝光潋滟。一个青衣内侍匆匆迈上殿阶，进了殿中，下意识便放轻了脚步。

深色近墨的檀木地板光洁如镜，倒映出重重金帷肃垂的影子，锦字花纹飘浮如云，一直延进幽深的内殿。当值宫人都远远屏息站着，人人低眉敛目，不闻半丝声响，内侍的足音落在空寂的殿中仍旧格外清晰，不觉背心已见了微汗。待见到御前常侍晏奚，他低声禀报了什么，晏奚斟酌了片刻，便往宣室走去。

隔着一段殿廊，宣室中隐隐传来说话声。晏奚行至最后一道九龙墨玉屏风跟前，听到皇上沉冷的声音便迟疑了一下，虽有急事，但也不敢轻易打扰。却只这么一站，里面的话声停住："什么事？"

晏奚趋步上前，转过屏风，只觉得气氛凝重迫人。里面除了湛王，只有凤衍、杜君述和斯惟云三名重臣，人人面无表情，唯湛王一双微挑的眸子淡淡看着对面的凤相，颇有几分犀利的味道。

晏奚俯身垂首，目不斜视，禀道："陛下，含光宫刚才急召御医入见。"

夜天凌黑沉沉的眸底轻微一波，连带着湛王也抬眸。这消息对凤衍来说却来得最为及时。果然，皇上将手中的奏疏一合，丢下话来"回去想清楚该作何处理，明日奏本上来。"言罢拂袖出了宣室，起驾含光宫。

凤衍躬身领了，转身退出时暗中瞥了湛王一眼，心下暗恨。

今年夏天，沧浪江遭遇水患，连续不断的暴雨使得江水决溢，河道泛滥，湖、云两州十七郡田毁城淹，尽成一片泽国。这样的洪水已有多年未遇，昊帝急调江左水军出动战船迁移百姓，抢修因洪水而决口的广安渠，复又两次拨银赈灾。七、八月过后大水渐退，由于赈济得当，两州未再出灾疫乱情，忙乱了数月，各方都松了口气。

不料此时，帝曜二年的金榜探花，接替斯惟云督修广安、广通双渠的梅羽先，却一道奏表将凤衍的长子，身兼工部侍郎、江左布政使重任的凤京书参到了御前，参他私自挪用修渠造项，使得广通渠迟迟不能竣工。大雨来临，江水暴涨，广通渠不能发挥预期作用，以致广安渠不堪重负，决堤千里，尽毁两州房舍良田。

这一弹劾到了御前，昊帝极为震怒。近年清查亏空，第一查的便是挪用，这本便犯了大忌，何况又造成毁堤淹田的重灾，即刻传凤衍入宫见驾。

凤衍一到武台殿便觉出气氛不对，跪拜后未听到叫起，劈面一道奏疏落在了面前："自己看吧。"

黄绫奏疏落地，赫然展开在眼底。梅羽先刚劲挺拔的笔迹力透纸背，墨迹深亮，字字如刃，看得凤衍渐渐冒出一身冷汗。正恼火这一个微不足道的六品外官，哪里来这么大的胆量弹劾凤京书，一抬眼，正看见湛王淡笑间一抹亮刃般的眼神。

凤衍心念电闪，将奏疏重新呈上，俯身叩首："陛下，奏疏中所言事涉犬子，按定制臣当避嫌，不便多言。"

湛王乌墨似的眼梢轻轻一挑，唇边笑意隐隐加深几分，叹其处变不惊，稳而不乱，不愧是三朝宰辅相臣。

御案之后，夜天凌冷眼看向凤衍："广安渠毁坝决堤，水淹千里，你身居中枢之要，难道也没有话说？"

"臣等失职，未能事先防患于未然，以致发生这样的事情，臣请陛下降责。"凤衍先行请了罪，继续道，"但广安渠究竟何故决口，臣以为应先查清原委。堤坝出了问题，负责督造的官员难辞其咎，难免会为了要推卸责任寻些借口，其言不可全信。"

话音一落，身旁响起湛王的声音："这几年清查亏空，各部的缺漏都一一补齐，唯有工部一直以两渠工程浩大为借口，一拖再拖。现在亏空仍旧在，广通渠工程停滞，广安渠毁于洪水，不知工部的造银究竟用在了何处？凤相不说造银的事，却将原因归咎于其他，这是为何？"

凤衍立刻道："王爷，臣刚才只是回陛下的话。至于修渠的造银，若要问，当先由尚书省追究负责此事的户部。王爷若想知道，臣尽快发文尚书省，让他们责查。"

听似恭谨的语调，却因为太过恭谨，便带出了些非同寻常的意味，仿佛皇上的问话可以暂且放下，湛王的话却不能不答。

湛王如何听不出凤衍是想将殷家拖下水，冷笑道："何必如此麻烦，此事只需问一问凤京书便明白了。听说凤京书在司州故里修了一座佛寺替凤相夫人祈福，以南岭檀香为木，东海白玉为阶，自称连陛下为太皇太后修筑的昭宁寺也不能及，不知此事凤相以为如何？"

凤衍暗惊，不想凤京书酒后一句醉话，千里之外湛王竟知道得如此清楚，除此之外，不知还有多少事落在了他手中。当即道："小儿为母捐资礼佛一事，事先曾蒙皇后娘娘准许，娘娘还因此恩赐修缮之资。山野小庙岂敢与昭宁寺相提并论？昭宁寺的规模造项王爷最为清楚，此话岂不荒谬？"

湛王眼中冷芒一沉，对面杜君述和斯惟云同时皱眉，凤衍果然姜老弥辣，这一招攻守兼备，不但搬出了皇后，更是将皇上与湛王间的一笔旧账也暗暗算在里面。

想当初湛王与皇上不甚和睦，因深知皇上诚孝祖母，对昭宁寺不肯有半分马虎，命人将昭宁寺的造价成倍提高，造金为佛，琢玉成塔，划方圆百里之地，斥建寺之资千万，使得国库越发吃紧。昭宁寺竣工之后，堪称天下佛寺之首，寻常寺院无一能出其右，如今不仅是皇家寺院，更是天竺、西域、吐蕃等僧侣东入中原论法的圣地，弘扬佛法，教化民众，香火十分鼎盛。

这几年湛王尽心为政，国库充盈，皇上虽心知其中曲折，但并不欲追究，只是话自别人嘴里说出来，难免让兄弟两人心中都生出些微恶。

湛王抬眸间与凤衍凛然凝对。凤衍眼中森森阴冷，湛王唇角那丝清雅的笑容已缓缓淡了下来，尚未说话，便听皇上道："朕问的是广安渠之事，与昭宁寺何干？广安渠耗资四十余万，三年始成，现在毁于一旦，明年若再有暴雨，你们想让朕置江左百姓于何地？"

两人都肃容不再作声，这时旁边斯惟云忙顺着将话题带回了修渠之事："陛下，当务之急还是要抢修广通渠，此次若不是广通渠未成，湖、云两州不至于遭此灾难。但梅羽先也有不当之处，洪水来时，既知广通渠不能使用，便应该及时在上游开闸泄洪，则可以毁泸阳、沣知等几郡的代价，保全两州十七郡，亦使广安渠无恙。"

这话说得公正，谁也不偏帮，杜君述接着道："梅羽先一个六品郡使，年纪轻轻，怕是难做此决断，说起来也不能完全怪他。"

斯惟云点头道："陛下，不如还是让臣回湖州吧。"

夜天凌沉思片刻，却问湛王："你觉得呢？"

湛王道："臣弟以为事情关键倒不在人上，而在于例制。就拿这修渠的造项说，经户部到工部，入布政使司，再到州府，其中多少无用之功，费时费力。其实各处造项完全可由户部直接调拨给督造处，不但提高效率，亦可杜绝那些贪赃枉法之事。"

凤衍方要说话，忽然瞥见夜天凌冷淡的目光往这边一带，听到四个字："此事可议。"

凤衍霍然警觉，双目微眯，眼缝里一道精光暗闪。

天下三十六州九道布政使统管所辖州府军政，无不重权在握，眼前明摆着皇上是有心要收权中枢。湛王看准了这个时机，猝然发难，梅羽先弹劾凤京书定然是早已设计好了的。

九道布政使中有四人是凤家嫡系亲族，再议下去，湛王必是拿凤家的人开刀，凤京书首当其冲。凤衍心知一不留神，这步是落在了下风，正要设法周旋，恰巧晏奚的禀告打断了议事。

皇后虽体弱多病，但向来很少传御医，突然急召，定是出了什么意外。莫说是皇上，便是在座所有人都悬起了心神。

退出武台殿，凤衍出宫回府，一路盘算。有皇后在，看来皇上还是给凤家留着情面的，否则今天这弹劾直发廷议，那便无论如何都无法挽回了。湛王如今势头逼人，这关口皇后可不能有任何不妥，但只靠着皇后，凤家却也步步都在险中。凤衍前思后想，正焦虑难平，不料此时，宫中却传出了喜讯——皇后有妊。

去年澄明殿之后，有了秦国公的例子，朝臣都不敢再提储君一事。但天子无嗣始终是大事。如今御医已证实皇后得嗣，举朝内外都松了口气，纷纷上书贺表，凤衍亦借机再上了一道请罪的奏疏。

不知是不是因为中宫的喜讯，昊帝并未严惩凤京书，只是革了他的户部侍郎，限日填补挪用造项。日前那场风波便暂且被压了下来，朝中湛王和凤家的势力依旧均衡，一时都不能占上风。

刚入十月，天气略微有些转凉，卿尘有孕之后身子畏寒，便比往年早些移居清华台。夜天凌早增拨了数十名宫女随侍，指派御医每日请脉，格外紧张她，只差没下道圣旨将人禁足在寝宫。

卿尘虽笑他小题大做，但自己也很是小心。所幸数月下来，除了开始那段时间略有不适，一切还算平安。

这时新年渐近，四域藩属之国纷纷来朝觐见，一些准备来年提调使用的官员也奉旨入天都述职。夜天凌诸事缠身，每天不得空闲，却不管多忙，隔几日必定亲自召见御医令黄文尚。

黄文尚自圣武朝入宫，多经历练，一手医术在御医院中已是佼佼者。去年老御医令宋德方告老还乡，他便担任御医令一职，主理御医院。这日入宫，因皇上一直与湛王在议事，他便候在偏殿，等了一个多时辰，才有内侍前来宣见。

转过阶廊，黄文尚远远在殿前见湛王从里面出来，温玉样的脸上似笼着层淡霜，不甚清晰。再看时，沿着雪色冷清的龙台玉阶，那白袍玉冠、风华俊雅的背影已遥遥而去。

穿过殿廊进了内殿，内侍通禀后退了下去，黄文尚俯身叩首，头顶传来皇上淡淡的声音，"起来吧。"

黄文尚起身，略微抬头，见皇上斜倚龙榻，身上搭着件云青长袍，身旁银炭添沉香四足卧兽点金炉一丝烟火气也无，暖得四周空气微微浮动，却难掩他神色间一股倦意。

不见垂问，黄文尚便躬身立着。过了会儿，皇上放下手中看着的奏疏，半合双目往后靠去，问道："去清华台请过脉了？"

黄文尚回道："臣刚从清华台过来，皇后娘娘脉象平安，胎息安稳，并无不妥，只还是心血不足，身子太弱了些，臣仍担心再过几个月生产的时候，会很辛苦。"

夜天凌睁开眼睛："你究竟有几分把握？"

黄文尚迟疑，道："要看娘娘这几个月调养得是否得当。"

夜天凌道："宫中难道还缺滋补的药品？该用什么药便用，怎么会调养不当？"

黄文尚听得他语气中有些不悦，心想或许今天来得不是时候，回话便分外小心："回陛下，娘娘平时并不常用御医院配的药。"

夜天凌也知道因为卿尘医术精湛，御医们在她面前都十分谨慎，而她也不很习惯让御医看诊。中宫设有专门的尚药司，平日卿尘所用之药一般都按自己的方子，御医除了奉召入宫外，只负责替她遴选药材。他倒不是要责备黄文尚，但见其欲言又止，皱眉道："有什么话便说。"

黄文尚便道："臣刚才在娘娘那里见到几味药材，似乎有些不妥当。"

"药有何不妥？"

黄文尚道："臣见那些药，其中几味有破血催产的功效，还有些比较罕见，臣也不十分认得，不能清楚药效。若寻常人用药倒好说，但如果有孕在身，还是要仔细些。以娘娘的身子，万一用了什么不该用的药，后果不堪设想。"

"皇后怎么说？"

"娘娘用药向来自有主见，臣不敢多问。"

"皇后那里的药材不都是由御药房挑选的吗，你们怎么不提醒着点儿？"

黄文尚低头垂目："那些药材是湛王府送入中宫的，并没有经过御药房，臣也是偶尔所见。"话音方落，便感觉到皇上眼眸一抬，他心头就像被丝缕薄刃一掠而过，顿时不敢再多言。

空气中有片刻的凝滞，继而被一声低低的轻咳打破，随之而来是皇上徐缓的话语："皇后熟知药理，应该自有分寸。"

黄文尚抬眼觑了觑皇上的神色，只见一色漠然无痕，叫人探不出丝毫端倪。夜天凌坐起来，突然身形一停，深深蹙眉，稍后才道："你退下吧。"

"是。"黄文尚察言观色，跪安前试探着问了一句，"陛下似乎不太舒服，要不要臣请下脉？"

夜天凌坐了会儿，淡声道："也好。"

黄文尚便上前跪着请了脉，仔细斟酌后，道："陛下近日太过操劳了，怕是有些引发昔年的旧伤。倒不必特地用什么药，只是静养一下便好。若再觉得不适，也可以用一点儿南诏进贡的玉灵脂，有镇痛提神、除劳解乏的功效。"

夜天凌这几日常觉得旧伤处隐隐作痛，事情一多便有些疲乏，听了这话，点头道："你明天呈药上来吧。"复又嘱咐了一句，"直接送到武台殿，不得惊动皇后。"

黄文尚领旨退出后,夜天凌闭目似在歇息,但从他搭在龙榻之旁扶手上轻轻叩动的手指却可以看出,他正在思量什么事情。

过些时候,他重新拿起刚才看着的奏疏,再次浏览那洋洋洒洒长篇大论,修长的手指在那精美的金龙浮雕之上微微收紧,略泛出些苍白,忽然间广袖一扬,便将那奏疏迎面掷在了御案上。

那是中书令凤衍弹劾湛王的奏疏。

入春之后天朝有几项极大的盛典,是一年之中最热闹的时候。四月中旬,正逢一年一度天都春猎,昊帝起驾宣圣宫,自亲王以下皇亲士族尽皆随行。皇后如今身子沉重,连本应由她亲自主持的亲蚕礼都免了,此时这些狩猎、射典之类的便不曾参加。

昆仑苑中,天子行营旌旗连绵,御林侍卫哨岗密集,人声马嘶,遥遥可闻。

宝麓山原野起伏,奇峰深谷,颇有些珍禽走兽,羚羊、白鹿、猛虎、金豹都在不少数。夜天湛尚为皇子的时候便常入山中狩猎,对宝麓山的地形极为熟悉。他对行营附近那些被驱赶出来的小兽并不十分感兴趣,这日带了侍卫一路深入山中,纵马引弓,收获颇丰,眼见暮云四起,落日西沉,一日已近黄昏。

天边一片火色的云彩连绵不绝,飞鸟自晚霞间成群飞过,纷纷投入密密的山林中。夕阳余晖在陡峭的岩石上落下最后的光影,更使得山色深远,层叠峻峭。夜天湛正停马欣赏这山野暮色,突然听到身边侍卫叫道:"王爷,那边有鹿群!"

他扭头看去,果然见近百只野鹿自山谷那边成群而过,鹿的数量越来越多,像是被人驱赶至此。夜天湛忽然看到当先一只居然是极为罕见的白鹿,十分惊奇,将手一挥:"追!"

侍卫们闻声应命,纷纷打马,随他追入山谷。几支流箭过去,鹿群受惊,渐生混乱,那白鹿立刻被和其他鹿冲散开来。夜天湛目标是那只白鹿,纵马紧追,不由便深入山谷。天色渐暗,道路愈窄,四处密林丛生,两边山势也越发嶙峋参差。

夜天湛座下之马乃是大宛名驹,十分神骏,穿过一片丛林,逐渐便追上那白鹿。他自马上反手抽箭,遥遥引弓,箭如流星,直取猎物。便在此时,身边响起一声尖锐的啸声,一支狼牙羽箭自不远处闪电般射来,几乎和他的箭同时而至,正中白鹿。

那白鹿身上中箭,复又奔出数步,撞倒在山林间。夜天湛奇怪是什么人的箭如此凌厉,便勒马回头,不料却见射箭的人竟是皇上。夜天凌自林间纵马过来,白衣乌靴,手挽金弓,他和十二一路追猎群鹿至此,也没想到会遇上夜天湛。

夜天湛翻身下马:"见过皇兄!"

"免了。"夜天凌抬手命他免礼。十二随后而至,见了夜天湛便笑道:"哈哈,原来是七哥,我正奇怪这是谁的箭,竟能和四哥一较高下。"

夜天湛闻言一笑，眉宇间却略带了几分异样的神情。最近天都内外虽是一片兴盛热闹，但朝堂上一直不甚平静，旋涡的中心，便在湛王府与凤家。

上次广安渠的事情过去不久，梅羽先自湖州入调天都，任了工部郎中。凤家对梅羽先弹劾凤京书一事怀恨在心，对他百般打压。不料梅羽先毫不畏惧，再次奏本弹劾，这次竟是针对凤衍，参他曾经私下会见吐蕃使臣，收受贿赂，通敌误国。凤衍惊怒之余，明白事情绝不是一个梅羽先这么简单，即刻将矛头直接对准了湛王。事有凑巧，今年三月，天都出现一次日食。凤衍借此机会再次上书昊帝，言"日有食，象阴之侵阳，臣之侵君"，以为大不吉，暗指湛王有不臣之心。面对这番局面，昊帝不曾有任何表态，但朝局波澜暗涌，湛王与昊帝间便渐渐生出些难以明说的隔阂。

侍卫们尚未赶到，夜天湛便跨过山石去看那白鹿。想起近来朝中诸多事端，皇上的态度一直十分耐人寻味，他不由微微蹙眉，这一天游猎的兴致便淡下了几分。

两支羽箭皆穿颈而过，鹿死谁手已然难以分辨。夜天湛手握长弓，淡淡笑了笑，转身道："皇兄这一箭后发先至，臣弟甘拜下风。"

夜天凌亦缓缓带马上前，半明半暗的暮色下，两人目光一触，突然间，夜天湛听到十二惊呼一声："七哥小心！"他看到夜天凌眼中锐光骤现，身后似有一阵猛风袭来，眼前精芒如电，夜天凌手中利箭已迎面射来。电光石火间，他几乎是未假思索，引弓一箭，抬手射出，箭势凌厉，直袭夜天凌。

夜天凌先前一支长箭从他左侧擦身而过，手下连珠箭出，千钧一发之际，双箭半空相交，当的一声，刺目的白光应声飞溅，撕裂昏暗的夜幕。

一切都在眨眼之间，十二的惊呼，凌厉的箭啸，随即伴着一阵猛兽嘶吼的声音，身后重物落地，夜天湛第二支箭亦搭在了弓上。

对面，夜天凌手中的金龙长弓也同时弦满箭张，利芒一闪，冷冷对准了他。

弓如满月，隔着数步的距离，几乎可以看清对方箭尖上雪白的利芒，冷如冰，寒似雪。

这时两面随行的侍卫先后赶至，突然见到这番局面，尽皆震惊。卫长征将手一挥，御林侍卫迅速围上前去。湛王府的侍卫都是忠于湛王的死士，也立刻应声而动。

夜天凌和夜天湛却对此视而不见，两人一动不动地锁定对方，夜天凌眼中寒意凛冽，夜天湛面如严霜。对视之间复杂而锐利的锋芒，随着两张长弓逐渐紧致的力道，慢慢溢出慑人的杀气。

四周无人敢妄动，只怕一丝声响，便能引发血溅三尺的局面。

面对着皇上深冷的注视，夜天湛唇角紧抿，脸上渐渐泛出一丝杀气。十二手已经压上剑柄，往前迈了一步，沉声道："七哥！"

夜天湛沿着十二的目光缓缓扭头，猛地一怔。身后离他半步之遥的地方，一只豹子翻倒在地，依稀可见鲜血溅满四周岩石树木。夜天凌先前那支长箭洞穿豹子的额头，直没箭羽，一箭毙命。他心中如惊电闪过，霍地回身，夜天凌面无表情地看着他，手中金弓纹丝不动，长箭锋锐。

夜天湛心中瞬间掠过无数念头，片刻之后，他迅速将弓箭一收，随即单膝跪下："皇兄，臣弟……鲁莽了！"

白衣肃杀，身形坚冷，众人只见皇上寒意凛凛的箭依然锁定在湛王身上，渐浓的暮色下，谁也看不清皇上的表情。山风忽起，旁边马匹似已经受不住这样的杀意，不安地嘶鸣。湛王始终低着头，手却在弓箭间越握越紧，无论如何，方才那一箭，已是死罪。

时间似乎凝滞在这一刻，也不知过了多久，皇上终于将金弓缓缓放下，似乎轻笑了一声："起来吧。"

夜天湛抬头，夜天凌从马上看了他一眼，转身道："回头把这只豹子送到湛王行营。"说罢反手一带马，扬鞭先行。

第二十九章　云去苍梧湘水深

时入五月，清华台中兰花盛放，修枝翠叶葳蕤繁茂，雪色素颜，玉骨冰心，丛丛簇簇点缀于兰池御苑，美不胜收。

夜天凌今天来清华台，正遇上卿尘小睡未醒，便独自在她身边坐了一会儿。兰香如缕，淡淡缈缈，萦绕琼阶玉栏，午后的清华台安静得似乎能感觉到兰芷飘浮的香气。夜天凌看着卿尘宁淡的睡颜，只觉身边再有多少繁杂之事也并不如何，可是想到她因有孕而欣喜的样子，御医私下说的话仍旧沉沉压在心头。

卿尘诊出身孕的当天，御医便如实禀告了他。卿尘上次因剧毒小产，使得身子亏损甚重，幸而近几年有良医良药悉心调治，才不至于缠绵病榻。但她素有心疾，怀孕生子都是极危险的事，几名御医谁也不敢保证安然无恙。眼见着数月过去，产期将近，她虽表面上一切安好，人已明显消瘦下来，明明时常精神不济，却总在他面前硬撑着，只要问，就是没事。他似乎觉得这个孩子是慢慢拿她的气血精神去养成的，那点将为人父的喜悦早已全然不见，取而代之尽是担忧。更何况此时此刻，这个孩子是天子唯一的血脉，多少人等着看着，心思各异。

"陛下，"碧瑶进来轻声禀道，"湛王求见。"

夜天凌点点头，起身步出殿外。他走不多会儿，卿尘便也醒了，虽说醒了，却浑身懒懒的不愿起来，以手撑额靠在榻上，过了会儿，问碧瑶道："是不是皇上刚才来过？"

碧瑶笑说："皇上坐了好一会儿呢，娘娘睡得沉，都没有醒。方才湛王来了，皇上便去了前殿。"

卿尘点点头，虽是天天进宫，但湛王极少到清华台面圣，今天突然过来，或者是有什么急事也说不定。最近不知为什么，皇上与湛王似乎不像以前那样融洽，虽然夜天凌对此只字不提，但女人的心思最是敏感，岂会察觉不到他们两人间微妙的变化？形势在变，人也在变，在天家与权力这条路上，没有永远的对手，也没有永远的朋友。

卿尘心中微微轻叹，这时候外面不知为何传来些慌乱的声音，她蹙眉问道："怎么回事？"

碧瑶出去看了看，过会儿回来道："前殿一个侍女拿错了东西，惹得皇上发怒，没什么事。"

卿尘凤眸掠过垂帘，复又落回碧瑶身上，淡声道："别拿这些搪塞我，到底怎么了？"

碧瑶见她静静看住自己等着回话，显然是不信皇上会为这点儿小事责罚侍女，犹豫片刻，最后还是道："湛王……不知怎么和皇上吵起来了，皇上震怒，连晏奚都被赶了出来。"

天际云低，廊下风急。前殿之外，内侍宫女前前后后跪了一地，晏奚那乌漆笼纱帽下鬓角微乱，缕缕尽是薄汗，神情间难掩狼狈。

卿尘踏上殿阶，晏奚吃了一惊，忙道："娘娘怎么来了？"

卿尘往大殿里看一眼，问道："为了什么事？"

晏奚方要回话，忽听殿中铮然一声脆响遥遥传来，似是杯盏落地飞溅，紧接着一阵无声的死寂之后，脚步声起。

卿尘蓦然抬头，幽深的大殿中，只见湛王快步而出。

因有大半年未曾见面，乍然相遇，夜天湛一愣，卿尘心底亦涌起莫名滋味。

依然是长身玉立，依然是丰神秀彻，风雨浪涛并没有在他身上留下岁月的痕迹，举手投足间仿佛仍是当年楚堰江上那个翩翩公子。只是抬眸相对，千帆已过尽。

他像换了一个人。若说昔日是春风下明波风流的湖水，那么眼前的他便是秋雨过后的长空。

秋空风冷，如他此时看她的眼神。

风过面颊，吹起衣衫乱舞，夜天湛只停了一下，神情冷漠，转身举步。

"王爷，"卿尘在他经过身边的时候叫住他，略一思量，温声道，"许久未见了，不知王爷愿不愿陪我散散步？"

清华台，御苑兰若万丛，深处翠竹三千。

修竹幽篁，苍翠如海，天低云暗，密密翠墨的颜色随风长倾，如轻涛拍岸，层层起伏，飘飘摇摇。

夜天湛站在竹亭之中，一言不发，神情冰冷，卿尘立在他身后，亦不知该如何开口。

风吹衣袖，急急振响，夜天湛看似平静的表面下却是满心翻江倒海。自恃权重，目无君上，现在就只差没有明指他觊觎皇位，意图对未出世的皇子不利，甚至对皇后心怀不轨了！他覆手竹栏之上，修长的手指静衬着竹丝的纹路，如玉温文，却不由得重重往下一沉，只听咔啦一声碎响，那竹木被他当中震开，裂痕深深，直透两端。

风乱，几片竹叶翻飞而下。

夜天湛心中翻腾的那股怒火随这一击泄去不少。卿尘微微吃惊，过了一会儿，柔声道："皇上就是那样的脾气，吃软不吃硬，有些事，你别和他硬顶，缓一些反而会更好。"

若是能缓，又何至于到今天？夜天湛冷笑，掷下一句话："卿尘，抱歉了。"

卿尘心间一凛，夜天湛眼底波澜翻涌，转身，一丝笑容却淡若微风："事情总会有结果的，不是今天，便是明天。但有件事我还没有放弃，他能给你的，我一样能给。卿尘，你可愿再考虑一下？"他的话语低缓而平和，却让卿尘心底凉意陡生。

他在面前凝视着她，让她觉得这是他最后一次说这样的话，如此坚韧的目光，深深隐在他清朗的眼眸底处，逐渐划出一道万丈深渊。

卿尘周身如坠冰窖，匆匆道："无论如何，结果都是一样的。"

夜天湛看她一会儿，一次又一次，她总是用这种最真实的冷静来回答他的话。他唇角渐渐转出一丝薄笑："你这个女人，有时候真让人觉着不像女人。"

卿尘心里纷乱，下意识地回答了一句："我只是个女人。"

夜天湛徐徐笑说："我当然知道，否则我也不要。"

卿尘一时无言以对。夜天湛却忽而笑容一收，极认真地说了一句："卿尘，那对我来说不一样。"

"不一样吗？"

"不一样。"

卿尘扬眸与夜天湛对视，心中忽然平静如水。曾经恩怨，曾经爱恨，起起落落兜兜转转，终于还是到了这一刻。误入这红尘一场，多少岁月，这两个在她的生命中至关重要的人给了她所有，此生此情，她可以用所有孤注一掷。

就在这一刹那间，卿尘的注视竟让夜天湛莫名地生出些不安，仿佛她心里下了一个重要的决断，而使得那目光摄魂夺魄，要将他看成透明的一个人，他听到她用极轻的声音道："这一生，我欠你的。"

一句话，便是一生吗？

夜天湛道："欠着吧，多欠一点儿，说不定你早晚要还我。"

卿尘道："让我想想，该怎么还。"

夜天湛轻轻一叹，不语。

卿尘道："你若没有急事回府，便陪我再走走吧，很久不见你，倒觉得有不少话想说，这时不说，也不知道以后还有没有机会再说。"

夜天湛闻言，神情间闪过一丝阴郁，终究没有拒绝。

穿过竹林，九曲回廊曲折，下临兰池，岸芷汀兰烟波三千，一片迷蒙浩渺。

风满楼，雨意渐浓。卿尘却同夜天湛淡淡说笑，不知不觉已绕这长长回廊沿湖走了数周。夜天湛几次问她累不累，她都笑着摇头，将话题岔开。夜天湛此时觉得她的脚步越来越慢，看她一眼，便站下道："坐一会儿吧，我走累了。"

卿尘面上略有些倦色，见他看过来，微笑着点了点头，扶着雕栏坐下。夜天湛毕竟心中有事，一时看着烟波沉沉的湖面出神，突然听到卿尘问他："王爷，如果我能说服皇上支持你清除凤家，你愿不愿答应我，绝不会做任何对他不利的事？"

夜天湛惊诧回头，几疑自己听错了话："你说什么？"

卿尘道："若我保证皇上也不会对你不利，你能否答应，终此一生，待他如兄、如君？"

夜天湛僵了片刻，霍然起身："不可能！你给不了我这个保证，我也一样给不了你。"

如果以前还有这个可能性，但现在，一切的可能都已变成了不可能。

卿尘道："如果我能呢？"

夜天湛盯着她，目光深黑一片："事到如今，这岂是一句承诺便能解决的问题？你不妨问一问他，他做得到吗？"他重重一甩袍袖，叮的一声脆响，有什么东西从他袖中掉出，落在卿尘身旁。

一支淡色玉簪，简单的样子，润泽的光。卿尘愣了一愣，吃力地弯腰去捡，旁边迅速伸来一只手扶住了她。

苍白的玉，苍白的手，苍白的面容。

夜天湛将玉簪捡起来，突然察觉卿尘的手在他掌心微微颤抖，冰凉似雪，抬头见她脸上已毫无血色，身子摇摇欲坠。

"是那支玉簪吗？"她低声道。

"是。"夜天湛来不及掩饰尴尬，匆匆问道，"你是不是不舒服？"

卿尘勉强微笑："原来你还留着这支簪子，其实那时候，我很想跟你道一声谢。这些年来，我知道你一直处处护着我，这……是最后一次……你……"

"卿尘！"夜天湛低喝了一声，卿尘慢慢道："孩子……要出生了。"

夜天湛猛地低头，惊见卿尘襦裙上已是鲜红一片，那红迅速蔓延，不过片刻便浸透了轻薄丝绢落到细花雕纹的玉砖之上，缠蔓花枝染了血色，浓重刺目。卿尘却似无所觉："我说过，他死，我随他……你死，我用我的命护着……你相信我……如果……如果我撑不过去……你们……"

周身不知来自何处的痛楚越来越重，越来越急，卿尘紧紧咬着牙关，想凝聚一点儿力量把话说完，却连呼吸都艰难起来，只死死看着夜天湛，目露哀求。

夜天湛面上一片雪白，额角青筋隐现，不知是他的手攥着卿尘，还是卿尘的手攥着他，那支玉簪不堪重力，咔地断成两截，碎面直刺掌心，剧痛钻心。

他忽然极快地低声说了一句："我答应你。"俯身迅速将卿尘抱起来。

卿尘心头蓦然一松，身子便软软地坠落在他的臂弯中。

第三十章　　碧落黄泉为君狂

雨急风骤，唰唰抽打着殿阶，一列青衣内侍匆匆穿过廊前，当先一人捧着药炉步履慌忙，其后数人手托药匣急急跟上。

他们刚转进内殿，便有几名绯衣侍女端着铜盆鱼贯而出，盆中尽是浓重的血水。再有侍女端了清水进去，片刻出来仍是骇人的血色。

殿中烛火忽明忽暗，人影幢幢，来往宫人，进退无声。唯有皇后低抑的呻吟声自屏风重帐之后传来，断续落在室闷的雨声中。

天黑近墨，闷雷滚滚震动琉璃重瓦，夜天凌在殿中左右踱步，困兽一般，身前十几名御医匍匐跪地，人人汗出如浆。

雨声越急，似乎渐渐盖过了寝帐内的声息，忽听一声乱响，两名御医仓皇步出，险些将屏风撞倒。

夜天凌霍然回身，两人已扑跪在面前，为首的御医令黄文尚磕头颤声道："陛下……时间太久，娘娘怕是撑不住了，臣请陛下示下，用不用参汤？参汤能让娘娘撑到孩子出生，但是……但是……"

夜天凌喝道："但是什么？"

一旁的何儒义急忙接道："但参汤极易引起血崩之症，只能保孩子。"

"混账！"话未说完，夜天凌勃然怒道，"朕什么时候说过让你保孩子？"

何儒义以额触地："请陛下三思！"

夜天凌一把将他从地上拎起来，冷冷的声音直逼到眼前："你给朕听清楚了，皇后要是有什么不测，你们谁也别再来见朕！"

"陛下！"

"陛下！"

众人叩首跪劝，夜天凌充耳不闻，只一声毫无余地的怒喝："还不快去！"

眼见皇上盛怒，黄文尚与何儒义再不敢多言，匆忙叩头退回内帐。

一阵斜风撞上窗棂，哐地将长窗吹开，风扬金帷，雨湿鸾幕。霎时间外面一个身影落在夜天凌眼中，激起他眼底厉厉寒芒。

殿外廊前，夜天湛一直未曾离开，雨已将他半边衣衫湿透，更将他襟袖之上的血迹染得浓重。

那是卿尘的血，从他将她抱到寝宫的一路上，她的血就没有停止过，渗进丝帛的纹路附在他的身上冰凉刺骨，带来深重的恐惧。

是恐惧，他独入敌国千军万马，面对天都巨变惊涛骇浪、朝堂之上明枪暗箭都从未感觉到的恐惧。

那些时候退也好，输也好，无论失去什么他都有十足的信心还能赢回来，但此时，如果失去了，便终此一生再无法弥补。

闭目仰头，一阵雨水扑面而来，他激灵灵打了个冷战，身后却有一股更深的寒意陡然而起，如剑在侧。

他猛地回身，正撞上夜天凌怒海狂涛般的眼睛。

夜天凌双手在身边紧握成拳，根根筋骨分明，见他转身，眼中利芒闪现，挥掌如刀，劈面击来。

夜天湛抬手隔出，风雨下两人掌风相交，激起冰水飞溅，一股排山倒海样的劲气直将夜天湛逼退数步，身形一飘，落入雨中。

铺天盖地的雨浇下来，夜天凌步步逼近，指着他怒问："你究竟和她说了些什么？她痛成那个样子，就只跟朕说了四个字，善待湛王！孩子和她都危在旦夕，你现在满意了？你是不是想要她的命？"

夜天湛痛恨交加，亦怒喝道："我说了什么，我还能说什么？我答应她待你如兄如君，答应她绝不对你有任何不利！孩子是你给她的，你明知道她身子不好，还一次次让她受这样的苦，是我要她的命还是你要她的命！"

"你当朕想要这个孩子？"夜天凌人整个笼在雨中，神情模糊一片，"你想要这江山皇位，朕给你又如何？但她若有什么不测，朕绝不会放过你！"

夜天湛冷冷道："皇兄想要我的命也不是第一次了，今日她若有不测，你我，就再没什么好说的了。"

一道电闪伴着雷鸣划破长空，撕裂天地，照亮雨幕昏暗。

稍纵即逝的电光下，夜天湛脸上苍白如雪，夜天凌身形冷如冰峰。

瓢泼雨落，将愤怒与怨恨冲刷成无尽的悲哀，黑暗空旷，只余两个孤单的身影，一片荒凉。

对峙在这即将失去的一刻，才发现原来说出来的恨都已无力。

如果她有什么不测，生死又如何？天下又如何？你我又如何？

便在此时，寝殿中忽然传来一声婴儿的啼哭，半空惊雷劈下，夜天凌浑身剧震，猛然转身，便往殿内冲去。

迎面而来的内侍宫娥仓皇跪避，白夫人抱着一个小小的褓裸转出画屏，连忙俯身："恭喜陛下，是个小公主。"一抬头，却见夜天凌直直盯住她手中的婴儿，那神情竟似看到鬼魅一般。

四周只有孩子微弱的哭声，帷帐中一片死寂。夜天凌往前走了一步，猛地急痛攻心，身子一晃，一口鲜血直喷而出，溅上屏风，落满襟前。

白夫人大惊失色："陛下！"随后赶出来的御医正见此景，扑上前来扶，殿中骤然慌乱。

夜天凌挥手拂开众人，再不看那孩子一眼，急步入内。

宫灯如影，绡帐似血。

凤榻之上，卿尘紧闭双目，乌黑长发散泻枕旁，触目惊心的墨色衬着一片冰冷的白缎，安静得仿佛睡了过去。

夜天凌赶到榻前，俯身将她拥在怀中，哑声唤她："清儿，清儿！"

卿尘仿佛听到了他的呼唤，缓缓睁开眼睛，想要对他笑一笑，却只虚弱地牵动了唇角。每一次呼吸都如此艰难，底下侍女惊呼御医的声音传来，似是什么从身体中渐渐逝去，她已经分不清，只看得清他的眼睛，心痛如狂。

温热的液体落上她的面颊，滑落在心底。卿尘勉力想抬起手来，夜天凌立刻便握住了她，声音嘶哑，"别睡过去，清儿，看着我，我不准你睡，你听到了吗？"

她听到了他落泪的声音，望着他，目光中尽是留恋和不舍。

眼前似有一片空茫的寂静，无声无息，无忧无怖，渐渐令人坠入其中，不经此时，不知生离死别。

生离死别，阴阳万重山，白骨成灰，此生难再，可她不愿，不能，不要！

早答应了谁，承诺了谁，是十一曾经含笑的眼眸——我做到了，你也要做到，是夜天湛不久前惊痛的话语——你若撑不下去，我不会履行方才的诺言！

是他，霸占了千年后的凤卿尘，千年前的宁文清，凝望她低语入耳——你要陪我生生世世……

生生世世，不能毁约，九天黄泉都无用，只在这一世，只在这一天……

急雨如幕，快马驰出重阙高墙的宫城，沿着几乎空无一人的长街狂奔而去，雨水激溅，四散如花。

待到牧原堂门前，那马被主人猛勒的缰绳带住，一声急嘶几乎人立而起，马上之人早已飞身而下，一掌震开了牧原堂虚掩的大门。

正在堂前的写韵被吓了一跳，来人已焦急问道："张定水张老神医在不在？"

写韵看清了眼前这衣衫尽湿、形容狼狈的人，惊诧俯身，"王爷！"

夜天湛充耳不闻，只急问："张老神医呢？"

写韵道："师父每隔几个月都会入山采药，近来并不在堂中。"

"哪里能找到他？"

"深山路远，又是这样的雨，怕是难寻。"

只这一句话，似乎扫落了夜天湛脸上所有的颜色，他踉跄退了一步，眼中焦灼迫目的精光瞬时变得空洞无着，隐透着绝望。

写韵急忙问道："王爷可是府上有病人，需要大夫？"

夜天湛颓然摇头，低声道："不必了，除了张定水的金针，谁还能救她。"

写韵见状，知这定是有重病之人，略略咬唇，抬头道："师父的金针之术我不敢说尽知，但也学得一二，王爷若是信得过，不妨让我前去一试，哪怕有半丝希望也好。"

夜天湛目光微微一亮，审视她片刻，一把抓住她："你跟我走！"

写韵伏在马背上，一路只见宫门深深，重重御道直入天阙，似乎遥不见尽头。

身前握缰的是一双稳持有力的手，隔着一层斗篷，身后那男子的气息在雨中冷冽如斯。这样疾驰赶路，风雨无阻，不知他是为了什么人。

夜天湛打马连闯数道宫门，凡有御林侍卫上前欲拦，一见那道九章金令，纷纷退避。殿前可佩剑，禁中可驰马，那令牌象征着主人一人之下万人之上的高贵身份，挡者无赦。

雨势略缓，楼台殿阁都在一片飘摇的雨雾中若隐若现，邈远至极。

过玉阶，穿朱廊，写韵快步随夜天湛进入寝殿，四周都是散不去的药味，夹杂了鲜血的气息在潮湿的雨雾中，浓重室人。

如此幽深的大殿，起初外面还见忙乱的宫娥医侍，越到里面越是森静，只见被赶出来的御医宫人们跪伏在地，珠帘的影子在地上微晃，隔出生死两重天。

屏风后，鸾榻前，写韵又见到了那个曾令她魂牵梦萦的身影。地上是摔裂的药盏，打翻的金盆，他一动不动地坐在榻前，痴痴凝望着怀中的女子。那样温存的注视，像要这样看到地老天荒去，他的精神随着她的生命慢慢流逝，在她柔软而眷恋的回望中，一起灰飞烟灭。

写韵跪至榻前，连请了几声，他才恍然抬头，灯下，竟一脸泪痕纵横。

写韵不敢抬头，低声道："陛下，您放下娘娘，让我看一看。"

夜天凌怔视着她，写韵再叫一声："陛下！"他突然惊醒一般，眼中瞬间恢复了一簇清冷的光，小心翼翼地放下卿尘，将写韵让到了榻前。

写韵见了皇后的情况，心底生凉。一咬牙，反身取出金针，针在手，对准的是皇后的心口，却微抖，迟疑。

她抬头，不料见到皇后的目光静静落了过来。

人已近灯枯，但她没有昏睡过去，不知是一股什么样的力量让她撑在这里，不肯放弃，那样虚弱的身体里，是如此柔韧的心志，丝丝都是对生的渴求、对眼前之人无尽的留恋。

写韵似乎从那平静如水的目光中看到了信任，她是神医张定水唯一的弟子，医人病痛，活人生死，都是这一针。

她深吸一口气，手起针落，刺入皇后心口要穴。

屏风之外，夜天湛石人一样立在灯下，半盏灯火，照不亮深宫影重。

雨已停，时已黄昏，天色仍是抹不开的昏暗，窗外风萧萧，凉意透骨。

宫灯一隅，氤氲的沉香残飘，一盏七宝莲花灯漏水流静静，夜天湛凝神瞅着那里，一声声，都是时间的流逝。

也不知过了多久，寝帐里面脚步声响起，写韵走出来，白夫人等人迎了上去，夜天湛仍旧立在原地一动也不动。

隔着数步的距离，他清楚听到写韵唇间落出极轻的四个字："皇后平安。"

那一瞬间，仿佛身子里一下空了，脸上想笑却又笑不出来，强作的镇定猛然一松，竟有些站立不稳，他缓缓地沿着几案跪坐了下来，伸手一抹，脸上冰冷一片，心里翻江倒海，已不知是什么滋味。

仿佛有人在身边叫了声"王爷"，他将胳膊撑在案上，也不抬头，只是无力地摆了摆手。

人都退了下去，四周只是一味地静，静得人什么也不愿想。

极度的安静中再次传来脚步声，夜天湛终于抬头，只见夜天凌走出屏风之外，步履沉沉，似已疲惫至极。

四目交视，两人互相看着彼此前所未有的狼狈，突然间同时笑出声来，笑得无奈，笑得嘲弄。

夜天凌走过来，靠着长案在夜天湛身边坐下，如释重负地吐出一口气。谁也不再扭头看对方一眼，两人都盯着高高隐没在光影下雕梁画栋精美的刻痕发呆。

大殿空寂，几乎不闻一丝声响，面对这自幼便熟悉的宫殿，却仿佛什么皇上王爷天子公侯都在梦里，荒谬得无以复加。脱掉了那尊荣的外衣，赤裸裸相对，只是两个再普通不过的人，有伤，有痛，有恨，有情，好像有话想说，却根本不知从何说起。

过了好一会儿，夜天凌突然徐徐道："七弟，多谢你。我刚才一直在想，这个位子，你若……"

他话未说完，夜天湛猛然打断了他："四哥！"他转身，继而叩首下去，"陛下，臣……今日出言无状，行事狂悖，忤逆圣颜，实在罪无可赦，请陛下责罚。"

夜天凌默然看他良久，长叹一口气，伸手扶在他的肩头。夜天湛抬头，徐缓一笑："四哥，人真正知道自己想要什么，原来要付出这么大的代价，幸好现在还不晚，我会谨守自己的诺言。但是，日后你若是负她一分一毫，我绝不会坐视不理。"

夜天凌剑眉微蹙，唇角却亦牵出一丝笑容："难得你肯和我说这样掏心的话。"

他还想说什么，却被外面请见的声音打断。内侍急匆匆地进来，手捧一份奏报跪道："陛下，东海急报！"

殿中两人同时一凛，夜天凌接过奏报，一路看下，神色渐渐凝重。他看完转身将奏报递给夜天湛，负手思量，一转身，听夜天湛沉声道："陛下，臣弟请战！"

第三十一章　天河落处长州路

东海战报，带来震动朝野的消息。

五月甲申，东海倭寇矫称入贡，奇袭琅州重镇横海郡。

天朝水军不曾防备，仓促应战，遭遇惨败，七十五艘战船全军覆没，无一得归。横海郡使宗干当场战死。

三十里高台，八千里烽火，飞报天都。副使聂计退守城中，率横海将士与倭寇恶战连日。

倭寇二百余艘战船聚集海上，日夜攻城。

三日之后，海面浮尸千里，城下血流成河。

琅州沿海流寇徐山等人勾结倭寇，里应外合，引狼入室。

丁亥，横海城破。

聂计与部下十二将士死守至终，复又杀敌八百余人，于观海台自尽殉国。

倭寇入城杀戮百姓，抢夺财物，掳走城中女子数百人，继而纵火焚毁全城。

横海乃东海重镇，此城一破，琅州腹地袒露，邻近州郡应变不及，尽遭入侵。

倭寇由此直入琅州，攻文州，在东海沿岸肆行劫掠。

更有流寇如徐山等，原是东越侯藩府重将，削藩后不服东海都护府管束，自行聚众成寇，横行海上，这时与倭人狼狈为奸，改穿倭服，乘坐倭族八幡船，烧杀掳掠，气焰嚣张。

短短数日之内，东海连有五座城池遭劫，倭寇凶残暴虐，民众被杀者三万有余。

怒海惊涛，席卷而来，天朝沿海一线城郡皆作一片人间地狱。

东海民众奋起反抗，在琅州巡使逢远的带领下退守鳌山，拼死卫国，阻击倭寇，但势单力薄，急待天都增援。

战报送入天都，立刻引起轩然大波。

倭寇之患，历年来并非没有，但如此猖狂入侵实属罕见。

是可忍，孰不可忍！

朝堂之上，文臣武将义愤填膺，皆以为国耻奇辱，非战不能雪清。

众口一心，别无异议，漓王更是当朝出班请战，誓灭倭贼。

翌日，圣旨下。

追封横海郡使宗干为靖义将军、副使聂计及十二部将为忠烈士，于琅州观海台立祠受封，厚抚阵亡将士。

擢琅州巡使逢远为镇东将军，统领东海四州军务。

限折冲府平江道十万水军三日内赶赴琅州，配合文州、现州、靖州三路天军抗击倭寇。

授湛王玄龙符、天子剑，以九章亲王身份亲赴琅州督战。

不是漓王，是湛王。潇洒倜傥的湛王，风雅尊贵的湛王，与皇上貌合神离、几欲反目的湛王，唯一还能威胁皇位的湛王。

东海之行，在众人眼中俨然是一条不归路。

然两日之后，圣旨再下。

皇后之女赐名元语，封兰阳公主，赐邑三千。

湛王世子元修封长陵郡王，赐邑五千，入大正宫住读，由皇后亲自教养。

最后这道晋封湛王世子的圣旨不啻来自东海的战报，震惊内外。

含光宫中，明池春水，层层紫藤花盛放，如蝶舞成行，垂玉玲珑，一天一地深深浅浅的紫，宁静淡香幽幽飘零。

九曲廊前青藤深碧，花蔓低垂，遮起一片细细碎碎的浓荫，卿尘倚在廊前竹榻上，手中握着一支玉簪，淡淡的光影底下，眉目静远。

素手如玉，白玉凝脂。

和润的白玉当中嵌入了缕缕薄金，刻作一朵雅致的兰花，枝叶翩然，恰好遮挡了那断裂的痕迹，构思精巧，天衣无缝。

三个多月前，当她从几天的昏昏沉沉中清醒过来时，夜天湛已远赴东海，唯有这一支玉簪，盛在同样雕刻兰花的木盒中，放于枕旁。

她轻轻抚摸玉簪上精美的镶嵌，触手处没有丝毫的破绽，那一道裂痕在细致的金箔之下修补得如此完整，牢牢连接着断裂的两端，巧妙的点缀让这支原本普通的簪子显得与众不同。

这么久了，她依旧虚弱得几乎无法离开床榻，但却每天都能听到他的消息。

五月末，琅州水军在萧石口近海击败倭军，摧毁敌军战船二十八艘，歼敌五千余人，收复横海。

首战告捷后，天朝水军略做休整，丁未夜子时，在当地几名老渔人的引领下，百艘战船精兵四万奇袭浪岗岛，直捣贼寇徐山老巢，生擒徐山。三日后，复以诱敌之策将另一支流寇势力引至近海，尽歼之。

湛王下令将徐山等三十余名通倭贼寇斩首示众，以敌血奉观海台，祭奠聂计等忠烈将士。

琅州民众对徐山等人恨之入骨，人人额手称庆。徐山虽死，民愤仍难平息，尸首最终被百姓千刀万剐，抛入大海喂鱼。

六月初，倭寇再袭鳌山卫。天朝水军迎面出击，重创倭寇，斩敌近万，军民士气大振。

湛王挥军乘胜追击，在陆上骑兵的配合下，六万精兵围困被倭寇侵占的沧南郡，双方血战两日之后，倭寇不敌，弃城而逃。

此后，天军在琅州九战九捷，痛歼入侵琅州之敌，并分路出击，连续夺回成山、乐清、临台等数处倭寇盘踞的郡城，倭寇被迫退回海上。

然而战事却并未到此结束，昊帝御旨下来，派遣漓王坐镇纪州，再次对东海增兵十万，粮草补给源源不断自汴水、连水运往琅州。

湛王兵力充足，全无后顾之忧，大军整装待发，预备反守为攻远征东海一域，彻底清除沿海倭患。

东海之滨，是浪涛万里、炮火纷飞的战场，没来得及与她说一句话，他请战出征，远离天都而去。

多少日子了，眼前仍是那天他沉痛的注视："我答应你。"

这一次，她赌赢了。

筹码是她的命，是他的心。

他终于给了她那个珍贵的承诺，一诺定江山。

多年前凝翠亭中他低语相询，从那时起，就注定了这一生的情分。他给了所有她想要的，而她却给不了他分毫的回报。

原来以为是他欠了她的，现在才发现，她欠他的，其实永远都无法偿还。

爱了谁，欠了谁，或许来世再爱下去，来世要还给谁。数十年人世一游，你来我往，织就万丈红尘，悲欢离合。若有一日回去了，可是无悔无憾？

"写韵叩请娘娘万安。"一声柔和的问安将卿尘从思绪中惊醒，阳光下，花影间，写韵一身青衣布裙在席前盈盈福礼，抬头微笑，明眸秀丽。

"快起来。"卿尘有些吃力地撑起身子，写韵忙上前扶住："娘娘今天好些了吗？"

卿尘扶着她的手坐起来："有你每天来给我调养，是觉得一天比一天好，你这金针之术可是得了张老神医的真传。"

写韵一边取出金针，一边笑了笑，道："在牧原堂跟师父学了七八年了，若还不得其意，岂不丢师父的脸吗？往后还要请娘娘多指教才是。"

卿尘见她手底行针稳当，胸有成竹，点头称赞，再过几年，可真就要青出于蓝而胜于蓝了。看着写韵，她仍不免想起另一个害死了她的孩子、也差一点儿断送她性命的女子。同是绮年玉貌，同是红颜翩翩，一人白骨已成灰，一人却于那生死一线妙手回春。

若说不悔当年的骄傲与自负，那是自欺欺人，然而此刻，心中终究还是归于一片宁和，她不由轻叹："我真没想到，那日会是你救了我。"

细细金针的影子映在写韵清秀的杏眸中，光泽静稳，她道："我的医术是娘娘一手成全的，本就应报答娘娘这份恩情。"

卿尘道："人都是自己成全自己，这是你自己的福分。"

写韵抬头，卿尘和她相视而笑，淡金色的阳光下，花影婆娑，微风送暖，廊前传来侍女们的轻声细语和小公主的笑声。待写韵收了金针，碧瑶将小公主抱了过来，一边笑说："娘娘，你看小公主又笑了，小公主这双眼睛笑起来和娘娘的眼睛一模一样，漂亮极了。"

元语虽然早产了些时候，却十分健康，此时刚刚睡醒，不哭不闹，乌溜溜一双漆黑的眸子四处乱看，待看到卿尘，开始在襁褓中动来动去，小手小脚不安分地伸展，像要往母亲这边来。

卿尘忙对碧瑶道："让我抱抱她。"

碧瑶半蹲着将元语送到她怀里，卿尘手上无力，只是搂着元语，仍由碧瑶在旁扶着，一心温柔却满满地像要溢出心口。

这是她的孩子，她和夜天凌的骨肉，眼睛像她，那略挺的鼻梁和薄薄的唇却像夜天凌。小小的身子里流着他和她的血，相融相守，神奇地成长为一个生命，再也分不开。

看着元语漂亮的小脸，她此时仍像在梦中，那些痛过的苦过的一切全都值得，从未有过的满足。

元语躺在母亲怀中，笑嘻嘻地摇晃小手，最后终于攥住了卿尘的手指，咯咯直乐。写韵道："这么爱笑的孩子，和皇上的脾气可不像，小公主让人看着是从里到外都像娘娘。"

卿尘逗着元语，心里竟有几分自豪的感觉。是的，她希望孩子像她，如她一般幸运，即便历尽风雨，却能得一心相守的爱人、可托生死的知己。她更希望孩子比她健康，能够平安长大，用自己的智慧和勇气，去尽情追寻生命的精彩。

这是个爱笑的孩子，自己将她带到这个世界上，希望从此以后这世界带给她的是快乐，希望她能享受这世界的美，也希望她同样带给这世界无尽的美丽。

她不禁面露微笑，忽见身旁侍女依次跪了下去，回头看时，夜天凌已到了身后，正看向她和元语。细碎光影洒落他眼底肩头，难掩一身尊贵峻肃，略带疲惫的神情中却尽是暖暖笑意。

"陛下。"写韵忙站起来。

夜天凌见她在，淡笑颔首，问道："皇后可好些了？"

写韵回道："陛下放心，娘娘只要别操心劳神，慢慢调养些时日身子就会恢复过来，只是毕竟亏损了气血，怕也得有个一年半载才行。"

夜天凌道："每天都进宫来，也辛苦你了。"

写韵微笑道："写韵不敢当，这是医者的本分。"

夜天凌站在廊前和写韵闲话了几句，卿尘将元语交给碧瑶，他反身看了元语一眼，抬手让碧瑶等带她退下，写韵便也跟着跪安了。

夜天凌在卿尘身边坐下，他已经几日没来中宫，这原是很少有的事，此时却只淡淡说了一句："东海大捷。"

虽听着捷报，卿尘眉间却掠过丝怅然，这几个月夜天凌对元语虽恩宠有加，却始终并不太亲热，她略略沉默，终于问道："四哥，你是不是不喜欢元语？"

夜天凌一怔："怎么这么说？"

卿尘道："你不那么喜欢她，我感觉得出来，因为她是女儿吗？"

夜天凌眉心微拧，侧首道："女儿和儿子不都一样，女儿像你，我怎么会不喜欢？"

卿尘静静看住他的眼睛，他突然有些尴尬，扭头避开，过一会儿，才转回头道："你别胡思乱想，我只是……看到这孩子，总会想起那天，我……"他好像有些不知道如何措辞，皱了眉，眼底竟出现一丝狼狈的神情，下意识地便将她紧紧揽在了怀中，"清儿，别再有那样一次了，我不敢想。"

卿尘心里酸酸软软的，竟说不出话来，一时欢喜，一时涩楚。他这样刀锋般的男人，一笑叱咤风云，一怒杀伐千里，天下都在他手中，此时此刻在她面前却只是一个普普通通的人，摘下了坚硬的面具，不再掩饰他的软弱与恐惧。

那一天，他在榻前看她的眼神，她永远也忘不了。

那时她真真正正触摸到了死亡的气息，但他那样固执地守在她身边不放手，让这一缕即将消散的灵魂留恋尘世，久久不肯离去。

同死哪如同生，她还有太多事想和他一起去做。她熬过来了，即便再有千次百次，她还是会熬过来，只要他还在。

她伏在他的肩头，依偎着他的温暖，柔声道："四哥，再不会了，十年，二十年，一百年，这一生我都陪着你。"

夜天凌轻轻抚过她的秀发，语声低沉："我要生生世世。"

卿尘微笑道："下一世那么远，谁又知道呢，若走丢了怎么办？"

夜天凌抬起她的脸庞，深深看着她，似是要看尽她的一切，他突然俯身在她额头印下一吻，低声道："生生世世，以此为凭。"

卿尘淡淡含笑，温柔吻上他的唇："生生世世，以此为凭。"

峻如青峰傲然，神似秋水逍遥，廊下玉湖明波，照出俪影双双，两人的影子重叠在一起，相携相伴，再无分离。

第三十二章　奇花凝血白灵脂

东海这场战事从帝曜六年一直持续到七年春，倭寇被逐出陆地后变得异常狡猾，攻之则退避远遁，一旦沿海有所松懈，便卷土重来。

天朝水军与之周旋，常有激战，胜败不一。七年五月初，探兵在琉川岛发现倭军隐匿于此的战船，湛王下令调集所有水军主力，准备与其一决胜负。

几道战报送达天都，恰巧正是兰阳公主周岁生日。昊帝百忙之中亦不曾忽略此事，特在宫中赐宴，以示庆贺。

侍女将鸾服上飘逸的绶带帮卿尘整理好，卿尘转身，铜镜中映出个纤挑的影子。千尺深红织霞锦，流云一样铺开，那明红的底子太艳，衬得脸色有些苍白。

她略一笑，抬手蘸了朱砂，双颊再添胭脂色，在那雍容与苍白中带出妖娆的绝艳。

天下人的皇后，永远该是国色天香的华贵，仪态万千的美，便如天下人眼中的皇上，也唯有不苟言笑的威严，进退予夺的从容。

人生如戏，一张面具万千颜色，悲喜都在幕后，不与外人知。

"皇上还在武台殿吗？"

"回娘娘，皇上在武台殿。"

卿尘经过这近一年的调养，身子已颇见起色，想起都快有一年时间没去过武台殿，突然想给夜天凌一个惊喜，决定前去邀他一起赴宴。

鸾舆落至殿前，正是暮色四合，仰头望去，辽阔的天际之下，落日流金般的光辉勾勒出武台殿雄伟轮廓，巍峨壮丽，俯瞰万方。

南疆漠北，东海西域，中原三十六州一千五百八十八郡，每日多少国事军政汇聚在这里，又有多少决策诏令从这里发出，担起这天下民生万千。卿尘缓缓踏上殿阶，驻足回头处，整个伊歌城隐约可见，偌大的城池此时在眼中仅如一掌可覆，遥遥没入了暮色红尘。

她一笑转身，却见廊前几名医侍往殿中过来，手捧玉匣金盏，走得有些匆忙，到了近前忽然见到她，急忙躬身退避在一旁。

"拿的什么？"卿尘问道。

"启禀娘娘，是南诏进贡的玉灵脂。"一名医侍低头答道。

"给谁用的？"

御医院送往武台殿来的药，除了皇上用，自然没有别人，卿尘无非是确定一句。那医侍早得了吩咐，武台殿这边的事绝不允许惊动皇后，此时踌躇不敢言。

卿尘修眉一蹙，那医侍答也不是，不答也不是，站在那里惶惑得紧，一抬眼正见晏奚从内殿出来，忙叫了声："晏公公！"

晏奚原是出来催药的，没料想皇后在此："娘娘万安。"

卿尘问道："皇上怎么了，为什么进药过来？"

晏奚见此情景，心知是瞒不过去了，只好如实答道："皇上这些日子身子略有不适，御医们说是因积劳引发了旧伤，所以用了药……"

话还没说完，眼前凤衣飘扬，皇后已快步往殿内走去，他急忙接了医侍手中的药随后跟上。

卿尘走至玄玉屏风外，便听里面低低一声咳嗽，转入屏风，夜天凌听到脚步声却未抬头，只是指了指案前几道奏疏："这些即刻送中书省，传斯惟云、南宫竞来见朕。"

低头看着的奏疏前忽然伸来只手，不由分说地将那奏疏一合。夜天凌皱眉不悦，抬头一看却怔住："清儿，你怎么来了？"

卿尘道："我若不来，你瞒我到什么时候去？"

夜天凌看后面晏奚手捧药匣低头站着，便猜出了八九分。这一年多卿尘怀子生产，险中万幸母女平安，便是静养着还怕有什么不妥，是以宫中早有禁令，六宫内外无论何事，一律不得惊扰皇后。内侍宫女谨守严令，无一人敢多嘴，中宫能听到的除了好消息，还是好消息。就像这东海战况，其中多少反复曲折，但到了皇后那里就只是一帆风顺。皇上龙体欠安，更是只有武台殿几名近侍知道，自然不会传到中宫去。

夜天凌笑道："什么大不了的事，也值得这般大惊小怪。"

卿尘坐下来伸出手，夜天凌倒也配合，便放平了手给她把脉。卿尘试了他的脉搏，眉心渐渐蹙得紧了，停了一停，夜天凌问道："放心了？"

卿尘反问他："将心比心，换作是你，你急不急？"

夜天凌不想这话倒给她学了去，无奈摇头，薄唇微抿，一阵冲到嘴边的咳嗽生生抑下。卿尘试他脉象浮而无力，脉位浅显，竟是阳气不畅，虚损甚深，不由十分诧异，示意晏奚先将药拿来，道："这样你也瞒着我，当初那一箭伤得不轻，你自己丝毫不放在心上，又怎么叫人放心？"

夜天凌淡笑道："不瞒你说，想这半生征战受过的伤，最是那一箭伤得值得。"

卿尘低着头，只抬眸瞚他一眼，手里将盛药的玉盒打开。白玉凝脂般的药膏，泛一抹血红隐隐纠缠其中，既美且艳。南诏玉灵脂，取八种奇花精髓凝炼而成，医伤镇痛素有奇效，亦是滋补的良药。

卿尘用清露将药化开，药脂散融在玉盏中带出丝缕异香若有若无。她拿金勺缓缓搅动，突然手底一顿，眸间掠过丝异样，随即取了一点儿药自己尝了尝，仔细分辨之下，心里悚然震惊，人竟猛地自案前站了起来："这是哪里来的药？"

晏奚在旁吓一跳，忙答道："回娘娘，陛下用的药皆来自御药房。"

"谁下的方子？"

"御医令黄文尚。"

"这药陛下用了多久了？"

"陛下……陛下去年便用过，但只有三两次。也就是这几个月因东海战事操劳得过了，才开始天天用的。"

皇后素来淡静温和，少有如此声色俱厉的时候，着实把晏奚吓得不轻。夜天凌见卿尘一句句追问晏奚，脸色都变了，心知有异，却只一握她的手，让她坐下："怎么了？"

卿尘手心已经涔涔尽是冷汗，回头道："这药不是玉灵脂。"

太液池前浮玉影，琼阁照水，玉树流光。

时至入夜，御苑中早已悬起千盏玲珑宫灯，星星点点，迤逦蜿蜒，沿着临水殿阁转折相连，丝竹声声轻歌曼，四处碧草兰芝芬芳幽然，浮绕九曲回廊，袅袅醉人。

笑语琳琅花满目，美酒斟过水晶盏。因是家宴，殿中满座都是皇族亲贵，王孙公侯，气氛轻松热闹。

当中御案之后，皇上与皇后并肩而坐。小公主由乳母照看着坐在旁边，紫衣绣罗，颈缀明珠，冰雪般的小人儿，粉雕玉琢的模样，一笑起来眉眼弯弯，摇得手上玉铃叮当作响，万般惹人疼爱，只让上前祝酒庆贺的人赞不绝口。

若是在平时，卿尘必定是欣喜非常，但今日只一味神思不属，虽握着杯盏浅笑如常，却不时往夜天凌那边看去。华灯影下只见他削薄唇角淡淡含笑，与众人举酒言谈，神情间毫无异样，不知是因为那笑还是几分酒意，脸上反而更添几分俊逸之气，分外引人注目，但越是如此，却越让她心神纷乱。

南诏玉灵脂，他服了几个月的药分明不是那医伤的良药。

若说不是，却也是；若说是，实则已不是。只因那八种奇花中加重了其中一味的剂量——阿芙蓉。

阿芙蓉，又名子夜韶华，花殷红，叶千簇，媚好千态，丰艳不减丹蔻。《本经》载其药，有镇痛之神效，能骤长精神，去除疲劳，价值千金。然其治病之功虽急，却遗祸甚重。

用以医人可为药，用以杀人可为毒。不会立时置人于死地的毒，但让人服食成瘾，终至身体羸弱，意志消沉，一旦断之，钻心噬骨，生不如死。

没有人会比卿尘更清楚这药的可怕，她亲眼见过因此而痛不欲生的人，那种痛苦常人根本无法想象。只要一想到这样的毒已沉淀在夜天凌的身体里，便觉无底的恐惧。

是御医用错了药，还是有人别有所图？若是有人蓄意而为，是谁？堪堪选在她卧病静养的时候，用了这样阴毒而不易察觉的方法？

方才在武台殿发现此事，一切未曾声张，只是御医令黄文尚以及御药房平时奉药的几名医正奉召入宫，立刻便被秘密羁押。

夜天凌虽身子不适，但小公主的生日庆宴却照旧举行，仍是一片欢庆喜气。

卿尘前思后想，并没有十足的把握能化解那阿芙蓉的毒性，此时心中如煎似灼，全无心思在这华宴之上，竟连掌仪女官禀报小公主行试周礼的声音都没有听到。夜天凌眉间微微一动，便伸手握了她的手，低声道："女儿等着我们了。"

卿尘回过神来，发现元语已被人抱走，夜天凌起身，携她一起步下玉阶。

她在袖底间牵着他的手，只觉那指尖冰凉如雪，然而他脸上笑意却前所未有地温煦，深黑眸中尽是令人安定的沉着，对她看来，淡声问道："想让女儿抓到什么？"

殿中早已摆好了锦席玉案，上置金银七宝玩具、文房书籍、胭脂水粉、彩缎花朵、官楮钱陌、女红针线并各色宝器珍玩，大家都等着看小公主会先拿哪一样，以为佳谶。卿尘无暇细思，只道："什么都好，她喜欢哪一样便是哪一样。"

夜天凌一笑，小公主被抱到锦席之上，一双清澈乌亮的眼睛四处看去，扫过案前诸物，却似乎没有一样感兴趣。过了一会儿，她自己摇摇晃晃地从锦席上站了起来，竟转身张开小手朝夜天凌清楚地喊了一声："父皇！"接着便蹒跚着往他身上扑来。

这一声"父皇"猛地揪在卿尘心头，元语长到一岁，这"父皇""母后"等话也不只教了她一遍两遍，她却无论如何都不肯学说一个字，今日莫不竟是父女连心？

女儿扑入怀中，却让平素沉稳的夜天凌冷不防有些失措，手忙脚乱地将她接住，耳中传来孩子银铃般的笑声，元语已将他腰间一块玄龙玉佩扯住了不放。

灏王在旁笑说："这倒是奇事，眼前多少东西她不要，偏偏看上这块龙佩，难不成竟是不爱胭脂爱乾坤？"

那掌仪女官也跟着道："小公主龙章凤姿，是看不上这些俗物呢！"

众人纷纷称奇，夜天凌微一用力抱起元语，当即便将那象征天子身份的龙佩赏给了她，朗声笑道："朕的女儿，便是要这天下又如何？朕一样给她。"说罢看着卿尘，剑眉淡淡一挑。

卿尘如何不明了他的意思，他是切切实实地告诉她，皇子还是公主，他才不在乎，只要是他们的孩子，他就可以用天下去宠她。

但是此时此刻，整个天下对她来说却抵不上他一分一毫。

事涉皇储，殿中无人敢接皇上的话，一时间多少人脸上神情各异，精彩纷呈。位列尊席的凤衍目光一拍，便落到了皇后身旁湛王世子元修身上。

那孩子年方八岁，却生得俊眉朗目，天资迥异，立在皇后身边，一身锦袍珠冠之下风仪秀彻，活脱脱便是另外一个湛王。如今皇后生下公主，御医早已断言皇后不宜再育子嗣，湛王世子晋爵封王，奉旨入宫教养，这背后意味着什么，颇有些不言而喻的意味。

若是今后立了湛王世子，那凤家就注定走到绝路了。凤衍看着殿中身形冷峻的皇上，笑容温润的灏王，再想想现在战功卓著的湛王，暗自冷哼，眼底浮起一片阴森。凤氏一族百年显赫，岂会束手待毙，任人宰割，就算是皇族又如何？

第三十三章　玉漏无声画屏冷

钦天监，祁天台。

高台之上夜风飒飒，浮云飘掠如雾，萦绕不散，登台而望，四周唯见空旷夜色，抬头星空隐隐，深远无极。

莫不平灰衣布袍立于高台，仰观天象，风吹得他发须衣袖飘摇不定，却吹不透他凝重的神色。

紫微星宫遥居天宇，帝星孤远，隐于风雾之后，几不可见。西现凶星，直逼紫宫，东有天星在伺，势如天狼，星芒熠熠，隐带兵锋杀气。

星相大凶，莫不平白眉深蹙，负手沉思。忽而眼前一亮，他几乎以为是错觉，紫微宫中突然异芒大盛，明澈光芒穿云破雾，刹那笼罩天宇，稍纵即逝，夜空复又化作一片浩瀚宁静。

莫不平蓦然震惊，再看紫微宫中，星芒清亮，静静耀于天际，光华凛然。"双星镇宫！"他不能自已地道，"天行紫微，千古奇象竟在今朝得见！"

这时一道人影奔上祁天台，一个冥衣楼部属趋前跪道："凤主急召，请护剑使即刻入宫。"

时值寅末，大正宫早已九门禁闭，莫不平会同谢经、冥则之后，由上重门悄然入宫，毫不停留，速往中宫而去。

宫城之中不见如何，却早已暗中增调数部禁军戍卫，黑夜之中，隐有兵戈之气。此时含光宫外的侍卫以及内殿宫娥都只余冥衣楼嫡系部属，宫中禁卫内侍一律不得入内，沿路而来无人阻拦，进到内殿，冥执早已等候多时。

殿中似乎空无一人，唯有一盏青玉凤鸣灯高悬在侧，纹金重幕投下沉滞的影子。光线暗处，莫不平等看到垂幔后静静立着个人影，一袭清光流潋的乌发泼墨般衬在瘦削的肩头，白衣之下纤弱的身子，绰约而立，脊背挺直。

"属下见过凤主！"

卿尘回头，莫不平隔着垂幔看到一双清锐的眸子，一刃微光破开幽暗，直照人心。

"皇上病了。"卿尘开口道，那声音在灯影底下暗暗如一缕夜风，低哑微凉。

莫不平心下一紧，若因皇上病了急召冥衣楼，那这病显然非同小可，立刻问道："皇上现在情况如何？"

情况如何？卿尘轻轻抬手，袖边点点仍有血迹未干，是他的血，灯下看去，几点暗红溅滴在白衣上，几见狰狞。

宴罢回宫，夜天凌刚刚踏入寝殿便一口鲜血呛咳出来，这几个月一直靠玉灵脂的药性硬将旧伤镇服下去，一旦停了用药，顿时发作，来势汹汹。在女儿的庆宴之上，他是一直强自支撑。然而这并不是最可怕的，可怕的是阿芙蓉的毒性，深深潜伏，伺机而动，不知什么时候便是致命的发作。

现在还算平稳，用别的药缓住伤痛，人已安睡过去，但一切只是暂时，就如风暴来临前的海面，死域般的安静里暗流涌动，随时会掀起灭顶的风浪。

卿尘步出垂幔，缓缓道："眼下尚好，毒性还未发作，但一旦发作起来便难说了。"

"毒？"莫不平惊问，"毒从何来，难道连凤主都不能解？"

"毒是不是能解，唯有看皇上能不能撑得下去，只要能撑下去，一切都好说。"

变故重大，莫不平也顾不得避讳了，大胆相问："若撑不下去呢？"

"若撑不下去，便是万劫不复。"卿尘语声静缓，淡淡不见一丝波澜，所过之处却冰封雪冷，凤眸一带，对冥执微微示意，"去将黄文尚带来。"

片刻，黄文尚被带至此处。黄昏时分入宫即遭禁闭，独自被关在不见天日的静室，半夜时间忽蒙传讯，黄文尚早已骇得手足冰凉，昏冥灯色下见到莫不平等人，更是难掩惊恐之色。

"你给皇上用的药从何而来？谁让你这么做的？"淡极冷冽的问话传入耳中，竟有冰刃刺骨的感觉，黄文尚依稀听得是皇后的声音，却又极不切实，头也不敢抬，只颤声道："皇上……皇上所用乃是南诏进贡的玉灵脂。"

"我问的是阿芙蓉，不是南诏的玉灵脂。"

一句话，仿若雪水当头浇下，最后一丝侥幸全然破灭，黄文尚情知事发，汗出如雨："臣……臣……不……"惊慌之下，竟话不成句。

"让他抬起头来。"

随着这话，黄文尚脖颈后面猛然吃力，迫不得已便抬头面向眼前之人。暗影里只见皇后居高临下地看着自己，昔日美若天人的容颜冷到极处，灯火冥暗，隐隐在那玉雕般的脸上覆上一层煞气，穿心洞肺的目光直刺眼底。

"我没有耐心和你啰唆，不要说你不清楚药性，也别说什么无人指使的废话，如实回话，或许还能留个全尸。"

黄文尚身如筛糠般乱抖，抬着头却不敢看那眼睛，双目紧闭："臣，臣确实不知！"

皇后唇边冷笑如丝，玉齿轻启，丢下话来："冥则，帮他想想。"

黄文尚颈后那只手在话落之时忽然一紧，一股灼热的感觉猛地便自经脉传入身体，瞬间化作千万把烈焰铸成的刀，似分筋错骨，似烧心沸血。他周身剧痛难当，张口欲喊，却被人钳住下颌，只发出断续嘶哑的低声，挣扎间满脸涨红如血，突目圆瞪，痛苦至极。

皇后就站在离他一步之遥的地方，裙袂流落如雪，看着他扭曲的面目毫无表情，只见冷然，满眼无底的冷与那烈火碰撞，几可毁天灭地。

也不过就是半息，冥则将手一松，黄文尚稀泥一样瘫软在地上，身子仍不住抽颤。

"谁指使的？"问话复又响起，黄文尚浑身脱力，几乎口不能言，冥则将他从地上拖起来，反手拍上几处穴道，低喝道："回话。"

黄文尚哆嗦着，费了好大的力气，终于说出几个字："湛……湛王。"

夜阑珊，天将明，卿尘独自站在寝殿一侧，身后明黄绡纱罗帐静垂，帐中的人沉睡未醒。

残烛明灭，在流云画屏之上投下一道修长的影子，幽然凝驻，许久一动不动。

羽纱窗外天色渐渐泛白，寝殿各处却依然灯影幢幢，似乎晨光透不过浓重的冥暗，也透不过心底的寒凉。

"娘娘，早朝时间快到了。"隔着屏风，晏奚低声提醒。卿尘微微合目，似可以想见此时通往宫城的大道之上轻车走马，天都文武百官自四面八方依次入宫，过奉天门而至太极殿，一年三百六十五日，早朝议政风雨无阻。

修罗云裳缓缓曳地，晏奚看到皇后自内室走出，清秀的眉宇间隐见疲惫，声音微哑："传旨今日免朝，便说皇上龙体欠安。"

"是。"晏奚垂眸应命，此刻眼前似乎仍见皇上失血的脸色。跟了皇上这么多年了，他心里从未像这时一样七上八下，竟似全无着落。先前旧伤发作不过是略觉隐痛，只要用了药，很快便见平复，昨晚却是大口的血咳了出来，要不是皇后针药得当，恐怕根本镇不住。但那竟是毒，连皇后都毫无把握的毒，若皇上有什么意外……晏奚周身一个寒战，不敢再想，只见皇后立在那里凝望一盏静燃的灯火，素颜如水不波，凤眸淡淡转过，那分沉稳竟无端令人安下心来。

"晏奚。"帐内传来一声低抑的轻咳，是皇上的声音，晏奚匆匆抬头，皇后已经快步转进屏风。

垂帐半启，夜天凌不知何时已经醒来，起身坐在榻前，灯底下丝绫单衣如雪，却苍白不及他的脸色。卿尘急忙上前扶住，轻声道："四哥。"

夜天凌缓缓对她笑了一笑，转向晏奚："取朝服。"

"陛下！"

"不行！"卿尘欲起身，手腕忽被夜天凌扣住，病中修削的手指清瘦，底下力道却不容抗拒："去。"他对晏奚抬头。

晏奚不敢违逆，俯身领命退了出去。夜天凌握着卿尘的手慢慢一收，只说几个字："东海战事紧。"

东海战事。卿尘紧咬的唇间泛起异样的红艳，对上他深黑的眸子。

天朝水军重兵结集，与倭寇决战在即，中枢一举一动都能影响战况，轻则令此次东征功亏一篑，重则数十万将士葬身大海。东海军民，文臣武将，天下人都在等着皇上的决策，此时若天都生乱，后果不堪设想。

这个道理卿尘岂会不知，终于在他的注视中点头："我拿药。"

夜天凌放开她，卿尘反身取了药来，举止镇定，不见一丝慌乱。心如刀割，面带微笑，所有人都可以惊慌无助，她不能，她必要如他一般沉稳，此时此刻唯有她能够支撑他的病弱，支撑东海的战局，甚至整个天下。

"这药虽不能立见奇效，但可缓得住痛楚。"她只语声温柔，令他心安。

玉盏送到唇边，夜天凌却猝然扭头，难再隐抑的呛咳中衣袖落下，点点又见猩红，胸口剧痛袭来，发际密密尽是冷汗。

卿尘手执罗巾匆忙去拭，听他沙哑的声音问道："那药，真的不能再用？"

心中悚然，她坚决摇头："不能，若用下去，就再也摆脱不了它，必定生不如死。"

停顿片刻，夜天凌渐缓过劲儿来，伸手接过玉盏，仰头将药一饮而尽，薄笑清淡："我知道了。"

第三十四章　傲骨冰心彻明寒

天光似水，自遥遥天际漫上龙壁殿阶，落在玉色流岚宫装之上，蒙蒙清冽，依稀是几分静寒。

冥执步到殿前，对自此望向太极殿的皇后禀道："娘娘，小王爷来了。"

"元修叩请皇伯母万安！"身后一声尚带稚气的问安传来。卿尘转身，淡淡晨光之下，湛王世子元修身着水色锦绣单袍，头绾瑞珠冠，身量虽小，举手投足间却潇洒，端端正正一个跪礼之后，抬起头来。

明湛双眸，眼波一漾，竟直撞进人心里，卿尘刹那有些恍神。

赫然便是那个人，温文尔雅含笑的唇，无论何时何地都无懈可击的风仪，一言一笑，令人如饮甘醴，如沐春风。

却不知这时，他在千里之外的战场上，又是怎样一番情形。

她伸出手，让元修过来。元修小时候调皮爱闹，长大后性子却渐渐安定，尤其封王入宫之后时常跟随皇后，倒叫不少人私下议论，小王爷形貌像湛王，脾气禀性却越来越肖似皇后。

卿尘将元修打量一会儿，问道："皇伯母想让你这几天搬来含光宫一起住，你愿不愿意？"

元修上前牵了她的手，仰头笑道："能跟随皇伯母身边，我当然愿意。"

"那便好。"卿尘颔首，便带他往殿中走去，元修突然问她："皇伯母，你的手怎么这么凉，是不是身子不舒服了？"

卿尘却一笑不答，只道："方才去请你的那个侍卫冥执，你可认得清楚？"

元修道："我认得他，他是含光宫的侍卫统领。"

卿尘道："那你记着我的话，从今天起，若不是和我一起，或是冥执来带你，不要跟任何人离开含光宫。"她在凤案旁坐下，轻轻击掌，两侧垂幕后悄无声息地出现几个青衣宫女，跪至面前，"这几个宫女会照顾你的饮食起居，如果不是她们送来的东西，记得不要吃。"

她平稳的话语终于让元修觉得诧异，不解地扭头看向她，她问道："记住了吗？"

孩子清澈的眸子隔着凤案倒映在卿尘眼中，秋水无痕，静如薄冰。"记住了。"元修抬起眼睛回答，"那这几天我还去临华殿听师父们讲课吗？"

"暂时不必了，你跟着我，我这里有很多书你可以看，若有不明白的地方，都可以问我。"

"好。"元修答应着，对卿尘展开一个干净的微笑。

日头的光影照进金漆殿门，却几步之遥便停滞不前，一半明光渐静渐暗延伸进华柱垂幔，大殿幽然森凉，一如往日。

清墨的气息带着微苦的松枝香味，一幅冰丝笺纸垂下低案。元修收了最后一笔，抬头见皇伯母仍是站在那里，此时放下手中一卷医书，却在案前缓缓踱步，双眉微锁，似是遇到了不易开解的难事。

他看了一会儿，终于叫道："皇伯母。"卿尘转身，元修关切地道："你坐下歇一会儿吧，站了这么久会累的。"

卿尘笑容中露出些许疲倦，扶着低案在他对面坐下，看了眼他写的字，问道："是哪位师父教的？"

元修道："我临摹的是皇伯父的字，不过，还不是很像。"

卿尘道："为什么临摹皇上的字？"

元修道："皇伯父的字有气度。"

卿尘闻言便淡淡一笑，执起笔来，将整幅笺纸抬手一拂，牵开云袖，随笔落墨。

元修见她笔下所书：

魔道崎岖路难通，明日青山又几重。
人生运命各不同，但求屹立天地中。

这几句还是清隽正楷，下面笔锋忽转：

势似奔雷，威震山河动，剑如白虹，出鞘追元凶……

如冰似雪的纸面上乌墨分明，一气行书龙飞凤舞，纤毫之下，转折孤峭，险峻处力透纸背，最后一笔带出决绝锋芒如刃，铮然迫目而来。卿尘写完后扬手便将笔掷回案上，凝眸看过。

那字中气势几将元修震住，片刻才道："皇伯母，原来你的行书写得和皇伯父一样好，我见过这几句词。"

卿尘诧异抬眸，元修道："我在父王的书中见过，原还以为是皇伯父写的呢。"

"哦。"卿尘眉心淡淡一拧，当年初到湛王府，她无事可做，无处可去，将这一首词何止临摹了千百遍，这手字便是那时候练出来的。

此时回想，曾经在湛王府的那段日子原来那样轻松和快乐。没有任何目的，甚至混沌迷茫的自己，就像一个刚刚出生的孩子，可以无所顾忌地对待周围的一切，直到变成了这世界的一部分，一切从此改变。

从此贪恋痴嗔由心生，大千世界，万相如幻。

卿尘垂眸看向自己张扬跋扈的字，从昨日起心间一股仄闷之气随这笔墨尽出，长袖静拂，自案前站了起来。忽见一个内侍惶急奔进殿来，近前跪倒，匆忙间连礼数都不顾，急喘道："娘娘，快，皇上……皇上退朝了。"

话音方落，卿尘已急步往外走去，走到殿外在冥执面前一停："禁守宫门，任何人不得随意接触长陵郡王！"

日光刺目，炽烈如灼，玉栏琼阶琉璃瓦连成一片浮光白亮，尖锐的一声脆响划破凝滞的空气，碎瓷纷落的声音自宣室中传来，直刺人心。

外面侍从前前后后跪了满地，黑压压直到阶下，晏奚心急如焚，远远见皇后赶来，奔上前去："娘娘，皇上自己在里面……"

卿尘不及答话，步履匆匆直往殿内，走到阶前霍然停步，拂袖回头，淡声喝道："跪在这里干什么？都退下，未经传召不得近前。"

转身对晏奚略一示意，等众人惶惶抬头，只见皇后修挑的身影早已消失在深殿之中。

阳光太亮，将晏奚的神情模糊成一片，他手中拂尘扬落，面对阶下道："都去偏殿候着，谁敢私自出入，当场打死！"

立刻有侍卫将所有宫人一并带往偏殿，武台殿四门禁闭，一切闲杂人等皆不得出入，皇上急病的消息暂被封锁，内外无人得知。

晏奚看似镇定的背后早已汗透衣背，想起皇上方才的样子，急忙回身往殿内跑去，脚下却一个踉跄，几乎绊倒在阶前。

卿尘喝退众人，急急推门入内。

宣室中垂帘四落，光线静暗，只有丝缕微光穿过透雕螭纹玉版的缝隙洒在迎面一地玉瓷碎片上，支离破碎的幽光凌乱四处，割裂这满室深静。

夜天凌强撑着身子站在案前，听到声音霍地扭头，身形摇晃，面无血色，唯一双眼睛红丝密布，暗处狂乱的神情骇人，呼吸急促。

但他却看清是卿尘，哑声喝道："别过来！"

"四哥！"卿尘急步上前，夜天凌挥手便将她推开："出去，离我远些！"

卿尘冷不防被他推开数步，脚下踩得碎瓷纷纷乱响，险些撞上桌案。她不管他拦阻，扑过去伸手抱住他："四哥，你忍一忍，忍过去就好了，很快会没事的。"

夜天凌扣住她的肩头，力道之大，几乎要将她骨头都捏碎，手却一直难抑颤抖，声音嘶哑几难分辨："我会伤到你……快出去！"

卿尘紧紧抱着他不放，拼命摇头，只说一句话："我不会让你一个人！"

夜天凌眼底尚存一丝清醒，死死盯住她的眼睛，幽暗中只见她焦灼晶亮的眸光，倒映出那几近崩溃的神志。身体里似有万箭穿心，利刃附体，似洪水猛兽四处冲撞，似万蚁噬骨剧痛难当，但能见这熟悉的眸子，黑暗中只剩这一双清湖般的眼眸，冰色的光，微凉的暖，让他凭着残余的理智控制着自己，不致坠入万劫不复的深渊。

卿尘本拗不过他的力气，不料他紧抿的薄唇猛地牵动，突然大口鲜血喷溅而出，伴着他剧烈的咳嗽落上她衣襟，顿时便将白丝染作血红一片。

卿尘手上身上尽是他的血，随着这鲜血的涌出，他身子虚弱地倒下，再无力支撑。身边长案翻倒，玉瓶碎，金盏裂，砸落一地狼藉。

她勉力扶他至榻前，绡纱影深，他脸色惨白不似活人，唇间血色更见惊心，紧攥的双拳几要将骨节捏碎，那痛楚煎熬自她的手上一路割到心尖，痛得她鲜血淋漓。

"四哥，只要忍过这一时，就这几天，我陪着你，一定能熬过去。"卿尘将他扶在怀中，和他说话，温暖他冰冷的身子，泪至眼睫，却死咬着唇咽下，不落一滴。

他听到她的声音，终于张开眼睛，看着她。冰浇火灼，挫不碎一身傲骨，他竟自唇边狠狠抿起一刀薄笑，声音低微，却不肯示弱半分："没事，没有什么朕……熬不过去……"

日西斜，夜深沉，晓风寒，灯影落。

沉重的朱漆描金殿门被缓缓推开，一抹清幽的身影迈过金槛步了出来，乏力地靠在了盘龙飞起的门柱旁。

云鬓散覆，凌乱流泻腰畔，几乎遮住了容颜，一身白衣之上血迹宛然，是苍白与墨黑间唯一的颜色，分外刺人眼目。大殿里一个人也没有，一丝声响也无，一丝光亮也无，只听见自己低低的呼吸，卿尘抬手抚过面颊，没有泪水，反而是一缕轻涩的苦笑，透过冰凉的指尖落了下来。

殿门的缝隙中满地断玉残瓷，只见一角明黄帷幔低垂，榻上的人已昏沉睡去，隔着如烟的罗帐，疲惫而安静。

第三十五章　九天阊阖风云动

檐下风起，空中浮云低压在大殿上方，略见阴霾。

武台殿前凤衍、殷监正等数名大臣站在那里等候召见，人人眉头暗锁，面色凝重。

自几日前皇上偶感微恙，已有数日未朝，也不曾召见任何一位大臣，这是登基至今从未有过的事。皇上向来勤于朝政，即便略有不适也断不至于如此，何况眼前东海战事正在关键，这自然非同寻常。

御医令黄文尚宫宴当晚奉召入内便再未出来过，自此两宫戒备森严，任谁也得不着准确的消息，照这情形唯一的可能便是皇上重病，但每日送来武台殿的奏章却全经御笔亲阅，第二日送发三省分毫不错。日前更有一道敕令颁下，予湛王临机专断之权，命他率东海五百战船三十二万大军兵分三路，全面发动对倭寇的进攻。

现在已是中书侍郎的斯惟云看到那些奏章敕令时，心里却更添不安，一样跟随了帝后多年的杜君述也有同感。

昔年凌王府几位亲近旧臣都知道，这世上有一个人能将皇上的笔迹学得惟妙惟肖，几可乱真，但无论再怎么像，却毕竟略有差异，一旦有心仔细去看，便发现这些奏章根本不是皇上批阅的，而是皇后。

此时在殿前，两人都从对方眼中看到几分忧心忡忡的痕迹，再等了一会儿，只见御前常侍晏奚从殿中出来，站在阶前传了口谕："皇上宣凤相觐见，诸位大人还请稍候。"

在旁的殷监正眉心更紧，凤衍将袖袍一整，随晏奚入内。一路晏奚只低头引路，眼也不抬，却不是去平日见驾的宣室，也不进寝宫，转过通廊往里直入，到了一间静室前停步，抬手将那檀香透雕门推开，仍低着头："凤相请。"

凤衍心生诧异，室内绣帷低掩，隔着如烟垂幕，珠帘隐隐，竟是皇后坐于其后，身旁不见宫人随侍，唯一缕幽幽渺渺的凤池香淡绕如丝。

"臣，参见娘娘。"

"父亲快请起。"珠帘后传来清柔低哑的声音，凤衍眉心一动，这一声"父亲"显然是以家礼相对了。

待他起身，便听皇后问道："外面大臣们可还是坚持要见皇上？"那声音虽平静，却透出一丝难掩的倦意。

凤衍道："皇上数日未朝，敢问娘娘，究竟是何缘故？"

帘后一声低叹，似苦无着落，软软无力："不瞒父亲，皇上重病。"

短短几个字令凤衍心头猛跳，眼底暗光隐隐，探问道："皇上一向圣体康健，怎会突然重病？"

皇后静默了片刻，隔着珠玉轻曳凤衍只能见一袭羽白宫装的影子，若隐若现的眉眼，玉帘后雪雕般的人周身似无一丝暖意，连那声音也淡薄："今天请父亲来，便是要和父亲商量此事。皇上这病是有人下了毒手，御医令黄文尚亲口招供，受湛王指使给皇上用了毒。现在毒已入骨，只能靠药镇着。皇上若有不测，天下再无人能压得住湛王，咱们凤家必遭大祸，便是女儿也难以幸免，眼下必要有万全对策才好。"

凤衍眸光闪烁，话语却未见慌乱，问到关键，"皇上待湛王不薄，甚至命湛王世子入宫住读，湛王何以如此？"

皇后声音微冷，仿佛一片薄雪落下："皇上念着太皇太后昔日的嘱咐，一直宽纵湛王，但终究水火难容。父亲有所不知，湛王曾意图谋害皇嗣，元语出生的时候，女儿险些死在他手中，皇上早便有了杀他的心，他们两人其实已经翻脸了。皇上命湛王出征东海，原本就是要将他遣离天都，世子入宫也是为了牵制于他，现在已经被我囚禁在含光宫，任何人不得见。"

凤衍道："湛王在朝中势力非常，娘娘欲将他如何？"

"东海战事一平，湛王归京之日，便应将他问罪。只是此事还要父亲从旁相助，往后朝中也必要仰仗父亲。且不说皇上如今这样，便是皇上平安无事，女儿不能诞育皇子，皇上虽信誓在前，恩宠在身，但心中岂会全无他意？天恩无常，再过几年色衰爱弛，女儿岂不自危？"

最后一句语声清弱，凤衍只见皇后侧了脸，绡帕拂上面颊。什么从容骄傲，什么淡定自如，什么果决聪慧，眼前只是一个失了倚靠的女子，前路堪忧。冠上了凤家的姓氏，入了这深宫似海，除了家族权势，她还有什么可倚靠？

他微微眯起了眼睛，抬头望穿那珠帘，目不避讳，原本恭谨的姿态顿见跋扈。皇上重病难起，湛王远在千里之外，再将皇后控制在手中，以凤家内外的势力，自可一手遮天。但皇上究竟是个什么情形，还是让人顾忌着。

"皇上的病到底怎样？"

"日前从朝上回来便咯血不止，接连几日高热昏迷，人事不省，父亲稍后去看看便知。那毒虽还不至于立时致命，但皇上的身子却是毁了。"

"还能撑多久？"凤衍眉下眼色深沉，隐透精光，这一句已问得十分大胆。

皇后纤细的手指绞握罗帕，语音轻淡："一年半载，已是万幸。"

"那娘娘岂不该早做打算？一年半载之后，娘娘又该如何？"

抄家灭族的话语直说出来，似乎惊得皇后顿失了颜色。静室中升起一股寒意，皇后隔着玉帘细碎与凤衍四目相对，四周雪帛玉脂冷冷的白，只见一双漆黑凤眸，浮光掠影一晃折进了羽睫深处。

王朝深宫，臣子们位高权重靠的是皇上，后妃们荣华富贵靠的是皇上，若没了这份依恃，任你曾经宠冠六宫母仪天下，后半生唯一能见的光景也只有青灯古佛。

"还请父亲指点。"皇后一时定下心来，婉转相询。

"如今之计除了除去湛王，必要令皇上得嗣才好，否则日后大权旁落，一样堪危。"

"女儿身子不争气，皇上又是这般情形，如何能有皇嗣？"皇后垂了眸，眉心微蹙。

"娘娘若真想让皇上有，皇上便能有。后宫之中唯娘娘独尊，只要娘娘说是皇嗣，谁人敢有质疑？"

瞬间一阵静寂，云香浮绕，玉帘微光折射，落于皇后铺展的凤衣之上，仍是淡冷幽凉，皇后却笑了，清隽凤眸自那笑中稳稳抬起，刹那间竟有摄魂夺魄的亮色："还是父亲想得周全，如此便万无一失了。"

风渐急，云随风势掠过大殿雄伟高耸的金龙宝顶，密密低下，遍布天际。

殿前大臣等了近一个时辰仍不见任何旨意，天色阴霾。似有雷雨将至，低抑的空气令众人心中皆生焦躁，只觉时间漫长。

也不知过了多久，终于见凤衍自殿中缓步踱出，脸上似笑非笑，难以掩抑地带出几分权臣的骄纵。方才见过皇上，果然是积重难返，命在旦夕，皇后虽面上镇定，却显然疲累无助，那份憔悴任谁也看得出来。他便和言安慰，皇后毕竟不是寻常女子，倒还不至于全然慌乱。湛王重兵在握，不易应对，皇后写下书信一封，真假难处尽在其中，言辞哀切凄婉，请求湛王速速赶回天都。如今已定下诸般大计，湛王一除，再以非常手段扶植储君，此后还有谁能与凤家抗衡？

众人见凤衍出来，纷纷上前相询，凤衍抬了抬眼："皇上龙体欠安，都听旨意吧。"说罢率众面北候旨。

众臣随后肃立，但听脚步急急，数名内侍先行站上阶前，紧接着环佩声轻，淡香飘摇，却是皇后步出殿来。惊疑之中，殷监正无意一抬头，忽见武台殿前后多出数十名禁军戍卫，明晃金甲在渐渐昏暗的天色下分外刺目，心底顿生不祥预感。

玉阶之上，传来皇后清缓的声音："皇上近日圣体违和，一切朝议暂免，有旨意。"

随着这话，众人依次跪在阶下，旁边晏奚展开一卷黄帛，高声宣下圣旨——封凤衍为太师，总领朝政，凤衍长子凤京书由江左布政使擢入中书省，次子凤呈书封左翊卫将军，统领两城禁军……接连之下调动数处要职，皆是凤家门生亲族。瞬息之内，几乎天翻地覆，凤家迅速掌控朝政，甚至连两宫禁军都握在手中。

殷监正瞠目结舌，震惊间已顾不得礼数，难以置信地抬头向上望去，不料却见皇后波澜不惊的凤眸中忽而泛起寒冽冷意，冰刃般扫过阶下，一现即逝。殷监正看着皇后唇边那缕淡漠笑痕，寒意涌遍全身，直觉大事不妙。不及说话，便又听到皇后的声音，却是对斯惟云道："皇上另有口谕给你。昨日湖州奏报两渠工程已近尾声，为防有所差池，命你前去督建完工，即日启程。"

斯惟云眉间猛蹙，湖州工程不日完工，一切顺利，何须多此一举？他俯身道："臣领旨。"身旁杜君述却已道："娘娘，请问皇上究竟是何病症？现在情况如何？朝中诸多大事等候皇上裁决，臣等却数日未见圣颜，亦不见御医脉案，还望娘娘告知一二。"

皇后淡淡垂眸："皇上并无大碍，朝事每日都有御批圣谕，你等照办便是。"

杜君述道："微臣斗胆，敢问娘娘那些送到三省的奏章可当真是皇上亲自批阅？"

皇后修眉微挑，静冷注视隐见锋锐："你何出此言？"

眼见朝中生变，杜君述心中忧急，直言道："微臣曾见娘娘的字，和皇上如出一辙，往日的奏章，今天的圣旨，敢问是否出自御笔？"

"大胆！"皇后凤眸一扬，冷声喝道，"皇上御笔朱批岂容你胡乱猜疑？身为朝廷重臣言语无状，有失体统，你自今日起不必再进宫来，回府闭门思过，等候宣召吧！"

不过寥寥数语，便有两名重臣直接被逐出中枢，一贬一罚，在场大臣惊惶之下，纷纷跪地求情，唯有凤衍面露笑意。

杜君述还欲再言，忽然被斯惟云暗中扣住手腕，硬生生将他阻住。

斯惟云抬头看去，正遇上皇后一瞥而过的目光，眼前赫然浮现出当年在雍水大堤上，凌王妃下令开闸泄洪，水淹大军的情景。那一双眼睛，也如现在般略带杀伐之气，夺人心神，深底里却是与皇上一模一样的深邃与沉稳，冷锐与傲岸。

多少年君臣主从，他或许会有伴君如伴虎的顾虑，但却从未怀疑过皇后分毫。皇后平素言行历历在目，非但待他如师如友，更待皇上情深意重，有些人可以令他终此一生深信不疑，他当年曾言但凡她有吩咐，在所不辞，今时今日，便是如此。

"娘娘！臣等请见皇上，皇上圣体欠安，臣等却数日不得探视，不知究竟为何？眼前圣旨是真是假，还望娘娘明示！"

听过杜君述所言，殷监正断定皇上是出了意外，凤衍和皇后内外联手意图控制各处，若让他们得手，便是大祸临头。心中万般对策电闪而过，立刻先行责问。

皇后神情冷峻，不见喜怒，淡声道："皇上刚刚服了药睡下，殷相若非有什么事关国本社稷的大事要奏，还是以皇上龙体为重吧。"

"臣自然是有要事启奏，才敢惊扰皇上。"

"哦？"皇后语声清婉，"敢问殷相有何要事，难道比皇上身子还重要？"

"臣要奏请皇上早立储君，以定国本，以安社稷！"

放眼皇族，皇上膝下仅有兰阳公主；灏王昔日遭逢变故，从此不纳妻妾，府中世子乃是收养而来；济王获罪多年，世子亦遭牵连；汐王有子流放边疆；溟王、澈王皆无子嗣；漓王有子尚在褓襁之中。若要册立储君，非湛王世子莫属。眼前宫中生变，凤家夺权，形势急转直下，唯有在此才能扳回劣势。

此话一出，殷监正忽见皇后唇边淡笑缓缓加深，便听到凤衍森然的声音："殷相怕是忘了吧，皇上早有圣谕，若有臣子再提储君之事，以谋逆罪论！"

字句如刀，阴森透骨，殷监正如遭雷殛，方才察觉皇后从刚才说什么国本社稷，便是知道他必有这个念头，丝丝引诱，等他入扣，一时不慎，竟被他们抓住把柄。

"来人，将此逆臣带下去！"

随着皇后清声令下，御林禁卫按下殷监正，立刻除去他身上官服，殷监正怒不可遏："妖后乱政！我要求见皇上！"

皇后目不斜视，云袖挥落，侍卫不由分说便将这股肱老臣架出庭前，分毫不留情面。

不过片刻，皇后竟接连贬黜朝中重臣，架空中枢，自来后宫涉政未见如此，余下几位大臣人人惊惧失色，一时噤言无声。

雄浑大殿前，皇后立于龙阶之上，风扬袖袂猎猎微响，身后天际风云变幻，御林禁卫如凤翼展翅，分列侍立，岿然不动。她缓缓将目光转向凤衍，凤衍抚须点头，骄横身姿映入那双凛然凤眸，随着渐暗的天光陷入无尽的幽深。

第三十六章　袖里乾坤卧潜龙

宣元坊斯府，庭前两株梧桐树被狂风吹得枝叶乱摆，地上飞沙走石，暴雨将至。

斯惟云现在虽已位极人臣，但府第仍如以前。帝曜初年清查亏空，四进院落被人纵火烧了半边，昊帝降旨赐他新宅却被他上书辞谢，只重新修缮了一下，依旧安居此处。

今日自宫中回府，斯惟云忧心忡忡，不料刚刚迈进府门，管家急步迎上，低声道："老爷，卫统领等候您多时了。"

卫长征？斯惟云闻言一震："人在何处？"

"在西厅。"

斯惟云屏退随从，快步赶去西厅书房，迎面便见卫长征轻甲佩剑站在窗前。

"斯大人！"卫长征见了他也不多礼，直接一拱手，"宫中有旨意。"

斯惟云振衣欲跪，被他阻住："不必了，是密旨，请大人亲自过目。"说着取出密旨递上。

斯惟云双手接了，拆开一看，明黄云笺，加印丹砂金龙行玺，的确来自御书房不错，一路看下，不由惊出满身冷汗。

卫长征待他看完，将另一封金漆密信取出："自湖州东行，最多三日便可赶至琅州，玄甲铁卫已等候在外，请大人速携此信前去，务必转交湛王。"

斯惟云心中已然雪亮。皇上近年来提拔寒门将相，惩贪腐，任循吏，步步削夺士族重权。凤家已觉利刃在颈，危机四伏，不欲坐以待毙，竟勾结御医谋害皇上，妄图反戈而击，颠覆天日。这些年来清查亏空得罪无数门阀权贵，朝中多少人对他斯惟云恨之入骨，一旦士族掌权，定不会放过他和杜君述等人，方才皇后在武台殿将他贬黜至湖州，原来竟是明贬实保。

此时皇上病重，凤氏一族在朝中势大根深，若与之硬碰，胜负难料。更何况，凤家外有四道布政使控制十六州军政重权，除了天都附近重要州府之外，另有文州、纪州、现州、琅州等正处东海军需要道之上，一旦有变，湛王腹背受敌，必将陷入危境。皇后这是在以缓兵之计稳住凤家，欲确保东海战事顺利。

然而这些都还在其次，最让斯惟云震惊的是，皇后此时同凤衍虚与委蛇，一手将凤家托至云端，当机立断，借凤衍之手扫除殷家，复又飞书湛王，暗中调兵遣将，剑锋直指凤家。环环相扣步步为营，她究竟要干什么？面对这些，手握重兵的湛王又将会怎样？斯惟云想到此处不由打了个寒噤，稳了稳心神，问卫长征："这究竟是圣旨，还是娘娘的懿旨？"

卫长征一笑，道："斯大人看笔迹难道还不知吗？是圣旨还是懿旨，这又有何区别？事不宜迟，大人速速启程吧，我还要到杜大人府上走一趟。"

斯惟云深吸一口气，沉声道："烦请转告娘娘，斯惟云定不辱命！"

不知何时下起了大雨，卿尘站在殿外，耳边尽是唰唰急落的雨声。

雨落如注，瓢泼而下，激溅在开阔的白石广场之上，水花成片。肃穆庄严的大正宫笼罩在雨势之中，远远模糊成一片浮金琉璃。

举目之下雨幕苍茫，天地间一片无止无尽的安静，心中没有一丝念想，似被这雨冲刷得无比干净。心灵随着大雨无垠伸展，几与这天地融为一体，每一滴雨都清晰，浇注心头，透彻淋漓。

檐下冷风扑面，吹得卿尘衣袂飘摇不定。雨丝斜落衣襟，她却始终站立不动，任雨水溅落发际，湿了面容，把那一双眼眸洗得清亮。

已经多少天了，任她用尽针药，夜天凌始终昏迷不醒。那毒一次发作，似乎被他自己的意志强压下去，再不曾反复，但他的身体也到了所能承受的极限。

看着他一动不动地睡着，仿佛灵魂被掏空，缓缓填满了恐惧。如果……她不敢想这两个字，深夜里独坐榻前，握着他的手，发现原来有很多话想和他说。她便一点儿一点儿地说给他听，曾经她记忆里的世界，她所向往的将来，她藏在心里细微的忧愁与欢喜。初相遇，再相逢，心相印，情深种，不觉已近十年，万千岁月如水过，花开花落，朝朝暮暮，还有多少个十年……

他就在身边，却不曾如往常般侧首凝注听她低语，不曾勾起唇角对她一笑，不曾用那样清淡的声音答她的问话，他只安静得令她一字一句都凄凉。但只有这样的诉说，才能驱散那生满心间的恐惧，她才不会在那样寂静的夜里独自被黑暗吞噬。于是便这样一直说下去，片刻都不停，直到曙光破晓，又是一天。

又是一天，明处刀光剑影，暗处虎狼环伺，三千宫阙连绵，万里山河。一天的雨，孤独的冷，无力的疲惫，丝丝浸入了骨髓。

卿尘闭上眼睛，指尖狠狠嵌进掌心，忽然将眉一扬，往前迈了一大步，直接站在了雨中。

"娘娘！"身后落下轻重不同的脚步声。

卿尘自雨中回身，莫不平率冥衣楼部属、卫长征与南宫竞等心腹将领跪于殿前，檐柱撑起高殿深广，低暗的光线中稳敛的眼神，玄衣铠甲坚锐的身姿，多少令人心安。

"如何了？"卿尘缓缓拭去脸上冰冷雨水，步回廊前，淡声问道。

"禀娘娘，十八铁卫已护送斯大人顺利出城！"

"冥执已持密信赶往纪州，面见漓王殿下！"

"两城禁军尽在掌握，无有异动！"

"玄甲军将士枕戈待旦，随时听候调遣！"

"唐初亲自调兵出京，司州凤家之处请娘娘放心！"

"好。"清缓一笑掩去了满眼憔悴，卿尘的声音十分平静，甚至透出冷然，"不要惊动对方，确保东海战事无恙，动手之时务必干净利落。"

"是！"简短而有力的声音落入雨幕之中，莫不平抬头问道："娘娘，皇上可有好转？"

卿尘紧抿着唇，纤眉淡锁，不语。莫不平见状，有些话也不得不说了，便斟酌道："事到如今，娘娘是否应该做下最坏的打算？"

不料卿尘霍然将眼一抬，道："他绝不会有事！"她眼底血丝隐隐，似悲似恨，苦涩难言。莫不平等都低了头不敢看她，更不能再说其他，只默默立在面前。

卿尘心头一阵撕裂般地剧痛，身子竟微微一晃，险些站立不稳，忽见晏奚急匆匆自里面奔了出来，到了近前扑跪在湿地上，激动得连声音都走了调："娘娘！皇上……皇上醒了！"

众人大喜过望，卿尘反身便往殿中跑去。晏奚跟在身后，从未见皇后如此步履仓促，再不是素日静稳风仪。他一路小跑，跟到了屏风之前突然停住脚步，低头退了下去。

寝室中落着垂帘，满室药香清苦，静如深夜，外面雨声淅沥几不可闻，卿尘只听见自己急促的脚步声，到了榻前忽地停住，痴痴望向云帷之后。

夜天凌倚在枕上，半合双目，面色如雪更添瘦削，眉心蹙痕半没于灯色浅浅，轻似浮影，锐如剑锋。听到声音他睁开眼睛，看到她，唇角慢慢带出一丝笑容。卿尘一步跪在他身旁，无声地抱住了他，紧紧贴着他的身子，将脸埋在温凉的丝帛之间。

夜天凌吃力地抬手抚上她的肩头，哑声问道："下雨了吗，怎么浑身都湿透了？"

卿尘身子微微发抖，喉间涩楚难当，多少话语堵在那里，却一句都不能言。他的手很凉，浑身没有分毫暖意，她亦冷如雪人一般，只是难抑颤抖。肌肤相贴，拥抱间仅有的温热自心口漾起，温暖着彼此的冷，彼此的孤零。一层绡帐，方寸天地，静得没有一丝声息，唯有两人的呼吸纠缠如缕，夜天凌轻轻拍着她的后背，淡淡笑了："不怕，有我在。"

他的声音因虚弱而低哑，却如此真实地就在耳边。卿尘终于抬头，凝眸看向了他，却只一眼，便泪落襟前。明明止不住的泪，却偏又笑着，眸光清清澈澈，春波般柔亮，几可鉴人。

夜天凌指尖划过她面颊，微蹙了眉，无奈道："都是做母亲的人了，还像个孩子样地又哭又笑，不怕女儿笑话。"

卿尘也不和他分辩，此时只觉得他说什么都是好的，握了他的手贴在脸上，柔声道：

"四哥，你觉得好些了吗？还有没有哪里不舒服？"一面又仔细试他的脉象，越发放下心来，"撑过了这几天，毒性已弱，慢慢再用药拔除余毒，调养旧伤，便无大碍了。"

夜天凌满脸倦意深深，眼中却阒黑无底，隐见冷峻："区区药毒，能奈我何？"他似若无其事，刀山火海过来了，那抽筋剔骨的痛苦落在这话中，只见不屑与傲然。说话间他低低一声咳嗽，却叫卿尘心疼到极致，忙反身取了药，坐到榻前，拿玉匙轻轻舀了，送至他唇边。

药中微苦，夜天凌却并不在意，倚枕靠着静静看着她，嘴角噙着一丝温软笑意，将那药一勺勺喝尽。卿尘托了药盏，微微抬眸，忽然便定定停在他的凝视中。光阴退流，仿似回到多年前一晚，他们初遇山间，萍水相逢，蓦然回眸，灯火阑珊中，落定的尘缘。

那时她不知他是夜天凌，他不知她是宁文清，就只在那一回首，一抬眸，浩然相对，今夕何年。

如果她是为他来这一世，那他这一世就只是为了等她。碧水潭中伸手相救，屏叠山下取箭疗伤，早已在冥冥之中将彼此的性命相交，再也难分，再也难舍。

雪衣素颜，秋水明眸，仿佛再过千年也不会变的模样，是他梦里前生曾见，今生命定。相视中夜天凌微微而笑："清儿，若不是那一箭，我便错过了那屏叠山，也错过了你了。"

灯下泪痕在卿尘脸上映出淡淡清光，他的话让她心底一酸，轻声道："可是那一箭，也差点儿让我失去了你。"

夜天凌疲倦地向后靠去，唇边笑意缓缓加深："不过一箭而已，还是值得。只可惜那竹屋毁在了火中，等哪一日咱们回去，重新建一个给你。"

卿尘伸手握住他，十指相扣，心里只余柔软一片。夜天凌微微扭头过来："放舟五湖，遨游四海，你想先去哪里，东海吗？"

卿尘愣愕："四哥？"

夜天凌低声淡淡道："我都知道，你这几天说的话我都听得见。"他伸出手去，轻轻抬起卿尘的脸颊，唇边笑容俊傲，病中微凉的手指似乎修弱无力，但那底下蕴藏的力量，只要反手一握，便是九州天下风云变，翻覆四合八荒，"待东海战事平定，我带你去那云海仙山繁华地，又有何难？只要你想，只要我在，天下无处不可去。"

卿尘凝眸于他，静静转出一笑："只要你在，四海皆是我家，何处都一样。"

第三十七章　华容翠影怜香冷

繁华尽去，已是清晨。

清灯影落，流云屏风之上烟岚回转，撷云香缥缈如一层淡雾薄纱，凝凝练练，缭绕不去。

卿尘轻轻替夜天凌拢好锦衾，放下帷幄垂帘。他仔细交代了一些事情，终于累极睡去，睡时握着她的手，呼吸平稳，容颜安宁。

卿尘侧身靠在他旁边，看他偶尔微微蹙眉，似仍在忍受着身体的不适，此时的他褪去了凌厉与果决，如一片安静的深海，仍给她无尽的力量。

方才他带着清弱的微笑听她怎样学他的笔迹披阅奏章，怎样用龙符调兵遣将，怎样孤注一掷，布下那天罗地网。风云诡谲都在她低稳的声音中化作无形，今夜之前，她每一步都如临深渊。如果他不能醒来，那么她无论如何都是一败涂地。现在有他在身后，她可以肆无忌惮地行事，哪怕颠覆这世界也无惧。

幽深眼底渐渐浮起晨曦般的淡凉，卿尘将目光投向朦胧的帐顶，虽然倦意深深，却又无法入睡，所思所想尽是东海的战况。这时东海之上可能已打响了最后的决战，还没有新的战报传来，仍不敢有丝毫松懈。她心中各种事务纷杂，最后归于夜天湛俊朗的身影。

此时此刻，她将真真正正兑现曾经对他的承诺。却不知他，又是否能相信她？

一切输赢胜败，现在已取决于他的态度，她在等待他最终的决定。

扭头看到一个人影停在屏风外，似乎是白夫人，卿尘慢慢自夜天凌指间抽出手来，悄然步下龙榻，转出屏风轻声问道："什么事？"

白夫人道："凤家昨晚将人送进宫来了。"

卿尘凤眸轻轻细起，微一颔首，抬手示意白夫人不要惊动皇上："带她们来见我。"

天穹低远，阴雨蒙蒙，深深浅浅浓重的雨意里，殿宇楼阁一片烟色迷离。

翠瓦低檐下雨落如帘，琼阶微凉，朱栏半湿。紫竹静廊从御池旁曲折而过，点滴雨声，一池绿萍浮沉，碧色幽浓。

穿过长廊，几个眉目秀婉的女子随白夫人入了内殿，沿着寂静的殿廊越走越深，渐闻幽香轻暗，最后到了一道珠帘之外。几个女子垂首敛声站在下方，只见眼前瑞纹祥云玉砖之上满是冰晶样的光影，其后木兰纱绡静垂下缥缈的花纹，依稀有个清淡的身影斜倚鸾榻之上，合眸养神，手边垂下一道明黄色的奏折。

白夫人见皇后似乎睡着，不忍惊扰，只命几人跪候在旁，轻声上前将落在榻下的奏折拾起来。却只这点细微的声响，皇后已然醒来，白夫人将奏折递过去，低声道："娘娘，人带来了，其中两个已有了身子。"

卿尘目光在那奏折上一停，以手撑额，静了会儿，抬眸往下看去。面前四个女子皆不过十七八岁模样，绿鬟纤腰，容貌姣好，低眉敛目跪在近前，看去都是姿态楚楚，秀丽动人。

她眉梢微微蹙起，抬手指了其中一个女子："让她过来。"

白夫人将榻前绡帘挽入银钩，引了那名女子上前，命她将手放平。

那女子跪在镶金脚踏之上，只觉拂面一阵若有若无清苦的药香，皇后手指已搭上了她的关脉。片刻之后，她忽觉腕上一紧，冷玉样的冰凉划过肌肤，眼前袖袂重重拂开，皇后已松开她手腕："伺候过什么人？"

冷水般的声音近在眼前，那女子心中慌乱，下意识往前看去，迎面一道清利目光直落眼底，似将人骨肉血脉都看得透彻。她匆忙低了头，不敢隐瞒，怯声答道："回娘娘，是……是……二公子。"声音细若蚊蝇，满脸羞红。

皇后凤眸微挑，一抹清光透过珠帘摇曳扫向其他人："你们呢？"

几个女子皆惴惴不敢作答，只有一个声音忐忑响起："凤相……"

卿尘心间顿时泛起一阵厌恶，不由银牙轻咬。好一招偷龙转凤，此事凤家显然已谋划良久了。那阿芙蓉之毒一旦深种，害人身体，毁人意志，乱人精神，长久下去，服食者几与废人无异。凤衍收买御医令以药毒控制皇上，再将这样的女子送入宫中，一旦成功，天朝江山易姓，改天换日，近百年基业一朝尽毁，落入他人掌中。

凤衍行事阴毒至此，胆大至此，确实令人出乎意料。只是现在要铲除这祸患，却不得不顾忌凤家手中十六州兵权，若轻易动手，逼反凤家，则小半个天下都会陷入动乱，得不偿失。

小不忍则乱大谋，卿尘深深吸了口气，慢慢恢复了冷静。凤衍一样也不会想到，病如弱柳的皇后，凤家嫡亲的女儿，此时竟落下了一步不可思议的绝棋，那双纤纤素手已悄然拨乱了棋盘。

流着凤家血液的身体里装着别样的灵魂，眼前的凤卿尘，可以令凤家步步登上荣耀的巅峰，便可以让其坠入万劫不复的地狱。什么家族，什么血缘，什么亲人，什么依恃？天地之广，岁月之长，她只有一个亲人，生死相随，甘苦与共。与他为友便是她的朋友，与他为敌便是她的敌人，任何人都不例外。

卿尘起身步下鸾榻，缓步走至案前，将那奏折丢下，垂眸抬手，执笔而书。鲜红的朱墨划出浓重转折，洇进雪丝般的笺纸中，浸透纸背。卿尘放下笔，将手一扬："带她们下去，赐药。"

一张雪笺，两服药方；一笔重墨，两条生命。

几名女子惊惧的神情在卿尘眼底化作一片怜悯，然而那底处静冷无边。

最后一丝哭求隐约消失在耳畔，卿尘默然伫立案旁，纤眉淡拧，缓缓抬手抚上心口，白玉般的脸上越发失了颜色。

世上有多少情非得已，有多少无可奈何，明知是剜心彻骨的痛仍要加诸他人，明知是无辜的牵连却不能心慈手软。这便是她和他选择的那条路，人世间至高无上的权力，放眼宇内，众生俯首，帝业辉煌，千古流传。在阴谋诡计的暗影中托起繁华风流，在铁血征战的毁灭中靖安四域山河。

踏血海尸山，指点江山万里，他和她携手一路走来，峰登绝顶，绝顶之处，路便要到尽头了。

孤峰之巅万山苍茫，路到尽头，又是什么呢？

卿尘闭目站在那里，过了好一会儿，心口传来的阵阵悸痛才略缓下来，转身低头，重新打开那道奏折。奏折上张狂的字迹映入她幽静的眼中，一连串人名官爵首尾相接，都是为凤氏一族拟定的封爵。

她唇角浮起一丝淡漠的笑，无声无形，笔到字成，一个朱红的"准"字落于纸上，色如血，利如锋。

帝曜七年春，天都伊歌始终笼罩在阴雨连绵之下，轻寒料峭。

对于天朝众臣来说，这无疑是一段不见天日的日子。

五月初，昊帝忽染重疾，无法视朝，遂以皇后佐理朝事。自此始，内外令皆出于中宫，太师凤衍把持朝政，凤氏一族独揽大权，权倾天下。

不过数日之内，凤家仅封侯者便有五人，其余提调升迁者不计其数，亲党遍布朝野。凤衍排除异己，扶植私党，素与凤家对立的殷家首当其冲。身为宰辅老臣的殷监正被以"妄议皇储"的罪名罢官夺爵，若非因皇后为皇上祈天纳福，不欲行杀戮之事，殷监正怕是性命难保。与当年卫家一样，几乎是一夜之间，门阀殷氏由盛转衰，一蹶不振。

朱门金楼玉马堂，墙倒楼倾尽作空。

自此之后，朝中大臣但有非议者皆遭排挤，顺之者升，逆之者迁。凤衍擅权乱政，恣意妄为，举朝慑于其淫威，怒不能言，人人侧目以视。

天朝自开国始，士族荒淫靡乱至此达到极致。朝野内外几乎是政以贿成，官以赂授，冠冕名士道貌岸然，公卿大夫骄奢淫逸，令不少有识之士扼腕长叹，痛呼哀哉！

朝臣欲面圣而不得，不日宫中令下，晋皇后为天后，垂帘太极殿听政视朝。百官群僚、番国使臣朝贺天后于肃天门，山呼千岁，内外命妇入谒。帝后并尊，自古未见，群臣震惊之余却无人敢有二言，三公之下，望风承旨。

太极殿前珠帘后，一双清醒到寒冷的眼睛静静看着这一天滚水沸腾。士族的骄横弄权，已让天下人无不愤恨，之后纵有滔天巨浪血洗门阀，也将是雨露甘霖当头浇，众望所归。

第三十八章　昆山玉碎凤凰鸣

　　长岭古道，数骑骏马飞驰而过，落下满天烟尘滚滚，一路东行，直奔琅州。

　　数名玄甲铁卫护送斯惟云自天都出发，马不停蹄，披星戴月三千里，只用了不到五天时间便赶入东海都护府境内。待看到高耸的琅州城时，斯惟云似乎略微松了口气，但心中焦虑反而有增无减。

　　因在战时，琅州城下精兵重防，对往来人员盘查严格。守城将士刚拦下这队人马，忽见当前一人手中亮出道玄色令牌，为首的中军校尉看清之后，不免吃了一惊。圣武年间便随昊帝征战南北的玄甲军，在天朝军中始终拥有无可比拟的声望和地位，玄甲军令，如圣旨亲临，所持者必是昊帝亲卫密使，身负重任。

　　那校尉抚剑行礼，抬头看去。玄甲铁卫中唯有一人布衣长袍，形容文瘦，虽满身风尘仆仆却难掩周身清正气度，叫人一见之下，不由肃然起敬。由玄甲铁卫护送而来的人，必定非同寻常，校尉从他微锁的眉间看到深思的痕迹，转眼带出的肃然之气，竟隐隐迫人眉睫。

　　斯惟云沿琅州城坚固深远的城门往前一看，随即问清湛王行辕所在，打马入城。

　　城中四处戒严，不时有巡防的兵将过往，剑戈雪亮。三日之前，湛王亲率天朝四百余艘战船、二十万水军主力全面进攻琉川岛，胜负在此一战。此时此刻，琅州，甚至整个东海军民都在等待战事结果。

　　斯惟云入城之后秘密见过留守的琅州巡使逢远，便往城东观海台而去。登上观海台，眼前霍然天高海阔，远望波涛无际，长风迎面，带来潮湿而微咸的气息，令人心神一清。边城哨岗之上，不时可见阳光耀上剑戟的精光，在沿海拉起一道严密的防线，牢不可破，湛王治军严整由此可见一斑。

　　但这时却不知琉川岛战况如何，倘若兵败，天朝必将立刻陷入内外交困的境地，情势堪忧。这场战事，也是所有布局成败的关键所在。

斯惟云深深呼吸海上清爽的空气，一路的劳顿困乏都掩在了脸上的静肃之下，心中思绪翻涌。回首遥望远隔崇山峻岭的天都，依稀能想见那个秀稳的身影。她手底一步棋竟走到了如此深的地步，命他赶来琅州，连东海战后安民之事都早有打算，那纤柔的肩头到底压着多重的担子？娇弱的身躯中，究竟装着怎样的灵魂？他似乎不由自主地便随她同赴一场豪赌，却义无反顾，甘心为之。唇角隐隐泛出丝苦笑，斯惟云微一闭目，耳边忽然响起遥远的号角声，紧接着远远海天一线处，隐约出现了一片深色的浪潮。

随着那浪潮的接近，渐渐可以看清是数百艘天朝水军战船旗帆高张，乘风破浪，浩荡驶来。

不过片刻，战船上猎猎金龙战旗已清晰可见，万里波涛中连成一片整齐威肃的玄色，几可蔽日。号角再次响彻长空，不远处瞭望台上的将士们猛然爆发出一阵欢呼，接着便有嘹亮的号角声呼应而起，传遍整个琅州城。

"琉川岛大捷！"

"琉川岛大捷！"

城中立刻有战士扬起军旗，打马疾驰，将战讯传告全城。百姓听到这号角讯息，纷纷奔走出户，人人相携欢呼。得闻捷报，斯惟云喜形于色，反身往观海台下快步而去。

此时琅州城东门开启，巡使逢远率城中将士飞骑出迎。

天朝战船相继泊入近海，四周虎贲战舰缓缓驶开。但见其后数百艘战船之上精兵林立，战甲光寒，剑犹带血，大战而归的杀气尚未消散，充斥四周，震慑人心。

惊涛拍岸，长浪如雪。

随着当中主舰甲板上一长剑高扬，二十万将士同时举戈高呼，震天动地的喊声盖过浪涛奔腾的海潮，刹那豪气干云，席卷天地。

逢远所率的骑兵战士亦闻声振剑，呼声起伏，汹涌如潮，整个琅州几乎都淹没在这铁血豪情的威势中，大地微颤，山野震动。

就在今日，天朝水军远征琉川岛大败倭寇主力全胜而归，一举摧毁倭船五百余艘，杀敌数万，倭国首领剖腹自绝，余者奉剑乞降，战败称臣。

至此，天朝四境之内战祸绝，九州咸定。

夜天湛率军凯旋，驰马入城。飘扬的海风吹得他身上披风高高扬起，一身银甲白盔在碧空之下反射出耀目寒光，跃马征战的历练，在他温雅风华中增添了几分戎武之气，峻拔身姿，清越凌云。

琅州军民夹道相迎，满城沸腾的欢呼映入他清朗的眼中，尽皆敛入了那从容潇洒的微笑。

逢远相随在侧，快到行辕之时带马上前，在他耳边低声说了几句话。夜天湛俊眸一抬，吩咐道："带他来见我。"

步入行辕，斯惟云微微拱手，逢远知晓分寸，先行退了下去。

此时夜天湛已换下战甲，着一身月白色紧袖武士服，正坐在案前拆看几封书信，微锁的眉心下略有几分凝重的神情，与他周身未褪的杀伐之气相映，使得一室肃然。

斯惟云躬身道："王爷。"

夜天湛闻声抬头，清锐的目光在他身上一落，直接问道："你为何会来琅州？宫中出了什么事？"

斯惟云将皇后所托的书信奉上，说了四个字："中宫密旨。"

夜天湛拆信展阅，目光在那熟悉的字迹之间快速掠过，手腕一翻，便自案前站了起来，负手踱步。

两封截然不同的书信，一是措辞哀婉，依依相求，只看得人怜惜之情百转心间；一是锋毫利落，落纸沉稳，一钩一画似极了他皇兄的笔迹。都是要他速回天都，却是不同的人送来，截然不同的目的。

一笔之下，两番天地，孰真孰假？即便后者是真，又真到何处？倘若凤家从中设下了陷阱，倘若皇上依旧不放心他，此去天都便是以性命相赌。他能相信谁？

斯惟云在旁注视着湛王脸上每一丝表情，只见他霍然扭头，问道："皇上现在究竟如何？"

斯惟云缓缓道："臣离开天都时，皇上病势危急，尚在昏迷之中。"

一抹精锐的光泽自夜天湛眼底倏地闪过，湛湛明波沉作幽深冰潭，深不可测。满室明光之下，他挺拔身形如一柄出鞘之剑，背在身后的双手不由自主地握紧，几乎迫出指节间苍白的颜色，暗青色的血脉分明，使得那双手透出一种狠稳的力量，似乎要将什么捏碎在其间。

斯惟云一言不发地看着湛王。在此一刻，眼前这已是一人之下万人之上的亲王，他可以引兵护驾，也可以作壁上观，甚至可以借东海之胜势拥兵自立，天下又有几人挡得住他的锋芒？一切都在他一念之间，包括他斯惟云的生死。

在来琅州之前，这一趟的凶险斯惟云也早已尽知。谁也不敢断言湛王的反应，皇后走这一步险棋，究竟有几分把握？

千般念头飞掠，眼前却只不过一瞬时间。夜天湛回头之时正对上斯惟云看来的目光，心中忽然一动。来人是斯惟云，举朝上下再找不出第二个人比他更加刚正不阿，甚至有时连皇上都拿他无可奈何。无论是皇上还是凤家，若另有图谋，都不可能让这样一个严谨耿直的人来。然而她派来了斯惟云。

沉默对视中，斯惟云忽见湛王唇角勾起了一丝锐利的笑容。

目若星，鬓若裁，一笑似清风。

武台殿中，平时用作皇上练功之处的西偏殿，透雕殿门紧闭，挡住了殿外的光与暖，里面不断传来刀剑的声音。

　　晏奚不敢进殿去，在门外焦急万分，苦苦求道："陛下……陛下您歇一会儿吧，陛下……"

　　殿中毫无回应，晏奚束手无策，急得团团转，突然听到身后有人道："晏奚，你先下去，这里有我。"

　　晏奚回头，不知什么时候皇后站在了身后，目光似乎静静透过乌木之上细致的镂空雕纹看向殿中，黛眉微拢，描摹出清浅忧伤的痕迹。

　　"娘娘。"

　　"去吧。"卿尘轻轻一挥手，晏奚便只得低头退了下去。卿尘缓步迈上最后一层殿阶，并没有像晏奚那样请求夜天凌开门，只是站在门前轻声说了一句，"四哥，我在外面等你。"

　　说罢她靠着高大的殿门慢慢坐下来，殿中的声音依稀有一刻停顿，然后便继续了下去。卿尘以手抱膝，抬头望着面前清透的天空，淡金色的阳光洒下，落在她的衣角发梢。四周连风声都沉寂，唯有大殿中断续的剑啸声一次次传来，每一下都像划过心头，让她感觉难言的痛楚。

　　就这么几天的时间，身子根本没有恢复元气，换作常人怕是连清醒也难，他居然硬撑着自己站起来，重新将剑拿在了手中。他是怎么做到的？那几乎被摧毁的身子中到底蕴藏了什么样的力量？听着声声长剑落地，卿尘几次想站起来去阻止他，却又一直忍着。她知道他的骄傲，在狼狈的时候不愿任何人看到，甚至是她也一样。同情与怜悯，他并不需要。从来就是这一身傲气，不肯服输，不肯低头，永远要比别人强，流血流汗都无所谓。

　　日渐西斜，在殿前投下廊柱深长的影子。当卿尘觉得快要熬不住的时候，身后传来一声轻响。她闻声回头，夜天凌撑着殿门站在那里，手中仍握着一柄流光刺目的长剑。

　　"四哥！"卿尘急忙上前，触手处他那身天青长衫像被水浸过，里外湿透。他扶着她的手微微喘息，唇角却勾出孤傲的笑，如那剑锋，无比坚冷。

　　卿尘扶他在阶前坐下，他手中的剑一松，便仰面躺倒在大殿平整的青石地上，微合双目，久久不说一句话，胸口起伏不定，汗水一滴滴落下，很快在光洁的地面上洇出一片深暗的颜色。卿尘牵着他的手，他修长的手指微微有些发颤，却猛一用力便握住了她。卿尘柔声道："四哥，你这样子着急会伤到经脉的，欲速则不达，要慢慢来才行。"一边说，一边轻轻压上他手臂的穴位，替他松弛因过度紧张而僵硬的肌肉。

　　夜天凌手底松了松，这时缓过劲儿来，转头看向她，淡声道："我若连剑都拿不稳，又如何保护你？"

　　一句话，卿尘满心心疼与担忧都漾上眼底，喉间似有什么滞在那里，一时不能言语。

她忙将头侧过，只觉他手心里传来沉稳的温度，如每一个相拥而眠的夜，平静，温暖。

执子之手，与子偕老。

在风雨之中，在生死之间，谁也不曾松开谁的手，似乎可以一直这样，到地老天荒，到海枯石烂，任沧海变为桑田，任千年化作云烟。

"我只要你好好的，那我便什么都不怕。"卿尘极低地说了一句，夜天凌忽然长叹一声，慢慢将她的手覆在脸上，冰冷的唇划过她柔软的掌心，深深印上她的心底。

卿尘坐在他身旁，安静地听着他的呼吸声，温柔含笑。过一会儿，才想起什么事来，道："四哥，忘了告诉你，今天琅州传来捷报，咱们到底赢了。"

夜天凌对东海捷报似早有预料，并不十分意外，只缓缓一笑："七弟果然没让人失望。"

卿尘微笑道："再有两天，他便到天都了。"

夜天凌撑起身子，深深看向她，墨玉般的眸心划过淡淡光芒："清儿，无论如何，我不会让你独自去面对那般风浪。"

第三十九章　千古江山万古情

《天朝史·帝都·卷九十三》：

帝曜七年春，东海大捷。五月甲辰，湛王凯旋，后设宴太极殿……

巍巍太极殿，嵯峨入云霄。

夜色无尽，万盏次第辉煌的灯火勾勒出大正宫殿宇起伏雄伟的轮廓，琼阶御道流光似水，天边满月如金。

高高在上的帝宫天阙，在万丈光影交错中俯瞰人世苍生，千百年岁月，岿然不动。每一次盛世辉煌，每一次乱世风雨，都在龙壁玉阶上刻下无声的痕迹，铸就这座宫殿的壮丽与繁华。

大殿之中，百官云集，一场盛大的华宴即将举行。

今日正午，率军平定东海的湛王奉旨归京，三十万大军驻留琅州，仅有五百轻骑相随。宫中降旨，当晚在太极殿设宴以庆湛王得胜而归。

钟鼓钦钦，琴瑟和鸣，笙磬悠扬，韶乐泱泱。天都六品以上官员皆从宴饮，如此空前规模的庆典尽显天朝国力昌盛，但赴宴的群臣却多数面无喜色，行事默然。

大殿之上龙椅庄严，鎏金夺目，却并不见昊帝出席，空设在此。其下一阶，左置凤座鸾案，右置麒麟金案。一边轻垂玉帘，天后盛装华服端坐其后，一边竟赫然是太师凤衍，就连湛王的席位也在其下。

再往下数阶，乃是公侯亲贵及三品以上重臣之席，此时放眼看去，十有八九尽是凤氏亲党，人人面露得意之色，趾高气扬。

凤衍身着紫锦蟒袍，峨冠金缨，白眉长髯，一双狭长的眼睛半睐半合扫视四周。目光落在大殿四面层层深进的华帷龙柱之后，唇角带出得意的冷笑。宫中一切已尽在掌握，凤氏一门三十年荣华风光，今晚之后，就连整个天朝都将是凤家的天下，再也无人与之争锋。想至此处，凤衍骄狂之态尽现于面，斜眸睨视阶下文武朝臣。

百官俯身恭迎天后入座，雅乐毕，殿前内侍宣礼声中，一众臣子却尴尬立于殿中，人人跪也不是，站也不是。

本是三跪九叩朝见天子的大礼，此时昊帝抱病，由天后代为受礼便也罢了，凤衍却与天后一样并坐殿上，这一拜下去，是拜天子，拜皇族，还是拜他凤家？

非但如此，那麒麟案前置的是鎏金盘、紫玉盏，这已是逾制的器物，凤衍此举，狼子野心昭然若揭。

天朝众臣志气虽短，风骨犹存，多数立在那里不肯行礼。殿中侍御史韩渤当即越众而出，昂首奏道："臣启奏娘娘，自古以来，君臣上下非礼不定，我朝为国以礼，礼废则国危。今日殿堂之上尊卑混淆，仪制相悖，实与礼法不符。还望娘娘明鉴。"

玉帘之后，天后面色淡冷，垂袖静坐，闻言缓缓道："礼制为尊，固不可废，则如你所言，我是不是也不该坐在这里了？"

韩渤顿了顿，俯身叩首，再道："臣职责所在，还望娘娘恕罪。"

面对这素来以刚正直言著称的侍御史，卿尘微微蹙了下眉头，但还未等说话，便听凤衍冷哼一声："无知臣子，在此一派胡言，娘娘何必与他多费口舌？逐出殿去便是，来人！"他当着天后和众臣传召侍卫，一指韩渤，"将他带出去！"

卿尘心底怒意陡生，眸光一锐，但看到近旁另外空着的那张麒麟金案，却生生压下了怒气。凤衍的专横与放肆，令众臣人人惊怒。殿下韩渤挣开上前推押的侍卫，突然对着御座顿首痛呼："陛下！奸臣当道，国将不国，臣今日宁肯一死以报圣恩，也绝不能坏了我朝君臣纲纪！"他重重叩头，抬起头来，满面已是鲜血。殿中大臣，尤其是那些御史被激起心中血性，立刻便有数人上前跪谏。

凤衍面色一沉，方要发作，卿尘搭在凤座之旁的手霍然一紧，喝道："御前喧哗，都成何体统？"

殿中原本已有些混乱的局面静了一静，这时忽听外面长长一声通报："湛王殿下到！"

内侍高亮悠长的声音传来，如浪破水，瞬间冲破眼前僵局。众臣尽皆回身，便见湛王一身云龙常服，缓带轻衫，纤尘不染，踏玉阶，登天阙，携月色清辉翩然而来，笑若熏风，步若闲庭，明湛俊眸惊鸿一瞥带过殿前，绝然风神连凤衍都看得一呆。

国宴庆典他竟姗姗来迟，凤衍暗中冷哼，单凭此点便可治他君前失仪。殿中群臣有惊有喜有忧，不少人亦为湛王捏了把冷汗。

待湛王入殿，御前内侍按照礼仪，再次高声宣道："跪——叩——"

湛王却毫无行礼之意，负手立于阶前，目光扫过韩渤等大臣，往殿上看去，灼灼眸光正对上凤衍骄横的眼神，眼梢一挑，竟似有几分挑衅意味。

凤衍亦不起身，沉声道："敢问王爷为何怠慢圣旨，故意来迟？入殿不拜，又是何意？"

湛王面色淡淡，冷笑一声，傲然道："本王上拜天地君父，下可拜君子豪杰，此时这太极殿中无君无父，宵小之徒妄居高位，凤相想让本王参拜何人？"说着广袖一甩，径直往席前走去。

凤衍心火渐盛，他此时有恃无恐，竟不把湛王放在眼中，当廷呵斥道："大胆！天后在此，你竟视若无睹，意欲何为？"

湛王闻言一笑，悠然转身，目光在玉帘之前一停，便对天后拱手长揖："臣，参见娘娘。"这一拜却是家礼。

"王爷辛苦。"玉帘之后淡淡飘出一句话，如珠玉轻击，泠泠传入众人耳中。

凤衍忽然直觉有些异样，扭头往鸾座看去。水晶光影洒下片片晶莹，轻微一晃，似冰丝细刃，若秋水剑痕。天后一双修长冷媚的凤眸穿过玉光剔透迎面看来，复往湛王那边一转。电光石火之间，两道目光交于刹那。

湛王唇角始终噙着一抹淡笑，他这时步上金阶，沉声道："殿中侍御史何在？"

韩渤和另外两名侍御史闻言，上前一步："臣在！"

湛王问道："臣子殿中逾制，该当何罪？"

韩渤抬头往凤衍看去，愤然道："臣子失礼逾制，乃是僭越之罪，为大不敬，轻可削职为民，重可诛族！"

湛王点头，一转身，声音冷淡："凤相可听清楚了？"

凤衍目视湛王，眼中精光暴现，四周依稀仍闻钟磬清和，笙乐飘飘，殿前却已是剑拔弩张。众臣提心吊胆肃声而立时，忽见凤衍拂案而起，手中盘螭玉盏咣的一声铮然落地，美玉碎，琼浆溅。

似是响应这声脆响，大殿四周的暗影中，毫无征兆地出现了数百名御林侍卫，迅速将宴台包围其中。随着剑甲撞击的轻响，橐橐落地的靴声，太极殿高大沉重的殿门缓缓闭合，轰然一声震响，将夜色天地隔绝于外，整个大殿顿时变成了一个金碧辉煌的牢笼。

惊天变故将殿中群臣震在当场，凤衍脸上露出不可一世的狂妄，胸中野心急剧膨胀，几乎就要放声大笑，手指殿下，高声道："湛王结党谋逆，左右侍卫，速速将其拿下！"

　　这时殿中突然传来湛王清脆的击掌声，他仿佛刚刚看过一场精彩的好戏，忍不住击节而赞，风雅淡笑，倜傥无俦，直对四周刀剑林立视若无睹。

　　"凤相好手段！"伴着他一声声潇洒地击掌，殿前御林禁卫应声而动。两队侍卫刀剑出鞘，快步踏上龙阶，却越过湛王身旁，直奔凤衍席前。其余诸人亦行动利落，迅速包围了所有凤家亲党。刀光剑影之下，四周响起一片惊呼怒骂，乱成一团。凤家诸人猝逢变故，不及反抗，片刻便被御林禁卫尽数押下。

　　事出突然，凤衍不由色变，既惊且怒，挣扎喝道："我所犯何罪？你等竟敢无礼！"

　　只见殿上玉帘轻摇，天后起身步下鸾座。凤衣飘展，铺开华美尊贵，环佩清越，绰约风姿高洁，她沿着流光溢彩的玉阶前行，目光与湛王交会于半空。

　　他回来了，踏一路惊涛骇浪，来赴她生死之约，携一身风华傲然，托起这如画江山。

　　他漆黑的眸底如同浮华落后的深夜，如同风雨历尽的秋湖，沉淀着太多的东西，都在平静背后化作淡淡清雅的微笑。

　　君子坦荡，知己相逢。这一生总有些人，值得用生命去信任。

　　卿尘一步步行至殿阶正中，那安静的步履，含笑的面容，却让凤衍突然如坠冰窟。

　　"凤氏逆党指使御医令黄文尚谋害圣上，构陷湛王。送有孕之女入内侍寝，妄图冒充皇统，谋宫篡位。戮杀重臣，乱政误国，罪无可恕，当诛九族……"平淡而清晰的声音如一道冷冽溪流淌过原本慌乱纷纷的殿堂，所过之处似薄冰蔓延，人声落尽，话语寂然。

　　每一个人都静立在原地看着大殿之上的天后，是震骇，是惊讶，是质疑，是敬佩……然而有一人脸上却只见深深的疼惜。

　　伫立在殿阶旁的湛王，抬眸凝视。宫灯璀璨，华服美裳凤霞流金，她站在万人中央，光华耀目，却仿佛从来就不曾在此停留。

　　眼前仍是那个白衣素颜的女子，一颦一笑，是他一生难解的谜。他遇到了她，错失了她，却又在这一刻，真真正正拥有了她。

　　红尘万丈皆自惹，情深不悔是娑婆。

　　忽然，被禁卫押下的凤衍发出一阵大笑，似乎听到了世上最可笑的事情，昂首向上喝问："凤家罪无可恕，当诛九族！哈哈……难道你不是凤家的人，不是老夫之女，不在凤家九族之内！你以为就凭这几句话，凤家便会葬送在你手中吗？"

　　卿尘慢慢行至凤衍面前，淡淡一垂眸，清冽的光华直迫凤衍眼底，她微笑，轻声低语，一字一句只令凤衍听得清楚："你错了，我谁都不是，我只是夜天凌的妻子。"她将声音一扬，拂袖转身，"我只是天朝的皇后，国贼可杀，逆臣当诛，便是凤家也一样！"

　　处心积虑眼见手到功成，凤衍此时离那象征九五之尊的宝座如此之近，却不料最后一步毁在一个女人手中。他心中恨极，戟指怒骂："妖女！皇上早已重病不治，你与湛王内外勾结，谋夺皇位，难不成也想先奉兄长，再嫁其弟，悖礼乱伦？"

众臣惊哗，湛王忍无可忍，出声怒斥："住口！"忽闻殿上响起一个清冷的声音："凤衍，你可敢将此话当着朕的面再说一遍？"

凤衍闻声如遭雷殛，猛地抬头看去。龙阶之上，金帷之后，竟是昊帝缓步而出。大殿四周华灯错落，金辉明耀，映得他一身衮龙玄袍峻肃孤傲，高高在上，睥睨众生，一抬眸，惊电般的目光穿透人心。

群臣乍见昊帝，喜出望外，韩渤等人惊诧之余竟哭跪在地，随着他们，殿前顿时乌压压跪了一片大臣，人人激动难言，唯有凤家党羽个个面如死灰。

夜天凌看向凤衍，冷声问道："凤家九族的确不可小觑，但朕今天便是要葬送他们，你又能如何？"

他最为顾忌的、本已垂死的人，突然出现在面前，凤衍僵立殿中，手指前方，嘴唇颤抖，却一个字也说不出来，只依稀听到御前侍卫统领卫长征、骠骑将军南宫竞、抚军大将军唐初等一一上前叩禀："殿中当场羁押凤氏逆党共一百一十七人。华岳坊凤府重兵封禁，无一人得出。司州凤氏宗族尽遭抄没。汉中布政使凤卢、广安布政使凤誉革职待罪，都已秘密入狱……"最后，凤衍听到湛王平稳清朗的声音："东海布政使凤柯纠兵顽抗，已被臣弟斩于剑下，文、现、琅、纪四州由漓王亲自坐镇，中书侍郎斯惟云、东海水军都督逄远率兵镇抚，军民安定。"

天翻地覆的动作竟没有一丝消息传回天都，天下在其掌心，四海为之倾覆。凤衍直勾勾地看着太极殿上那个冷峻迫人的身影，泰山压顶的恐惧毫不留情地将人打入深渊。他浑身一软，喃喃说出四个字："凤家完了。"眼前只觉一片黑暗，先前的嚣张狂妄被那冰冷注视摧毁殆尽。那般雷霆手段，决绝而无情的清扫，让人就连一丝反抗的念头都无法兴起。昊帝安然无恙，皇后临阵倒戈，湛王兵逼眼前，他自知绝路在前，死期已到。

卿尘淡淡垂眸，一丝悲悯浮掠而过，与眸底冷静的光泽交替，化作一片幽深。"带下去吧。"她将云袖挥落，玄甲侍卫齐声应命。

不过片刻，太极殿中尘埃落定，所有疯狂与贪念，所有野心与挣扎，都在辉煌的光影中消失无声，淹没于皇皇钟鼓声中。

韶乐再起，群臣正襟叩拜。隔着金辉玉阶，夜天凌对卿尘伸出手，薄唇微挑，含笑凝视。

他傲岸的笑容停驻在卿尘眼底，盛起绝美的光彩。携手此生，生死不离，笑看江山，天下为家。她对他粲然扬眸，从容举步，将手交到他的掌心。

再一次握了卿尘的手，夜天凌将她轻轻一带，与她共同立在大正宫最高处，四海苍生，匍匐脚下。

万千灯火耀出炫目明光，相映月华金辉，缔造这壮阔帝宫、人间天阙，气势恢宏，俯瞰众生命运悲欢。

浩瀚山河，无尽岁月，众臣高呼之声震彻四方，直入云霄。

天边满月，洒照寰宇，千里同辉。

第四十章　海到尽头天作岸

《天朝史·帝都·卷九十三》：

帝曜七年五月，凤氏谋逆，事败。逆首凤衍及其二子腰斩于市，九族流徙千里。帝以仁政，未兴大狱。

……

六月，帝废九品世袭制，设麟台相阁。破格取仕，拔擢寒门才俊，布衣卿相自此始。

……

九月，颁均田令，清丈田亩，劝课农桑，轻徭薄赋。复止兵役，不夺农时。

……

十二月，湖州广安、广通渠成。两江连通，支渠纵横，尽从天利，灌田万亩。江东平原绝天旱雨涝之灾，岁无饥馑，年有丰余。

……

帝曜八年三月，帝诏修《天朝律》。尽削圣武所用酷峻之法，废酷刑十三种，减大辟九十六条，减流入徒者七十条，削繁去蠹，宽仁慎刑。

……

八月，废夷狄之别。迁中原百姓融于边城，四域之内，一视同仁。胡越一家，自古未有也。

……

帝曜九年，设琅州、文州、越州、明州、凉州等十一处商埠，四通贸易。异域来朝者数以万千，使臣、商旅、艺者、僧人云集于帝都……

……

宣圣宫，太宵湖。

轻舟悠然，波上寒烟翠。青山如屏，半世繁华影。

转眼又是一年，春已去，秋风远，望过了尘世风云，看不尽万众苍生，泛舟停棹，偷得浮生半日闲。

船舷之侧，夜天凌闲闲倚在那里，手中把玩着一支紫竹箫，青袍广袖随风飘扬，双目半合，神情惬意。卿尘坐在他身边，白衣如云，铅华不染，纤指弄弦，清音自正吟琴上流泻，婉转在她指尖，游荡在云波之上。

只是漫无目的地抚琴，只为与他泛舟一游。自从帝曜七年的那场宫变之后，卿尘因旧疾移居宣圣宫静养，此处山水灵秀，宫苑清静，她渐渐便很少再回大正宫，常住在此。这几年身子时好时坏，她也早已成了习惯，一手医术尽在自己身上历练得精湛。命虽天定，人亦可求。

或许是因卿尘回宫的时间越来越少，夜天凌来宣圣宫的次数便越发多了。今日随兴而至，四处不见她人，在这太宵湖上听到琴声，循声而来，却见她独自抚琴，遥望那秋色清远的湖面，思绪悠然。

点点曲音，轻渺淡远。夜天凌原本静静听着，忽而薄唇一扬，回眸相望，修长的手指抚上竹箫，清澈的箫音飘然逍遥，携那云影天光，顿时和入了琴声之中。

秋水潇然云波远，龙翔凤舞入九天。

七弦如丝，玉洁冰清；紫竹翛然，明澈洒脱。卿尘笑看他一眼，扬手轻拂，琴音飘摇而起。

沧海笑，滔滔两岸潮，浮沉随浪记今朝；

苍天笑，纷纷世上潮，谁负谁胜出天知晓；

江山笑，烟雨遥，涛浪淘尽红尘俗事知多少；

苍生笑，不再寂寥，豪情仍在痴痴笑笑。

琴声飘逸，清风去，淡看烟雨苍茫。箫音旷远，波潮起，笑对沧海浮沉。

一曲沧海遥，那箫音与琴声流转合奏，如为一体，不在指尖，不在唇边，仿佛只在心间。心有灵犀，比翼相顾，共看人间逍遥；相携相伴，万丈红尘，且听潮起潮落。

琴音渐行渐远，箫声淡入云天。伴着最后一抹余音袅袅，卿尘似乎轻叹了一声，含笑问道："四哥，你还记得这首曲子？"

紫竹箫在夜天凌手边打了个转，他微微扬眉，看向卿尘："当然记得，我第一次听到你的琴，便是这首曲子。"

卿尘手指抚过冰弦，垂眸一笑。夜天凌缓步上前，低头问她："清儿，这一路，你陪了我十年了。"他抬起她清秀的脸庞，"开心吗？"

卿尘淡淡微笑："既是陪你，自然开心。"

夜天凌唇角挑起清俊的弧度，微微摇了摇头，再道："在想什么？告诉我。"

卿尘凝眸注视于他，他俊逸的笑容潇洒不羁，黑亮的眸心炫光明耀，一直透入她的心底，将她看得清清楚楚，那低沉柔和的声音似乎在诱惑着她，等待着她，纵容着她……

如此坦荡的目光，映着飒爽的秋空，碧空万里，一览无余。她突然扬眸而笑，看向这瑶池琼楼，金殿碧苑，慢慢问道："方寸天地，天不够高，海不够阔，四哥，你可舍得？"

夜天凌朗声长笑，笑中逸兴傲然："既是方寸之地，何来不舍？"

卿尘粲然一笑："当真舍得？"

夜天凌抚上她的脸庞："舍得，是因为舍不得。"他将卿尘带入怀中，手指穿过她幽凉的发丝，眸中满是怜惜，暖暖道，"清儿，我答应过陪你去东海，这俗世人间你已陪了我十年，以后的日子，让我来陪你。"

卿尘笑而不语，侧首靠在他温暖的怀中。两人立在船头，湖风清远，迎面拂起衣衫袖袂，轻舟飘荡，渐渐淡入了烟波浩渺的云水深处。

《天朝史·帝都·卷九十四》：

帝曜十一年三月，帝命湛王摄政，携天后东巡。四月，登惊云山，祭始帝。从江乘渡，过七州，抵九原。五月，至琅州，登舟出海，遇骤风。海狂浪急，袭散众船。浪息，帝舟不复见……

帝曜十一年暮春，天都本是暖风艳阳，繁花似锦，上下政通人和，四处歌舞升平，却忽然被东海传来的消息掀起轩然大波。

帝后东巡的座舟在东海遭遇风浪，竟然失去踪影。琅州水军出动二百余艘战船，战士数万，多方寻觅，仅在三日之后寻得随行船只二十一艘，其余诸船皆不得归。

帝后罹难，消息一经确实，举朝震骇，天下举哀。天朝三十六州百姓布奠倾觞，哭望东海，天地为愁，草木同悲。

天都内外一片肃穆悲凉，大正宫太极殿前，群臣缟素跪叩。此时已拜为麟台内相的斯惟云手捧昊帝传位诏书，率几位相臣跪在殿内，面对着的，是湛王白衣素服的背影。

噩耗传入天都已经过去一个多月，东海水军数十次出海寻找帝舟，却始终一无所获，昊帝与天后生还的希望已极为渺茫。但无论如何劝说，湛王始终不肯继承皇位。国不可一日无君，斯惟云等悲痛之余忧心不已，今日再次殿前跪求。湛王却一言不发，只是望着那金銮宝座，兀自静立。

斯惟云抬头，眼前那颀长的背影，在高大雄伟的殿堂前显得如此孤寂，他几乎能感到湛王心中的悲伤，那是一种刻骨铭心的痛楚带来的悲伤，无言、无声、无止、无尽，弥漫于整个辉煌的宫阙，天地亦为之寂寥。

"王爷！"斯惟云再次叩请湛王受命登基，身后众臣一并俯首。

湛王终于转过身来，殿前丧冠哀服一片素色如海，尽皆落在他幽寂的眼底："你们退下吧。"他缓缓说了一句。

"王爷！"

"退下吧。"

斯惟云与杜君述相顾对视，无奈叹息，只得俯身应命。

群臣告退，大殿内外渐渐空旷无声，暮色余晖落上龙阶檐柱，在殿中光洁如镜的玄石地上涂抹出静寂的光影。

夜天湛往前走去，空荡荡的大殿中只有他的脚步声清晰可闻，走过漫长的殿堂，迈上高高的玉阶，最后停在至高处那张龙椅面前。他伸出手，触摸到那鎏光金灿的浮雕，忽然猛地一用力，龙鳞利爪直刺掌心，尖锐的疼痛骤然传遍全身，心中万箭攒射的感觉仿佛随着这样的痛，稍微变得模糊。

他一瞬不瞬地看着这张龙椅，百般滋味，尽在心头。曾经他最想得到的，曾经他苦苦追求的，现在近在眼前，然而却有一个人，永远消失在他的生命中。

他得到了什么，失去了什么，在最不想得到的时候得到，在最不想失去的时候失去。

痛过之后，心中仿佛一片空白。他撑在龙椅之上，发现自己居然笑了出来。丝丝苦涩浸入骨髓，无声的嘲弄，无形的笑。

"父王。"身后突然有人叫他，夜天湛回头，见元修手中拿着什么东西站在大殿一侧。见他转身，元修便走到玉阶之前，抬头道，"皇伯母去东海之前留给我这个木盒，嘱咐我在三个月后亲手交给你。"

夜天湛接过元修手中的木盒，熟悉的花纹，精致的雕刻，正是他昔年出征之前送给卿尘的。他急忙打开盒盖，里面仍是那支玉簪，白玉凝脂，木兰花静，旁边是一幅雪色的丝绢。随着他手腕一抖，丝绢上两行字迹展开在眼前。分明是两个人的笔迹，却神骨相合，如同出自一人之手——

托君社稷，还君江山。

元修站在旁边，看到父王的手在微微颤抖。"父王？"他忍不住上前叫了一声。

夜天湛双手紧握，猛地闭目抬头，久久不能言语。待到重新睁开眼睛，他眼底红丝隐现，唇角却缓缓地逸出了一丝通透而明澈的笑。

帝曜十一年七月，湛王登基即位，称圣帝，改元太和。

太和元年，册王妃靳氏为贵妃，皇长子元修为太子。九月，御驾东巡，驻跸琅州三月有余，至岁末，返驾天都。

数年后，天下大治。太和一朝，朝无贪庸，野无遗贤。九州岁收丰稔，米每斗不过二钱，终岁断死刑仅二十余人。东至于海，南极五岭，夜不闭户，路不拾遗，道途不惊，史称"太和盛世"。

琅州观海台，夜天湛负手独立在山崖之巅，浩瀚的东海举目无极，长风吹得他长衫飘摇，却不能撼动那挺拔的身姿。

遥远的天际仍笼罩在一片暗青色的苍茫之中，崖前是陡直的峭壁，前赴后继的海潮击上岩石，卷起惊涛万丈。碎浪如雪，半空中纷纷散落，随着汹涌的涛声遥遥退去，消失在波澜浮沉的远处。

潮起潮落，汹涌澎湃，一浪过后又是一浪，周而复始，无休无止。

碧浪无尽，天外有天。

夜天湛望着这片他曾经历尽风浪，一手缔造了安宁的东海。海天一线处渐渐露出一道晨曦，随着朝阳慢慢升起，海面上浮光绚丽，云霞翻涌，仿佛深处蕴藏着巨大的无法抗拒的力量。终于，一轮旭日喷薄而出，万丈光芒夺目，在天地间照出一片波澜壮阔的辉煌。

夜天湛浑身沐浴在这旭日的光辉之中，深邃的眼底尽是明亮与坚毅，回首处，长风万里，江山如画。

尾 声

太和九年，琅州商船东行过海，避飓风，不慎迷途。逐浪漂泊，茫茫不见归路，船行数日，忽遇仙山，山在海中，方圆不知几百里，云雾缥缈，烟岚缭绕，玉峰叠嶂，霞岭相连。遂停船登岸，寻路前行，适逢雨后新霁，青峰绕云，山野琼林落落，瑶枝缤纷，兰芝琪草，灵洁鲜美。中有玉湖清溪，碧澈几鉴人影，五色美玉散落水畔，光泽晶莹，俯仰可得。举目之处，青鸾择丹木而栖，彩凤翱翔以自舞，百鸟翻飞，清鸣之声悦耳。复行数百步，遇异兽成双，追逐嬉戏于前，状如貂狐，通体似雪，一金瞳，一碧睛，灵异不同寻常。林间有女三五人采撷芳草，笑语玲珑，轻歌悠然，见诸人，甚异之，闻其境遇，乃引谒其主。

沿山行，云境如幻，流连忘路之远近。前有屋宇列峰峦之体势，青竹为檐，紫篁为台，清瀑落而为帘，流岚浮以为幔，楼台高远，廊腰缦回，浮云飘然，气象万千，连绵难见全貌。极峰顶，登楼台，举目远眺，穷碧波于千里，凭虚御风，凌万顷之浩然。沧海桑田，茫茫不知其所止，天高地迥，渺渺不知身何处。气清神爽，忘人间之凡尘，飘飘乎心怀，羡仙世之逸然。

及见主人，男子青云衣，女子白霓裳，神度清傲，风姿出尘，逍遥神仙眷侣。闻客自天朝来，遂以宴饮，琼浆玉液、奇珍海味皆未曾见也。问天朝，众云盛世之治，欣然而笑。言及四海异域，妙语逸事，见识广博，谈笑惊讶诸人。有仆玄衣俊面，复引众人游观山岛，奇景不能尽述。见宝船泊于碧海，长四十余丈，宽约十丈，长楫巨舳，龙桅云帆，可容数百人不止。曰其主云游之舟，兴之所至，乘风破浪，东海、南溟、西洋无所不能及也。

停数日，辞归。为备清水粮蔬，赠以奇珍异宝，中有《西海图志》，绘西洋航路，详录诸国风俗，世所罕见。仆轻舟相引，离岸入海，遥闻箫音送客，浩渺云波，浪潮万里，仙山渐远。及琅州，仆舟不复见。同行者逄豫，琅州巡使族亲也，归诣巡使，说此异事，以为奇。适逢帝东巡，引见圣帝，奉宝图。帝见之，乃大惊，即遣船入海，寻此岛，东海浩瀚，来路难再得。帝登观海台，临风远眺，慨然笑叹：天地逍遥，且看人间是仙境。遂不复求。云州陆迁，扈从东行，奉旨文以记之，甲申四月秋。

九转玲珑阵之《醉玲珑》前传《归离》精彩片段

● 飞雪过冰弦，流水溅玉盏。

● 有女绝色，美而近妖，静若莲华，展若凤翔。

● "我所做的决定，选择的道路，不需要冠以任何人的名义，因为谁都不是夜玄殇，并不知道我真正想要的生活。"

● "前一杯饮尽今生，这一杯却是为我们来世，喝了这杯酒，生生世世我都能找到你，无论多久你也都要等我。"

● 子娆看着他，突然伸手抱住了他，紧紧抓住他的衣襟，埋首于他的胸前："这七年来，我看不到你，听不到你，触不到你，但每一次你身上的痛，我却都能感觉得到，每一次我都觉得自己的心在流血。可是我知道子昊还活着，我就也一定要活下去，他会来救我，我也绝不会让他死。"她抬起头来，眼中满是倔强的神情，如同一个固执的孩子，想要保护自己最珍爱的东西。

● 楚有皇非，当世无人称美；
楚有少原，九域弗敢言兵。
潇洒如皇非，是每一个深闺女子都梦寐以求的情人；
高傲如皇非，是另每一个沙场男儿都热血沸腾的对手。

● 长明宫中短暂的密谈，隐晦的话语牵出缜密的布局，最终归于一个惊人的秘密。九夷族的女王，那个高雅聪慧的女子，将她的性命，她的女儿，她的国家和族人，以一种平静而奇特的方式交到了他的手中，换取了他一个承诺。

倾一国而算天下，这便是九域之主，真正的东帝。弃一国而守天下。却是九夷族女王曾经的决绝。

● "且兰此来，是代表所有九夷族人将月华灵石奉于主上，并在灵石之前盟誓，九夷族愿重新归服王族，为之生，为之战，为之存，为之亡。无论何时，无论何事，九夷族人将以生命遵从主上的一切决断，绝不背叛！"

● 背负着重逾生命的责任，行走于血刃尖锋上的他，费尽了周折，冒尽了风险，耗尽了心血的谋划，而今唯一能号令冥衣楼七宫二十八分座的信物，却是她自幼贴身佩戴的小小串珠。

冥衣楼，那是他送她的及笄之礼。

那一日擦身而过，他淡定低语轻轻飘过耳畔，是她心中永世不灭的火焰，玄塔底下曾支撑着日日夜夜孤独与黑暗的侵蚀。"子娆，哪怕天地尽毁，我也会护你一生平安。"

● "要我说啊，也都无非如此而已，比上不足，比下有余。"
"你不知道吗？在我眼中，天下男子都比不过一个人。"
他眉梢不经意地一动，仍是沉默。子娆笑望于他："你不问是谁？"
他微一摇头，若有若无地笑了一笑，无奈而宠溺。

● 观棋三日，她不得不承认，天下终有一人，可与东帝平分秋色——若说子昊是云淡风轻下平静的深海，那皇非便是光照九域辉耀长空的烈日，碧海深远，不失纵容天地的傲然，日光凌盛，有着灼噬万物的自负。那么，同样骄傲的两个男子，要怎样才会有一人甘心向对方，俯首称臣？

● 那个人，他淡然知命，生死祸福都无谓，令天下动容的承诺，就这般轻松掷于他人。那个人，他怎生得铁石心肠，靠在灯火深处帘下，脸色苍白得遥远，虚弱得连声音都似缥缈，却淡淡对她微笑，用那样柔软而冷静的语气，轻言两个与她毫不相干的男子。

一寸一寸，一颗心剖得片片分明。

一步一步，一局棋算尽天下风云。

● 谁也不是谁，谁也别说谁，谁也莫笑谁。倾国血战，天下杀伐，都在一笑间淡淡消泯，此时的东帝远离那高高在上的九华殿，远离那纷争中心的楚都，白衣翩然的男子，安静地微笑，安静地陪伴着他想陪伴的人，眉目温柔。

许多年以后，子娆常常想起这一天，这一夜，这个普通的小镇，这时候只属于一个人的子昊。

● 心深似海的东帝，瞒得了天下，瞒不过她。琉璃女子玲珑心，简直就像附了他的魂魄，换了他的心肠，一时间无比清醒的人竟有种迷惑的错觉，世上竟会有这么个人，竟会比他自己还要了解他，竟会比他自己还要在乎他。他凡事游刃有余，偏偏，就是拿她无可奈何。

● 暗道尽头，微光隐约透射，一名女子引弓而立，白衣如云，雪刃如冰，箭锋之下清艳的双眸微微淡挑，透出曾经千军万马中磨砺的静冷，似那慑人的箭光，遥遥锁定两人。

● 魔域里魑魅魍魉，惊不破明净尘心；人世间无常诸相，压不下纵肆莲色。九天十地唯有他，令她甘入那魍魉之境，为他淡淡一笑，敛尽万千魅华。

众生痴业，孽幻纷流。

● 他的喜乐安康，她的三世三生……

九域四海倾风云，冥冥之中他的微笑，是谁的江山天下，谁的地狱红尘？

金口玉言淡然的重誓，一身风雨沥血的筹谋，她猜尽了人心终猜不透他，他算尽了天下亦算尽了她。

● 弹指一生十年百年，若有那么一件事，若有那么一个人，值得你用生命去完成，值得你用心血去守护，那的确，便是一种莫大的幸运吧！

● 悲欢苦痛、忧喜哀愁，无论是什么，只问自己的心，值不值得？

一心在此，而此身无畏。

人生执念，无非如此。

人生之幸，无非如此。

● 风吹落，星如雪。笑语欢声邀天舞，却一刻，思念如潮，涌上心头。

她不由在桥上停步，便这时，心中忽有所觉，蓦然回首，隔了那纷纭人潮，隔了万树千星，骤然坠入一双熟悉的眼睛。

灯火深处，有人静静独立，亦正含笑望来。雪衣如玉，清眸淡淡，却夺星月之华，漫天光雨、尘世喧嚣都似于他无关，他只看向白玉桥上独立众生之间的女子，用一种清静而安宁的目光，带一丝若有若无的温柔。

芸芸众生，红尘千丈，她转身，便寻到了他。

● 子娆仍是牵着他的手，在他的注视中抬头看那焰火璀璨，那些明与暗、冷与暖，再不曾染透那双琉璃清眸，过了许久许久，她才轻声道："子昊，我们不去玄女神祠了吧。"

子昊微觉诧异："怎么？"

子娆转身，风吹衣发飘扬："那里是楚国的玄女，管不了我的七情六欲，我的祈愿，在这里。"

晶莹的指尖轻轻指向自己的心口，她便这样，对他展开明媚更胜烟花的笑容，美得不似人间应有，而另一只手，却覆上他雪色清冷的衣衫。子昊目光似被凝住，就在她指尖触到胸口的刹那，仿佛漫天焰光绽落心中，绽开心花无涯，是那样灿暖，而炽热的深痛。

● 一生一世冷眼凡尘，她从未像此刻这般，感谢苍天赋予的生命。

以此生命之暖，触摸他最深最痛之伤。

从此以后他的骨肉合了她的血，心魄神魂永难再分，从此以后这世间唯有她，可以与他一起，生，死，与共。

● 铁血江山溅美酒，且自张狂且风流，若与这样一个男子朝夕相处，无论如何都不会索然无味，而今后岁月如流水，朝朝暮暮，人间黄泉，执子之手，生死成契，想来，倒也一番有趣得紧。